Andrea Nicoli

NEMMENO IL SILENZIO

Elison Publishing

PROLOGO

1.

7 Novembre 1917

Le notti d'Europa probabilmente sono uguali in tutti i paesi.

Le stelle del cielo francese potrebbero essere le stesse che vedono i tedeschi, gli italiani probabilmente sentono gli stessi odori che la notte porta in terra austriaca, e sicuramente c'è per tutti lo stesso preciso e fatale silenzio.

Quel silenzio che popola le notti d'Europa dalle montagne alle campagne al mare, uguale, identico in quelle notti, in quelle terre simili ma volute straniere fra loro, simbolicamente proiettate nel futuro dall'umanizzazione invasiva e distruttiva che consuma, modifica e distrugge ciò che fa più comodo, compreso il silenzio, che s'impreziosisce di un valore artificiale che altrimenti non gli apparterrebbe.

Ma forse no, forse le notti non sono tutte uguali, sono invece molto diverse fra loro; e questa differenza non si nota soltanto una volta valicato un confine di stato, quella differenza si fa evidente e palese anche fra gli abitanti di quello stesso territorio costretto e rinchiuso dai confini: come possono essere uguali fra loro le notti di città e quelle di campagna? E alla luce di ciò soprattutto, potranno mai essere considerate simili le notti di un signore e quelle di un contadino? Certamente no, le differenze create dagli uomini per gli uomini hanno progressivamente reso di fatto inutile e obsoleto il concetto di uguaglianza, anche se comunque saranno sempre uomini gli uni, e uomini gli altri. Uomini contro uomini, uomini fra uomini per uomini, ma sempre uomini, esseri umani, fragili ed impotenti. Provano le stesse paure, muoiono della stessa morte, vedono le stesse stelle, sentono lo stesso silenzio.

Quel silenzio che si sente soprattutto quando non c'è.

Per quanto interrompere, rovinare quell'illustre silenzio fosse in quel caso necessario, l'impressione era di stare per commettere una sorta di violenza su quella terra abitualmente muta, incontaminata dal frastuono che l'avrebbe in poco deteriorata per sempre, irreparabilmente. Terra di montagna, luoghi stranieri così simili a quelli in cui il caporale Helmut Krause aveva passato infanzia e

3

giovinezza, fra le sue montagne, quelle del regno di Württemberg. Il volto dell'ufficiale tedesco era impegnato in una smorfia di fatica, ma dentro sé sorrideva; nonostante il gravoso carico dell'attrezzatura sulla schiena, nonostante l'appesantita divisa feldgrau che era stata prima inzuppata dalla neve che inesorabile continuava a cadere da ore, e poi intirizzita all'arrivo della gelida bufera, egli continuava a pensare a quella sua terra il cui ricordo era reso fervido dal buio di quella notte, la stessa notte di sempre, che portava sempre lo stesso buio, ma che in realtà appariva così tanto diversa da quelle passate fino ad allora. Ogni tanto alzava la testa dal suo cammino pesante e capiva che c'era qualcosa di caratteristico in quelle tetre sfumature, mimeticamente disegnate dai maestosi profili delle cime, che stagliandosi come silenziose ed immote sentinelle sembravano quasi sorvegliare il suo marciare, minacciose nel loro marziale rivolgersi, sbarrando la strada a quel nemico che vi si avvicendava sgradito, ma apparentemente leali nella loro indifferente maestosità.

Rivedeva le sue, di cime, pitturandone i colori sopra quel velo nero di notte, impolverato dalla neve, e dipingeva sul suo stesso volto affaticato un sorriso che accompagnava la vita dei campi in cui da contadino lavorava, quella vita di campagna dalla piacevole sofferenza, in cui foreste, fiumi, pascoli, sentieri e anche montagne, a volte innevate come quelle, era condita dagli elementi che tipicamente riempivano in quel tempo la gran parte delle vite di chi si trovava a combattere insieme, o contro, su quelle montagne: il fuoco, l'erba, gli alberi, i versi del bestiame da allevare con dedizione e l'impegno, attributi propri della sua famiglia, e delle altre famiglie contadine d'Europa. Pensava ai volti dei suoi famigliari, ai solchi nel campo, ai conigli, le capre e le vacche al pascolo, su tutte una bestia cui più delle altre era affezionato, e che aveva cresciuto ed allevato praticamente da solo. L'aveva chiamata Nina: era una bella e purissima Limburg, buona per tutto dal latte al trasporto. Gli aveva dato tante soddisfazioni, anche fino a poco prima che egli partisse per le armi; arruolato dalla coscrizione obbligatoria, come molti suoi coetanei, in quel battaglione, assegnato a quell'incarico che aveva svolto con lo stesso impegno che caratterizzava il suo lavoro ordinario, per non mancare di rispetto al buon nome della famiglia, e del Reich tedesco. Ed ecco infatti pioverglì addosso una carriera fulminea ed inaspettata, agevolata dalle grosse perdite di ufficiali, sia per cause di battaglia sia dalle destituzioni per manifesta inettitudine al ruolo, ed in un attimo

4

diventare caporale in servizio sulle montagne italiane.

Avanzava in testa ad un gruppo costretto a marciare in fila indiana e a testa bassa verso il punto più in alto di quel sentiero che aveva più la parvenza di una strada, una sorta di mulattiera, larga abbastanza da far passare una fila di due-tre soldati, ma dal carattere ripido e scosceso, tipico di quelle montagne che erano indicate come Prealpi sulle carte, ma che erano state da molti soldati, soprattutto austriaci, accostate più alle Dolomiti per una loro somiglianza in caratteristiche morfologiche come il netto spiccare di cuspidi acuminate e versanti aspri e ripidi, che anche al buio svettavano inequivocabili, trasmettendo uno strano presagio di placida irrequietezza che chi conosceva già quelle montagne non poteva scordare. Montagne enigmatiche e stupende, ma sempre montagne di territorio nemico: erano militari in battaglia, e quelle cime andavano scalate e quelle strade andavano percorse soltanto per perseguire l'obbiettivo prefissato, che in quel caso era la ormai famosa Forcella Clautana. Da giorni il nome di quel passo strategico che conduceva in Valcellina era rimbalzato di bocca in bocca, dagli ufficiali fino ai soldati. Gli ordini erano via via cambiati dopo lo scardinamento delle linee sul Colovrat: ogni giorno durante quella rapida avanzata si susseguivano cambiamenti di direzione e percorso, poiché il nemico in ritirata lungo il Friuli tentava in tutti i modi di fermare quella che sembrava diventare ogni giorno di più l'offensiva più risolutiva di tutto il conflitto, tanto che gli stessi invasori si erano trovati a far fronte alla continua riorganizzazione del percorso, e come già successo pochi giorni prima, la strada scelta per quegli uomini, che puntavano dritti verso la forcella, era la più impervia, la più difficile, forse però la più adatta a uomini di montagna come lo erano quelli del Württembergisches Gebirgsbataillon, nome che veniva abbreviato in WGB nella burocrazia militare: truppe specializzate, battaglione di montagna che contava molti uomini, quasi quanto un reggimento: un alleato validissimo ed utilissimo agli austriaci per come quel territorio sembrava mostrarsi.

L'operazione richiedeva massime attenzioni e discrezioni poiché era sconosciuto il posizionamento degli avversari in ritirata sulla stessa strada, era assolutamente necessario evitare di essere scoperti. Ma nonostante gli estremi sforzi da parte delle truppe era evidente per Helmut che il fortissimo silenzio che quelle montagne vivevano dall'eternità non si sarebbe potuto conservare immacolato; continuava a sentire, e con lui molti altri soldati che provenivano da luoghi di montagna, che il loro avanzare, il loro irrompere turbava fatalmente quelle terre, era sempre più evidente che quell'ammasso di uomini, al suo passaggio, distruggeva progressivamente l'epocale integrità di quell'ambiente: Dorsali che si ergevano minacciose, muraglie inghiottite dalla notte di cui sembravano creatrici, alture arcadiche e solenni che intimidivano da sempre ogni improvvisato avventore, a monito delle conseguenze che ogni offesa poteva scatenare. Allora l'unica cosa da fare era continuare, lui e gli altri, a forzarsi tacitamente in testa la convinzione che quei luoghi fossero alieni, terra nemica, pur non così poi tanto diversa dalla sua terra, permeata in quelle stesse fredde notti dalla stessa fresca neve di novembre, dallo stesso silenzio. Ma il rumore che rompeva quel silenzio non era il solito vento che soffiava fra gli alberi, non erano i versi degli animali, i rintocchi stonati del campanaccio della Nina. Il caporale Krause – Helmut, sapeva che in quei momenti necessitava di quei ricordi non tanto per crogiolarsi nella speranza di poter un giorno riavere tutto ciò, quanto piuttosto per trarne la forza tale da riuscire ad affrontare quella fatica che a volte non vedeva come necessaria, che sentiva non appartenergli appieno, ed il cui movente restava indiscusso soltanto grazie al senso di responsabilità nei confronti del dovere e dell'onore.

La strada continuava a salire, a volte anche aumentando di pendenza, e la quantità di neve depositatavi aumentava proporzionalmente all'altitudine. Significava che la meta si stava approssimando, così pensò di dare uno sguardo indietro per controllare la situazione della sua squadra, che lo seguiva: tutto era in ordine, ma sempre forte era la suggestione data dal colpo d'occhio di quella interminabile fila di soldati su quell'itinerario ripido ma invitante, che si faceva percorrere velocemente, spingendo ed attraendo quasi inconsciamente i soldati dritti nelle bocche di fuoco del nemico, fauci affamate e pronte a tutto per nutrirsi e sopravvivere. Dalla parte opposta un'altra bocca, invisibile, pareva vomitare quell'orda di uomini che pesanti si trascinavano su quella strada, appesa ad un abisso di cui non s'intendeva il fondo, almeno non quanto il destino di chi ne sarebbe stato inghiottito. Il buio avvolgeva tutto, ma si riuscivano a vedere anche gli uomini alla fine della fila che proseguivano a cavallo di alcuni muli da trasporto, in posizione più arretrata rispetto ai gruppi predisposti al primo assalto. Per quanto comunque si trattasse sempre e solo di animali e uomini, per Helmut non era possibile non provare disagio; quantunque fosse necessario, obbligatorio proseguire, non era facile sopportare che il peso di quella camminata, che il pestare di quegli zoccoli spostasse la ghiaia e scorticasse le radici affioranti dei pini mughi. Non riusciva proprio a fare in modo che l'orgoglio e la disciplina, con l'onore e l'amor patrio, sovrastassero le sensazioni che cozzavano aspramente con le ragioni di quell'avanzata, prima ancora del contatto col vero nemico.

Il nemico, ecco su cosa doveva concentrarsi, per non lasciarsi distrarre: sparare, uccidere per primi, uccidere per sopravvivere, questo era il pensiero che cercava di stamparsi in testa, tentando di rinsavire da quella debolezza che non poteva permettersi in quanto conduttore della propria squadra, la prima, la più avanzata della compagnia. Altre compagnie si erano mosse in direzioni diverse, appostandosi ai lati per colpire il passo con un fronte più ampio, ed il riverbero dato dalla neve aiutava quantomeno a capire la morfologia del territorio, a capire come muoversi grazie a quel poco di luce, anche se ci voleva comunque coraggio per essere i primi ad avvicinarsi: andava fatto tutto con decisione, con fermezza ma con molta cautela, sempre di più. Ed il caporale Krause era consapevole che i suoi uomini, come dimostrato in altri frangenti, fossero pronti ad affrontare quel pericolo con la destrezza che li contraddistingueva. Li osservò marciare mentre si avvicinavano lentamente, composti ed organizzati; lo impressionava l'ordine con cui le truppe proseguivano, la costanza e la diligenza perfino nella compostezza e nello stoccaggio degli equipaggiamenti, fatto salvo qualche piccolo difetto che gli parve trascurabile, come la borraccia del soldato Griegmann che sembrava sporgere troppo dalla sua posizione ufficiale, quella che era stata decisa e che doveva essere la medesima per tutti i soldati. A Helmut ciò stonava molto, anche se apparentemente poteva essere considerato un dettaglio di poco conto; pensò che anche se la borraccia non era in una posizione tale da creare gravi danni, poteva in qualche modo ostacolare un eventuale rapido movimento del fucile che il soldato teneva a tracolla sullo stesso lato. D'altra parte sapeva di poter lasciar correre una piccolezza come quella, ché la priorità era la marcia, e tornò a guardare avanti a sé con prudenza e circospezione, cercando di pensare soltanto all'obiettivo della missione, lasciando latenti tutte le preoccupazioni banali ed i distraenti sentimentalismi che potevano tradirlo.

Presagiva un avvicinamento all'obiettivo, la sommità della salita era vicina, s'iniziavano ad abbassare i costoni di roccia a protezione della stessa, e presto le truppe tedesche avrebbero potuto essere a contatto più stretto del voluto col nemico. Fece allora un segno convenzionale verso i sottoposti, imponendo l'intensificarsi della concentrazione e sottintendendo di cercare di non esporsi fino all'ordine d'attacco, che sarebbe giunto una volta avvistate con certezza le postazioni italiane, e comunque dopo almeno un paio di minuti di fuoco di sbarramento da parte delle compagnie di mitraglieri. Di conseguenza la marcia rallentò e con essa diminuì il rumore, il sottofondo innaturale che per quegli interminabili istanti aveva coperto come un velo il suono originale di quella valle pressoché incontaminata; ritornò per un attimo qualcosa che assomigliava non tanto ad un suono, un brusio, un sottofondo, più ad un'assenza anche non totale di suoni, una strana attesa che sembrava incutere un timoroso rispetto a tutto ciò che in quegli istanti popolava quel vuoto quasi tangibile. Da quell'atteggiamento trasudava un'inconscia volontà, da parte di tutta la materia esistente, di assaporare senza contaminazioni gli ultimi momenti di quell'immenso e leggendario silenzio.

Il sentiero compiva una curva, aggirando una grossa sporgenza di viva roccia, oltre la quale v'era soltanto l'ignoto, e con esso probabilmente l'agognato passo di Clautana e le postazioni nemiche. Il caporale auspicò ancor più prudenza, proseguendo e sporgendosi per perlustrare di là della rupe. Al buio gli pareva di riuscire ad avvistare qualcosa, ma finché non poteva esserne certo se ne guardava bene dal dare ordini che non fossero relativi al mero avanzare in silenzio. Ed il silenzio allora si fece più forte, quando i rumori della marcia divennero più sordi, latenti, ovattati, lontani. Mentre i soldati si ammassavano al suo seguito sentiva ancora gli zoccoli dei muli arrancare sulla ghiaia e fra le radici, sempre più pesanti ed incerti, con la neve che si accumulava e si appiattiva rendendo l'appoggio scivoloso. Un tenente, vista la scena, sempre nella più assoluta prudenza, decise di interrompere lì la difficoltosa salita dei conduttori di quelle bestie, per non rischiare di essere d'intralcio all'attacco; ordinò alle squadre di fare rientro e di sistemarsi nelle immediate retrovie, in attesa di nuovi sviluppi. Ciò costrinse le compagnie di fucilieri in retroguardia, ferme in attesa di ordini, ad appiattirsi contro la roccia sul lato interno della strada, per far spazio ai rientranti sui muli. La strada pur ampia però in alcuni punti si stringeva, mostrando sempre più la sua asprezza, denotando e rimarcando quanto fosse la vita umana in quei luoghi fosse ardua e labile, e lasciandosi sempre più inghiottire dal buio dell'ignoto di quell'abisso che costeggiava incautamente. L'andamento della marcia e della contromarcia s'intensificava, ingorgando ed ammassando pericolosamente le fila in quei punti pericolosi, fino a non poter più impedire la fatalità: un paio di muli con i loro conducenti scivolarono nel burrone, producendosi in una commistione di suoni che insieme fecero scaturire un terrificante urlo infernale, che pareva quasi voler salire dal burrone squarciare la notte, smembrarla e squartarla del suo significato, assaltarla alla baionetta per vincerla, per cessarne l'esistenza carpendone l'anima, estirpandone l'essenza, coprendo vigorosamente quel suo connaturato silenzio. Helmut rabbrividì, ma subito cercò di restare concentrato e non farsi prendere dallo sconforto e dal panico, per capire se vi fosse qualche avvisaglia da parte nemica che potesse trasformarsi in pericolo per il suo plotone e per chi lo seguiva. Forse l'eco di quell'urlo agghiacciante si era persa lontano dall'udito delle prime linee italiane, poiché non vi fu nessuna reazione immediata, per quanto fosse percepibile la presenza nemica nelle vicinanze. Non erano per fortuna ancora stati scoperti e si poteva pianificare l'attacco.

Per un attimo però gli parve che il silenzio fosse tornato del tutto normale, quello che Forcella Clautana viveva da sempre; il buio e la bufera imperversavano tutt'attorno ma quel momento gli ricordò ancora una volta – ed era ogni volta come fosse l'ultima – le montagne del Württemberg, e gli parve quasi di sentire il suono reale, metallico, sgraziato e cadenzato del campanaccio della Nina quando il soldato Griegmann, sporgendosi istintivamente verso il burrone che aveva inghiottito impietosamente un suo compagno ed il suo mulo, fece urtare la baionetta contro quella borraccia troppo sporgente, producendo un suono limpido e squillante, che riproducendosi amplificato all'eco di quelle pareti rocciose, fece automaticamente scattare il fuoco nemico delle postazioni poco distanti. Una sola mitragliatrice da montagna che in poco tempo tolse la vita a tre soldati.

Ed in quello sferragliare, in quella miriade incalcolabile di colpi sparati con una velocità mai vista prima, in quel teatro naturale di buio, silenzio e odori puri si produceva l'inarrestabile ed inoppugnabile tripudio del distruttivo progresso industriale, che faceva anche della morte un suo proprio criterio di produzione. Colpi in sequenze quasi ritmate, colpi che si susseguirono quasi senza lasciare intendere un intervallo fra l'uno e l'altro, intervallati soltanto dalle pause di ricarica, in cui si potevano avvertire i colpi singoli sparati dai fucili degli alpini, che miravano ad indefinite sagome liquefatte nell'oscurità, uomini nell'ombra che colpivano ombre di uomini.

Uno di questi colpi, uno soltanto, trapassò il cranio di Helmut da parte a parte, lasciandogli come ultimo ricordo terreno non un'immagine ma un suono, quel suono, e poi soltanto il silenzio.

2.

24 Ottobre 1917

Spesso l'evidenza del pericolo si manifesta alla cognizione nel momento in cui il pericolo è passato. Accade anche per quanto riguarda un evento importante, sia esso tragico o meno. L'istinto di sopravvivenza prevale per natura su qualsiasi altro comando volontario dettato dalla ragione, e ciò vale per tutti gli esseri viventi, in particolar modo per gli umani. Quindi la confusione delle esplosioni, delle urla, della polvere, dell'odore di ferro e zolfo che pervade la terra di nessuno che si percorre durante un assalto, l'importanza della vita e la paura della morte diventano tutti elementi di cui ci si rende conto soltanto quando, passato il momento che ogni volta sembra essere l'ultimo, ritorna protagonista il puro silenzio.

Ed il silenzio quando si è in trincea è spesso traditore, non è per niente simile al silenzio a cui un soldato come il bersagliere Giovagnini era abituato. Gli sarebbe piaciuto che almeno un po' quell'apatia ricordasse gli assolati ed oziosi pomeriggi di quando era studente, nella sua Pisa che pareva allora tanto lontana. Si era arruolato come volontario, per sentirsi utile all'Italia, per l'orgoglio di poter contribuire al completamento della costruzione di quell'istituzione chiamata Patria, di cui ancora si faticava a distinguere i lineamenti e a conoscerne i confini. I mitici confini, la frontiera: concetti illusori, trascendentali per uno che come lui non si era quasi mai spostato dalla Toscana, regione infatti troppo lontana dai confini, lontana dalla frontiera e dal suo forte significato. Lontano anche però da quel fronte in cui ora era prigioniero, distante fin troppo nei suoni, colori e odori che esalavano da quella grigia trincea puzzolente e silenziosamente infima, in cui non sembrava esserci altro da fare che aspettare: una lunga ed estenuante attesa apparentemente inutile ed innocua, figlia della noia, ma intervallata casualmente da un bombardamento che poteva essere letale. E quell'ansia snervante lo logorava, quel passaggio repentino dalla noia al pericolo lo distruggeva pian piano nel profondo, per quanto fosse stato abituato, nella sua vita di studente, alla pressione di un esame, alla tensione ed all'impegno frustrante di ore studio. La pesantezza di quei momenti diventava allora una questione irrilevante, se paragonata all'importanza del pericolo che ipoteticamente correva standosene in piedi in attesa dell'ordine d'attacco, che sarebbe dovuto arrivare, ma da giorni invece non giungeva alcuna comunicazione dalle retrovie.

Passava il tempo continuando a guardare fisso dalle feritoie, quando non visto dai commilitoni – contravvenendo ad un ordine di sicurezza – un po' per provare l'ebbrezza del rischio di essere colpito da un cecchino, ma soprattutto per riuscire a vincere anche solo per poco la noia, che spesso era paradossalmente più temuta della morte in battaglia, e che accompagnata a quel silenzio artificiale non era altro che il preludio, di quella pesante morte che, guardinga, aspettava.

Una situazione di continua consunzione, di annullamento della personalità, un perpetrato ultimatum alla pazienza ed alla capacità di intendere e volere di ogni uomo che in quelle buche nel terreno passava giorno dopo giorno in attesa del proprio destino, con la crescente consapevolezza che nessuna gloria attendeva oltre quei reticolati: soltanto una penosa, fredda e spietata morte. Scontrarsi con quella realtà pratica aveva dimostrato quanto essa fosse distante da quella teorica che gli interventisti all'università gli avevano descritto: nessun trionfo eclatante, nessuno scambio cavalleresco di onori, nessuna gloria imperitura, nessuna fanfara e divise bardate, soltanto sporcizia, cattivi odori ed assordanti rumori. Intervallava queste fughe mentali, questi momenti di distrazione con la precisa ispezione del suo novantuno, continuando ad aprire e chiudere l'otturatore, come se il rumore perpetuo che ne scaturiva intendesse scandire il tempo, ed aumentare gli intervalli fra questi movimenti potesse servire a farlo scorrere più velocemente, mentre la noia e la prossimità del pericolo si confondevano l'una con l'altra in un'assurda miscela esplosiva di prostrazione ed annullamento del proprio ego.

Fortuna voleva che quantomeno non fosse l'unico a soffrire di quest'assurda penitenza, che il suo destino potesse essere condiviso dai commilitoni, in particolare uno degli alpini dell'ottavo, brigata Tolmezzo, che erano stati dislocati lì in quella trincea sul Carso per "ridistribuzione di risorse in previsione di un momento critico": questa era stata la comunicazione dallo stato maggiore. Si preparava la dodicesima battaglia dell'Isonzo, e questo rimpinguo di rinforzi era una ventata d'aria fresca per i bersaglieri, che dopo mesi potevano finalmente vedere facce nuove. Giovagnini non si sentiva molto a suo agio con i colleghi di reparto che non fossero ufficiali, spesso si trattava di analfabeti senza cultura, prelevati da situazioni di povertà quasi estrema, ambienti sociali lontani da quello di cui lui faceva parte; realtà diverse contro cui spesso cozzava, poiché anche nel corredo politico ed idealistico i contadini obbligati alla leva non concordavano con loro illusori volontari. Non aveva ancora trovato nessuno con cui parlare di qualcosa di più che non fossero stati il rancio o le granate o i cecchini, qualcosa che portasse la sua mente via da quella trincea, via da quel posto, da quella situazione che mai avrebbe immaginato così terrificante ed alienante. Ed allora ecco questi alpini, da cui certo non si aspettava altro che nuovi soldati sgrammaticati e rudi, e che invece gli portarono la conoscenza di due ragazzi che condividevano, quantomeno in parte, la sua passione per lo studio ed i libri. Negli ultimi giorni erano entrati in stretta confidenza, e spesso si cercavano per parlare e discutere. Aveva sentito dire che lì sul Carso a qualcuno era capitato di ritrovarsi in compagnia anche di giornalisti o poeti, ma lui aveva avuto a che fare soltanto con cavatori di sassi o boscaioli non eruditi, persone anche di animo buono, ma spesso poco socievoli o addirittura ostili a farsi quattro chiacchiere, specie se con il loro superiore. Da par suo faceva mea culpa per l'atteggiamento forse troppo istituzionale, troppo dotto nell'approccio che poteva essere frainteso come manifestazione di superiorità intellettuale, cosa che non era assolutamente intenzionale, ma soltanto il retaggio dell'educazione ricevuta. Erano poi arrivati appunto gli alpini, che per quella che era la sua, pur limitata, esperienza nel Regio Esercito, erano composti soltanto e non altro che da uomini del genere, grandi lavoratori ma ignoranti e dal carattere aspro e poco amichevole, aspetto che veniva poi oltremodo intensificato dalla pesante situazione che tutti erano costretti a vivere. Invece si era dovuto ricredere: non uno ma ben due di questi alpini montanari si erano dimostrati persone di studio e di cultura, per diverse ma simili vicissitudini familiari. Giovagnini li chiamava "carnici" entrambi, infatti il soldato Venturini era propriamente di Cercivento anche se da molto ormai trasferitosi ad Udine, prima studente e poi lavoratore, ma l'altro soldato non accettava questa definizione geografica, per quanto nemmeno egli sapesse darsi un aggettivo di provenienza che fosse riconoscibile ai più. Proprio mentre il toscano ci pensava, ecco appunto apparire quell'alpino "carnico-non-carnico" che rientrava in postazione, con tutta probabilità dopo essere passato dalla latrina, e gli sorrise:

- Che hai da guardare Giovagnini?
- Morossi! Sembri contento! Deh, anche sopravvivere alla

latrina ha il suo perché, vero?

La goliardia da brigata aveva di riflesso contagiato ormai anche quei ragazzi, anche se il loro ammaestramento culturale poteva in qualche modo prevedere un atteggiamento un po' più posato, soprattutto per l'ufficiale Giovagnini, ma non era così facile mantenersi eleganti e gentili come si poteva essere alle cene e nelle biblioteche; non riuscivano proprio a sentirsi diversi dagli altri di cui condividevano il destino, non lì in quel posto, in quel tempo, di fronte a quel fato che li equiparava tutti, senza distinzione di portafoglio e d'istruzione.

Ma non erano le battute, non erano il sudiciume e l'assenza d'igiene, non erano le divise tutte uguali che li equiparavano agli altri, non erano l'attesa, la paura, il silenzio a farli stare tutti sullo stesso piano, era qualcosa di più, qualcosa di eterno, di immanente, di ineluttabile. Era qualcosa di talmente semplice da risultare inconcepibile per quei ragazzi che a vent'anni si trovavano di fronte a qualcosa che il futuro sembrava intimargli senza soluzione: era sempre quel sentore di afflizione, quella sofferenza che attanagliava anche l'animo del più forte, per cui anche il più preparato o abituato a penare ne usciva provato. E poi quella sensazione dell'onnipresenza della morte, che li circondava e li compenetrava diventando tutt'uno con le loro stesse cellule, ammalandole ed alterandone l'integrità, come avevano sentito dire di quei maledetti gas asfissianti che non lasciavano scampo: altro che battaglie gloriose ed epiche! Nessuno lì oramai ci credeva più, erano passati anni e la situazione non era in concreto mutata, se non per il numero dei morti che continuava ad aumentare, e per chissà quanto sarebbe andata avanti così. A volte l'unica arma per difendersi da quell'assurda vacuità era l'ironia, che poteva rivelarsi una piacevole distrazione:

- Devo dire che sto molto meglio, guarda! E per aiutarmi Mi sono fatto delle grasse risate con questo assurdo volantino inzuppato di retorica.

Porse al toscano un foglio segnato dalle pieghe, sulla cui carta fredda e inumidita erano state stampate a caratteri cubitali frasi di propaganda, ed in calce la firma di Gabriele d'Annunzio. Giovagnini si limitò a guardarlo con circospezione, cercando di capirne materialmente le intenzioni, anche se poteva in sé già immaginare quale tipo di comunicazione vi fosse redatta. Nel frattempo il trio si era completato, si era avvicinato Venturini, che puntualmente

curioso si fece passare il foglio e gli diede una sbirciata:
- Ma come, Morossi! Un anarchico come te che legge queste cose! Suvvia! Non vorrai farti tacciare di tradimento dai tuoi amici imboscati, qui stai palesemente cedendo alla volontà del Re!

Risero di gusto entrambi, ma il toscano subito intimò loro di non fare troppo rumore per non attirare l'attenzione di qualche ufficiale. A volte anche in momenti così spensierati cercava di riportare a posto le gerarchie; anche se erano riusciti da tempo a farsi mettere insieme di pattuglia, si trattava pur sempre di un loro superiore:
- Un giorno questo tuo atteggiamento ci farà finire male, te lo dico io!

Disse quest'ultima frase per evitare che la discussione degenerasse, com'era già capitato altre volte; in realtà sentiva che quell'ammonimento era soltanto una formalità dovuta alla sua posizione, e sapeva che gli altri l'avrebbero capito. C'era qualcosa, fra quei tre, che nonostante le differenze di opinione li faceva stare tranquillamente e piacevolmente insieme, un reciproco rispetto che per loro pareva avere più importanza di qualsiasi propaganda, di qualsiasi sentimento retorico. Giovagnini a volte pensava che sarebbe stato forse quello il metodo giusto per costruire l'Italia, ma erano soltanto momenti di smarrimento sentimentale dovuti alla stanchezza. Rispettava quei due montanari soltanto perché la loro cultura gli impediva di essere dei buzzurri, ma doveva continuare a credere nel sogno bellico, nella "passione latina" di cui parlava appunto il Vate in ciclostilati che faceva girare al fronte.

Venturini si accorse che il toscano aveva un lembo di una delle fasce mollettiere che dalle caviglie penzolava verso terra, e si chinò con quella che sembrò essere l'intenzione di una gentilezza nei confronti del suo superiore, evitando che la benda si sporcasse nel fango. Morossi intanto scuoteva la testa e guardava con ironica sfida i colleghi, cercando una risposta sarcastica alle preoccupazioni del commilitone, e gli indicò un punto sul volantino:
- Ma dai, Sergente, di che ti preoccupi! E comunque oramai nessuno crede più alle storielle che ci racconta il Rapagnetta che qui firma col suo pseudonimo.
- Sei un ingrato, un appassionato di letteratura come te che deride così un grande poeta …
- No! Qui ti sbagli, io ammiro il suo valore di letterato, solo non mi piace quando continua con l'assurda propaganda di questo

inutile massacro.

Giovagnini si guardò ancora attorno, e strettosi nelle spalle fece cenno all'amico di abbassare il tono della voce. Nonostante l'amico fosse un noto – fra loro – sovversivo, il toscano credeva ancora nella patria, e di conseguenza doveva credere nella retorica e nella propaganda; provò allora un leggero fastidio quando sentì che Morossi pose l'accento su quello che i detrattori dicevano essere il vero cognome del Vate, che veniva sistematicamente usato per screditarne l'onore ed il potere comunicativo. Ma non diede retta più di tanto a quelle che si forzava di derubricare a sterili polemiche, che però in realtà lo attiravano e lo spaventavano, soprattutto poiché il fascino dei discorsi sovversivi era costantemente amplificato dalla sistematica repressione che veniva attuata nelle trincee; così quando sentiva che poteva essersi facilmente passato il segno decideva sempre di stroncare il discorso con un gesto che zittiva tutti, soprattutto Morossi che era quello più preso da queste cose. Anche Venturini lo era, a volte, ma più spesso del fronte preferiva l'aspetto cameratesco; difatti, rialzatosi dopo ch'era sceso a sistemare le mollettiere di Giovagnini, pensò bene di architettare uno scherzo al sergente pisano, e disse sottovoce:

- Attenzione, il maggiore!

Al che il toscano, nel cercare di recuperare il cappello per mettersi sull'attenti inciampò cadendo rovinosamente; una volta a terra si accorse che qualcuno gli aveva annodato assieme le bende che portava alle caviglie:

- Lo ripeto, con voi carnici finirò male!

Morossi rise per lo scherzo, ma subito dopo quell'ultima frase si bloccò:

- Ed io lo ripeto, non sono carnico!

Smise anche Venturini di ridere, e lo interrogò:

- Però ancora non ci hai detto cosa sei! Qua siamo un toscanaccio, un *cjarniel* e ... cosa? *Tu dis che no tu sous cjarniel ma al dialèt tu lo capìsc!*

- *Lo capìs ma no soi ciarniel!*

Il toscano era a terra che si sbendava le caviglie e volle interrompere quello scambio di dialetti che per quanto si sforzasse gli risultavano incomprensibili, continuando la provocazione di Venturini:

- E allora dicci di dove sei! Sei qui da giorni e di te sappiamo

16

solo che sei un montanaro del Friuli! Mi sembra un po' troppo generico, non trovi?

- Io vengo da un piccolo paese che non conoscete di sicuro, si trova sempre nelle montagne friulane, non lontano da qui, ma neanche troppo vicino. Si chiama Cimolais.

I due cercavano di capire, ma se per il carnico quel nome era qualcosa di già sentito, per il toscano non poteva essere altro che un paese sconosciuto, come d'altronde già immaginava.

Morossi svogliatamente sentiva di voler provare a spiegargli qualcosa di più, così cercava aiuto con lo sguardo verso Venturini, che alzando le sopracciglia fece capire di non avere le competenze adatte, allora dopo pochi secondi il giovane cimoliano demorse:

- In realtà si trova quasi in Veneto, verso Longarone, Belluno, ma che ve lo dico a fare? Tanto al mio paese non ci verrete mai, non vi serve certo sapere dov'è …

Nel suo tono di voce il ragazzo aveva lasciato trasparire una certa ovvia nostalgia di casa, empaticamente assorbita dagli altri due che non vollero infierire oltre.

Durante il rancio i tre abitualmente stavano sempre assieme e parlavano, confrontandosi sui loro ultimi studi e raccontandosi cosa stessero facendo prima di quella trincea, a volte pensando, senza dirlo, se i nemici, i ragazzi stipati nelle trincee poco distanti facessero lo stesso. La lettura, per chi ne era avvezzo, in trincea era diventata un rimedio importante, anche se palliativo, per supplire ai patimenti della solitudine e del degrado continuo della personalità di ogni soldato. Da entrambe le parti leggere aiutava ad evadere da quel mondo così triste, così lontano dalla realtà quotidiana, dalle abitudini precedenti; per questo suo aiutare ad alienarsi da quell'alienazione la lettura allora acquisiva più intensità, ogni testo anche semplice, anche banale aumentava d'importanza, come se leggerlo potesse aiutare a sopravvivere anche soltanto un po' di più. La stessa cosa accadeva per il rancio: quando la fame si faceva sentire, anche il piatto più povero diventava una prelibatezza. I sentimenti come la disperazione e la solitudine accomunavano tutti i soldati, indistintamente, e per tutti il conforto arrivava dalle piccole cose.

Giovagnini riusciva così a sentirsi a casa, in un ambiente pressoché accogliente, anche se era molto lontano dalla casa vera, ché cercare di sentirsi a casa in momenti di disorientamento come quelli era importante, soprattutto dopo la delusione delle aspettative dell'arruolamento, delle prospettive di continuare il risorgimento italiano da protagonista, in prima linea, emulando le gesta del nonno garibaldino. Morossi lo etichettava, lo redarguiva quando egli esternava questi sentimenti patriottici:

- Dimenticati quelle cose, quelle sono fiabe da libri ormai, adesso è tutto diverso; con questi motti preconfezionati mi sembri mio fratello, con la differenza che lui la trincea non la vedrà mai e mai capirà cosa si prova. Tu invece dovresti capire che qui si gioca con le nostre vite, che l'orgoglio e l'onore non ti possono salvare dalle granate e dalle mitraglie.

- Io non voglio perdere gli ideali, sono una delle ultime cose che mi rimangono, insieme alla fede nel signore che ci guida.

Venturini era invece curioso:

- Tuo fratello, cos'ha che non può combattere?

Morossi mollò per un secondo il boccone che stava per mangiare, e riponendolo nella gavetta alzò convinto lo sguardo e rispose ad entrambi, mostrando che l'importanza di discuterne era uguale per entrambi gli argomenti, tanto da collegarli nella stessa risposta:

- La fede, bella roba! Lasciamo stare, va', che i preti a volte sono peggio degli austriaci! Mio fratello è stato malato da piccolo, una cosa nelle ossa, dice il medico, impossibile da curare. Ora è zoppo ma almeno si occupa della stalla e dei campi, per quanto può. E a dire la verità non so quanto sia meglio di qui starsene lassù al freddo e nella miseria: sono quasi certo che nemmeno agli ufficiali più meticolosi possano interessare quelle zone.

Sentiva che le due cose erano collegate, quei due argomenti così diversi lo attanagliavano ma allo stesso tempo divergevano per il tipo di sensazione che gli facevano provare. Il silenzio che seguì fece capire che non era necessario discutere oltre di quell'argomento, ma anche che la pressione tornava a farsi sentire, poiché il momento dell'assalto si avvicinava ancora, sempre più velocemente, anche se quell'ordine di cui tutti sapevano stava tardando ad arrivare. Il toscano nel frattempo pensava a qualche altra domanda da fare riguardo la situazione sociale del carnico-non-carnico, ad esempio di quale tipo fosse la sua famiglia di provenienza, dettagli che il silenzioso Morossi non aveva mai raccontato, a differenza dei suoi due colleghi. Era forse un nobile? Non poteva quasi certamente esserlo, come non lo era lui stesso, che era sì un ufficiale, studente di buona famiglia, figlio di genitori possidenti, ma distante dalle realtà di quegli ufficiali più alti in grado che comandavano i combattenti di linea dall'alto del loro disprezzo per le classi più basse e lontane dal loro status, e più lontane ancora da quei maledetti imboscati, come osava chiamarli quando parlava di chi non stava lì con loro a combattere per la patria ma con qualche scusa se ne stava comodo in un posto meno pericoloso della prima linea, o magari più sfacciatamente in città, lontano dal fronte e dal conflitto di cui soltanto parlava. Venturini su questo lo contrariava:

- Avessi potuto io, imboscarmi, magari con una bella ragazza come fanno loro! Ma no, "abile" hanno detto, ed eccomi qui ad aspettare che arrivi l'ordine di attaccare per i Savoia.

- Dovresti essere fiero di combattere per il tuo Re! – Lo redarguì Giovagnini.

Ci fu un altro momento di silenzio, di quel silenzio che ancora non si riusciva a capire se era rimasto un silenzio d'attesa o se era diventato un silenzio di esaurimento, di apatica noia. Passarono le ore senza nessuna novità, come stranamente da giorni capitava: nessun ordine di attacco e nessun preallarme alla difesa: il tutto riversato in un pesante silenzio allucinatorio, innaturale, forzato, artificiale come tutto ciò che li circondava. Tutto pareva costruito e prodotto in serie in qualche fabbrica, dalle pietre e dai sacchi di sabbia di quella trincea fino agli scheletrici alberi carbonizzati di quell'inferno che era diventato il Carso. Morossi guardava oltre quelle radure odorose di zolfo e squarciate dalle bombe, al di là di quelle montagnole fumanti e quelle ossature incenerite, quelle cavità impenetrabili, quello scenario dantesco oltre al quale si trovava la tanto agognata città di Trieste, per cui tanti erano morti e tanti sapevano, o forse no, di dover morire ancora. Una città lontana pochi chilometri, che fino a poco più di due anni prima poteva essere raggiunta senza alcun tipo di ostacolo, o almeno senza dover uccidere qualcuno per andarci. Ed allora, anche continuando a battagliare in quella maniera orrenda e logorante, Trieste sembrava sempre alla stessa distanza, né più vicina né più lontana, e si continuava a combattere sapendo che se qualcosa non fosse cambiato presto, presto cambiato sarebbe stato soltanto il tempo, continuando a scorrere addosso a quei soldati, congelando le vite in quel vortice, in quel circolo di eventi senza soluzione di continuità.

Quando fece buio iniziarono a vedersi le traccianti, come era stato detto e previsto dal comando, come anche dicevano quelle voci che giravano ma che non trovavano mai conferma e realizzazione in ordini concreti, ed in alcuni casi come appunto quello diventavano reali prima dell'arrivo delle informazioni. Per Giovagnini ogni volta di più queste situazioni dimostravano quanta differenza, quanto scarto ci fosse fra i vari gradi dell'esercito, e quanto fosse ancora impossibile parlare di unità nazionale finché queste lacune non sarebbero state colmate.

Doveva essere l'orgoglioso completamento del risorgimento ed invece era un continuo logorarsi interno, i pochi scontri col nemico avevano soltanto l'aspetto del disastro, del massacro, anche se vinti. Era la fine dell'eroismo mitico, il trionfo dell'orrore, nei volti dei giovani che gli erano morti a fianco e che avrebbero continuato a farlo chissà per quanto ancora. Restava però l'orgoglio di poter combattere, di poter rappresentare quella patria che era stata dichiarata, affermata e ripetuta come la nazione unificata di tutti gli italiani, era quel regno unito che da tempo era inseguito dagli ideali degli avi, e la cui costruzione era diventata dal 1915 un dovere nelle mani di quella nuova generazione, che non avrebbe però attaccato il nemico a cavallo con moschetto e sciabola, ma nascondendosi in un buco nella terra.

Sì voltò istintivamente verso i due compagni, che fissavano quelle luci in alto ma senza apparire concentrati, piuttosto assorti nei loro pensieri, nelle loro preoccupazioni, nei ricordi, anche loro, di casa, delle loro vite lasciate ad aspettarli lontani da quel degli altri soldati morti. In particolare il volto di Venturini lasciava trapelare una leggera sofferenza, un'angoscia malcelata, tanto che per empatia automatica a Giovagnini parve quasi di poter provare le stesse emozioni, così forti da rendere il momento quasi etereo, inconsistente. Non sentiva più quel silenzio intervallato dal malefico rumore di quei razzi, gli pareva che gli si fossero tappate le orecchie e si potesse udire soltanto un sibilo, tipico per quelle situazioni. Ma il fischio delle orecchie solitamente non aumentava d'intensità, non partiva lontano per poi avvicinarsi sempre più forte: quelli erano colpi d'artiglieria, li riconobbe subito, ed appena prima che il primo proietto toccasse terra, egli stava già sull'attenti, guardingo. Gli altri due riuscirono subito a capire la situazione grazie alla reazione tempestiva del bersagliere toscano, ed imitarono subito il comportamento dell'amico.

In tutti e tre regnava in quell'istante la paura ma anche l'emozione per l'assalto, che sarebbe succeduto immediatamente a quel bombardamento che diventava sempre più fitto, sempre più incessante. C'era però qualcosa che non andava, qualche tassello non era al suo posto. Innanzitutto col rancio non c'erano state avvisaglie di un imminente uscita dalle trincee, non erano passati con le razioni "premio" per addolcire gli ultimi istanti prima dell'inferno: di norma cioccolato, sigarette ma anche e soprattutto cognac, propellente necessario per permettere alle truppe di non indugiare, inibendone le coscienze in maniera tale da non essere frenati da ripensamenti all'ordine dell'attacco. E poi, pensava Giovagnini, c'era qualcosa d'insolito in quelle bombe, cadevano troppo vicine alla loro trincea e troppo lontane da quella nemica; errori del genere erano già capitati, con conseguenti disgrazie, però l'insistenza crescente di quel bombardamento, il progressivo avvicinamento verso quello che sembrava proprio essere l'obiettivo mirato faceva sorgere un atroce dubbio: quelle potevano forse essere bombe nemiche? Sarebbe stato assurdo, considerato che da diverso tempo ormai giravano notizie sul cattivo stato delle forze nemiche, era ormai risaputo che l'Austria-Ungheria non era in condizioni di attaccare, oramai già si parlava di scarsità di uomini e di mezzi per quell'esercito, che presto avrebbe capitolato. Ma probabilmente anche queste notizie erano destinate ad essere smentite.

Guardò Venturini, che parlò – urlò – per primo:
- Non è la nostra artiglieria!
- Come può essere? Gli austriaci erano messi male!
Intervenne Morossi:
- Si fanno aiutare dai Tedeschi! Non c'è altro modo!
- E allora perché i nostri non rispondono? Ci faranno ammazzare così!

Giovagnini era stato laconico, nessuno gli rispose perché c'era ormai soltanto da aspettare la fine di quell'inferno e capire cosa sarebbe successo.

I bombardamenti si susseguirono per ore, con un frastuono infernale, facendo tremare e lacerando la terra, cambiandone per sempre l'aspetto, lasciando spazio nella testa dei soldati soltanto per pensieri ed idee su come fare per sopravvivere, impedendogli di concentrarsi su altre cose. Non riuscivano, e forse nemmeno volevano pensare alle loro case, ai loro cari in attesa del loro ritorno, alle esperienze passate e potenzialmente mai potute rivivere avanti; Rimpiangevano il silenzio estraneo ed assurdo degli attimi precedenti il bombardamento, rimpiangevano la precarietà degli istanti in cui l'ignoto era certamente migliore di quell'ansia di non sapere dove sarebbe caduta la successiva granata, ed a tratti speravano paradossalmente che quel bombardamento non cessasse poiché, com'era già accaduto, alle granate poteva subentrare il gas, ed allora non ci sarebbe stato scampo; a quel punto era meglio morire subito, ai sopravvissuti agonizzanti da gas era riservata la mazza ferrata.

Morossi e Giovagnini si lasciavano attraversare da quei pensieri, si facevano sconvolgere e tormentare ma senza che ciò in realtà li turbasse indelebilmente: volevano essere forti, dimostrarlo prima di tutto a loro stessi e poi a vicenda, così ciclicamente lasciavano che quelle paure scorressero per cambiare il turno coi ricordi belli, anche solo al fastidioso silenzio antecedente a quegli scoppi, quel silenzio sgradevole che era di colpo diventato una chimera da rincorrere.

Venturini però stava perdendo la pazienza:

- Io non ne posso più, voglio sapere qual è il nostro destino! Vado in cerca del tenente!

Giovagnini si preoccupò, senza troppo impegno:

- Fermo! Non sporgerti, rischi di farti colpire da qualche scheggia così, non è sicuro ...

L'altro lo interruppe subito, le ultime tre bombe erano cadute un po' più lontano e ci si poteva parlare più chiaramente. La voce del soldato carnico diventò stracolma, ridondante di disperazione, un tormento quasi palpabile:

- Non m'importa, morirei comunque a starmene lì! Morirei comunque!

Una bomba cadde allora vicinissima, alzando un grosso polverone che fece rannicchiare immantinente Giovagnini e Morossi su loro stessi, per poi risollevare istintivamente la testa, a cercare di scorgere in quella nebbia il loro compagno che si era allontanato. Lo videro, ancora parzialmente avvolto da un fumo ch'era un misto di nebbia e polvere: era ancora nella stessa posizione, rivolto verso di loro, soltanto leggermente scostato, appoggiatosi con una spalla al bordo della trincea, più perché spinto dalla deflagrazione che per ripararsi istintivamente. Aveva lo sguardo smarrito, puntato dritto nel vuoto dietro ai due compagni, e continuava a ripetere senza senso l'ultima frase già pronunciata:

- Morirei comunque ... morirei comunque ... morirei comunque ...

Giovagnini vide che aveva perso l'elmetto e tendeva lo sguardo verso il vuoto, mentre il suo tono di voce si andava affievolendo, perdendo forza.

-   Venturini!
-   ... morirei comunque ... morirei comunque ... morirei ...
comunque ...

Le bombe ricominciarono a cadere lontano, ad intervalli che non erano più regolari e con meno intensità, facendo intuire forse il bombardamento stava per cessare. Giovagnini tentò nuovamente di chiamare l'amico, che pareva inebetito dallo scoppio:

-   Venturini! Che fai? Torna qui!
-   ... comunque ... morirei ... morirei ... mo ...

Cadde a faccia avanti, spingendo verso l'alto quel poco di fumo grigio che ancora lo circondava, lasciando vedere ai due colleghi che del suo corpo non restava che la parte superiore del busto, il resto era stato polverizzato e lo circondava sottoforma di poltiglia sanguinolenta.

Non vi furono urla di terrore da parte degli altri due, solo sbigottimento, orrore ed un funereo silenzio, che si espanse tutto attorno, una volta terminati i bombardamenti.

Silenzio che non durò: presto fu dissolto, lacerato dai tipici suoni dell'assalto nemico, rumori freddi ed indefiniti, che sul Carso erano risuonati decine di volte ormai: le urla dei soldati, la loro corsa incerta, qualche spontanea e disorientata mitragliata italiana che provava ad affrontarli nonostante non ci fosse nessun ordine a riguardo.

Il rischio era troppo alto e molti iniziarono a fuggire nelle retrovie, la trincea si svuotava lentamente. Gli indecisi venivano presi prigionieri o uccisi sul posto. Giovagnini guardò Morossi che aveva gli occhi colmi di terrore e le membra scosse da tremori incontrollabili. Il toscano sentì il silenzio disintegrarsi a quelle urla e sotto il fragore di quegli spari, vide il compagno scavalcare la trincea e scappare, e lo vide voltarsi soltanto quando lo richiamò a sé, con un richiamo che sarebbe parso istituzionalmente come un severo ammonimento, ma che non era nient'altro che la voce di un ragazzo che chiamava in aiuto il suo amico, a cui stava mostrando tutta la sua paura, il terrore che lo paralizzava e lo accomunava a tutti gli uomini, i ragazzi, gli amici che in quell'angolo di mondo vivevano attimi tremendi. Si guardò attorno terrorizzato e non ebbe il coraggio di richiamare Morossi ancora, non ebbe il coraggio quasi nemmeno di considerare soltanto la sua situazione come stavano invece facendo tutti, come facevano tutti durante le battaglie, salvi alcuni casi. Ma istintivamente imbracciò il suo novantuno e volse le spalle all'amico aspirante fuggitivo, sperando che prendesse esempio, che ritornasse a servire la patria ed affrontasse il nemico con onore. Sparò al primo assalitore, mettendolo fuori gioco, vedendolo cadere a terra urlante, vedendolo morire per mano sua, pensando che l'aveva fatto per sé e per la patria, poi si girò per vedere se il collega alpino ci avesse ripensato, ma così non fu, la sua ombra già si diradava nella notte di quella terra martoriata che sarebbe rimasta ancora per poco dell'Italia, lì dietro. Allora l'orgoglio italico ed il senso del dovere tornarono impetuosi a ricordargli qual era il suo compito, ma furono gli ultimi sentimenti che provò.

Non si voltò più, morì trafitto alle spalle da una baionetta nemica, ricadendo su se stesso, spinto via dalla suola di quello scarpone che poi lo calpestò, e con lui centinaia di altri scarponi di altri soldati nemici, ragazzi come lui, che non sarebbe stato più altro che un volontario disperso nel Carso, flagellato dalle bombe.

Prima del buio e dell'oblio ebbe un ultimo pensiero: non pensò ad altro che al silenzio. Ma non il silenzio eterno, non il silenzio della morte che fa paura, non al silenzio come assenza di rumori, no. Il silenzio come presenza tangibile, il silenzio come manifestazione della stessa esistenza del silenzio come cura, come causa, non come conseguenza; non il silenzio come la fine ma il silenzio come l'inizio, come punto di partenza, il silenzio come il valore, troppe volte vilipeso, troppe volte dimenticato: il silenzio come la vita.

Passarono i giorni, e per il soldato Giuseppe Giovagnini, bersagliere di Santa Croce sull'Arno, non vi furono funerali, né onori, né gloria, né più l'affetto dei propri cari, né quel che restava della giovinezza né la vecchiaia, né tantomeno una morte naturale e magari serena. Ben presto anche i commilitoni si sarebbero scordati il suo esserci stato, la sua immagine, la sua voce.

Come per molti altri giovani, appartenenti ad una generazione distrutta, di lui e per lui non restò nulla, nemmeno il silenzio.

PRIMA PARTE
8 NOVEMBRE 1917

1.

In un prato, sulle cime innevate, non lontano dal greto di un torrente, in un bosco pendente ricco di conifere: ecco dove è possibile solitamente trovare il silenzio, che si interrompe soltanto per il fruscio del vento fra i rami, per l'incedere guardingo di un cervo, per il verso di una civetta.

La luna splendeva, la vita regnava sovrana quell'immobilità, governando quelle notti che inondano di buio quel silenzio, così presente da sembrare umano, così vicino all'esserci da poterlo considerare un fedele compagno, una cura per la solitudine che certamente non scalfiva quella civetta, o quel cervo che, sceso il pendio trovò da brucare dopo aver cercato il punto a valle in cui poter trovare ancora qualcosa di cui nutrirsi; stagliato, elegante, abbassò il capo verso il prezioso cibo, lasciando che la notte continuasse il suo mestiere, fondendo e forgiando buio e silenzio in un'unica lama, tagliente come il gelo di quel freddo novembre, che irrigidiva ed immobilizzava apparentemente tutto.

Un disco quasi intero di luna cercava spazio fra le nuvole nere, mentre inspiegabilmente la pioggia cadeva fina e pungente, emettendo al contatto col terreno un brusio che nel suo tenue ronzare amalgamava i piccoli colpi sui fili d'erba irrigiditi: era come se quello fosse il naturale suono di quel luogo, come se niente potesse rompere quell'idillio d'irrequieta saldezza, né il timido grido soffocato della civetta né la raffinata corsa del cervo ch'ebbe l'istinto di fuggire, dopo aver avvertito una presenza in avvicinamento. Un passo inquieto, un'affannosa marcia, più incerta e meno fluida di quella dell'ungulato; l'andatura tipica di un uomo stanco, di un ragazzo che ha camminato molto, incerto e confuso in quella corsa che aveva il carattere dell'intenzione di raggiungere al più presto un riparo, una corsa dal sapore di fuga che durava ormai da giorni, per scappare da una realtà diversa, per fuggire dalla morte o, ancor peggio, dal futuro. Soffriva, ma sorridendo dopo aver scorso in lontananza un bagliore debole, il riflesso timido della luna che ancora non si arrendeva alle nuvole ed alla pioggia, insistendo nel suo naturale mestiere, baluginando sul puntale di metallo umido posto in testa al campanile. Era tornato, quello era il suo paese, la sua casa.

Casa sua, un posto che gli mancava ormai da mesi, era lì, a pochi passi: una visione che si faceva spazio a fatica con le poche deboli luci che dal paese sembravano cercare di evitare il freddo morso della notte, per essere raccolte dagli occhi annebbiati di quel ragazzo che mostrava l'aspetto di colui che vinto dalla morte non ha più nulla per cui vivere, se non quel paese, quella casa che dopo tanto tempo riusciva incredibilmente a rivedere.

Avrebbe forse voluto chiedersi se tutto fosse rimasto com'era prima che partisse, ma la stanchezza ed il dolore, tutti i dolori lo tormentavano e gli impedivano addirittura di pensare. Era molto stanco, troppo, doveva faticare non poco per reggersi in piedi e quegli ultimi passi erano i più difficili: era come se, ad un passo da quell'effimera salvezza, il peso di tutto ciò che era successo fino a quel momento diventasse insostenibile, come se non riuscisse più a resistere a nulla che riguardasse quanto trascorso, nemmeno la presenza dell'uniforme infradiciata che portava addosso.

Entrò in paese mentre continuava a cadere quella pioggia fastidiosa, ma a lui pareva che in realtà tutto fosse avvolto dal silenzio tipico delle notti di sempre, come se nulla fosse cambiato, nemmeno dopo tutto quel ferro e quel fuoco che lì sembravano non aver scalfito nessuno, dopo tutti quei chilometri di desolazione e distruzione. C'era una sola cosa che si notava, che rendeva quel paese uguale a tutti gli altri ch'egli aveva attraversati per arrivare fino a lì, paesi piccoli e grandi che prima di quell'apocalisse moderna poco avevano in comune con questa nicchia isolata di montagna, solo una cosa da quel momento sembrava comune: la fame. Non c'erano persone affamate in giro ma la fame si poteva sentire, si odorava nell'aria, la miseria era da tempo parte di quella terra, per quel paese lo era quasi sempre stato. Terra di sacrifici e sofferenze, di duro lavoro e sopravvivenza comune, terra lontana dalla comodità e dai fasti del progresso, terra di freddo, di silenzio, ma anche e soprattutto terra lontana dalla violenza dei combattimenti degli uomini contro loro stessi.

Trovò la strada di casa quasi ad occhi chiusi, trascinando i piedi pesantemente, come a camminare con le ginocchia, fino a quando quasi senza accorgersene, si fermò davanti al portone della casa in cui era nato, una delle case più signorili che troneggiava nel centro del paese, e come una sorta di piccolo castello delimitava l'ingresso alla proprietà della sua famiglia, del loro feudo rurale: il suo cortile, il suo campo, la sua stalla. Il tutto era proporzionato alle dimensioni istituzionali del circondario: tutto era proporzionato alla vita del piccolo paese di montagna, perfino ciò che nessuno avrebbe mai definito fastoso o lussuoso, ma che da un certo punto di vista lo era, soprattutto se paragonato ad altre situazioni in quei dintorni. La casa era grande ed anche ben decorata, curata negli esterni e negli arredi ma era pur sempre un rurale casone famigliare, condizionato dalle necessità più che dal gusto.

Tutto era chiuso, le imposte, le porte, e non c'era nessuno in giro: era notte e di notte, pensò giustamente, sono tutti a dormire. Proseguì costeggiando il muro a secco, a tratti sfatto, dirigendosi verso l'altra zona della proprietà, e si fermò, ansimante ma sorridente, al centro di quel cortile, teatro di esperienze, di giochi, di lavoro, di sofferenze, così diverse eppure così uguali a quelle delle armi. Quelle armi maledette, quell'esercito da cui ora era riuscito a scappare, a fuggire dalla morsa di quelle battaglie senza senso e di quei rumori infernali: si era finalmente allontanato dalla morte.

- Già, – Pensava, – I rumori, il frastuono delle esplosioni, la terra che cede, lo sfregamento del ferro ... –

Un rumore infernale, fastidioso, logorante, lo sfregamento del ferro, suono stridulo simile a quello che aveva di colpo in quell'istante rotto il silenzio quasi meditativo in cui si trovava assorto con se stesso il soldato Pietro Morossi, alpino disertore, uno degli "sbandati" di quella ritirata disordinata che presto sarebbe diventata nota ai più con l'antonomasia del paese che ne fu teatro: Caporetto. Egli era uno dei pochi fuggitivi che non aveva abbandonato l'equipaggiamento nemmeno in parte, forse più per il senso del valore materiale che per la fedeltà alla corona. Come lo avevano addestrato a fare in pattuglia si era voltato non appena avvertito quel rumore sospetto, intimando uno stanco ed impercettibile "chi va là" ad un'ombra che uscì claudicando dal buio; la luna si stava arrendendo alle nuvole che però col sorgere del giorno iniziavano ad assumere un aspetto meno minaccioso. Pietro avrebbe voluto o dovuto fare qualcos'altro piuttosto che starsene fermo con il fucile in mano, ma si trovava in preda alla confusione più totale, e non gli riuscì di fare un movimento almeno fino a quando non riuscì a distinguere che chi gli stava davanti altri non era se non suo fratello Felice, la cui espressione non lasciava trasparire né stupore, né delusione. Non si dissero niente, Pietro abbassò soltanto il suo fucile, privo di baionetta, che gli scivolò addosso fino ad adagiarsi lentamente a terra, la sua terra; il soldato seguì la sua arma, accasciandocisi sopra, esausto.

§§§§

Il maggiore Sprösser esaminava perplesso gli ordini che gli erano stati trasmessi dall'interposta persona del capitano Von Esch, che gli stava davanti in attesa di una risposta da ritrasmettere a sua volta. La spartizione delle quote di titubanza del maggiore, in quella situazione, era incerta se pendere maggiormente sul suo assenso verso quegli ordini, o sul fatto che mai aveva visto, in piene operazioni di attacco, un ufficiale limitarsi a fare da portaordini, per quanto essi fossero di esclusiva competenza di stati maggiori. Forse la sua era deformazione professionale o probabilmente il senso del dovere prevaleva sulle priorità che gli Schützen austriaci in quel momento gli proponevano, così decise di rispondere garbatamente che l'ordine non poteva essere rispettato poiché già era in atto una procedura che contrastava con tale ordine, e congedò il capitano-messaggero Von Esch. Rimasto solo nel suo ufficietto di fortuna, composto da un traballante tavolinetto di legno recuperato chissà dove su cui erano gettati alla rinfusa mappe e appunti e coperto da un tendaggio approssimativo, fece il gesto istintivo di accarezzarsi la barba dal mento verso il basso, chiudendola nel pugno destro, mentre fissava il cielo impaziente per capire se si poteva avere qualcosa di meglio che non fosse pioggia in basso e neve in alto, com'era stato la notte precedente su a Forcella Clautana. Poco lontano tutto il Württembergisches Gebirgsbataillon continuava il suo vorace vettovagliamento offerto dai civili di Claut che li avevano accolti con tutti gli onori al loro ingresso in paese, quel pomeriggio. Altra cosa che incuriosiva Sprösser era il comportamento rilevato in quasi tutto il Friuli durante quell'avanzata: l'esodo era stato impressionante, le orde di profughi intasavano le strade e tutto il territorio palesava una desolazione che era l'indiretta conseguenza dei combattimenti. Erano fuggiti in molti, quasi tutti, però gli abitanti rimasti non davano quasi per nulla problemi di resistenza o addirittura in alcuni casi si dimostravano accondiscendenti per quelli che allora erano però invasori. Forse si trattava soltanto di una sudditanza di comodo, ma ciò che gli dava da pensare era che aveva già visto popoli sottomessi e servizievoli ma mai al punto da prendere iniziative del genere, tanto che a momenti pensò quasi che quella gente potesse in qualche modo essere rasserenata dalla presenza degli stranieri: d'altra parte in situazioni precarie ogni cambiamento così radicale potrebbe essere stato visto come la risoluzione ad un immobilismo statico che aveva causato molti danni. Questo pensiero sociologico comunque lo abbandonò presto, poiché il tempo stringeva e bisognava evitare l'acquartieramento troppo statico. Cercò con lo sguardo il suo portaordini interno, giacché doveva iniziare ad organizzare i suoi reparti: lo riconobbe subito per il suo aspetto mingherlino e debole, ed una volta incrociatone lo sguardo lo invitò ad avvicinarsi. Il soldato Hans Krüger obbedì velocemente: si era arruolato come volontario nel battaglione una volta saputo che la zona d'operazione era l'Italia. Voleva essere d'aiuto come interprete, e anche se fisicamente non sarebbe potuto per certo essere dichiarato abile, insistette così tanto che il maggiore dovette concedergli il permesso, d'altra parte il soldato aveva delle ottime referenze famigliari, con padre e nonno che già combatterono per il Kaiser in battaglie precedenti. Lo stesso maggiore poi aveva deciso di utilizzare quel soldato minuto ed agile anche per fare il portaordini interno, oltre che l'interprete.

Nell'eseguire la consegna Krüger si mosse rapido fra le truppe che terminata la pausa iniziavano a prepararsi, e cercando i due tenenti a cui recapitare le direttive pensava a quanto fatto fino ad allora: se fino al Matajur non si era sentito molto partecipe, il Friuli era certamente stato il suo maggiore campo di prova sino a quel momento, e dati gli ottimi risultati bellici del suo esercito confidava orgoglioso di poter dimostrare ulteriormente il suo valore.

Poco lontano dal buffet stava il tenente Schröder con la sua squadra, ancora intenti a tenersi alto il morale a suon di battute spiritose e a banchettare con i rimasugli di quanto offerto dai civili. Il giovane e biondo ufficiale di origini sveve era leggermente più alto di tutti gli altri soldati, della sua famiglia d'estrazione nobile aveva conservato i modi e le abitudini: si faceva riparare da un sottufficiale con un ombrello italiano sequestrato nei depositi abbandonati, comportamento simile a quello che aveva adottato in altre situazioni dell'avanzata, in cui stava bene attento ad evitare qualsiasi inutile contaminazione che avesse potuto rendergli scomodo o poco piacevole il prosieguo della missione. Molto ligio al dovere però eseguì subito l'ordine del maggiore; alla richiesta di Krüger su dove fosse l'altro reparto interessato rispose di non esserne a conoscenza, al che il soldato interprete dovette faticare non poco per raggiungere il reparto che oramai aveva terminato il riposo già da un po', portandosi avanti per vari chilometri oltre il paese di Claut, fino quasi a raggiungere i ciclisti che il maggiore aveva mandato in avanscoperta.

Raggiunto il reparto capì che forse l'ordine formale del maggiore Sprösser poteva addirittura risultare pleonastico, poiché l'intero reparto era oltremodo attivo e pronto a qualsiasi tipo d'azione, e continuava a dimostrare caparbietà e sfrontatezza, qualità che venivano sistematicamente dimostrate, dividendo il gruppo d'azione fra chi come il WGB ammirava la dedizione, e chi come il ventiseiesimo battaglione di Schützen austriaco avrebbe preferito meno intraprendenza e più controllo. Krüger giunse fino alla zona del porto di Pinedo, che sulle carte tedesche era identificata come "il Porto", prima di poter avvistare qualcuno della squadra che cercava: vi trovò il caporale Günther Hofmann, noto al battaglione per essere un provetto musicista, identificato dall'interprete ancor prima di essere riconosciuto per il suo aspetto, poiché stava tentando di costruire uno strumento musicale a fiato con alcuni bossoli.

- Caporale, mi scusi, cercavo ...
- Oh, Krüger! Guardi, questi sono i colpi che ci hanno sparato gli italiani appena siamo usciti da Claut!
- Come? Quindi c'erano postazioni italiane di cui il comando non era al corrente?
- Esattamente! Sono sbucati all'improvviso, ma erano in pochi e credo che ...

Fece una pausa, inspirando per poi provare a soffiare dentro la specie di flauto di Pan che si stava costruendo.

- Che?

Intervallò il portaordini, tendendo con una certa insistenza il capo verso l'interlocutore, a far capire di star attendendo ulteriori dettagli:

- Credo che non fossero interessati a noi, sono praticamente scappati.
- Capisco ...

Krüger si trovò un po' spaesato. Già aveva avuto modo di osservare gli eccentrici comportamenti di quel caporale, ne aveva sentito raccontare gli atteggiamenti da bohémien dai soldati che ne descrivevano il fare artistico e scanzonato, aggiungendo però che si trattava di uno dei più bravi tiratori, e che per questo era stato promosso caporale. Un aneddoto in particolare lo volle, durante la campagna di Romania, colpitore di un nemico da ragguardevole distanza, qualcuno osò dire addirittura mille metri. Di certo poteva trattarsi di un ingigantimento dell'importanza di quel gesto, di un tentativo di mitizzare una dimostrazione di grandi capacità tecniche

che non era null'altro che l'impresa di un soldato in battaglia, ma in realtà la particolarità maggiore dell'aneddoto fu che il caporale durante tutta l'azione continuò a fischiettare sommessamente l'aria del "chi del gitano" dal Trovatore, fermandosi solo per trattenere il fiato durante il momento del tiro. Fu proprio il ricordo di questo racconto che permise a Krüger di non rimanere alquanto seccato da quel comportamento, che al contempo denotava un particolare fascino, come se la capacità di alienarsi da quella realtà a volte scomoda fosse un reale pregio.

- Quindi, caporale, si può dire che lo scontro col nemico è durato poco, giusto? E poi le truppe italiane si sono ritirate, corretto?

- Appunto per questo glielo sto dicendo, gli stiamo alle costole!

Hofmann riprese a suonare, Krüger era ancora affannato dalla corsa fatta per raggiungere quell'avanguardia, e cercava di attirare l'attenzione del caporale mostrandogli l'ordine del maggiore ma il musicista era concentrato solo sul suo strano flauto, le cui canne ora forava alla base, in misure diverse per ogni bossolo. Provò a suonare altre tre note ma si produsse in un'espressione non proprio di soddisfazione.

Krüger capì che il reparto si doveva essere fermato per una ricognizione, quantomeno ufficialmente, e per il caporale era diventato un momento di svago. C'era stato comunque un attacco di cui Krüger non aveva saputo, e ciò testimoniava che le truppe avanzavano più veloci della burocrazia, e lui che in quel momento ne era alfiere, trovò necessario insistere:

- Mi perdoni di nuovo, caporale, io vorrei sapere, se mi è permesso, dove si trova il suo comandante di reparto.

- Beh, poteva dirlo prima!

Soffiò di nuovo nel flauto, mostrando soddisfazione, infatti sorrise:

- Il tenente è lì dietro, in perlustrazione.

Partì quindi con una versione rudimentale del minuetto Badinerie di Bach, eseguita pressoché magistralmente, considerato il tipo di strumento con cui era suonata, che dopo le ultime modifiche pareva essere diventato una siringa composta di sei bossoli uniti insieme con un filo nero di provenienza ignota. Krüger ascoltava la musica confuso ma con una sorta di latente appagamento, mentre si avvicinava al posto indicato, in cui una volta scostate alcune sterpaglie secche, rese rigide dal gelo, giunse alle spalle del comandante: era un giovane tenente noto per il successo nelle imprese degli ultimi giorni, anche se si era già messo in mostra diverso tempo prima fra le truppe per la sua furbizia, la sua intraprendenza e la sua velocità: fisico slanciato e scolpito, portamento sicuro, aulico ed aitante, guardava con il binocolo in direzione delle più alte cime delle Dolomiti Friulane, che si stagliavano come giganti imbiancati, contornando la vasta piana di Pinedo. Restò guardingo, cercando di rimanere nascosto ma elevandosi il più possibile per scrutare al meglio l'orizzonte: gli ordini erano stati chiari fin dall'inizio, ed una delle caratteristiche costanti ed imprescindibili doveva essere la velocità con cui andavano svolte tutte le operazioni, per cui il giovane ufficiale stava sempre concentrato e dedito alla determinazione, senza però dare troppo peso alla gloria ed alla fama, preferendo concentrarsi sul lavoro e continuare ad organizzare e gestire al meglio le strategie: era il tenente Erwin Rommel.

La presenza di Krüger fu avvertita quasi subito dal tenente senza che egli allontanasse lo sguardo dall'orizzonte che stava scrutando col binocolo, un bel Salmoiraghi da quaranta ingrandimenti, preda bellica di recente requisizione, una sorta di trofeo che per certi versi decorava di ancor più importanza l'impresa, quella recente avanzata tanto rapida e decisa da risultare quasi incredibile. Ed egli era orgoglioso di essere stato artefice, protagonista e risolutore dell'undicesima estenuante battaglia dell'Isonzo, ma non si era lasciato distrarre nemmeno per un attimo dai festeggiamenti, poiché la missione non era ancora compiuta e qualcosa gli faceva pensare che le difficoltà non si sarebbero di certo attenuate. Fece un cenno preciso al soldato, autorizzandone l'avvicinamento, e fu solo allora che Rommel tolse lo sguardo dal suo binocolo senza mollarne la presa, tendendolo con il braccio verso quel piccolo caseggiato all'orizzonte, incuneato sul fondo opposto della piccola pianura che si allungava da ovest ad est verso il porto di Pinedo, dove le truppe sostavano. Strinse le sopracciglia per acuire la vista e focalizzarsi su quel poco che riusciva a vedere del centro abitato, protetto da montagne altissime ed imbiancate:

- Cimolais. – disse.

2.

Non si aspettava quella lunga pausa senza parlare, da parte di suo padre. Sperava in un cenno di avvicinamento, pensava persino che lo avrebbe abbracciato, o che perlomeno gli avrebbe chiesto come stava, mentre invece anche la sua espressione era diversa da come si sarebbe immaginato; pensava che avrebbe anche potuto mostrare qualche segno di commozione, di sollievo nel vedere il figlio quantomeno vivo, addirittura neanche ferito, ma sul suo viso c'era soltanto una maschera fissa, uno sguardo perentorio, come di indagine, se non addirittura, per certi versi, di indifferenza. Non diceva niente e nemmeno disse niente per diverso tempo: si limitava a starsene lì ritto a fissare quel figlio soldato che invece era rannicchiato in un angolo di quel fienile, fradicio, con le ginocchia al petto come a cercare di nascondersi o ripararsi anche dall'apparente pericolosità di quello sguardo inquisitore.

Un arrancare ritmico provenne poi dalla scala a pioli, da cui spuntò anche il fratello Felice, che nonostante il suo problema fisico era riuscito nel tempo ad imparare a muoversi negli ambienti che erano abituali per le attività della famiglia, e spesso saliva quella scala come se nulla fosse. Pietro sorrideva spesso quando lo vedeva compiere quel gesto con una naturalezza che non gli apparteneva, ma che dimostrava quanto il fratello fosse forte e determinato, un vero motivo d'orgoglio e di ispirazione per lui ch'era il minore dei due; sentiva quasi di volere sorridere anche in quel momento, dato che non lo faceva da molto tempo, ma quella posizione accovacciata gli ricordava momenti troppo vicini e troppo tristi per poter anche solo accennarlo, quel sorriso, che non gli venne spontaneo nemmeno quando vide Felice comparire sulla sommità della scala e completare il quadro di quella famiglia, a cui tanto aveva pensato nei giorni e nei mesi precedenti. Non lo aveva trovato cambiato, e un po' se lo aspettava: Felice aveva trentaquattro anni ormai, ma nel corpo sembrava più giovane di almeno dieci anni, malgrado il grave difetto fisico causatogli dalla malattia, che paradossalmente anziché sciuparlo pareva in qualche modo avergli permesso di preservarsi dalla vecchiaia. In realtà a farlo apparire molto giovane era il fatto che in paese tutti lo avevano sempre considerato come una sorta di gemello di Pietro nonostante avessero quasi dieci anni di differenza, poiché in pratica erano cresciuti insieme; la sua statura ed il suo modo di comportarsi completavano il quadro, però non aveva mai perso la sua importanza gerarchica nei confronti del fratello minore, che si era sempre affidato e rivolto a lui con la consapevolezza di chi cerca nell'altro un faro, una guida. Ora Felice gli stava davanti e lo osservava con sguardo fosco, e quella gerarchia ristabilita, aggiunta al pathos della situazione, fece provare un certo disagio a Pietro.

Capì che era stato lui a mandargli lì il padre: era stato lo stesso fratello che altre volte magari dal padre lo aveva coperto, e che la notte precedente in chissà quale maniera lo aveva trascinato fin su in quel fienile. Adesso gli stava di fronte con uno sguardo più inequivocabile di quello del genitore: era evidentemente furioso, e Pietro conosceva ed era abituato a questo lato collerico e facilmente irritabile del suo carattere, ma proprio in quel momento non gli riusciva di sopportarlo, non poteva ignorarlo aspettando che sbollisse la rabbia e non voleva nemmeno scherzarci su per esorcizzare la tensione con l'ironia, come gli riusciva spesso, cosa che lo aveva salvato in più di un'occasione in trincea. Riuscì soltanto a guardare con costernazione negli occhi il fratello e chiamarlo col nomignolo con cui erano abituati a chiamarlo tutti in famiglia:

-    ... Cice ...
-    Zitto, traditore!

Fu perentorio e ieratico, anche se quel giudizio suonava un po' atipico, pronunciato in una zona dove la corte marziale non era direttamente applicata. Dopo quel breve scontro Felice abbandonò il presidio e Pietro abbassò gli occhi, sconsolato. Non ebbe nemmeno più il coraggio di guardare in faccia il padre, pur sperando che il suo giudizio fosse meno severo di quello del fratello; il coraggio che gli mancava gli faceva tenere la testa bassa, e gli impediva di vedere del padre nient'altro che le scarpe ed il fondo dei pantaloni, che erano l'unico paio di pantaloni eleganti e sempre puliti che metteva quando c'era qualche appuntamento istituzionale a cui doveva partecipare in qualità di sindaco. Non lo aveva notato ma sapeva, immaginava quali indumenti comprendesse il resto della tenuta, ad esempio il panciotto, la camicia e la giacca, cose che non metteva certo per il lavoro quotidiano, e col suo fisico tarchiato e per certi versi rude, adatto più per il mestiere di boscaiolo piuttosto che addirsi ad una figura istituzionale, creava uno strano effetto ottico, non definibile precisamente in quanto totalmente diverso da quello della gran quantità di governanti, signorotti che nel tempo aveva visto

35

avvicendarsi al padre per questioni burocratiche, con i loro modi smaccatamente nobili e nelle loro pance sazie che si contrapponevano all'aspetto asciutto del ventre – magari non proprio scolpito, ma nemmeno così tornito come quelli – di suo padre, che pur lasciando intendere l'età avanzata ed i segni della fatica, riusciva sempre ad assumere un serio assetto da uomo di palazzo, nonostante il fisico di chi non stava soltanto seduto in poltrona. In realtà Pietro non era mai riuscito a decidere quale opinione farsi riguardo all'aspetto esteriore e alle differenze fra le varie condizioni sociali di quegli uomini così diversi ma paradossalmente messi sullo stesso piano dalla loro importanza istituzionale. Per orgoglio campanilistico aveva pensato più volte che il valore dei vestiti spesso mascherava la dignità, nascondeva la reale situazione umana di alcuni di quei panzoni "passùs" come dicevano nel loro dialetto, a Cimolais, di chi spesso decantava popolarità ed ostentava autorità senza conoscere veramente il popolo, un po' come molti dei generali che Pietro aveva conosciuto in trincea.

Lasciò che gli riaffiorassero alcuni ricordi in cui il padre era vestito così bene quando presiedeva a qualche ricorrenza primaverile: cercava, un po' sforzandosi, di immaginare momenti piacevoli che lo portassero via con la mente da quell'istante di tragica staticità che stava attraversando, in cui era bastato soltanto uno sguardo, anche soltanto percepito, affinché gli si creasse dentro un'invincibile angoscia, la struggente attesa dell'inizio di un discorso, anche breve e solenne, magari brutale come era stato quello del fratello, anche di una sola parola, una soltanto, solo per il piacere di poter udire la voce di suo padre dopo tutto quel tempo.

Non vi fu invece alcun giudizio, il padre se ne andò com'era venuto, silenziosamente e senza essere guardato: restò soltanto la cognizione della sua presenza a renderlo noto, e a far capire a Pietro che era rimasto nuovamente da solo.

In quella solitudine si strinse ancora di più su se stesso, e non lo fece soltanto per il freddo che pungeva nonostante il pagliericcio circostante lo riparasse abbondantemente, era perlopiù un gesto difensivo, una posizione di riparo da un pericolo impercepito, una minaccia che non lo faceva sentire, come avrebbe voluto, così poi lontano da quel carso, magari meno freddo ma ugualmente repulsivo; in effetti era a casa sua, era tornato al suo posto, ma non se ne sentiva in diritto.

Dopo qualche ora probabilmente la voce si doveva essere inevitabilmente sparsa, ma soprattutto era giorno da un po' e si erano avviate le prime attività, si sentiva la gente muoversi in paese e a volte sembrava che qualcuno giungesse nel cortile. Pietro non si muoveva dal suo nascondiglio, non cambiò la sua posizione nemmeno quando ebbe il sospetto che qualcuno fosse potuto salire su al fienile per iniziare a fargli strane domande a cui non avrebbe voluto rispondere, o peggio magari lo avrebbero potuto scoprire per rimandarlo al fronte o chissà dove. Ma la gente in paese molto probabilmente aveva altro a cui pensare, d'altra parte non era l'unico che era partito soldato, molte famiglie avevano visto partire i propri giovani, vedendosi portare via quei figli e quei mariti che erano la forza trascinante, la colonna portante del sostentamento della famiglia. La fame e la miseria erano le uniche costanti, d'estate e d'inverno ma anche e soprattutto durante quegli ultimi anni di conflitto in cui gli approvvigionamenti erano scarsi se non nulli, e si doveva fare affidamento sulle poche e preziose riserve, anche per quanto riguardava il legname per scaldarsi, cercando negli altri la forza per resistere, in attesa di tempi migliori. Ma in realtà lì tutto era trascorso così per anni, decenni, secoli, senza nessun grosso cambiamento che non fosse qualcosa di irrilevante per la sopravvivenza.

Pietro però era solo oramai da tempo, e la compagnia di qualcuno poteva essere quantomeno corroborante, rinvigorente, ma quelle poche visite che aveva ricevuto, che certo potevano essere state forse più sentite rispetto ad altre potenzialmente più disinteressate, gli avevano fatto pensare che quel giorno poteva risultargli anche sgradevole poiché rischiava di essere non solo oggetto di attenzioni ma anche e soprattutto di accuse e perfino di derisione, quando non, in ultimo stadio, di emarginazione. Dopo anni di sofferenze il sentimento patriottico non era certamente scemato, la percezione dell'identità nazionale, come gli dicevano retoricamente in trincea i superiori, era forte anche nelle località più remote, che anche dai paesi più piccoli iniziava la costruzione della nazione, e proprio per questo bisognava combattere, morire e non scappare nemmeno di fronte alla certezza della morte. Lo scontro con la realtà non aveva fatto altro che accentuare il senso di sconforto che pareva non avere più limiti, nemmeno ora che si trovava a casa.

Un piccolo, flebile lume di consolazione lo ebbe dalla visita della cugina, che salita la scala un po' goffamente poiché ostacolata dalla veste, gli corse incontro tutta trafelata. Lo abbracciò forte, con una veemenza che non ricordava, ma che assomigliava molto alla forza con cui lo stringeva quando era piccolo; era un'intensità del tutto analoga a quella che scaturisce dalla precarietà di un momento che si teme non possa durare a lungo: come, in realtà, dovrebbe sempre essere, pensò Pietro commosso, stretto in quell'abbraccio infinito, cercando di ricordare se mai avesse provato qualcosa di più profondo, qualcosa di più confortante di ciò; l'ultimo ricordo legato ad una sensazione piacevole era l'assuefazione e il falso calore che dava una dose di cognac ben propinata, al momento giusto, magari prima di un assalto fuori dalla trincea, così da provocare un'incontrollata amplificazione delle emozioni provate, soprattutto la rabbia, ma anche assopendo il raziocinio ed inibendo la paura, che spesso aiutava a sopravvivere. Quell'abbraccio però moltiplicava esponenzialmente la gamma e l'entità delle sensazioni, costringendolo a lasciarsi scappare delle lacrime da troppo trattenute.

Quando lei gli si staccò, lo guardò in faccia sorridente e gli asciugò il viso con un fazzoletto.

- Mio caro Piere! Quanto mi sei mancato, non ci speravo più di rivederti!

Egli accennò un sorriso di ricambio, ma non disse nulla, mentre le lacrime gli lambivano gli zigomi sporgenti, accentuati dalla sofferenza degli ultimi tempi. Anche lei stava per commuoversi:

- Adesso non te ne andrai per un po', vero? Resterai qui con me? O devi tornare a combattere? Qui parlano tutti della ritirata ma non ci si capisce niente, sembra che l'esercito italiano sia allo sfascio, che tutto stia per finire ...

Pietro perse nuovamente il sorriso, e con ancora la voce rotta dal pianto, provò a dire qualcosa:

- Oliva, io ... non lo so, scappavano tutti ... Sono arrivati gli austriaci, non ... non avevamo ordini, era tutto così confuso ... arrivavano da tutte le parti, sparavano ...

Non riuscì a continuare, dovette fermarsi e sfogarsi, poi cercò di riprendere, mentre sul volto di lei cominciava ad apparire un po' d'apprensione. Lui fu più veemente nella seconda parte del discorso, pur lasciando trapelare un po' di insicurezza, e molta debolezza:

- Io volevo difendermi, volevo sparare ma ... quelli ... erano ... non ci riuscivo, non potevo! Erano uomini, ragazzi, come me!

Oliva guardò il fucile che stava accanto a suo cugino: l'arma che lo doveva far diventare eroe della patria, o quantomeno lo doveva difendere dagli attacchi del nemico, sembrava soltanto un gesto senza consistenza, un ammennicolo simbolico che il suo possessore non aveva il coraggio di usare per il suo reale scopo, come un saluto trattenuto, un'emozione sopita, una paura nascosta. E Pietro con un gesto istintivo durante quel ricordo strinse con la mano quell'arma d'ordinanza, il fucile Mannlicher-Carcano-Parravicino modello novantuno, da tutti in trincea chiamato amichevolmente soltanto "il novantuno": l'unico reale compagno di battaglia, il simbolo del soldato valoroso.

Non c'era concretezza in quello che vedeva, quell'immagine perdeva progressivamente significato man mano che la guardava: quel cugino vestito da soldato anziché da contadino, studente, ragazzo – tutto ciò che egli realmente era – stonava, era inguardabile, iconicamente distante da quanto era stato detto e descritto nei vari bollettini, nei vari comizi, nei discorsi fra la gente. Se per tutti fosse invece stato così, allora non esistevano eroi, non esisteva nemmeno un significato per tutto quello che stava accadendo nel mondo. L'espressione sul volto di Oliva mutava in continuazione migrando verso la tristezza poiché sentiva il cuore stretto dalle catene della compassione e della commiserazione che ingabbiavano la naturale ira che scaturiva da quella presa di coscienza, che pareva cambiare tutto. Avrebbe voluto dire qualcosa ma vide che la presa di Pietro sull'asta del fucile si stringeva ancora di più, quasi volesse aggrapparsi per salvarsi, per sollevarsi ed uscire da un baratro in cui sentiva di scivolare sempre più. Il gelo entrava dalle fenditure fra i sassi delle pareti del fienile e fece rabbrividire Oliva che si strinse nel suo scialle sulle spalle, mentre cercava di capire cosa dire, cosa fare, se cercare di lasciar sfogare ancora Pietro.

- Piere, non puoi capire quanto sia stata contenta quando Cice mi ha detto che eri qui! Io …

Fu interrotta dalla voce flebile ma solenne di Pietro:

- Cice mi ha accusato di aver tradito la patria, e probabilmente ha ragione!

- Non dire così. Cice era fiero di te.

- Quando sono partito! Ma adesso che sono tornato e la nazione è in pericolo mi considera inutile, penso non mi vorrà parlare più.

-   Non dire così, è pur sempre tuo fratello, non credo che per queste cose addirittura ti rinneghi!
-   Lo dici tu, dovevi vedere la sua faccia prima ...
-   Fa così perché credeva che avremmo vinto, ma soprattutto perché il suo stato lo faceva sentire ... come dire, emarginato: il fatto di non poter combattere lo ha demoralizzato, essendo primogenito. In te ha visto quello che lui non avrebbe mai potuto essere, ma che avrebbe voluto. Era orgoglioso di poter difendere quella patria di cui avete letto insieme nei libri del nonno, sai ...
-   Il nonno ...

Pietro guardò per un attimo nel vuoto, oltre le spalle di Oliva, come se stesse cercando di ricordare qualcosa; Oliva capì subito, e costernata chinò leggermente la testa, cercando di trasmettere al cugino la sua consapevolezza e nel contempo sperando di essergli consolatoria, ma si accorse subito che non sarebbe stato sufficiente:

-   Pietro, il nonno manca molto anche a me, sai ...

Non seppe dire altro. Pietro sollevò la testa e mostrò gli occhi lucidi:

-   Almeno tu, voi avete potuto esserci quando è morto. Io non ho quasi nemmeno memoria di quale sia l'ultima volta che l'ho visto.

Oliva prese coscienza soltanto in quel momento del disagio che provava e che aveva provato Pietro: non era riuscito ad assistere alla morte del nonno, e sua cugina non era mai riuscita ad immaginare come poteva aver vissuto la notizia, giuntagli scritta mentre era al fronte:

-   Mi avete avvisato soltanto dopo che era successo tutto, con una misera lettera.

Lo sconforto di Oliva lasciava posto al pentimento, amplificato da quella presa di coscienza.

-   Piere, non sapevamo veramente come fare per dirtelo, capisci?

Tentò di giustificarsi, ma non fu in grado, nuovamente, di aggiungere altro ad una frase che per la seconda volta le era sembrata così banale da risultare inutile. Sapeva che qualunque reazione da parte di suo cugino in quel momento sarebbe stata comprensibile, a fronte di ciò di cui non era riuscita ancora a scusarsi. Inaspettatamente però Pietro non reagì malamente come Oliva si aspettava:

-   No, Oliva, voi non avete colpa, non potevate fare altro, non è colpa vostra. Non è colpa di nessuno, forse solo mia. Il nonno è morto ed io non c'ero, non sono potuto esserci per salutarlo, e l'ultima volta che ci siamo visti è stato quando sono partito per il fronte. Ecco, se vogliamo la colpa possiamo darla a quel maledetto fronte, a quelle sporche trincee. A causa di tutto ciò non ho potuto più vedere mio nonno, e non mi rimane niente di lui, nemmeno l'ombra dei ricordi che ormai sono sfumati.

Pietro così dimostrò che il fronte in qualche modo lo aveva cambiato, formandolo alla sopportazione dell'idea della morte, pensiero che in altri soldati aveva corroso la coscienza ed indebolito la lucidità. In questo modo però il suo naturale carattere si copriva con uno spesso mantello di cinismo che rischiava di isolarlo dai sentimenti, anche quelli più profondi.

Oliva tacque per qualche istante, poi rivolse uno sorriso compassionevole verso Pietro che continuava a guardare nella vuota penombra del fienile. Lo accarezzò e gli disse:

- Ti resta quello che ha lasciato qui per noi: i prati, le bestie, le case, i libri. Quei libri che piacciono tanto a te e tuo fratello.
- Già, quei libri!

Il tono di Pietro si fece più veemente, sollevò leggermente la schiena dal giaciglio di fieno che si era creato, e reggendosi sul suo novantuno che mai aveva mollato, e che ora poggiava fieramente col calcio in terra, sembrava aver trovato un motivo per cui reagire, un capro espiatorio:

- Quei libri maledetti! Sono la causa di tutto ciò, se la gente non leggesse la propaganda non ci sarebbero stati tutti questi morti, non ci sarebbe la fame!

Oliva lo accarezzò e sorridendo provò a smorzare i toni:

- La fame ci sarebbe stata comunque, lo sai … c'era anche prima.

Pietro si riabbassò, assieme alla sua arma sporca ed inutilizzata. Oliva decise di andargli vicino, un po' perché l'aria gelida le dava sempre più fastidio, un po' perché stare lì con lui le avrebbe evitato di continuare a rammendare calze e pantaloni, che pur le piaceva, ma una volta terminato ciò c'era ben altro da fare, ed erano lavori ben più duri e meno piacevoli. Soprattutto però, voleva stare per un po' vicino al suo Piere, che le era mancato per molto tempo.

§§§§

Il tenente Schröder era convinto che il percorso affidatogli dal maggiore Sprösser fosse il meno sicuro ed il più difficile dei due scelti, ma accettò comunque di buon grado la decisione, da bravo tedesco. Con lo stesso atteggiamento era riuscito a dissimulare le proprie perplessità riguardo alla scelta del Maggiore di continuare ad ignorare gli ordini del comando austriaco, pur diplomaticamente e presentando ogni volta un motivo pressoché valido. A tal proposito, quando il capitano Von Esch si presentò ancora una volta con ordini che potevano essere difficilmente discussi ma che il maggiore riteneva controproducenti, spiegò al capitano che l'ordine principale dato dal comando a Udine era quello di raggiungere nel minor tempo possibile Longarone, e la nuova comunicazione non si accordava quindi con l'obbiettivo, di nuovo. Il maggiore, con la diplomazia strategica che solo la sua esperienza poteva avergli inculcato, era riuscito a crearsi una sorta d'intercapedine scorrevole fra le possibilità d'incastro cumulativo degli ordini ricevuti, ovviamente utilizzando le priorità gerarchiche per trarne il maggior vantaggio, ma soprattutto per poterne modificare le intenzioni a suo piacimento. Era la sua arma di difesa. Il WGB dipendeva dagli Alpenkorps tedeschi, il cui comandante aveva intimato a Sprösser di guidare il reggimento verso Longarone, come unico obiettivo. Il maggiore ed il suo "Bataillon" erano quindi passati sotto l'egida del 26° reggimento degli schützen austriaci, in quanto esso avanguardia dell'avanzata. Ma ogni ordine che da questo comando voleva imporre al WGB di cedere l'avanguardia era prontamente respinto dal maggiore Sprösser, che con abili giochi di logica riusciva ad esternare una sorta di conflitto fra l'ordine principale e questi cambiamenti in corsa.

Von Esch storse il naso cercando di non dare a vedere il suo disappunto, ma il suo silenzio era alquanto eloquente per la perspicacia di Sprösser, che lo congedò con un saluto appena accennato senza aggiungere commenti; era legittimo che dall'altro comando volessero dimostrare intraprendenza, d'altra parte la causa era direttamente più austriaca che tedesca, ma il maggiore del WGB preferiva lasciare da parte la politica per pensare più alla strategia, che negli ultimi giorni, soprattutto dopo il rallentamento subito a Claut, richiedeva un rimessaggio, anche per quanto riguardava l'umore dei soldati.

D'altra parte un po' tutti nella compagnia ritenevano che il vitto ed il riposo fossero stati inadeguati e sproporzionati rispetto allo sforzo fatto fino ad allora, alcuni anche lamentavano che visti i risultati ottenuti avrebbero potuto esserci più sigarette e razioni di cioccolata e qualche goccio di liquore in più. Fra questi, colui che spesso trovava consenso popolare, venendo a volte anche eletto come una specie di leader del fronte ribelle interno, era il poderoso soldato Pässchen, "un uomo che ha la lingua lunga più dei suoi piedi" come gli era stato detto dal collega di reparto Schuster: la coniatura di tale definizione aveva suscitato l'ilarità del gruppo e aveva causato la rottura del setto nasale del povero Schuster, rimediata dall'impatto con il pugno di Pässchen, e gli era costata un paio di settimane di ospedale da campo, mentre a Pässchen quattro notti di seguito in pattuglia nella terra di nessuno, sul fronte orientale.

La definizione era quindi poi rimasta fra i commilitoni lontano dalle orecchie del taurino camerata, che in quell'istante stava utilizzando le sue abilità oratorie per convincere gli altri della necessità di riposo, che gli austriaci erano quelli che comandavano e che gli ordini andavano rispettati. Gli altri lo stavano ad ascoltare poiché incarnava ed esternava pure le loro opinioni, almeno in parte, ed era infatti l'unico che riusciva a concretizzarle parlandone, ovviamente sempre in gran segreto e lontano dall'accampamento dei comandanti, sortendo un effetto palliativo che sembrava in parte accontentare le voglie represse dei soldati frustrati.

Poco lontano, sempre nel provvisorio stanziamento di porto Pinedo il sottotenente Payer incrociò il tenente Rommel che avanzava di gran carriera verso la stanza dei bottoni dove sapeva di trovare Sprösser. Si salutarono militarmente, proseguendo poi entrambi nella stessa direzione, con Payer che provava a tenere il passo spedito di Rommel:

- Tenente, le volevo chiedere un ragguaglio sulla situazione.

- Sto proprio andando dal maggiore per informarlo sui rilevamenti fatti e proporgli una manovra, il tempo stringe e bisogna approfittare.

- Sono d'accordo, però gli austriaci sembrano maldisposti, in fondo noi siamo soltanto dei gregari e dovremmo quantomeno attendere qualche istruzione aggiuntiva, non crede?

- L'ordine del comando di Udine è di raggiungere il più in fretta possibile Longarone, mi pare!

Payer esitò soltanto per un istante, forse più che altro per capire quanto fosse ironico e se lo fosse realmente il tenente Rommel – non ne aveva mai dato evidenza – e prima di essere a portata d'orecchi del maggiore espresse un "sissignore" di circostanza, senza aggiungere altro. Sapeva che Rommel era ambizioso all'estremo, che la sua carriera militare non sarebbe stata bloccata da delle banali quanto inutili esitazioni, e nemmeno la prudenza era un aspetto che lo contraddistingueva. La sua fama di fervido propugnatore di interventi rapidi e soprattutto dell'improvvisazione lo accompagnava dall'inizio del conflitto, era probabilmente la sua attitudine più conosciuta. Payer voleva soltanto cercare di essere il più disciplinato e fedele possibile agli insegnamenti dell'accademia militare, ma notò che probabilmente l'atteggiamento del tenente era il più consono per la situazione, che il suo sprezzo del pericolo lo avrebbe certamente portato in alto, qualora non fosse caduto prima. Trovarono il maggiore già in compagnia di Schröder, che teneva la testa bassa e salutò con appena un cenno della stessa, ancor più verso il basso. Il maggiore non si accorse subito della presenza dei due comandanti di reparto, restava chino sulle mappe a cercare qualche dettaglio aggiuntivo che potesse rendere perfetti ed esatti gli ordini successivi. Restarono in silenzio finché Rommel esordì, denotando impazienza:

- Maggiore Sprösser, ai suoi ordini.

Il maggiore fece capire di averli intesi e li tenne sospesi con un cenno della mano, mentre terminava un'ultima analisi della carta su cui era chino. Alzando la testa scrutò attorno, notando la mancanza dell'ultimo suo comandante di reparto: alzò allora lo sguardo verso il cielo plumbeo che non prometteva niente di buono, fece qualche passo oltre gli ufficiali che aveva mandato a chiamare e si soffermò in una sorta di posa aulica che lo rendeva ancora più austero agli occhi dei soldati, anche quelli non troppo vicini. Si tolse il cappello e tenendolo sottobraccio iniziò ad arricciarsi i folti baffi neri, gesto a cui tutti ormai erano abituati, poi tese lo sguardo alla volta rocciosa che costeggiava la piana davanti a loro, in uno scenario che poteva lasciar presagire qualcosa di epico, con le cime che sembravano inghiottite da quelle pesanti nubi grigie cariche di neve e pioggia gelata. Quella visione lo ispirava, lo rilassava e lo stava anche per distrarre, incurante degli sguardi dei suoi sottoposti in fervente attesa di ordini; quella situazione, come già gli era capitato in momenti simili, gli stava per provocare un distacco mentale dalla realtà oggettiva, per portarlo quindi ad iniziare a rimuginare sugli aspetti meno pratici della sua carriera fino ad allora, lasciandolo immaginare che lo stesso atteggiamento dovevano averlo avuto i suoi superiori quando egli si trovava al posto di quei giovani soldati che erano allora tanto diversi da com'era stato lui. E sarebbe perfino arrivato a ragionare su aspetti filosofici da teoria accademica, se non fosse intanto arrivato il capitano Gössler: ecco, lui invece rispetto agli altri giovani ufficiali lo faceva sentire meno inadatto, poiché marcatamente più anziano degli altri, anche se portava la stessa divisa doppiopetto dei tenenti, a cui prontamente si presentò con il solito icastico saluto militare, ricambiato.

Il maggiore riprese allora il controllo della situazione, dopo quella breve pausa che lasciava trapelare una stanchezza preliminare a quella dei soldati più giovani, ma cercò di non darlo a vedere, per quanto possibile:

\- Signori ufficiali, come già detto il tempo stringe, e dobbiamo proseguire per non perdere il vantaggio acquisito.

Fra gli ufficiali l'unico che annuì fu Rommel, che si tratteneva dall'intervenire per mero rispetto delle gerarchie, anche se sentiva il bisogno di proporre ed attuare a tutti i costi la manovra ch'ebbe pensato poc'anzi. Il maggiore proseguì:

\- Vi evito i particolari che si riferiscono agli studi sulla situazione strategica, mi limito a dettarvi le consegne: credo che tutti abbiamo avuto modo di perlustrare almeno visivamente le zone circostanti, l'obiettivo prossimo come sapete è l'abitato di Cimolais, dove cercheremo di stabilire una postazione di comando. Sappiamo che in paese ma anche oltre potrebbero essere stanziati reparti nemici in ritirata. La strada per Longarone, il nostro obbiettivo, si inerpica fino ad un passo che si crea alla giunzione fra due montagne, il passo di sant'Osvaldo. Ho ragione di credere che sia quella la zona preferita dal nemico per stabilirvi delle postazioni, per cui l'ordine è di procedere con cautela, ma senza fermarsi, come da disposizioni del nostro comando Alpenkorps. Tuttavia, per evitare inutili sorprese, durante la prossima manovra il reparto Gössler resta a guardia di questa zona per impedire che eventuali reparti nemici ritardatari ci colgano alle spalle salendo da Barcis. Capirete che si tratta di una precauzione puramente austriaca, poiché, fatti salvi i fuggitivi nemici incontrati dall'avanguardia di Gössler poco prima del porto, abbiamo la quasi matematica certezza che i reparti italiani siano transitati per qui da diverso tempo, ma gli alleati vanno assecondati ...

Il maggiore fece una voluta pausa, voltando le spalle ai suoi ufficiali e rispondendo fra sé e sé con un sorriso sopito ai risolini mugugnati di Schröder e Payer che avevano inteso lo spirito campanilistico della sua battuta. Si avvicinò al tavolino improvvisato su cui aveva steso le mappe e diede il resto delle indicazioni:

- Nel frattempo Schröder e Payer, come preannunciato, proseguiranno aggirando il torrente Cimoliana ad ovest, mentre Rommel segue ad est proteggendo i reparti suddetti. Se necessario, tenente Rommel, faccia buon uso delle biciclette, so che il sottotenente Schoffel ha costituito una buona squadra. Bene, signori, se non ci sono domande, l'ordine è di partire immediatamente.

- Sissignore!

Risposero quasi tutti insieme, congedandosi ed automaticamente tornando ai propri reparti. Sprösser li seguì con lo sguardo, accorgendosi che Rommel dopo pochi passi non li seguiva più, fino a fermarsi, accertandosi che i colleghi fossero ad una distanza sufficiente a permettere discrezione per quello che avrebbe dovuto dire al maggiore. Si voltò e notò nello sguardo del maggiore una certa sorpresa, anche se in realtà il suo superiore poteva ben immaginare cosa volesse dirgli:

- Maggiore, spero possa concedermi di farle notare una cosa spiacevole che sono venuto a sapere.

- Di che si tratta Rommel?

- È giunta voce che la conquista del Matajur sui bollettini ufficiali è stata attribuita ad un reparto della dodicesima divisione, anziché al nostro battaglione.

Il maggiore sfoggiò immediatamente un'espressione di diffidenza. Il tenente Rommel solitamente gli parlava in privato con quei toni soltanto quando voleva puntualizzare o discutere di questioni inerenti alle tattiche o al territorio, mai si erano messi a parlare di quelli che erano i meriti militari ed eventuali fregi, che non erano mai stati fra le questioni più considerate. Avrebbe anche pensato di stupirsi, e di far notare al tenente che ci fossero problemi ben più importanti da risolvere nell'immediato, ma quella situazione, se verificata, infastidiva non poco anche lui che era il comandante di quel battaglione a cui sarebbe stato effettivamente usurpato un merito importante, storico. D'altra parte Rommel gli era stato di grande aiuto, le sue risolute iniziative individuali nelle campagne precedenti erano state più volte origine delle svolte vittoriose in quasi tutte le battaglie. Glielo doveva.

- Ne è sicuro, tenente?

-   Non del tutto, maggiore, è giunta questa voce. Se lei avesse la possibilità di verificare ...

Restò sospeso, attendendo che fosse Sprösser a completare quella frase, cosa che non fece subito ma soltanto dopo essersi stretto la barba nel pugno, guardando in alto.

-   Sì – disse poi, solenne:
-   Ci penso io Rommel, oltre a verificare credo che questo sia il caso di chiedere una rettifica.
-   Bene, maggiore.
-   È tutto?
-   Sì, tutto qui.
-   Bene, può andare.

Si congedarono, e mentre Rommel se ne andava velocemente, il maggiore Sprösser continuava ad accarezzarsi il pizzo, sentendosi leggermente disorientato e forse anche un po' infastidito, paradossalmente quasi più che davanti ad una difficoltà di combattimento. Guardò fuori, verso Cimolais, mentre si avvicinava Hans Krüger, in attesa di nuovi ordini, che non furono altri se non quello di prepararsi a fare da interprete con i montanari del villaggio, lo raccomandò il maggiore, prima di accingersi a rientrare nel suo privato fu richiamato dal soldato, che non aveva abbandonato la propria posizione sull'attenti:

-   Signor Maggiore! Avrei una comunicazione da farle.

Sprösser ritornò sui propri passi, incerto e leggermente infastidito:

-   Davvero, soldato Krüger? E quale sarebbe questa comunicazione? Cos'ha di così importante da dirmi nel momento esatto in cui stiamo muovendo l'intero battaglione?
-   Signore, io ... ecco, vorrei chiederle una raccomandazione.
-   Una raccomandazione? Santo cielo, non abbiamo tempo per ...
-   Signore!

Lo interruppe, ma senza che ciò sembrasse turbare il maggiore, che aveva nel tempo trovato sempre più utile l'aiuto dell'interprete che per la prima volta si permetteva di agire in quel modo.

-   Signore, ho sempre eseguito i suoi ordini con diligenza e abnegazione, vorrei soltanto chiederle di controllare alcuni uomini che potrebbero infangare il nome del nostro battaglione.

Il maggiore non disse nulla, lasciando il soldato continuare.

-   Gli uomini del tenente Schröder, in particolare quel soldato nerboruto, durante questa invasione hanno compiuto nefandezze non degne di soldati d'onore come noi ... signore io le chiedo ...

S'interruppe, pensando di essere andato troppo oltre. Il maggiore spezzò quella tensione ristabilendo le distanze di grado:

- Lei, soldato Krüger, non si dovrebbe preoccupare di queste faccende ma soltanto di eseguire i miei ordini, se lo ricordi.

- Ma signore, quello che hanno fatto a quelle donne non è ...

- Non un'altra parola! Soldato Krüger, riposo! E se ne vada, non è proprio il momento adatto. Mi occuperò io quando sarà necessario della disciplina dei miei uomini di reparto!

- Sissignore.

Se ne andò, sconsolato, scandendo i passi in maniera rapida ma leggera, come conveniva ad un fisico minuto come il suo; una camminata precisa ma timida, così differente dalle qualità del suo carattere. Uscendo vide poco lontano il tenente Schröder che si atteggiava come un pavone mentre uno dei suoi soldati gli infilava la giacca come farebbe un servo al suo padrone. Nel gruppo dei suoi che si preparavano a guadare il torrente c'erano i soliti spacconi del calibro di Pässchen, che assieme alla sua spalla Schuster sembravano fregarsi le mani guardando verso valle, sperando che ciò che non avevano potuto prendere a Claut potessero averlo a Cimolais. Per tutta la compagnia si vociferava che se a Forcella Clautana era stata dura, al passo di sant'Osvaldo sarebbe stata ancora peggiore: ogni quando si sentiva dire che la fortuna non era per sempre, e che dopo tutti quei giorni di incredibile avanzata qualcosa dovesse accadere. Krüger non capiva lo scarso entusiasmo delle truppe, forse motivato dalle notizie che arrivavano dagli altri fronti, ma soprattutto non capiva il rapporto fra quei due scagnozzi ignobili, a cui non poteva che attribuire un senso di sudditanza da parte di uno nei confronti dell'altro a cui era utile una spalla complementare. L'esercito purtroppo era anche questo, ci si doveva fare i conti ogni giorno di più.

3.

Il pane era vecchio ma non del tutto raffermo, e le fette di salame dovevano essere state tagliate diverso tempo prima, poiché la consistenza della carne era attenuata, ed il colore tipicamente rossastro si era notevolmente scurito. Oliva aveva estratto questa combinazione di avanzi, a parer suo perfetta per uno spuntino, dalla sua borsa personale, una stravagante sacca composta da una vecchia federa rammendata, rinforzata e ricamata a cui aveva aggiunto un laccio prelevato da una vecchia cinghia: andava fiera di quella sua invenzione, si sentiva realizzata come sarta quando riusciva non solo ad ottimizzare e riparare la teleria già esistente per tutta la famiglia, ma anche e soprattutto quando con qualche colpo di genio riusciva a tirare fuori qualche creazione così originale. In tempo di pace, quando era andata a lavorare in Germania come servitrice presso una famiglia ricca, aveva implementato le sue capacità rendendosi utile anche in quel campo, arrivando a non dover rendere quasi più necessario l'intervento di professioniste esterne. Era riuscita a sfogare così quell'odiosa malinconia che le lasciavano quei momenti, mettendo anche a riposo quella fastidiosa sensazione di inadeguatezza che confliggeva con la devozione e l'affetto che provava per la sua famiglia; e l'utilità che ricopriva la sua presenza si era manifestata soprattutto al suo ritorno dopo anni di Germania, che le avevano fatto scoprire com'era il mondo moderno, cos'era il progresso, quant'era vicino il futuro, lontano da Cimolais.

Di quei tempi di pace, in cui si poteva andare a lavorare all'estero, le restava soltanto il ricordo, e dopo gli ultimi anni in cui la situazione vedeva la Germania come terra nemica, anche l'ultima speranza era stata sostituita dalla rassegnazione, facendole forse pesare un po' meno il ritorno ad una quotidianità rurale che la modernità sembrava aver coperto con un velo, mimetizzandola assieme ad altri ricordi sopiti.

Il novecento, quel secolo che nelle cronache sembrava esso stesso una delle macchine che aveva prodotto, portando progresso e prosperità ovunque, si era di colpo arrestato, facendo scivolare più di un continente nel buio di un baratro ove ancora una volta nella storia era la morte a governare sul tempo, sulla vita, sulle cose e le persone; e quando la morte diventa così diffusa, così globale, così industriale, si trasforma in qualcosa di lontano dalla realtà: si fa assuefacente, eterea, impercettibile proprio perché si trova ovunque, in tutte le sue forme. D'altra parte quel secolo che era da poco iniziato aveva sì portato progresso e prosperità, per poi però annullarsi in sé stesso, e questo si iniziava a vedere già quando Oliva era in Germania e a sentire in giro quando gli uomini cominciavano ad andare soldati, anche quelli di Cimolais. Ma per l'appunto proprio a Cimolais quel novecento non sembrava poi così differente dai secoli scorsi, almeno a detta di chi aveva potuto vedere qualche decennio in più di lei. Le situazioni e le esigenze non erano certo cambiate con lo scorrere del tempo, in montagna: rimanevano i bisogni primordiali, rimanevano il freddo, la fame e gli stenti, e rimaneva il duro lavoro, continuo, ininterrotto, per tutti. Ma restavano anche la famiglia, gli animali, l'erba e il bosco, il cielo ed il torrente, restavano le emozioni, la neve soffice e la fresca brezza estiva, restavano i panorami delle cime e soprattutto il silenzio, così lontano, così diverso dal silenzio finto e forzato delle stanze di una città, di una civiltà che troppo spesso voleva tutto senza subirne le conseguenze. Era meglio quella comodità, pur sporca, di una sofferenza continua ma senza un retrogusto troppo amaro? Volle distogliersi da quei pensieri cercando una via di fuga nella contemplazione di ciò che le stava davanti, figura che le ispirava quei pensieri tristi: ciò che restava di un ragazzo in salute, ora contrito e impaccato in quella madida divisa, assorbito nella totalità delle sue cognizioni a gustare ed ingozzarsi fino quasi a perdere il fiato quel rinsecchito salame incuneato e schiacciato a forza in quel pane raffermo, come se non avesse visto del cibo da tempo incalcolabile. Era così che la trincea rendeva gli uomini? Non volle crederci, anche se pensare alla trincea, ai soldati le dava ancora e soprattutto qualche speranza di rivedere colui che prima di partire le aveva promesso di sposarla: fu un lampo, un ricordo che non volle trattenere, un'immagine che la colse di sorpresa e che per un attimo le fece provare piacere, ma anche una certa angoscia, che sopiva forzando la dimenticanza di quella memoria, affogandola nel patimento provato per Pietro, nel guardarlo mentre sembrava aver perso ogni accenno di essenza umana.

Per quanto però quella scena potesse suscitare un sentimento di pena, in realtà riusciva a compensare il dolore e lo sconforto con il pensiero che tutto, in quel momento, sembrava essere posto in uno stato di protezione anche apparente ma oltremodo valida, trasmettendo un senso di benessere ad Oliva mentre guardava suo cugino, che fino ad allora non sapeva se avrebbe rivisto intero. Lo osservava mentre divorava quel pasto povero e frugale: se lo gustava come non aveva mai fatto, nemmeno nelle merende fatte durante la mietitura, nelle calde estati il cui ricordo era reso impercettibile dal sigillo di quel primo gelo infame, che presupponeva un lungo inverno, una nuova lunga stagione di freddo e sofferenza.

Ricominciava intanto a piovere, e quel poco di chiaro che si era palesato se ne tornava di colpo a diventare bigio e buio, e con la sua sparizione spariva anche quella parvenza di contentezza che pareva esser tornata dopo la visione di un Piere sano, affamato e soprattutto vivo.

Non resistette e lo abbracciò di nuovo, facendolo allora sorridere. Lui ebbe poi un brivido quando lei si scostò, facendole intendere che aveva bisogno di cambiarsi.

- Vado a prenderti qualche altro vestito, che è anche meglio se non ti trovano in divisa, per ora.

Pietro annuì dietro ad un colpo di tosse, chiedendo maliziosamente:

- Sempre che Cice non abbia gettato o bruciato i vestiti del traditore, che dici?

Oliva fece un'espressione desolata:

- Ma che dici! Lo sai che Cice è fatto così, si fa prendere dai nervi e dice cose che poi non pensa, dai …

- No, ha ragione, non dovevo venire qui, avrei dovuto cercare di ritornare con la mia compagnia, di fare il mio dovere …

Rimase sospeso come se stesse riflettendo su quelle ultime parole, dette più che altro per convenzione, per la necessità di sentirsi integrato, utile come invece non si poteva assolutamente sentire in quel momento. Ma lo era mai stato, utile, da soldato? A questa domanda, che si era posto da sé, trasalì, come se un fulmine lo avesse appena colpito, come se si fosse ridestato da un sonno che lo aveva rinchiuso in un'abitudine non sua. Cos'aveva fatto? La cosa più grave su cui gli veniva in mente di biasimarsi era soltanto l'aver abbandonato casa, essersene andato lasciando la famiglia con meno forza per il lavoro, e anche su questo non aveva colpa perché alle armi ci era stato chiamato; e allora cosa c'era? Perché? Perché doveva sentirsi in colpa per qualcosa che apparentemente non aveva fatto?

Oliva nel frattempo aveva seguito con lo sguardo i cambiamenti repentini dello stato d'animo del cugino, ed immaginava cosa potesse provare, quale fosse la confusione che regnava nella testa di Pietro:

- Credo che già prima che tu arrivassi tuo padre e Cice si aspettassero qualcosa del genere. Da giorni arrivavano notizie riguardo allo sfondamento a Caporetto: parlavano di disfatta, di esercito allo sbando, di soldati che si sono arresi troppo facilmente.

- E tu ci hai creduto?

- Io non so cosa pensare! Però sai che loro ci tenevano, soprattutto tuo fratello.

- Sì, lo so. So cosa pensano tutti, pensano che siamo degli eroi, dei valorosi, ma non sanno cosa si prova, non conoscono l'odore e il frastuono delle trincee, quelle attese senza poter fare nulla, senza mangiare, con poco da bere, al freddo e infestati dai pidocchi.

Fece una pausa, sospirando profondamente quasi dovesse necessariamente rilassarsi, poiché quel racconto, quei ricordi, quelle immagini e quelle sensazioni erano ancora troppo vivide nella mente del disertore, in cui si instaurava anche un senso di incompletezza, di inadeguatezza ed il costante timore dell'accusa di insubordinazione. Le tecniche psicologiche dei gerarchi prevedevano di instillare nelle menti dei soldati un comune senso del dovere da compiersi, a costo della vita stessa; le insubordinazioni venivano fatte pagare spesso con la morte per mano dei propri compagni di reparto, e Pietro aveva visto più di una di queste esecuzioni sommarie. Il suo novantuno era adagiato ancora sul fieno poco distante da lui, che non aveva più osato toccarlo da quando l'aveva posato per mangiare quel boccone di pane e salame, ma ricordando quelle scene gli venne istintivo assumere la posa del tiratore anche senza imbracciare un arma:

- Ci hanno fatto una decimazione, diversi giorni prima della ritirata, perché tutto il battaglione si è rifiutato di uscire, soprattutto dopo che la nostra stessa artiglieria ci aveva tirato contro. Ne hanno preso uno ogni dieci e li hanno fucilati tutti.

Oliva restò seduta e non disse nulla, pur pensando che il racconto fosse finito e che Pietro avrebbe posato la sua arma fantasma, ma lui continuò:

- C'erano miei compagni fra quelli bendati che piangevano aspettando la morte e c'erano miei compagni fra quelli armati che puntavano per dar loro morte. A lato un colonnello con la sciabola pronto a dar l'ordine. Avrei potuto sparargli, avrei dovuto farlo, puntare alla testa e ...

Si sentì uno sparo provenire da fuori, dal paese, ed entrambi balzarono in piedi: Pietro alzandosi dal suo giaciglio fece cedere il supporto di fieno su cui stava poggiato il suo fucile, quello vero, che scivolò lentamente verso il basso, adagiandosi senza rumore sul pavimento di legno del fienile.

§§§§

La colonna Schröder proseguiva ad ovest oltre il greto del torrente, seguita e sorvegliata da est dai reparti Rommel e Gössler, fra cui figuravano l'interprete Krüger ed il caporale Hofmann, quest'ultimo a bordo del suo mulo intento a discutere con un tenente, Michael Grau, commilitone in cui aveva avuto la fortuna di trovare un appassionato di letteratura e musica, essendo egli professore di liceo. Erano simili anche nel fisico, alquanto prestante per non essere dei veri sportivi ma uomini d'intelletto: avevano rivelato delle qualità fisiche che i reclutatori avevano ritenuto indispensabili per il corpo di montagna del Württemberg. D'altra parte era quella la loro provenienza ed i tratti somatici non lasciavano intendere altro: viso scolpito, cranio di marmo ed espressione attenta, spalle dritte e gambe possenti da camminatori, il tutto compreso in una corporatura asciutta e non voluminosa. L'esperienza da quarantenni in un corpo da ventenni. Parevano una coppia di cavalieri da romanzo o da opera lirica, impettiti ed eleganti, intenti in conversazioni dotte nel loro salotto mobile improvvisato, seduti sui loro muli, a cui avevano dato ovviamente dei nomi abbastanza scontati: Ronzinante era il mulo del letterato, nome rubato al cavallo di Don Chisciotte, mentre per il compagno a quattro zampe del musicista era stato scelto Ravel; questo battesimo non voleva essere un omaggio, bensì una sorta di sbeffeggio che gli era ispirato da quelle ch'egli aveva definito delle "spocchiose osservazioni" da parte del compositore francese, che aveva più volte tacciato la musica tedesca di essere troppo schematica, fatta con lo "stampino". Si era meritato, per Hofmann, una dedica particolare, il suo nome dato ad un mulo da soma.

I due compagni di cavalcata parlavano non di certo di tattiche e strategia, bensì dei loro propri interessi, attenti a non dar modo di essere scoperti se non dallo stesso Krüger che nel frattempo li aveva avvicinati:

- Caporale, tenente!

Disse quasi sottovoce. Non si era mai visto un soldato

rimproverare degli ufficiali, e forse non era propriamente quella l'intenzione di Krüger, però il tenente smise spontaneamente la veste di oratore, preferendo l'incolonnamento silenzioso. Il caporale non fu invece particolarmente turbato:

- Krüger, qual buon vento!
- Caporale, se mi permette vorrei chiederle ...

Si fermò per riprendere fiato: il percorso s'inerpicava improvvisamente su di un'altura, un piccolo monticello la cui pendenza aveva ingannato la sua vista, cogliendolo impreparato. In più ci si metteva anche la sua costituzione corporea non proprio prestante a creargli delle difficoltà nel trasporto di quella giberna che era per tutti lo stesso pesante ammasso di masserizie. Riprese manifestando la sua fatica dal fiatone, che gli aumentava mentre parlava:

- Poco fa mi raccontava ... dello scontro con gli italiani ... ah ... fuori Claut ... Ecco, volevo ... ah ... volevo chiederle com'era andata.

Al caporale piaceva parlare dei combattimenti come ne avrebbe discusso davanti a degli ospiti, magari ad un ricevimento, condendo il discorso con ironia abbondante, ed una punta di follia che dava quel retrogusto avvincente.

- Com'è andata? Come per tutte le altre battaglie, direi. Abbiamo vinto!

Rise, e con lui il compagno cavaliere, che con il suo sorriso beffardo tendeva la mano alla facile goliardia del caporale.

Krüger colse la provocazione e rilanciò, involontariamente riferendosi alla dura battaglia delle notti precedenti:

- Come ... ah ... sul passo della Forcella Clautana?

Il caporale si tolse dalla bocca il sorriso beffardo che aveva sfoggiato:

- C'è da dire che il nemico in quel frangente è stato sicuramente tenace, ma in seguito ce l'avremmo fatta anche senza l'aiuto dei rinforzi.

- Rinforzi?
- Sì, austriaci scesi dalla val Settimana, inseguivano gli italiani fuggitivi. Non li ha notati aggregati al gruppo? Ad ogni modo le direi, come faccio spesso sento di trovare un brano musicale che possa essere paragonato a questo combattimento. Mi sentirei di scegliere un capriccio di Paganini: improvviso e intenso, ma breve e scarno.

Iniziò a fischiettare appunto il motivetto della "campanella", ma l'arresto improvviso della colonna lo fece subito smettere. L'interprete poté respirare profondamente, lasciandosi sfuggire un colpo di tosse. Hofmann lo notò e non perse tempo per redarguirlo amichevolmente:

- Suvvia, Krüger! Non sarà poi così difficile camminare e parlare insieme, che le prende?

Hofmann sorrise, mentre il tenente Grau, che fino a quel momento era stato gentilmente in silenzio, prima di allontanarsi avanzando verso il comando della colonna non poté trattenere un giudizio:

- Certo che li mandano sempre più magri e piccoli! Che succede in Germania, sono finiti i soldati?

Il tenente Rommel intanto restava guardingo, binocolo in mano, scrutando l'orizzonte ma più per cercare di udire qualcosa piuttosto che vedere fra la foschia, che con l'avanzare del pomeriggio si faceva sempre più fitta. Grau lo vide intento e per qualche istante non disse nulla, poi chiese spiegazioni:

- Tenente, c'è qualche problema? Perché ci siamo fermati?

- Mi è parso di udire uno sparo. È strano, il nemico è in ritirata ma siamo la colonna più avanzata, contro chi possono aver sparato?

Il tenente Grau usò il proprio cannocchiale, guardando ad ovest:

- Probabilmente era solo un'impressione, signore. Il reparto Schröder continua a proseguire, sembrano non aver udito nessuno sparo. Se vuole mando qualcuno in perlustrazione avanzata veloce.

- Non è necessario, probabilmente è solo un'impressione. E comunque dobbiamo muoverci, avanziamo tutti.

- Sissignore!

Il tenente fece cenno alle truppe di proseguire; il caporale Hofmann riprese a fischiettare la melodia di poco prima, prima di fermarsi nuovamente e rivolgersi all'interprete Krüger:

- Oh, che sciocco, non le ho chiesto se vuole caricare il suo peso qui sul buon Ravel, che dice Krüger?

- Non è necessario, la ringrazio caporale, ce la faccio. Se vuole può chiamarmi per nome, mi chiamo Hans.

Disse sorridendo, anche per dissimulare la sofferenza.

- Ah, bene! Allora lei mi chiami pure Günther, anch'io odio i formalismi. Invece mi perdoni per non averle offerto aiuto prima, Hans. Da troppo tempo non vedo una donna, rischio di dimenticare le buone maniere!

§§§§

La canna fumante del novantuno del bersagliere Tinozzi era ancora calda quando il suo comandante, il capitano Bastia, la strinse in mano abbassandola, rimproverando aspramente il soldato, che apparve nettamente confuso:
- Che diavolo stai facendo? Deficiente!
- Signore, io …
Non lo lasciò parlare:
- Vuoi farci ammazzare tutti? Maledetto idiota! Chi ti ha dato l'ordine di sparare?
Tutto attorno, i reparti della colonna comandata dal capitano erano in allerta, rivolti in gran parte verso quel soldato che si guardava attorno, imbarazzato:
- Signore, io credo di aver visto un soldato nemico che …
Fu rincalzato nuovamente da Bastia:
- Rispondi alla mia domanda, soldato! Chi ti ha detto di sparare?
Ristette per qualche istante, poi rispose:
- Nessuno, signor capitano.
- Dovrei farti fucilare! Quelli sono i nostri che sono saliti da Barcis!
Stavano attraversando a sud l'abitato di Cimolais, in cui le poche persone che nell'istante dello sparo si trovavano in strada, perlopiù donne con la gerla carica di legna, si erano ritirate spaventate nelle loro abitazioni. Stava invece sopraggiungendo il sindaco che, allarmato dallo sparo, si era fatto accompagnare da un suo fedele assessore, provetto cacciatore ed unica persona armata di carabina disponibile in quell'istante e all'occasione nominato accompagnatore dell'autorità che si era già preparata al saluto ufficiale ai militari di transito, confidando in una breve durata della permanenza del nemico sul suolo del suo comune. Fu sorpreso quando vide invece che non si trattava di austriaci ma di soldati italiani, molti dei quali riconoscibili dalla piuma d'alpino. Si avvicinò al loro comandante e gli tese la mano:
- Morossi Massimiliano Antonio, sindaco di Cimolais.
- L'ufficiale prima di stringergli la mano optò per il saluto militare:
- Capitano Bastia Guglielmo, decimo bersaglieri.

\- Bersaglieri? Vedo anche degli alpini nelle sue truppe, capitano. Cos'è stato quello sparo?

\- Un colpo accidentale partito per sbaglio, mi scuso per il disagio creato.

Signor sindaco, non le nascondo che la situazione è grave, molti soldati durante la ritirata sono diventati irreperibili, altrettanti invece sono quasi sicuramente fuori portata delle comunicazioni e si aggregano al primo gruppo disponibile. Io qui ho un paio di compagnie, poco più. Il nostro compito è di resistere il più possibile frenando l'avanzata del nemico che presumibilmente vuole arrivare a Longarone per intralciare la discesa verso il Piave della quarta armata.

\- Capisco, quindi non vi fermerete qui a Cimolais?

\- La piana di Pinedo non permette un trinceramento adeguato, dobbiamo attestarci sull'abetaia, sotto il passo, dove dovremmo trovare ciò che resta del settimo e del ventiseiesimo agli ordini del maggiore Santini. E che Dio ce la mandi buona, abbiamo già perso parecchi uomini, fra cui il collega Stringa, a Claut.

\- Mi dispiace molto, davvero. Qui in montagna si muore più facilmente che da altre parti, anche senza la necessità di combattere.

\- Lo capisco. Però c'è da dire che a vivere quassù, in queste condizioni la vostra gente si fa più forte, nevvero?

Morossi accettò con un sorriso accennato la cortesia del capitano, che volendo così spezzare la tensione del momento manifestava una titubante fermezza d'animo, una integrità forzatamente indotta, così da permettersi di resistere nonostante le condizioni avverse e di richiamo per cercare di trasmettere il più possibile serenità alle truppe che lo seguivano, le cui facce trasudavano apprensione che sembrava legarsi indissolubilmente a quelle gocce di pioggia sui loro visi, visi di giovani strappati alla giovinezza che gli spettava.

Il capitano notò che il sindaco stava osservando i soldati e proseguì il discorso appena sospeso:

\- Ho conosciuto personalmente alcuni alpini di Cimolais, sul fronte carnico, e le confermo quanto appena detto, signor sindaco. I vostri giovani hanno mostrato immenso coraggio e valore, fino alla fine.

Quell'ultima parola, "fine", aveva gelato il cuore del sindaco e probabilmente anche quello del capitano, alla cui mente tornavano di colpo i ricordi di quanto accaduto fino a quel momento, ma anche e soprattutto di ciò che li avrebbe aspettati di lì a poco.

Il sindaco Morossi aveva già intuito che la situazione non era semplice, e con un cenno della testa chiese di potersi consultare con Bastia appartandosi lontano dalle truppe. Lasciò la sua guardia del corpo con i bersaglieri a confrontarsi silenziosamente e a colpi di sguardi sulle reciproche armi, mentre cercava le parole adatte per fare quella domanda, che già pesava come un macigno per i giudizi e le voci che continuavano ad espandersi: era difficile, impossibile non pronunciare quel nome per quanto ci si sforzasse di non identificare tutto quello che era successo con quel luogo, quel posto che già in tutta la nazione sembrava essere diventato sinonimo di sconfitta, di disfatta totale:

- Capitano Bastia, cos'è successo a Caporetto?

- È difficile rispondere, io penso che i rinforzi ricevuti dal nemico siano stati determinanti, l'apporto di uomini e mezzi superiori a noi ha causato questa disfatta.

- I comandi parlano di "vile resa", è possibile? Ho ricevuto alcuni telegrammi che …

- I miei uomini non si sono mai arresi, tant'è vero che ne ho persi diversi nelle varie battaglie della ritirata, gli ordini sono sempre stati eseguiti.

Morossi fece una pausa prima di proseguire, lasciando trapelare la sua insicurezza e la sua preoccupazione, ed avrebbe quasi voluto complimentarsi con il capitano Bastia, ma la mente corse immediatamente a quanto dettogli dall'ufficiale poco prima, ai suoi ragazzi, ai giovani di cui prima o poi avrebbe dovuto dar conto alle famiglie.

- E tutti gli uomini che non si trovano, che n'è stato di loro?

In quel momento il sindaco, senza rendersene conto subito, stava ponendo dei quesiti in qualità di uomo, prima che da capo villaggio, ma soprattutto l'interesse che nutriva per il destino di quegli uomini veniva direttamente da una questione personale, in qualità di padre. Il capitano fu laconico, com'era dovuto in certi frangenti e come aveva imparato ad essere dopo svariate battaglie:

- Prigionieri, morti o disertori. Non saprei quale di questi sia il destino peggiore.

Morossi aveva quasi certamente capito cosa intendesse, ma probabilmente non voleva recepirlo così facilmente:

- Perché dice questo?

- Pochi sono tornati dai campi di prigionia, e ai disertori spetta un processo di cui è certa già la condanna, oltre l'onta del tradimento. Forse la morte in battaglia è la cosa migliore che possa capitare. Non avrei mai voluto dirlo, ma è così.

Nessuno stupore per il sindaco, quelle parole furono solo la conferma di ciò che aveva paura di accettare.

   -   Se permette, sindaco Morossi, dovrei continuare con l'assembramento e l'organizzazione.

   -   Certamente.

Ma c'era ancora qualcosa che tentava Morossi di trattenere il capitano ancora: forse la necessità di qualche risposta in più, o la possibilità di soddisfare più accuratamente l'esigenza di protezione che sentiva più pressante, più forte in qualità di sindaco, quel ruolo che aveva sognato di rivestire da quando il padre lo aveva lasciato, pur non sentendosi poi adatto a quel tipo di responsabilità. La sua famiglia per certi versi era la più aristocratica, una famiglia ricca, di "*siórs*", caduti in disgrazia anche a causa delle sue scelte sbagliate come capofamiglia ma anche come sindaco, ruolo che ora lo obbligava a fronteggiare un problema ben diverso rispetto all'amministrazione ordinaria.

   -   Capitano, aspetti! Glielo devo proprio chiedere: che pericolo c'è ora per la mia gente?

   -   Intende da parte dell'invasore?

   -   Esattamente. Come dobbiamo comportarci?

   -   Sono l'ultima persona cui può chiedere ciò, posso soltanto consigliarla di far tenere al sicuro le donne ed il bestiame, questi crucchi ne fanno di cotte e di crude.

Morossi non disse nulla, si limitò a recepire quanto detto dal capitano, che si congedò in fretta, col consueto saluto militare:

   -   La gente nel resto del Friuli se n'è quasi tutta andata via, salvo alcuni casi in cui si sono dimostrati quasi meno ostili nei confronti del nemico che dei nostri.

   -   E questo com'è possibile?

   -   Non glielo so dire, forse la speranza di una pace imminente fa sentire meno i morsi della fame, e a quel punto la patria perde valore. Io spero che non sia così, le auguro ogni bene signor sindaco, addio!

   -   Buona fortuna Capitano. E viva l'Italia!

Il sindaco voltò le spalle alla compagnia e risalì il paese dalla via principale; gli si accostò il suo assessore con carabina, che esordì con la solita domanda:

- Toni, *ce disto*?

Lo chiamava Toni perché era abituato così da quando erano giovani, e anche adesso che era sindaco non se la sentiva di trattarlo diversamente, in fondo erano comunque amici, si aiutavano a vicenda da un sacco di tempo.

- Eh, Tita, non so che dire, so solo che fra poco arrivano i tedeschi.

- Che pensi di fare?

- Penso che non ci sia di meglio da fare che accoglierli benevolmente, sperando che non ci distruggano. Nascondi la carabina dove non la possano trovare, e nascondi quanto più cibo possibile.

- Va bene, ma se mi toccano le bestie io gli sparo a quei crucchi maledetti!

Tita era impetuoso e risolutore, oltre che un gran lavoratore. Aveva aiutato Toni con dei piccoli prestiti in denaro quando per una svista nella gestione delle casse comunali aveva dovuto rimettere gran parte delle proprietà di famiglia, facendo calare un'onta irreparabile su un nome che a Cimolais aveva sempre suscitato splendore e rispetto, quello dei Morossi. Una delle poche famiglie borghesi del paese, famiglia numerosa che si era costruita con il tempo e con il duro lavoro un possedimento abbastanza ampio nel centro abitato, con case, stalle e proprietà agricole che davano lavoro e protezione a tutti gli abitanti del paese. Una famiglia di origini presumibilmente nobili, dal passato che non era mai stato pienamente chiarito: la storia dei Morossi di Cimolais partiva da un uomo, il loro capostipite, che era giunto in quel piccolo paese sperduto con la sua piccola famiglia secoli prima, per motivi che grazie alle sue ricchezze era riuscito a far mantenere ignoti, costruendosi poi col tempo quel piccolo regno, dando alla famiglia la notorietà e le risorse che li aveva portati in auge, con un apice istituzionale che si realizzò quando il padre di Massimiliano, Antonio Lodovico, si era costruito una brillante carriera come ufficiale dalle molteplici funzioni, cominciando con l'essere nominato pubblico notaio del paese: una figura fondamentale per la certificazione e la mediazione delle compravendite e gli scambi materiali fra i vari cittadini, un ruolo importante perché i suoi registri diventavano la storia degli spostamenti patrimoniali del paese. In breve la stima ed il prestigio lo avevano portato ad essere eletto anche sindaco di Cimolais, negli anni immediatamente successivi al risorgimento che da poco aveva liberato il Veneto ed il Friuli, e da quella posizione di potere aumentò ancor più il prestigio della sua famiglia. Un destino politico che il vecchio aveva voluto anche per il figlio, sperando nella stessa riuscita ma vedendosi invece portare sull'orlo della rovina, lasciandosi travolgere da una delusione che lo portò ad ammalarsi fino a morire nel 1916, anno che aveva oltretutto visto la nazione intera perdere la pace con ripercussioni notevoli anche per il paese, che entrò in un turbine inesorabile di miseria e fame.

Tita era rimasto al fianco di Massimiliano nonostante tutto: le due famiglie erano molto unite e amiche da generazioni, gli stessi genitori di quelli che erano allora diventati sindaco ed assessore erano amici fra loro e la famiglia di Tita aveva sempre potuto contare sull'aiuto di quella di Toni. Le situazioni si erano poi ribaltate, e Tita non tardò nel mantenere la sua promessa di aiuto e soccorso. Massimiliano se lo ricordava bene e ne era lusingato, ma quel pensiero solidale gli sembrò spesso soltanto un palliativo, una magra consolazione, poiché proprio in quel momento non poteva non pensare al suo enorme fallimento, mentre iniziando a risalire il paese più di ogni volta ora lo tormentava vedere le proprietà della sua famiglia in mano altrui.

Si sentiva giustamente responsabile della caduta della sua famiglia, di contribuito appieno a rendere quella gloria soltanto un fasto del passato, e più direttamente ancora si rendeva conto di essere colpevole della sorte dei suoi figli, degli stenti che hanno e che avrebbero dovuto fronteggiare, del dover crescere e maturare in un mondo così ostile; ma non riusciva a non biasimare anche un poco il padre, perché aveva permesso che la pressione esercitata da quel lascito così pesante lo tormentasse, che diventasse una costrizione decisa a priori senza valutazioni, senza considerare le sue reali intenzioni. Ovviamente in una circostanza del genere tutte le sicurezze andavano lentamente disgregandosi, facendo sembrare inutile ogni eventuale sforzo fatto, ed ogni situazione diventava progressivamente irrilevante. Non era mai stata sua l'attitudine a governare, non era mai stato portato per farlo, nonostante gli studi e la preparazione, malgrado l'estremo interesse del padre e dei suoi amici aristocratici; alla fine erano stati i condizionamenti e le contingenze a farlo proseguire con quella carriera, e purtroppo lui lo aveva capito solamente troppo tardi che non avrebbe mai saputo onorare quell'eredità; così si lasciò lentamente andare, preda degli eventi, trascinato dalle incombenze fallimentari, sentendosi sempre più spento, sempre più vicino al punto di non ritorno, come un focolare che non veniva più alimentato.

In tutto quel giustificarsi c'era l'ignobile percezione di aver tradito suo padre, sensazione che era sempre più accentuata da quando il genitore lo aveva lasciato solo, mancante di quel punto di riferimento che gli serviva, nonostante tutto; il riferimento ora era lui, ed era un ruolo questo che pesava più di un macigno, che lo schiacciava come in una morsa. Un incarico che fino a poco prima sentiva di non riuscire a gestire, ma qualcosa stava cambiando, e anche in fretta. Nel vedere quei ragazzi, quei soldati dai visi avviliti e con la morte che già sembrava percorrere le loro membra, aveva provato un lieve risentimento che non riuscì a lasciarlo indifferente, e ripensando di colpo alla realtà sentì maturargli dentro un istintivo rifiuto a quella rassegnazione ormai connaturata al suo io; respingeva fortemente l'idea di sentirsi totalmente inutile, e nonostante la situazione distruttiva potesse far pensare al peggiore degli epiloghi, si era messo in testa che doveva fare di tutto per rispettare il ruolo che rivestiva fino a quando non l'avrebbe smesso del tutto. Lo doveva a suo padre, a sé stesso, ma soprattutto ai suoi figli e ai figli degli abitanti di Cimolais, che doveva difendere e proteggere dall'imminente invasione, di cui le conseguenze predette dal capitano Bastia avevano preoccupato Tita, che continuava a stringere forte quella carabina, come se gli dovesse servire da un momento all'altro:

- Toni, ma allora arrivano gli austriaci? Cosa ci faranno? *Ce disto?*

- Caro Tita, non so che dire. Tedeschi, austriaci, non so. So solo che dobbiamo cercare di subire il meno possibile, secondo me mostrare ospitalità è la cosa migliore che possiamo fare, dobbiamo dimostrargli che non siamo ostili.

- E se poi si approfittano? Ce disto, Toni?

- Speriamo che non lo facciano, Tita.

4.

Il capitano Gössler aveva ammirato soddisfatto ed orgoglioso i soldati del gruppo artiglieria che si trascinavano dietro le mitragliatrici pesanti da montagna senza apparente sforzo: la percezione generale di quell'avanzata donava già di per sé nuova energia a tutti i soldati, ma scene di questo tipo davano oltremodo prestigio ai suoi reparti che per tutto il tragitto da Forcella Clautana fino alle porte di Cimolais avevano composto l'avanguardia. Lo incalzava l'intraprendenza di quell'abile tenente svevo, il più giovane di tutti e più di tutti campione d'ambizione, strategia e velocità. Gössler aveva già notato quanto il maggiore Sprösser avesse tenuto in considerazione il comportamento fino a lì adottato dal tenente Rommel, e un po' se ne sentiva consolato. Non era certo da un bravo ufficiale come lui cercare di scansare le responsabilità, ma la sua età più avanzata rispetto agli altri colleghi in grado e le difficoltà di quel territorio così aspro e inesplorato gli facevano pensar bene di lasciare spazio a menti più veloci e fisici più possenti ed agili. D'altra parte era benvoluto in tutto il battaglione, si sapeva far rispettare ma senza mai mettere pressione o soggezione ai soldati, guadagnandosi così la stima e anche l'amicizia dei giovani del suo gruppo, che spesso si offrivano di compiere alcuni incarichi al suo posto, in segno di una gratitudine che lasciava trasparire quanto affetto provassero per colui che amichevolmente avevano soprannominato "papà". Era stato scelto quel nome poiché comunque l'età non era così poi avanzata, un uomo di quarantacinque anni non era considerabile tanto vecchio da dover smettere di battagliare, non almeno uno in ottime condizioni fisiche com'era lui, che aveva accettato sarcasticamente il tono confidenziale di quell'epiteto, pur continuando a mantenere le distanze gerarchiche e facendo in modo che tutti si rivolgessero comunque a lui come capitano.

Si era soffermato ad osservare il secco guado del torrente Cimoliana, che tutti in breve avrebbero dovuto attraversare, ma era evidente che per l'avanzata si trattava di un punto debole poiché non avrebbe offerto possibilità di nascondiglio per lui ed i suoi soldati. Nonostante la pioggia incessante il torrente in quella zona non portava acqua in superficie, offrendo alla vista una lunga e bianca lingua di ghiaia, così ampia e scoperta, così invitante alla marcia – così lontana dai pericolosi guadi del Tagliamento in piena – ed era l'unico ostacolo verso Cimolais e verso l'ultima risalita, l'ultimo valico prima di Longarone. Ma l'impressione della veloce ritirata italiana aveva già dimostrato di essere fugace e traditrice, così a forcella Clautana come poi prima del porto di Pinedo, ed era quindi alquanto azzardato proseguire senza le adeguate coperture. Rommel dal canto suo continuava a scrutare l'orizzonte col suo inseparabile binocolo, palesando la sua smania di proseguire il più velocemente possibile. Schröder invece pareva quasi disonorare il suo grado per quanto fosse succube della sua proverbiale accidia, che non gli causava perdita d'importanza soltanto grazie alla dedizione dei suoi uomini nel tenere a bada il nemico, soprattutto quando si trattava di requisizioni e di rimpinguo delle salmerie. Quel reparto infatti sembrava l'unico a non avere fretta di raggiungere Cimolais per la sua importanza strategica, tuttavia uomini come il fanfarone Pässchen trattenevano a stento le immediate intenzioni della loro libido, confidando ai compagni che visti i rischi delle avanzate precedenti in quel caso ci sarebbero stati più spazio e tempo per un acquartieramento, e per potersi godere le gioie delle risorse dei territori nemici.

Ma Gössler cercava di non farsi avvilire da quanto queste nuove leve involgarissero il livello medio dell'eleganza dell'esercito, in quegli ultimi anni aveva visto cambiare drasticamente il concetto globale, instaurato dalle accademie, riguardo la figura del combattente, dell'eroe nazionale, del soldato coraggioso, valoroso e potente. Aveva visto sostituire le idee e gli uomini, li aveva visti soppiantati da macchine e reticolati; aveva visto sparire velocemente e totalmente, nel giro di un paio d'anni di combattimenti, l'orgoglio intrinseco nei cadetti, il valore formativo dell'esperienza bellica, e aveva percepito la prepotenza della contemporaneità con il massacro e la distruzione su ampia scala, con il coinvolgimento di un'inimmaginabile quantità di risorse. Non contava più il coraggio dell'uomo, la sua forza e l'attaccamento alla patria, tutto era stato sostituito da automatismi su scale macroscopiche; ma per lui era meglio non pensarci, altrimenti cos'altro gli poteva dare la forza di continuare ad avanzare verso l'ignoto che già quelle montagne rappresentavano? Da esperto alpinista conosceva per fama la zona, sapeva delle cime inviolate dai nomi altisonanti e strani, conosceva indicativamente le posizioni di alcune fra le più belle guglie ancora non raggiunte dall'uomo, lo affascinava l'essenza incontaminata dal progresso e dal turismo, la selvatichezza intrinseca di quegli spigoli così prorompenti, ma soprattutto sentiva suo quell'incredibile silenzio che permeava tutti gli elementi che lo circondavano, collegandolo a quelle montagne con una sorta di filo invisibile, teso solidamente da quel silenzio che era concretizzazione della deferenza e della soggezione che evocavano quei luoghi. La pioggia, sottile e gelida, trasmetteva fino alle ossa la vicinanza dell'inverno, ne portava i suoi sentori di ruvida minacciosità ma non affievoliva il sentimento d'eterno che evocava quel panorama; e quelle nubi da stillicidio che riempivano i canaloni addossandosi alle scarne pareti non scalfivano per niente il sublime sapore d'ignoto e d'inviolato, cosicché per il capitano quel momento di attesa si era rivelato un vero e proprio intenso istante di gaudio.

Gli si avvicinò il suo fedele sottotenente, il giovane Markus Hohl, certo che la postazione del più anziano capitano gli permettesse di visualizzare al meglio le intenzioni dei gruppi a cui era stata assegnata la successiva avanguardia. Hohl era un fidatissimo collaboratore del capitano fin dall'arruolamento: era appassionato di montagna come lui, da cui aveva imparato moltissimo nei pur pochi anni di servizio nell'esercito. Ciò che aveva imparato di più era il rispetto per la natura e per gli uomini, fossero anche nemici, e questa cosa gli aveva dato la forza di affrontare perfino le brutture che naturalmente derivavano dalla distruzione di cui anche loro erano portatori. Senza che il giovane disse niente, ma sentendo su di sé il suo sguardo, Gössler continuò a scrutare a nordest la cima del monte Duranno, che gli ricordava moltissimo il suo amato Cervino, e memore delle sue pur non troppo recenti vacanze in Svizzera non riuscì a trattenere un commento:

- Ah, caro mio, quanto dev'essere bello venire su queste montagne in tempo di pace!

Hohl sorrise, pensando che nonostante tutto ciò che aveva visto nell'esercito, e che non gli era piaciuto, esistevano ancora uomini di valore nell'esercito, valore proprio delle armi ma anche e soprattutto valore umano. Con l'arruolamento si immaginava che non proprio tutte le sue aspettative potessero venire confermate, ma di certo non era preparato a continue cocenti delusioni dal punto di vista sentimentale, quel sentimento di orgoglio che pensava avrebbe provato già solo nel vestire la divisa. Ovviamente non si aspettava fratellanza e pietà da parte dei soldati nei confronti dei nemici, solo in un certo qual modo sperava che quantomeno una piccola parte delle ideologie sbandierate dalla propaganda potessero essere reali e concrete, ma era stato disatteso; ed allora ogni piccolo sprazzo di umanità che poteva verificarsi in quelle situazioni gli diventava confortante e lo aiutava a proseguire quella missione, anche se sperava che quel nuovo tipo di coraggio suicida che veniva chiesto ai soldati moderni non offuscasse il coraggio reale, il coraggio come sentimento che sembrava troppo sopito, in quel conflitto che era più delle macchine che degli uomini. E forse ancora il coraggio di qualche uomo era possibile vederlo.

Rommel aveva fatto appostare i suoi uomini in posizioni di difesa dalla visibilità ottimale sull'avanzata che aveva deciso di intraprendere verso il paese di Cimolais, attraverso il greto del torrente Cimoliana. Ciò li esponeva ad un eventuale fuoco nemico di sbarramento, ma egli confidava nella velocità e nella copertura dei reparti arretrati, forte più che altro del suo intuito sul fatto di non aver visto nemici appostati, e di aver già inteso l'eventuale trinceramento avversario. Accanto a lui stanziava il tenente Grau in attesa di capire quali fossero le intenzioni, ma anche soltanto i pensieri del tenente; nel mentre teneva per le redini il suo fido Ronzinante, che ad un certo punto diede uno strattone, forse infastidito da qualcosa, o forse soltanto per la fame. Il tenente per un attimo faticò a trattenerlo e a riportarlo in posizione, creando un piccolo parapiglia e facendo destare Rommel da quell'intensa concentrazione in cui pareva assorto, come se null'altro che non fosse l'attraversamento del greto del Cimoliana stesse riempiendo i suoi pensieri in quel momento; guardò per un attimo, istintivamente, nella direzione da cui era arrivato quel rumore, e si soffermò con lo sguardo inquisitorio nei confronti prima del tenente, che non si mosse di un millimetro, poi del mulo, che aveva abbassato la testa e con la bocca cercava qualcosa da addentare in quel quadretto di terreno in cui era costretto. Rommel riguardò per un attimo verso il greto:

– Tenente, è suo il comando del reparto dei cosiddetti ciclisti, vero?

– Sissignore, abbiamo ancora tutte le biciclette requisite al nemico durante l'avanzata. La compagnia è guidata dal caporale Schöffel.

– Molto bene, lì c'è una mulattiera che appare carrozzabile, li faccia proseguire velocemente verso il paese di Cimolais.

– Ai suoi ordini, tenente. Ma non sarà una posizione un po'

troppo esposta?

Voleva fare questa domanda già da quando gli era stato chiesto dei ciclisti, momento in cui aveva intuito quali fossero le intenzioni di Rommel.

- Non è lei che deve preoccuparsi di questo, e comunque si può fidare, il nemico è presumibilmente già in ritirata verso Longarone. Ho le basi per poterlo credere, e dobbiamo muoverci. Io e lei seguiamo il plotone a cavallo.

- Sissignore, signor tenente, eseguo subito.

Grau era titubante sul da farsi poiché il greto del Cimoliana, a livello di esposizione non era altro che il prolungamento della larga piana di Pinedo, che malgrado la presenza di vegetazione non era stata certamente l'ideale per marciare in sicurezza. D'altra parte però fino a quel momento si era potuto fidare totalmente delle scelte di Rommel che si erano sempre rivelate efficaci e corrette strategicamente, anche in casi di non immediato successo. Il giovane tenente ispirava fiducia non solo in lui ed in altri sottufficiali, ma anche e soprattutto nei confronti del maggiore Sprösser, e di rimando in tutti i soldati del WGB, che eseguivano ben volentieri i suoi ordini, cosa che ebbero modo di fare in molte azioni precedenti, in cui lo stesso Rommel si era assunto da solo il comando dell'intero battaglione, con l'indomita volontà di propugnare ad ogni costo un movimento rapido ed intraprendente. Erano però soprattutto rafforzati ed inorgoliti da quell'inaspettata avanzata che ormai aveva tutti i presupposti per non arrestarsi almeno fino al Piave. In fondo anche per il maggiore Sprösser era importante tenere alto il morale e soprattutto mantenere occupate il più possibile le truppe, per evitare scoraggiamenti dati dalle frequenti voci che arrivavano dagli altri fronti ma soprattutto dalle zone interne e che riguardavano il non più buono stato di salute degli imperi centrali, con la regolare testimonianza di un rancio sempre meno abbondante.

I ciclisti del battaglione del Württemberg si erano dimostrati dei grandi atleti dal momento esatto in cui avevano requisito le biciclette trovate abbandonate durante la ritirata, e ciò aveva velocizzato non poco la già agile manovra del gruppo; inarrestabili avevano percorso chilometri e chilometri in avanscoperta con climi avversi su terreni e ostili e vari passi di montagna, e forti dei loro successi si erano già autodefiniti un'associazione sportiva, eleggendo a loro presidente il tenente Grau, che pure si era fatto notare per le capacità in bicicletta ma non aveva voluto mollare il proprio Ronzinante, per ovvi motivi affettivi quanto logistici, lasciando il comando diretto al caporale Schöffel suo sottoposto. Stavolta temeva un po' di più per il destino dei suoi ciclisti, che dopo essersi esposti per più e più volte prima di Forcella Clautana si trovavano già dalla zona del porto di Pinedo apparentemente molto più in pericolo. Ci aveva riflettuto per tutto il tragitto che col battaglione era stato saggiamente intrapreso lungo gli altipiani ad est della distesa che offriva effettivamente una buona visibilità per un eventuale fuoco di sbarramento nemico. Nemico però che al contrario delle altre zone in cui fino a Claut, e per qualche istante anche poco oltre, si era difeso strenuamente, in quel momento sembrava non lasciare traccia di sé.

L'imbrunire avanzava e la pioggia aiutava l'offuscamento veloce della poca luce di quei giorni di novembre, ma la rischiarata patina bianca del letto del torrente faceva risaltare ancor più alla vista le divise dei fucilieri in bicicletta che avanzavano velocemente in una lunga fila ordinata, tagliando di netto con una discontinua linea di colore feldgrau quella candida tavola battuta. Rommel guardingo scrutava profondamente la scena, molto probabilmente consapevole dell'esito di cui invece Grau dubitava fino all'ultimo, aspettandosi da un momento all'altro che qualche particolare evento spezzasse quella tensione, con la forte supposizione che se fosse accaduto qualcosa sarebbe stato qualcosa di brutto, qualcosa che avrebbe innescato meccanismi che avrebbero inevitabilmente coinvolto tutti i presenti; osservava anch'egli la scena senza togliere gli occhi da ogni singola ruota, da ogni cappello che era possibile distinguere a quella distanza e con quella poca luce, mentre sentiva dentro di sé crescere la tensione fino ad un livello quasi insostenibile. E che sollievo, quando vedeva uno dopo l'altro i ciclisti addentrarsi nella vegetazione che copriva la parte opposta del greto, ma allo stesso tempo nuova angoscia gli saliva a creargli un nodo in gola mentre vedeva gli ultimi della fila attardarsi, immaginandosi chissà quale destino per loro, e la evidente non riuscita della missione. Non smetteva di guardare ma nel contempo percepiva la rigida risolutezza di Rommel che non manifestava nemmeno un piccolo segno di inquietudine, continuando ad osservare la manovra, più impaziente della propria partenza che del transito dei ciclisti; la sua consapevolezza era così forte che al tenente parve che tutto quello che stava succedendo in quell'istante fosse completamente controllato e deciso dal suo superiore lì a fianco. Mai si era sentito così fieramente insicuro in un'azione così delicata, mai un superiore gli aveva comunicato una determinazione tale, così eccitante da offuscare qualsiasi sua stessa reticenza. La rapidità era la caratteristica principale del suo agire, in alcuni casi era la peculiarità preponderante, a dispetto di tattiche e strategie, che si sottomettevano alla velocità d'esecuzione, di cui il tenente si era mostrato competente in quasi tutte le fasi del conflitto che lo avevano visto protagonista. Staccò lo sguardo dalla colonna di ciclisti, come se stesse già considerando eseguito quel compito e si focalizzasse sul passaggio successivo, guardando con il binocolo verso quella che credeva essere la direzione corretta per Longarone, l'obbiettivo finale. Vide che la strada proseguiva verso ovest, perpendicolarmente allo sviluppo longitudinale sud-nord del paese e nord-sud della valle del Cimoliana, e pareva incastrarsi fra due montagne i cui versanti scendevano a chiuderne il passaggio, e suppose che quello dovesse essere il valico da affrontare per passare oltre; forse sarebbe stato l'ultimo vero ostacolo prima del Piave, ma non voleva esserne così certo, poiché le insidie si nascondevano ovunque, e di ciò aveva già avuto dimostrazione la notte precedente.

Mancavano ancora poco meno di una decina di ciclisti in salvo al punto di sicurezza oltre il greto, ma nonostante ciò Rommel saltò a cavallo e si mosse velocemente verso il letto del Cimoliana, senza sentire il bisogno di impartire e ribadire al tenente un ordine già spiegato perfettamente poco prima. Grau rimase per un secondo ancora disorientato, per poi decidersi a montare il suo Ronzinante, seguendo i passi del tenente.

§§§§

Tita teneva al riparo sotto l'ombrello il suo amico Toni, ora che la pioggia iniziava a farsi più gelida ed insopportabile con l'approssimarsi del tramonto. Si era messo a tracolla la carabina da caccia e non aveva più detto altro, non aveva aggiunto nulla a quel discorso che già probabilmente aveva capito ma a cui sentiva il bisogno di accodare qualche domanda, per avere qualche sicurezza in più sul da farsi, per cercare di fugare quello smarrimento che lo metteva a disagio. Vedeva la preoccupazione aumentare sul volto del suo amico sindaco, e si accorse che l'espressione sul suo viso era la stessa identica dei momenti più bui, la maschera di preoccupazione e rassegnazione che indossava quando le cose andavano male, ed allora Tita non se la sentì di rischiare di appesantire ulteriormente il fardello del suo amico Toni, ricordandosi che era pur sempre il sindaco di Cimolais, Massimiliano Antonio Morossi.

Morossi, quel cognome echeggiante, dal suono illustre che da sempre suscitava rispetto e ammirazione per la competenza e la compostezza che avevano accresciuto nel tempo la stima del paese nei confronti di tutti i componenti di quella insigne famiglia, che nonostante la popolarità si erano comunque resi capaci di rivestire con competenza ruoli istituzionali ed allo stesso tempo di mantenere l'attitudine a sporcarsi le mani nel lavorare la terra e curare le proprietà. Ovviamente, come capitava sovente nelle piccole comunità rurali, spesso quella loro importanza non aveva potuto evitare qualche inimicizia, per screzi maturati o anche soltanto per mero livore da parte di chi si vedeva minacciato da una presenza così importante.

Non era stato così per Tita e per la sua famiglia, ch'erano invece stati costantemente in buoni rapporti con i Morossi, a cui donavano un sincero affetto ricambiato senza alcun terzo fine. Tita proveniva da una famiglia modesta e contadina, che non possedeva titoli o grandi proprietà ed aveva fatto del lavoro l'unico suo sostentamento, assieme alla grande tradizione venatoria famigliare che era poi stata assimilata per bene da Tita. Quest'attività gli aveva permesso di diventare una figura di riferimento non solo per la sua abilità come tiratore ma soprattutto per la sovrasviluppata conoscenza del territorio che quest'attività comportava in parte indirettamente: era probabilmente l'uomo che conosceva meglio le piste percorse dagli animali selvatici sulle coste ed i versanti di quelle scoscese montagne che dominavano la valle. Ciò era tornato molto utile anche per le attività burocratiche del notaio Lodovico Antonio Morossi, in questioni che riguardavano i confini fra le proprietà dei vari paesani, ma anche e soprattutto per l'attività di amministratore comunale di Massimiliano, il suo amico Toni, che si era avvalso del suo aiuto premiandolo con una carica istituzionale di cui il buon Tita sembrava più turbato che onorato. D'altra parte lui non aveva studiato come invece avevano fatto il suo amico Toni ed i suoi fratelli, e prima di loro i loro genitori: spesso ciò era l'unico punto di differenza, l'unica cosa che li divideva veramente, che si notava divergere, fra i bambini prima, i giovani poi ma anche infine fra gli adulti ed i vecchi della famiglia. Intere generazioni di uomini che giocavano, crescevano insieme e poi insieme governavano il bestiame, lavoravano il bosco e l'orto, e con loro le donne curve sui telai e sui campi, e l'unica cosa che sembrava poterli differenziare realmente ad un certo punto non era più la ricchezza, non erano più i possedimenti ed il danaro, ma la facoltà di poter attingere ad una risorsa culturale, a quel patrimonio educativo e culturale che era simbolicamente rappresentato da quell'enorme quantità di libri che per la sua maestosa importanza spaventava più di un muro di neve alto due metri caduto in una notte.

Certamente per i Morossi le possibilità erano state maggiori, per l'istruzione dei bambini in passato erano spesso stati chiamati dei tutori che venivano dalle città, e poi l'ereditaria passione per il sapere li aveva agevolati nel fruire dell'immensa biblioteca che occupava due intere stanze della casa patronale, principale simbolo del blasone della famiglia: il "palazzo Morossi", come era stato battezzato dall'antenato che lo aveva fatto costruire. Ci stavano passando davanti proprio in quegli istanti in cui Tita rimuginava sul povero destino dell'amico, e la visione di quella casa a volte gli riportava alla mente gli episodi salienti della storia della famiglia, le sue ormai trascorse vicende signorili, ma soprattutto i suoi più recenti, sfortunati avvenimenti, che per la loro gravità quasi paradossale a momenti mitigavano, offuscavano quelli che Tita a cospetto di ciò considerava soltanto degli abituali, piccoli assilli quotidiani che occupavano la vita di tutte le famiglie come la sua, in un piccolo paese di montagna.

La casa era un piccolo ma elegante palazzo di modeste dimensioni, con uno spiccato senso estetico che indicava una non troppo recente ricerca di signorilità, un anelito d'eleganza imprigionato dalle contenute dimensioni: in montagna la logica del risparmio e la rigidità del clima da sempre avevano prevalso sull'estetica, ma le decorazioni non mancavano, con cornici in roccia pregiata a contornare le finestre e bordature con accenni di ricami a merlo, bugne angolari in pietra rossa, incorniciature decorate ed altri motivi a rifinire la volta dell'entrata ed altri particolari, con un occhio di riguardo ai fasti della Repubblica Veneta che probabilmente aveva avuto molta influenza nel periodo della costruzione.

In realtà nel tempo e con il tempo il palazzo era diventato organicamente non dissimile dalle altre abitazioni, la tipica casa di paese multifamiliare, con molte stanze e zone comuni in cui la quotidianità si legava in maniera ossimorica, un magnetismo opposto e contrapposto che però proteggeva il sistema dalla disgregazione, in quella casa, non solo bella ma duratura nel tempo, che aveva visto ormai svariate generazioni, di una famiglia forse non fra le più anziane in termini genealogici ma sicuramente con una delle storie più tormentate, malgrado le spiccate attitudini per la nobiltà. Una nobiltà decaduta oltre che già inservibile da tempo ormai, da quando la famiglia non poteva più far leva, ed in tempi recenti farsi scudo, delle ricchezze avute, cresciute e mantenute nel tempo, fino a quel tempo nuovo che aveva portato via tutto.

Antonio Lodovico Morossi aveva battezzato il proprio figlio, colui che della stirpe avrebbe dovuto perpetrare il prestigio, con un nome altrettanto altisonante: e Massimiliano ne sentiva il peso, ne capiva l'importanza ma ne subiva la pressione, la sua situazione ad un certo punto lo fece trovare non pronto, debole ed insicuro, ed egli si era lasciato trascinare nel baratro da quella che il padre gli aveva rimproverato come inettitudine. Lui però non si era perso d'animo ed aveva cercato di derubricare quell'ennesima deplorazione al livello di tutte le altre che negli anni il padre gli aveva rovesciato addosso, pur rimanendo benevolo e protettivo in alcune situazioni; non voleva sentirsi responsabile di ciò che ad un certo punto considerava come un evento ineluttabile, imprescindibile al futuro della sua famiglia, al suo stesso destino, come la naturale evoluzione di un corso. In più ci si era messo quel secolo nuovo che tutti attendevano come la realizzazione di tutto ciò che era stato previsto, preannunciato ed in qualche piccolo esempio anticipato da quella Belle Époque da cui tutti erano stati storditi, per poi cadere come ubriachi sfiniti dall'ebbrezza dopo aver varcato la soglia del nuovo secolo, rendendo piombo l'umanità ed il tempo, gettando tutto in un oblio senza soluzione di continuità, lasciando a governare la morte e la fame dove si credeva di preparare terreno fertile per progresso e fertilità. Ma Massimiliano, Toni, non se la sentiva nemmeno di scaricare in questo modo le responsabilità su di un epoca che era progredita e cresciuta nel bene e nel male senza quasi mai scalfire il suo paese, lasciandolo fuori dal progresso e dallo sviluppo ma tenendolo anche al sicuro dai pericoli della modernità e della tecnologia, fino a quel momento imminente, quell'episodio che lo avrebbe messo sicuramente alla prova più di qualunque altra impresa potesse affrontare un qualsiasi sindaco, in quei giorni di trambusto di cui ancora si era capito poco.

Allora si chiedeva cos'altro si poteva fare, se per resistere non c'erano le forze, e se anche i militari avevano fallito; Tita gli rimaneva accanto tenendo l'ombrello con due mani, dato che la carabina se l'era messa a tracolla legandola a sé con lo spago che si portava sempre appresso, e non si muoveva come in attesa di qualcosa, un qualche tipo di ordine, con la faccia di chi vuole chiedere qualcosa ma non ne ha il coraggio. Allora Massimiliano capì che non era più il tempo di esitare, che non si trattava dell'inizio della fine ma piuttosto della fine dell'inizio, che la gente necessitava il suo aiuto e che non era fattibile la possibilità di facili eroismi che si sarebbero rivelati controproducenti se non addirittura suicidi. Non c'erano molte alternative e la loro assenza era compensata però da svariate speranze, fra cui quella che gli invasori potessero essere in qualche modo clementi se trattati a dovere: al momento gli sembrava l'unica soluzione possibile, seppur antipatica ed antipatriottica.

- Tita, il mangiare che non riesci a nascondere portalo qui da me, io farò lo stesso col nostro, anche se ormai non resta altro che *formai de salamóra* e polenta da riscaldare. Va' e di' a tutti che dobbiamo accogliere il nemico ed essere buoni se non vogliamo passare momenti ancora peggiori. Fate spazio nelle stalle e nei fienili, e che ...

Si interruppe perché sentiva che l'ironia della sorte gli stava per far uscire una frase che si era abituato a dire ma che non voleva propriamente esternare, anche se la sua consuetudine aveva fatto perdere il reale senso di quelle parole, poiché si sentiva troppo vicino a delle orecchie che avrebbero potuto fraintendere. Gli completò la frase Tita come fosse un saluto:

- Va ben Toni, che Dio ce la mandi buona!

Non pensò ad altro, si limitò ad osservare con aria stranita Tita, che aveva pronunciato quelle parole, dette istintivamente perché già le aveva sentite dall'amico anche molto prima che diventasse sindaco, senza che lo sfiorasse minimamente il pensiero che invece attanagliava il suo amico Toni.

Si trattava nient'altro che di un modo di dire, una di quelle frasi fatte che vengono pronunciate sovente in maniera automatica, con conscia leggerezza ed addirittura in alcuni casi svuotandole quasi completamente del reale significato: un po' com'era successo per alcune volgari imprecazioni, spesso bestemmie, che erano diventate parte integrante del linguaggio, una sorta di intercalare esclamativo in alcuni casi necessario per trasmettere l'adeguata enfasi colloquiale, senza una reale intenzione offensiva o blasfema, ed ovviamente senza l'accondiscendenza del prete, anzi. Ed era proprio per una sfaccettatura dello stesso motivo, per cui tutti tentavano di evitare il linguaggio scurrile di fronte al prelato, che Massimiliano cercava di perdere quell'abitudine: stava sempre bene attento a pronunciare il nome di dio, anche soltanto ad accennarne il nome, anche solo in un modo di dire, non per eludere soltanto il rimprovero ma proprio per evitarne qualsiasi contatto. Se ne guardava soprattutto quando si trovava davanti alla canonica, che era situata esattamente dirimpetto alla casa dei Morossi praticamente da sempre, dall'altro lato della strada principale, la via Maggiore.

Non correva da tempo buon sangue fra il prete che era di stanza a Cimolais oramai da svariati decenni, e la famiglia che condivideva con lui il prestigio e l'influenza sulla popolazione. Ma questa storia dell'astio fra le due fazioni non era sempre esistita, ed il centro del paese era stato in un non troppo remoto passato ben condiviso e correttamente coamministrato dalle due parti del potere, simboleggiate dalle costruzioni situate strategicamente in uno dei punti di maggior traffico, ai lati di quella via che imitando il percorso dell'alveo del Cimoliana attraversava il paese da nord a sud. Si univa a nord del paese ad un'altra via ad essa parallela, via San Giovanni, con cui formando una sorta di U rovesciata circondava il centro. Il semicircolo formato da queste due strade si contornava anch'esso di abitazioni e delle loro dipendenze, stalle e fienili, e nel caso della via Maggiore, all'altezza del palazzo dei Morossi, si trovava la canonica contigua, sullo stesso lato, alla grande chiesa di Santa Maria, che con il palazzo Morossi creavano una sorta di passaggio introduttivo e protettivo alla piazza centrale. Tutte quelle costruzioni si erano col tempo rivelate emblemi non dissimili delle azioni a sostegno della gente di Cimolais, spesso anche coadiuvandosi con il risultato di aver contribuito profondamente allo sviluppo ed alla sopravvivenza, spesso difficile, di quella comunità in fondo molto unita. La Curia metteva a disposizione la chiesa ed il conforto spirituale, i Morossi le loro proprietà. C'erano però stati dei motivi politici che avevano di colpo iniziato a far scricchiolare i capisaldi di quella collaborazione, ad esempio il primordiale tentativo di socialismo a cui Giuseppe Bruno, uno dei fratelli di Massimiliano, primogenito ed attivo apprendista del padre, si era avvicinato dopo i suoi studi privati ma soprattutto grazie a qualche frequentazione che aveva avuto in alcuni periodi trascorsi in varie città italiane. Questa crescita lo aveva portato a diventare anche e soprattutto anticlericale, per una sfortuna genetica le facoltà attitudinali del ruolo di notaio ebbero la conseguenza di spartirsi fra i due figli, estremizzandosi nelle caratteristiche: a Massimiliano era andata l'accortezza, a causa della quale si era dimostrato anche troppo accondiscendente, mentre a Giuseppe la caparbietà che lo aveva reso molto impulsivo. Ciò aveva causato non poche esternazioni pubbliche sue nei confronti del parroco, e di rimando le prediche pubbliche del prelato. Uno di questi scontri era stato per molto tempo un aneddoto popolare in paese: la benevolenza e l'ospitalità dei Morossi era testimoniata anche da un'iscrizione realizzata con la vernice nera sul muro bianco, sopra il portico della casa padronale della famiglia adiacente a stalla e fienile, nel cortile di proprietà. La scritta recitava: "Noi siamo la divina provvidenza", e la diceria voleva che fosse stato proprio Giuseppe a scrivere quelle parole come provocazione nei confronti del ministro della carità cattolica che teneva invece le molte stanze della canonica soltanto per sé, mentre ai bisognosi consigliava di pregare. Esempio, questo, di episodi inizialmente limitati, di quisquilie che col tempo però si erano tramutate in battibecchi diretti e liti, fino a diventare quasi delle vere e proprie crisi diplomatiche, che andarono ad intaccare talmente tanto i rapporti fra le due famiglie al punto tale che durante una delle tante contese, particolarmente sentita, scaturirono alcune parole pesanti da parte del prelato, parole minacciose, di malaugurio, sentenze profetiche, alla stregua quasi di rituali antichi, di maledizioni, lanciate sul futuro della famiglia il cui primo figlio aveva osato "logorare il rapporto con Dio". Per Giuseppe fu subito chiaro che quelle parole travalicavano il significato religioso, l'importanza astratta ed insignificante a cui lui stesso non dava mai peso: sapeva che quelle parole erano pesanti ed andavano oltre la pura questione spirituale. Era evidente che non si trattava delle solite prediche per lui futili e veicoli di falsità: in quel caso si erano tirate in ballo cose più grosse, c'entrava il passato della famiglia e dei suoi rapporti con la curia, e soprattutto non si trattava solo di lui ma anche e soprattutto di chi gli stava accanto e forse anche di chi sarebbe venuto dopo. Perciò quella fu l'unica volta in cui fu Giuseppe e non il prete ad abbandonare la discussione ed andarsene. Fu difficile poi per la gente che aveva assistito a quella sorta di anatema lanciato in maniera così veemente, non collegarlo con avvenimenti tragici che si successero fatalmente in poco tempo; d'altra parte il piccolo ed isolato paese di Cimolais aveva da sempre vissuto nella protezione della superstizione e la fede era da sempre stato un fermo appiglio a cui aggrapparsi per fuggire alle paure e per dare un senso ad una vita a volte troppo dura. Non c'era poi, in una vita fatta di lavoro duro e di difficoltà fisiche, nemmeno il tempo per farsi Diogene e cercare risposte al buio, era facilmente sufficiente il conforto di un'idea imposta, era oltremodo comodo non dover sprecare tempo a pensare, poiché il tempo era poco ed era prezioso. Era questo che Giuseppe non accettava e a cui si era ribellato con atteggiamenti dirompenti come era stato per le tipiche lotte di ribellione su scala maggiore, in quel tempo, e nonostante l'apprensione che potevano trasmettergli i compaesani per la reazione del sacerdote nei suoi confronti, si era sempre rifiutato di ammettere qualsiasi connessione fra la morte della moglie prima, quella del primogenito poi, ed ancora, più avanti, aveva causticamente rifiutato di farsi perdonare perfino sul letto della propria morte.

Dal canto suo Massimiliano non si era mai schierato apertamente, limitandosi a qualche opinione sporadica anche se sempre prudente, ma avendo sempre venerato il fratello come un idolo non poteva non tenere un atteggiamento quantomeno distante nei confronti del parroco, con cui non aveva neanche più parlato dopo la morte di Giuseppe.

Ed il fatto che nemmeno da sindaco, nemmeno dopo la morte del padre, avesse avuto il coraggio di intentare un'istanza di riappacificazione, fu un elemento che aveva fatto perdere progressivamente consenso nei confronti di lui come leader, ruolo nel quale già aveva palesato notevoli difficoltà. Così egli quasi d'istinto, ogni volta che tornava verso casa, evitava risolutamente anche solo di voltarsi a guardare in direzione della canonica, malgrado la sua posizione a favore di sguardo e pericolosamente vicina al palazzo di famiglia. La questione si era poi con il tempo anche acuita, portandolo ad evitare anche un qualsiasi discorso che potesse innescare una qualunque discussione che non sarebbe stato in grado di affrontare. Era come se il suo carattere, inasprito per natura dall'atavico orgoglio insito nei caratteri dei montani, reagisse quasi chimicamente, con incremento progressivo, al persistere nel tempo di quell'abbandono forzato, come se non riuscisse a sopportare la presenza di una persona – nient'altro che una persona – di cui doveva forzatamente evitare di considerarne l'esistenza, malgrado la sua rimarcabile presenza.

Osservò Tita che continuava a risalire il paese, stringendo

l'ombrello a guisa d'arma per proteggersi, come la carabina che portava in spalla e di cui, sovrappensiero, si doveva essere dimenticato di essere in possesso in quel momento, poi Toni entrò in casa, sospirando e lasciando che il volto si rilassasse e che l'espressione tornasse lentamente a rivestirsi di malinconia e afflizione, come se tornare a quell'abitudine nociva potesse in qualche modo servire da scudo contro un cambiamento che poteva peggiorare la situazione ancora di più, se fosse stato possibile.

Erano le ore che presto avrebbero portato al vespero, ma se ancora fuori in strada la luce permetteva di vedere bene, dentro il palazzo la visibilità era molto scarsa, a causa anche delle braci che non erano state alimentate; il loro bagliore arrivò lento ai piedi di Massimiliano, che ci mise un po' ad abituare gli occhi ed ambientarsi, prima di compiere i primi passi all'interno del grande salone comune del piano terra, nel cui angolo opposto all'ingresso spiccava, massiccio, il *larìn*, il focolare tradizionale, struttura fondamentale per la sopravvivenza fisica e morale di una famiglia. Tutte le case, nei paesi dell'alta Valcellina avevano un focolare di quel tipo, composto nella maggior parte dei casi da uno spesso basamento di pietra, su cui veniva attizzato il fuoco per molteplici usi, fosse per cucinare, per scaldarsi o solamente come punto di aggregazione per le convenzioni sociali, collante fondamentale in comunità così strette e così soggette al rigore inclemente della vita di montagna. Il *larìn* era da sempre il simbolo sacro ed imprescindibile della famiglia cimoliana, un elemento fondamentale per la vita quotidiana. Spesso i *larìns* venivano decorati ed abbelliti, anche con l'aggiunta di strutture od ornamenti di una certa importanza, come ad esempio la cappa adornata a baldacchino del *larìn* dei Morossi era l'ennesima dimostrazione dell'eleganza della famiglia, ma lo stato di abbandono in cui versava testimoniava impietosamente la decadenza che la famiglia aveva subito negli ultimi anni. Il palazzo stesso nella sua interezza simboleggiava, per lo stato in cui era lasciato, la continua discesa verso la miseria, economica e morale, da parte dei Morossi. Il basamento marmoreo era contornato su due lati, lasciando il giusto spazio per le gambe, da delle strette panche di legno verniciato che incastonavano fra loro un tavolino angolare ripiegabile addosso al pensile che contornava quel complesso arredo rustico.

La zona occupata dal *larìn*, rialzata di una spanna rispetto al resto del pavimento, non riempiva comunque l'ampio salone del piano terra: sulla parete opposta, verso il lato nord, era lasciato lo spazio per un corridoio di passaggio, che collegava l'entrata al vano da cui si alzavano le scale per i piani superiori, e sulla stessa parete erano posizionate delle sedie e degli sgabelli dalle differenti tipologie, spesso rimasugli di vecchi arredi. Il resto dello spazio fra il *larìn* e l'entrata era occupato da un grande tavolo di fattura artigianale dall'indubbia qualità, ma dall'aspetto rattoppato e malandato, sintomo del disinteresse o dell'impossibilità di un impegno estetico per quello che riguardava l'attuale quotidianità. Appena a destra dell'entrata, sempre sulla parete a nord, una porta introduceva ad una stanzetta che era adibita a dispensa e serviva spesso anche come cucina, in cui erano stipati tutto il cibo ed il vino della famiglia. Al suo interno poche scaffalature di legno fissate alle pareti senza riguardi verso il loro apparire quanto piuttosto per l'utilità logistica: sopra queste stavano in disordine del pentolame e qualche utensile in legno d'abete, poco distante alcuni salami e salsicce appesi, un paio di armadi poggiati ad una parete, un piccolo tavolino e una grande cassapanca con braccioli e schienale, detta *paledàna*, anch'essa costruita interamente in legno.

Il legno era una costante, era il materiale che strutturava la vita dei cimoliani, a partire dagli oggetti quotidiani: cucchiai, forchette, pestasale ma anche zoccoli, sedute e giochi per bambini, addirittura alcune case erano ancora interamente costruite in legno a Cimolais, ed il legno era parte integrante anche del palazzo Morossi, in cui oltre all'arredamento interno anche la struttura, i serramenti ed i solai della casa erano costruiti con quel prezioso materiale che popolava incontrastato i boschi del paese.

Massimiliano guardò verso l'angolo occupato dal *larìn* per cercare di capire se in casa era tutto come l'aveva lasciato, e non fu stupito di vedere la sua compagna, Rita, continuare a lavorare per la famiglia, mentre accudiva Giovanni, il figlio più piccolo di Massimiliano. Ma nonostante essa l'avesse visto entrare e rivolgersi a lei non lo salutò, non fece nemmeno un cenno, poiché lo sguardo di quel sindaco, di quel padre e compagno, continuava a perdersi nel vuoto, forse stordito dal tepore che si spalmava lentamente sugli zigomi e faceva notare quanto ogni giorno di più stesse aumentando lo scarto fra la temperatura esterna e quella interna, incrementando anche la preoccupazione di mantenere vivo il fuoco, perché il gelo quando entrava in casa era quasi impossibile da scacciare. E quel focolare non nutrito, quelle braci bramose di legna da ardere ancora di più mostravano agli occhi di Massimiliano la realtà di quella situazione, quanto la rigidità dell'inverno, dell'ennesimo inverno, si accompagnasse stavolta a qualcosa che lo avrebbe reso ancora più duro e difficile da affrontare, come se già non fosse bastato quel freddo vile.

Il fuoco stava lentamente morendo, ma comunque egli non si affrettò a ravvivarlo, aggiungendo solo dopo qualche momento, con lentezza, alcuni ciocchi di legno, mentre rifletteva sul da farsi e continuava ad arrovellarsi nel dilemma fra dove fossero situati esattamente il giusto e lo sbagliato; problema che era scatenato a sua volta da un altro, da quello che ogni volta portava Massimiliano a dover designare un evento o una specifica circostanza come capro espiatorio della genesi, della creazione e della crescita di questa sua nuova e perentoria indecisione. Era una procedura comune, fin troppo abusata ormai, quella di costringere a scegliere ogni volta la causa scatenante di questa crisi: si contendevano lo scettro l'errore amministrativo, la conseguenza della sua inettitudine gestionale, e la morte del padre. Uno di questi due avvenimenti per lui doveva obbligatoriamente essere imputato di tutto quel suo tormentarsi nei momenti di difficoltà. In realtà dentro di sé riconosceva di essere egli stesso il problema, che fosse la sua stessa natura la causa principale di quei problemi, che gli eventi non erano altro che la conseguenza di ciò e l'uno dell'altro, in una catena indistruttibile che poteva inesorabilmente continuare ad allungarsi ed accumulare anelli, forgiati dalla sua imperizia e dalla noncuranza che erano elementi ancestrali, radicati nella sua personalità fin dall'infanzia. Tutto ciò che aveva sempre aborrito naturalmente, alla fine lo era diventato: bambino apatico in un'infanzia affrontata troppo timidamente, adolescente abulico e troppo mingherlino per primeggiare, giovane imbranato e pigro nel lavoro, a dispetto di quel fisico naturalmente incline a quella vita; anche poi marito inefficiente, soprattutto durante la malattia della moglie, la cui morte lo aveva messo alla prova come padre inadeguato, per concludere con il gran finale di sindaco fallito. Tutto questo e null'altro era Massimiliano Antonio Morossi, erede ingrato e rampollo sciupatore e distruttore della più signorile famiglia di Cimolais. Quell'arringa mentale contro di sé lo fece sorridere amaramente mentre continuava a guardare le braci che cercavano ossigeno per iniziare a divorare quei ciocchi vecchi e che pur fradici avrebbero subito l'istintiva volontà del fuoco che, anch'esso, in questo suo agire spontaneo, pareva più risoluto dei tentativi di Massimiliano. Ma allora qual era il suo destino? Per cosa era nato, quindi? D'altra parte qualcosa di utile era stato fatto, e qualcos'altro di utile si poteva ancora fare, nonostante tutto. In fondo non si sentiva un gregario, non aveva mai avuto l'indole di chi sta dietro in attesa di ordini, lui era un leader, lo avevano addestrato per questo, suo padre gli aveva insegnato l'arte di governare, dopotutto. Allora ebbe un impeto e con passi ampi varcò il corridoio verso gli armadi nella dispensa, prese un bicchiere e ci versò del vino, tracannandolo d'un fiato. Non gli bastò e si voltò, prese la grappa e ne tranguggiò la stessa dose che fu del vino, sempre d'un fiato, sentendosi bruciare prima la gola e poi le budella; trattenne a stento un conato, ed alzando la testa guardò fuori attraverso la grata costruita in filo di ferro che copriva una delle feritoie che erano state praticate a livello del soffitto per far uscire il fumo, e vide distintamente la cima del monte Cornetto che sembrava farsi prepotentemente strada fra un immenso cumulo di nubi che non prometteva niente di buono. Dopo gli ultimi spasmi del suo stomaco non sentì nessun altro rumore, nemmeno quello della pioggia che era momentaneamente cessata, stranamente neanche il suono delle grondaie e dei tetti gocciolanti, ed assaporò quel silenzio che gli sembrò mancare da troppo tempo. Aveva bevuto per lavare via le preoccupazioni, si era rintanato in dispensa, illuso anche non troppo che Rita non immaginasse cosa ci era andato a fare. Si era allontanato dal *larìn* in cerca appunto di qualcosa da bere e di silenzio, di assenza di rumori, lontano anche dal crepitio del fuoco che stava lentamente riprendendo vita. Eppure gli parve che quello che aveva cercato non fosse nient'altro che qualcosa, mentre era convinto di non aver bisogno di niente, o di necessitare un nulla passivo, ma qualcosa alla fine c'era sempre, e non ci si poteva scappare. Istintivamente portò il bicchiere alle labbra ma assaporò soltanto il vuoto ed un forte odore di alcol, subito volatilizzato, e si sentì per un attimo completamente solo, con quel silenzio.

Il silenzio restò a fargli compagnia per qualche minuto ancora, finché la pioggia tornò a farsi prima vedere attraverso la feritoia, in controluce con le scure zone rocciose del Cornetto su cui neanche la neve più tenace riusciva ad aggrapparsi, per poi aumentare d'intensità facendosi anche sentire picchiettare il terreno, assieme a dei passi trascinati che provenivano dall'esterno, una camminata stanca che, pensò, poteva essere di qualche donna che risaliva il paese con la gerla carica, per portare legna o altro in casa.

In realtà era suo figlio Felice che avendolo visto rincasare si era svincolato dalla posizione di copertura in cui si era nascosto ed era rimasto dopo aver seguito lui e Tita. Aveva assistito a quanto accaduto e sentito quasi tutto ciò che si erano detti i due con i militari italiani incontrati poco prima, e ci aveva subito intravisto una nuova possibilità di dimostrare il proprio attaccamento alla sua patria, che non conosceva quasi per niente ma di cui si sentiva comunque parte: la patria di cui aveva imparato ad amare usi, costumi ma soprattutto la lingua, fra i romanzi e le poesie della grande biblioteca del nonno, da cui aveva potuto attingere per acculturarsi quando non era impegnato con il lavoro. Cice, come lo chiamavano tutti, aveva una volontà di ferro, maturata ancora quand'era piccolo con la presa di coscienza della sua condizione: da bambino aveva contratto la poliomielite da cui era uscito con la gamba sinistra quasi totalmente paralizzata; lo sconforto dei genitori dopo quell'evento triste fu estremo poiché egli era il loro primogenito e che, se fosse sopravvissuto a quella malattia, avrebbe comunque passato una vita d'inferno. Ma il piccolo aveva dimostrato subito un carattere risoluto e ostinato, e la sua cocciutaggine era diventata il veicolo di una tenacia che in breve travalicò ogni ostacolo fisico, rendendogli fattibile ciò che ogni medico aveva pronosticato come praticamente impossibile: dal lavoro nei campi al trasporto del legname, dallo sfalcio e foraggio fino alla sua passione, la cura degli animali e la mungitura. Ovviamente doveva alternare a tutto ciò lunghi periodi di riposo poiché la stanchezza sopraggiungeva notevolmente prima di chi era cresciuto meglio di lui, come il suo più giovane fratello Pietro che proprio come Felice nei periodi di riposo forzato aveva imparato a leggere e scrivere, e si era appassionato a tutte quelle storie così concitate di combattenti e di uomini valorosi, pronti a sacrificare la propria vita per difendere le persone care, ma anche solo il suolo natio, quando non addirittura un mero ideale. E con Pietro e la cugina Oliva passavano interi pomeriggi piovosi nella biblioteca del nonno a leggere e leggersi quei libri, e nei lunghi inverni prelevavano i volumi da quella stanza buia e gelata e se li portavano attorno al *larìn*, dove a turno si leggevano quelle storie. Pietro era stato una gran bella novità in famiglia, poiché dopo la malattia di Felice anche la madre era stata male, guarendo ma con un nefasto responso del medico che le aveva predetto l'impossibilità di avere altri figli, presagio rivelatosi infondato con il concepimento e la nascita di Pietro, a cui Felice aveva subito mostrato affetto.

Fra i due era nata una sana competizione in cui spesso Cice primeggiava anche senza aiuti, forte della determinazione ed in alcuni casi dell'esperienza: avevano infatti ben nove anni di differenza, Felice era nato nel 1883, Pietro era invece del '92, una delle classi più numerose fra le leve del quindici-diciotto. Cice gli rinfacciava il fatto di essere nato negli anni novanta, che aveva spesso ironicamente sentenziato come produttori di scansafatiche e di inetti, ma quando il fratello era stato chiamato alle armi non aveva potuto non manifestare il suo orgoglio. Dei racconti dello zio Giuseppe, che da socialista neutralista era poi diventato interventista come molti suoi simili, il ragazzo aveva recepito ed assimilato gli ideali, arrivando a ritenere quell'idea leggendaria della costruzione di una patria unita non dissimile dagli scopi che muovevano le gesta degli eroi letterari, protagonisti delle epopee di cui aveva letto nelle tragedie greche di Omero, o meglio ancora nelle cronache storiche dei legionari romani, il cui valore era poi stato rievocato nella propaganda come spinta alla riconquista delle terre irredente all'Italia, quella patria di cui definitivamente poi aveva letto cantare, con una passione travolgente e contagiosa, negli scritti soprattutto di Ugo Foscolo. Ed il dolore e la frustrazione del poeta che scaturivano dal suo amor patrio erano simbolici per Felice, che in quell'impresa ed in quei momenti di slancio nazionale non avrebbe potuto esserci fisicamente: era davvero importante che quel fratello così giovane, veloce e forte potesse diventare la proiezione di ciò che era diventato bruscamente il suo grande ed impossibile sogno sentimentale; c'era la possibilità di fare qualcosa, di essere in prima linea con il nome dei Morossi.

Restavano certamente le vacche da mungere, l'erba da tagliare, far seccare ed imballare; c'era poi da foraggiare, spaccare la legna e tutto il resto ma restava il tempo per sognare l'epoca di libertà tanto anelata in quei fervidi scritti dei secoli precedenti, ripresi poi dalla propaganda di quegli anni. Allora quindi non poteva essere tollerabile l'onta, lo smacco di vedersi trafitti nel territorio per chilometri e chilometri dagli invasori di sempre, ché dalle voci che erano giunte sembrava che dopo la disfatta di Caporetto non esistesse più l'Italia, in più c'era quel fratello che da eroe passava a reietto. Era davvero troppo per Felice il patriota, già frustrato perché la decisa fermezza che lo aveva contraddistinto nella vita non poteva comunque permettergli di fare la sua parte nella definitiva realizzazione e nel salvataggio della patria. Era ovviamente inabile, ma aveva tentato di tutto per farsi mandare al fronte, anche perché aveva udito e letto dell'impresa di un certo Enrico Toti che si era contraddistinto come eroe nonostante gli mancasse una gamba. E allora quale migliore occasione di riscatto se non l'arruolamento? Poteva finalmente sentirsi utile alla patria più di quanto lo fosse stato fino ad allora, limitatosi solo a leggerne sui libri. In paese inizialmente sorridevano sentendolo pronunciare le proprie intenzioni, ma quando poi si capì che davvero era intenzionato a partire per recarsi al comando tutti si prodigarono per fermarlo; in realtà non furono propriamente le sue condizioni fisiche a spingere i cimoliani nel tentativo di farlo desistere, bensì le sue doti di allevatore, utili soprattutto quando si trattava di gestire la nascita dei vitelli: non volevano certo lasciarsi sfuggire un aiuto così prezioso e competente.

Ci avevano provato tutti ma alla fine nessuno sembrava riuscire a farlo ritirare dalle sue intenzioni: fu soltanto la chiamata di Pietro, arrivata poco dopo i primi sintomi della malattia grave del nonno, a convincerlo che c'era bisogno di lui in famiglia, per la sua esperienza, per le cose che soltanto lui sapeva fare così bene. A malavoglia, ma ci stava, e aveva accettato di buon grado la candidatura quasi spontanea del fratello che, anche se si trattava della chiamata obbligatoria di leva, mai avrebbe pensato così ben disposto nei confronti di ciò a cui si era sempre dimostrato ostile, osando addirittura contestare lo sfrenato interventismo del fratello e dello zio Giuseppe che in Felice aveva trovato un fedele sostenitore; Cice andava d'accordo con tutti e a tutti voleva bene, in quella famiglia numerosa con molti zii e ancor più cugini, ma aveva una particolare predilezione per lo zio Giuseppe ed ovviamente era entrato presto in sintonia con sua figlia, la cugina Oliva. La famiglia era stata molto numerosa ma decimata da alcune vicende tragiche si erano succedute l'una all'altra in tempi brevissimi ed abbastanza recenti, fatta salva quella in cui erano rimasti coinvolti la nonna Giovanna e suo figlio Tommaso che non avevano nemmeno visto nascere Felice, il primo nipote. Si poteva dire che stessero bene, ma non abbastanza da mantenere tutti col solo lavoro del capofamiglia Antonio; per quanto anche l'attività di sindaco qualcosa lo portasse non era mai abbastanza per il sostentamento di quella famiglia che a volte si dedicava anche alla beneficenza, ed allora come tutte le famiglie per cercare di sopravvivere bisognava uscire dal paese, verso terre lontane a cercare di racimolare qualche guadagno offrendo i propri servigi o vendendo ciò che si produceva. A Cimolais si era sviluppato un fervente artigianato del legno, iniziato per utilità con attrezzi da cucina per usi personali, per poi svilupparsi sempre di più, specializzandosi nella produzione ad esempio delle *cànole*, le cannelle per le botti e gli zipoli, articoli prodotti magistralmente grazie alla maestria di alcuni artigiani e richiesti in varie zone del nordest, in cui ovviamente sia la produzione sia il consumo di liquidi da botte erano appunto copiosi. Ma si vendevano anche altri utensili, come cucchiai o mestoli, ed anche agorai e uova da rammendo, sempre prodotte con il legno dei faggi e degli abeti locali. Il legno di quei boschi che erano per questi motivi diventati un patrimonio sacro, il legno di quegli alberi che era stato parte integrante e strutturale della storia del paese di Cimolais e della sua gente, spesso e volentieri costretta ad intraprendere lunghi ed estenuanti viaggi per proporre quei prodotti nelle città, con un piccolo guadagno in vitto o denaro, ma con l'orgoglio nutrito dall'aver portato il legno di Cimolais in giro per il mondo, *"fora pal mont"*.

A Felice fu raccontato che durante proprio uno di quei viaggi, in cui la nonna e suo figlio percorrevano col loro carretto a piedi una delle principali vie stradali del Veneto, un incidente li strappò alla vita: furono tragicamente travolti da un autocarro fuori controllo, lasciando una intera famiglia nello sconforto di non sapersi come arrabattare per sbarcare il lunario, fra mille difficoltà. Il racconto, il ricordo che Felice aveva ricevuto, riguardo la nonna e lo zio, era strettamente legato appunto a quelle difficoltà: non finì a loro stesse ma identificate come mezzo con cui diffondere il ricordo di chi si era sacrificato per il bene della famiglia, come esempio per tutti. Era già successo, e capitava proprio in momenti bui come quello che si stava prospettando, che Felice pensava alla nonna ed allo zio mai conosciuti per darsi uno stimolo a reagire, per cercare nuove energie e portare a termine un'impresa magari apparentemente semplice ma che poteva essersi poi notevolmente complicata; gliene accadevano spesso, poiché la fatica e la sofferenza per lui erano all'ordine del giorno. Riusciva sempre in qualche modo a cavarsela, spesso con una piccola dose di fortuna, ma sempre portando a casa la pelle, ed ovviamente pensava che in quell'occasione avrebbe potuto fare lo stesso, con un rinforzo d'orgoglio che incrementava la sua voglia di risolvere a modo suo quella questione. Pensò che avrebbe potuto ostacolare il nemico con facilità, dato che si trovava a pochi passi, ma continuava ad arrovellarsi sul modo in cui poterlo effettivamente fare. D'un tratto ebbe come un'illuminazione, ed il suo vagare senza meta precisa di colpo trovò un fine, un obbiettivo: aumentò allora notevolmente il passo e deviò il suo percorso, prima indefinito, in direzione del cortile, costeggiando il muro a secco che delimitava la sua proprietà.

Imboccò la strada che prima si apriva su uno spazio antistante alla locanda Alla Rosa, per poi restringersi nuovamente fra due piccoli edifici che un tempo erano stati anch'essi dei Morossi, come anche quelli a cui erano adiacenti, stalle e granai, rimesse per carri in gran parte abbandonate o lasciate in disuso: delimitavano l'ingresso al cortile che invece, quello sì, era rimasto ai Morossi, con la vecchia casa della "provvidenza" accanto a cui era stata costruita la stalla con il fienile, il "talè" dove si trovava nascosto Pietro; ed il fratello disertore in quel momento poteva di colpo tornare utile, nonché in qualche modo redimersi per il suo tradimento, Felice ne era certo, e l'occasione era a portata di mano. La strada era quasi impraticabile persino nel percorrerla a piedi, con la terra che per la pioggia in alcuni tratti era diventata fangosa, soprattutto nei punti in cui si creavano buche a causa del passaggio di carri o animali, o per rivoli d'acqua che deviavano il loro corso a causa di ostacoli come pietre o muri e creavano delle anse profonde ed insidiose, ma non tali da arrestare la corsa verso il *talé* dove egli stesso aveva nascosto il soldato che ora doveva ad ogni costo raggiungere il prima possibile, senza che niente potesse fermarlo, nemmeno quella voce che lo chiamava, e che dovette farlo due volte prima ch'egli si fermasse:

- Ciò, mulo, dove te va de corsa?

Il suono di quella domanda riecheggiò nel vuoto dello spazio del piazzale della locanda, ad una delle cui finestre si era presentato un signore di mezz'età, che era vestito in maniera talmente accurata e fine che mostrava diversi anni in meno rispetto alla sua reale età, e che teneva con nonchalance una lunga sigaretta fra le labbra:

- Tullio, non ho tempo, devo andare!

- Eh, gioventù. – disse l'eccentrico triestino fra sé e sé, e poi alzando la voce si rivolse nuovamente a Felice:

- "Maledetta la furia" diséva la cagòia!

Cice, non si sa come, capiva praticamente tutto di ciò che gli diceva ogni volta quello strano tipo, anche quella sorta di proverbio sulla lumaca che ingiuriava la fretta; parlava soltanto nel suo dialetto e aveva trovato nel ragazzo praticamente l'unica persona del paese che lo capisse quasi per intero, e ciò lo aveva fatto diventare per lui un sincero amico, oltre che una sorta di allievo nella scuola della vita. Era scappato da Trieste per rifugiarsi in quel paesino senza che nessuno sapesse veramente il perché, e senza in realtà nemmeno avere il coraggio di chiederlo, ma anche e soprattutto perché vista la pressione ed i cambiamenti che il conflitto stava esercitando su tutto e tutti, non c'era da stupirsi o insospettirsi di niente. Questo mistero però un po' lasciava interdetto Felice che pur essendo in breve diventato amico di Tullio, comunque non osava chiedergli niente di confidenziale, pur trattandolo quasi come uno della famiglia, con l'approvazione anche di suo padre Massimiliano, che riguardo Tullio probabilmente era quello più informato. C'erano stati alcuni giorni in cui infatti il triestino non poteva essere ospitato nella locanda ed era stato quindi sistemato nella casa vecchia della famiglia, la casa della "provvidenza" disabitata ormai da quando anche Oliva l'aveva abbandonata, dopo la morte dell'ultimo dei suoi; era rimasta una dependance di servizio, per qualche attività sporadica che non poteva essere svolta nella magione principale; Oliva spesso ci andava per lavorare sul telaio, la *corlèta,* che custodiva gelosamente nella camera dei suoi genitori che essa stessa aveva adibito ad una sorta di suo laboratorio personale, senza che nessuno, nemmeno lo zio Massimiliano che la aveva accolta come una figlia osasse dirle nulla. Qualche altra stanza era stata tenuta come deposito o altro che non fosse direttamente utile alle attività quotidiane, e negli ultimi tempi aveva ospitato appunto il triestino. Dopo quel provvisorio accomodo a Tullio era stato lasciato il permesso di tornarci, e continuò comunque a frequentare il cortile e la casa vecchia dei Morossi, in cui trovava, rispetto alla locanda, più calma e riservatezza.

Entrare nel cortile dei Morossi non era come per le altre proprietà, che si limitavano ad avere un muretto o una rudimentale recinzione: qui erano state installate a formare un arco, fra le due costruzioni che riducevano la larghezza della strada, delle pietre decorate con il simbolo della famiglia, una grossa M lavorata e ricamata come Cice aveva visto fare nei capilettera dei testi di alcuni libri della biblioteca, i più vecchi, in alcuni casi così tanto intarsiate da renderne difficile la distinzione. La M del simbolo dei Morossi invece era ben distinguibile nei suoi spigoli sporgenti, anche se incuneata in una croce che lasciava ovviamente intendere l'importanza della religione nei primordi della famiglia, tradizione che già prima dell'intervento dello zio "mangiapreti" si erano via via perse e sbiadite, come quello scudo che racchiudeva quel simbolo che aveva la pretesa e forse anche il diritto di definirsi araldico, completato poi dalla presenza sormontante di un ramo di noce con tre foglie, lo stesso longevo albero che svettava solenne al centro del prato che completava la proprietà, e che si notava già prima di entrarvi. Una pianta maestosa, scelta come simbolo dalla famiglia per la sua anzianità e la sua necessità di spazio per crescere, ma anche per la forza e la resistenza, caratteristiche pienamente in linea con lo spirito che i Morossi si tramandavano di padre in figlio, fino a quegli ultimi anni in cui tutto sembrava lentamente cedere sotto il peso di un'epoca che sembrava non appartenergli più, soccombendo al passare del tempo come le foglie di quel noce che si flettevano, chinandosi prostrate verso il prato, appesantite dalla pioggia sempre più intensa e fredda, lasciando cadere a ritmo quasi regolare le gocce, lacrime copiose sul prato intriso e scivoloso come i pioli di quella scala che Cice saliva con prudenza, stupendosi egli stesso della fatica che stava facendo per inerpicarsi dove era abituato a recarsi quasi ogni giorno; era come se dentro di sé qualcosa lo facesse temere per un pericolo imminente ma non immediato, come se salire quella scala fosse un evento di cui tenere conto, come non fosse una volta tra le tante. Sul fienile trovò Pietro che dormiva come non lo aveva mai visto fare prima, pareva che ogni alito di vita lo avesse abbandonato: il colorito smunto, la bocca storta, le gambe piegate come a rannicchiarsi su sé stesso per proteggere quel sonno così importante ma così precario, e se non avesse visto gonfiarglisi ritmicamente sul petto la camicia che si era infilato senza riuscire ad abbottonarla prima di crollare addormentato avrebbe pensato di certo che sarebbe stato morto. Accanto a lui, voltata ad assisterlo, c'era Oliva che gli mise addosso una coperta che gli aveva portato assieme ai vestiti con cui cambiarsi, e poi si rimise a sferragliare intessendo qualcosa di probabilmente poco utile. Si portava sempre dietro i ferri per poter ricamare e creare qualcosa anche quando non era davanti al telaio. Felice era riuscito a farsi silenzioso come al suo solito e nessuno si era accorto della sua presenza sul fienile; avrebbe voluto svegliare in fretta il fratello per parlargli, ma c'era qualcos'altro su cui la sua preoccupazione ebbe la priorità. Accanto ad Oliva c'era Maria, un'amica che era andata sicuramente a chiamare per farle compagnia ma specialmente perché era qualcosa di più di una semplice compagnia per suo cugino Pietro, che ora guardava dormire con occhi sognanti ed estatici, anch'essa tesa e combattuta dalla voglia di destarlo ed abbracciarlo. In altri tempi Felice avrebbe sorriso quasi imbarazzato ad una scena del genere ma in quel caso ebbe un impeto di autorità:

- Cosa ci fa lei qui?

Ad Oliva, sorpresa, cadde uno dei ferri mentre si voltava, e d'istinto si alzò come a porsi a protezione della scena, che trasudava emozioni forti e rendeva trasparenti i sentimenti, quasi come una rappresentazione pittorica della pietà cristiana: non si era vista scomporsi Maria nemmeno dopo le ferme e forti parole di Cice.

- Oliva, l'hai chiamata tu?

- Cice, io ... non potevo non dirle che Piere era qui!

- Lo sapevo! Lo sai in quale guaio puoi averci messi con questa tua bella idea? Se lei andasse a dire qualcosa in giro noi ...

Maria allora intervenne:

- Parla piano o vi scopriranno sul serio!

Aveva il volto della sofferenza, con gli occhi della serenità di chi aveva avuto una buona notizia ma sapeva che non bastava a migliorare le cose.

- Non dirò niente a nessuno, Cice, come puoi pensarlo? Ora che Piere è qui dovresti essere contento, per me è stato come rinascere!

Cice le si avvicinò, con fare irruento ma trascinando la gamba sulle assi del pavimento, per muoversi rapidamente ma senza voler fare troppo rumore, e le puntò minacciosamente un dito al volto:

- Si tratta di un disertore, stiamo nascondendo un traditore!

Maria rispose con altrettanta furia, alzandosi in piedi:

- Come puoi dire così, è un disperato che è tornato a casa dalla sua famiglia, guardalo!

Si voltarono a guardarlo e dormiva ancora, malgrado l'animata discussione avesse potuto in qualunque momento svegliarlo. Oliva s'intromise fra Felice e Maria, aumentandone la distanza che li separava, e cercando di smorzare i toni:

- Lasciamolo riposare, quando si sveglierà sentiremo cos'ha da dire. Cice, sei fradicio, che ne dici di andare a casa scaldarti ed asciugarti un po'?

- Lascia perdere, ci sono cose più urgenti, dobbiamo svegliarlo!

E si diresse verso il fratello, venendo trattenuto per un braccio da Oliva:

- Cosa vuoi fare? Perché tutta questa fretta?
- Perché stanno arrivando i tedeschi, a momenti saranno qui.

Oliva spalancò gli occhi e corrugò la fronte. Sembrò venire a capo di un dubbio, ma senza che il fatto di averne fugato l'incertezza fosse confortante:

- Allora ecco cos'era quello sparo! Cosa facciamo?
- No, quello era un colpo partito dai nostri, che adesso si stanno preparando sul Pezzèi, lassù prima del passo. Ecco perché non tutto è perduto!

Lo stupore nella ragazza aumentava:

- Cosa? Quindi c'è anche l'esercito italiano?

Intervenne anche Maria, afferrando al posto di Oliva il braccio di Felice, guardandolo negli occhi:

- Cos'hai visto, Cice? Chi c'era fra gli italiani?

Felice era confuso dalla reazione di Maria, ma in qualche modo intuiva cosa volesse sapere. Si limitò a descrivere qualcosa di ciò che aveva visto, poiché la sua priorità era altro in quel momento e non accennava a desistere:

- Io ... ho visto mio padre parlare con un ufficiale, un certo capitano ... forse ... Bastia, sì, mi pare si chiamasse così. Era al comando di qualche compagnia di bersaglieri e pochi alpini ...

Poi tentò di voltarsi ma Maria riportò la sua attenzione a sé, tirandolo ancora per il braccio:

- Alpini? Magari fra loro c'era anche Vigi, mio fratello?

Cercava una risposta che sapeva quasi impossibile da avere negli occhi del giovane, che ancora più stanco e dolorante si curvava sempre di più con il peso sulla gamba buona; bastò il mutamento nella sua espressione a rispondere, o meglio, a non rispondere: gli occhi si socchiusero e la curva delle sopracciglia completava uno sguardo di tristezza che non cercava approvazione né comprensione, più che altro voleva scagionarsi da quella che era davvero una grossa responsabilità.

Non tentò nemmeno di scrollarsi dalla presa della ragazza, fu Maria che capì e lo lasciò andare mentre si voltava. Felice non si mosse perché provava ancora del dolore, e perché sapeva che Maria, a cui si era avvicinata Oliva cingendole le spalle nella sua contrizione, aveva sicuramente qualcos'altro da dire, poiché per troppo tempo aveva taciuto sulle sue emozioni riguardo il fratello in arme.

- Povero Vigi. Chissà come sta, chissà se è ancora vivo.

Chinò la testa fra le mani, accennando un pianto soffocato.

- Com'è possibile che facciano questo alle persone, alle famiglie? Come possono mandare a morire i nostri giovani?

Ora la tristezza ed il turbamento di cui le sue prime parole erano intrise lasciavano spazio lentamente a rancore e intolleranza verso qualcosa che non voleva accettare:

- E lasciano me sola a badare a due vecchi, di cui mio padre malato e alle bestie. Senza quasi speranza che Vigi torni, lasciandoci per sempre in difficoltà.

Felice capiva la reazione di Maria, che era stata la stessa che aveva visto da molta gente nella stessa situazione in paese in quegli ultimi anni, ma non riteneva giusto perdere la speranza, soprattutto abbandonare gli ideali proprio in quei momenti che riteneva risolutivi. Si avvicinò alle ragazze e volle trasmettere un po' dell'entusiasmo che lo aveva sempre contraddistinto:

- Maria, non pensare così: Vigi si sta comportando da eroe, sarà uno di quelli che salveranno la Patria, vedrai che quando avremmo vinto tutto tornerà come prima, anzi, molto probabilmente staremo ancora meglio! E tuo fratello avrà tutti gli onori che la Patria ...

Maria lo interruppe bruscamente:

- Sia maledetta la Patria! Non voglio, non accetto che accada questo alle persone a cui voglio bene! Eroi, dici? Non hai visto tuo fratello com'è ridotto? Questi che comandano gli fanno fare la fame ai nostri ragazzi, che partono sani e forti e quando tornano, se tornano, se va bene sono senza forze, ma ho sentito dire di quelli che tornano sfigurati, addirittura pazzi! Come puoi pensare alla Patria e all'eroismo?

- Non credere a quelle fandonie! Sono storie create dai neutralisti, da quelli che hanno paura e non vogliono sporcarsi le mani per costruire l'unione della propria terra. Quelli che sono al fronte combattono con valore, respingono il nemico invasore con tutte le loro forze e fino alla morte!

- Ecco il risultato, la morte! La morte, nostra o di questo nemico, cosa importa? Sono sempre persone che muoiono, uccise da altre persone! E nel frattempo fanno la fame!

- La morte è una conseguenza irrinunciabile per la vittoria, ed è meglio morire da eroi che da traditori! Non capisci che senza questi eroi non avremmo un'identità, una cultura unica? Saremmo ancora sudditi di un imperatore che non ha neanche parente con noi, che non parla nemmeno la nostra lingua!

Maria non rispose perché il suo pianto strozzato si era liberato dalla morsa in cui lo tratteneva, ed aveva iniziato a piangere a dirotto, sorretta dall'amica che più di così non sapeva che fare, sentendosi impotente e sopraffatta anch'essa da quel destino così infame. Felice era rimasto in attesa, dopo aver pronunciato quelle parole che lo avevano fatto gesticolare animatamente, finendo con il chiudere la mano destra in un pugno, che apriva lentamente, mentre si appoggiava, quasi sfinito, ad una fascina di lunghi rami adagiata ad una colonna di balle di fieno, poco distante dalle ragazze:

- E poi quelli stanno quasi meglio di noi: un letto, un rancio abbondante e sicuro, hanno la corrispondenza, le licenze, divise ed armi. Poi fumano e bevono. Stanno meglio di noi, quelli.

Fece una pausa poiché sentiva sempre più dolore alla gamba malata, ma non voleva interrompere lì il discorso: ci teneva a far capire alle ragazze, soprattutto a Maria, come lui vedeva quella situazione, come credeva la realtà del fronte e della trincea, glielo voleva trasmettere per convincerla a resistere, a non perdere la speranza, ma lo faceva anche perché non l'aveva mai vista così triste, ed avrebbe fatto di tutto per farla stare meglio. Pensava ancora a quei ragazzi al fronte, li immaginava sani e forti, concentrati e zelanti, ma anche felici e spensierati, orgogliosi di rappresentare e difendere la Patria:

- E poi ...

- E poi il freddo, la pioggia, gli odori, le malattie. Non ti basta, o non è vero, Cice?

Pietro si era svegliato ed aveva udito ciò che gli bastava per intervenire.

I ragazzi tutti si erano voltati senza dire nulla, senza il coraggio di avvicinarsi, quasi non riconoscessero più il loro Pietro, che ora li guardava con negli occhi un'espressione scura, una maschera che mai gli avevano visto indossare prima. Temevano, avevano sempre temuto che quell'esperienza lo avrebbe cambiato, che non sarebbe più stato lo stesso. Impauriti e preoccupati, aspettavano di capire cosa fare, sorpresi dalla reazione così repentina di quel ragazzo che fino a qualche istante prima pareva dormire di un sonno più che profondo:

-   Non potete nemmeno immaginare cosa voglia dire, che cosa sia la vita in trincea. Una continua attesa, né sonno né veglia, turni infiniti, latrine comuni all'aria aperta, pidocchi e ratti.

Lo guardavano ancora senza proferire parola, Maria non smetteva di sospirare profondamente come a cercare di trattenere le lacrime che continuavano a scenderle sulle guance. Cice si era visto incalzato dalla reazione improvvisa e alle spalle, ma sembrava voler riprendere la sua arringa, la sua faccia si era incattivita e sembrava pronto a sentenziare qualcos'altro ma Pietro riprese, anticipandolo:

-   Ma per voi è facile, per voi che restate qui, per chi può solo pensare e parlare di quello che c'è laggiù. Ma non lo sapete, non lo saprete mai!

Pietro si alzò, infervorandosi:

-   Siamo stati presi con la forza dai campi, dalle fabbriche, dalle scuole! Per essere buttati un buco pieno di fango ed escrementi di uomini e bestie, a calpestarci l'un l'altro, a conoscerci comunicando a stento in mille dialetti diversi: lì, fermi ad aspettare l'ordine di uscire da quel buco per farci sparare addosso, per morire come non fossimo niente, come se tutto ciò che eravamo prima di quello non fosse mai esistito!

Finalmente a Felice fu dato il tempo per ribattere:

-   Quelli che muoiono sono degli eroi!

-   Eroi un corno! Sono dei poveracci che sono stati uccisi! Uccisi come delle bestie per il solo fatto di stare dall'altra parte! Possibile che tu non te ne renda conto?

-   Sei uno stolto, uno scansafatiche! Se tutti lì l'avessero pensata come te … anzi, ora capisco tutto! Siete voi disertori la causa di questa disfatta, siete quasi peggiori del nemico!

-   Smettila Cice, continui a non capire! Noi ragazzi al fronte eravamo soltanto la proiezione delle manie di grandezza di qualche signore altolocato con troppe ossessioni patriottiche. Mandavano a morire noi per riempirsi il petto di medaglie e vantarsi di aver ucciso quanta più gente possibile. Loro però se ne stanno al riparo e al caldo nelle retrovie, in qualche bella villona in cui si riempiono la pancia e la testa di porcherie, in attesa di qualche nuova idea omicida. Stanno facendo morire tutti i giovani, non lo capisci questo?

-   Sei tu che non capisci! Avevi l'occasione per passare alla storia come uno dei salvatori, uno dei costruttori dell'unità. Avresti potuto partecipare alla cacciata del nemico, alla ripresa della nostra terra, e invece sei scappato, vile! Ah, se solo avessi potuto io.

Fece un gesto di stizza, battendo il pugno contro la fascina cui era appoggiato. Pietro scosse la testa:

- Tu cosa? Cosa avresti fatto? Tu, proprio tu, Felice Morossi, avresti sparato un colpo in testa al nemico? Avresti affondato la baionetta nel cuore di un altro uomo solo perché era vestito diverso da te? Avresti deciso tu quando la vita di un altro doveva finire? Tu saresti stato quello che impediva ad un padre di rivedere i suoi figli, ad un figlio di rivedere la madre? Chi sei tu per farlo? E soltanto perché te lo ordina qualcuno che non conosci, avresti ucciso qualcun altro che non conosci?

Felice si voltò lentamente di nuovo verso il fratello, ma tenendo la testa bassa e con la voce più bassa:

- No, l'avrei ucciso soltanto perché altrimenti lui avrebbe ucciso me.

- Questo è ancora peggio!

Pietro urlò, e da come la voce gli si ruppe in gola rivelando nuovamente la sua debolezza nel fisico, si capì che avrebbe voluto urlare più forte. Si era fatto rosso in volto ed il cuore sembrava volergli scoppiare in petto. Si voltò verso Maria, guardandola negli occhi:

- Eppure non ci si può rifiutare, nemmeno tutti insieme. No, se ti rifiuti vieni ucciso sul posto, e non dal nemico, ma da quelli che stanno dalla tua parte. E se nessuno obbedisce allora ne scelgono a caso uno ogni dieci, e li fucilano tutti, per dare l'esempio, dicono. Allora lì capisci, anzi non capisci più niente, non sai se è peggio il cecchino che ti tira dall'altra parte o il tuo carabiniere che ti fucila alle spalle mentre non guardi. Lì capisci che non bastano le privazioni e la disumanità della trincea – ché è molto più umano fare una giornata nella stalla fra le vacche ed il loro letame-, che non bastano le fucilate che non si sa come vengono fermate da dei miseri sacchi di sabbia, che non basta l'impotenza che ti comunica il sibilo di una granata che non sai dove cadrà, che non puoi mai saperlo e che forse non saprai mai ma allora è proprio lì che è caduta. E non bastano i ricordi, non basta il coraggio, non basta pensare e convincerti che devi farcela non tanto per la patria ma per i tuoi che ti aspettano. Non basta nemmeno il silenzio che resta, anzi, che non resta nemmeno quello, non ti resta più niente. Ti aspetti che succeda ancora qualcosa e allora non basta neanche la morte a salvarti, soprattutto quella degli altri, non serve a niente. "Il vostro onorevole sacrificio" dicono, "siete l'orgoglio della patria" nelle loro pance piene e dall'alto del comando, col monocolo ed i pizzetti curati, profumati e con le divise in ordine e pulite. E allora cosa puoi fare se non sperare che tutto finisca? E cosa fai quando tutto sembra l'inizio della fine? Ebbene sì, io sono scappato come hanno fatto tutti. L'eroismo è una colossale farsa, una vera bugia. Eroe per chi? Eccomi qui, sono scappato e sono tornato, a casa mia.

Si avvicinò a grandi passi a Maria, le asciugò le lacrime, scostandole delicatamente con un dito, attese qualche istante e poi la afferrò per i polsi, tenendola forte ed avvicinandola a sé:

- Sono tornato, Maria. Sono qui! Sono vivo, salvo, e sano. Con te.

Si abbracciarono forte, lei ricominciò a piangere più forte di prima, appoggiandosi con uno slancio passionale al suo petto:

- Piere, mio Piere! Non so se essere felice, non ci riesco! Mi sei mancato tanto, e come te il mio Vigi. Hai saputo mai qualcosa di lui?

Pietro rimase interdetto, lo sguardo abbassato sulla nuca di lei, i cui capelli castani si erano sciolti durante quei concitati movimenti dallo scialle che li copriva e conteneva. Sentiva per la prima volta dopo tanto tempo un odore nuovo, il profumo di una donna, che gli era mancato da tanto, troppo tempo. Era difficile resistere dallo stringerla forte a sé, dal sentire nuovamente il calore di un corpo, di riassaporare la vita come fosse così facile perderla, come se ogni istante fosse per l'ultima volta. Avrebbe voluto che quel momento d'idillio fosse durato in eterno, ma c'era quella domanda che lo aveva turbato non poco. Le aveva chiesto di Vigi, ed egli non poteva che rispondere nella maniera più giusta:

- No, Maria, purtroppo no, non lo vedo da diversi mesi, da quando ci hanno spostati di fronte. Ma non preoccuparti, sono sicuro che sta bene e poi lui se la sa cavare. Se tutto questo fra poco finisce sono certo che tornerà presto a Cimolais anche lui.

Felice tornò alla carica:

- Ma tutto questo non deve finire! Non possiamo darci per vinti così, l'Italia deve reagire!

Si avvicinò al fratello che ancora stringeva forte Maria, e gli posò una mano sulla spalla:

- Puoi ancora redimerti, so che altri sbandati come te si sono riuniti all'esercito che si sta ricomponendo. E sono più vicini di quello che pensi.

Pietro lasciò Maria e volse uno sguardo indagatore nei confronti del fratello, incuriosito. Felice si avvide della sua reazione e continuò, pensando di aver toccato il tasto giusto:

- Ho saputo che si stanno trincerando sul Pezzèi, ci sono vari reparti di diversi reggimenti, puoi unirti a loro se vuoi.

- Sul Pezzèi? Vuol dire che il nemico è da queste parti?

Vedendo momentaneamente scongiurato il pericolo dell'immediata accusa di diserzione, Pietro si preoccupò nuovamente dell'invasione, ancora preso nell'abitudine del mestiere che fino a pochi giorni prima gli occupava tutto il tempo.

- Sì, ma c'è speranza, capisci? Ci sono ancora uomini di valore pronti a difendere la patria, sicuramente ci sarà un combattimento!

Felice stava sorridendo, Pietro invece si rabbuiò ancor di più, se possibile. Voltatosi verso uno dei pertugi che guardavano all'esterno del fienile, si avvicinò ad esso, ed attraverso la pioggia vide il sofferente noce che si stagliava ancora forte al centro del prato, impetuoso nonostante le difficoltà. Provò un brivido, anche se fino a pochi secondi prima era certo di sentire il fuoco ardergli dentro. Felice non demorse, aveva capito che forse c'era una speranza per convincerlo e voleva provarci fino in fondo:

- Piere, c'è ancora una possibilità per te, puoi finalmente diventare un eroe, puoi partecipare alla liberazione della patria invasa, pensa al successo, alle terre irredente, pensa all'Italia!

Cice, *lassa pèrde*, non capisci? Vuoi darla vinta ai *siòrs*, a quelli con le pance piene, quelli che ci mandano a morire. È proprio questo che vogliono da noi, che diciamo sempre di sì, per la patria e per il Re. *No to può capì ce c'à l'é la dó, se*[1] *no to lo véic* [1].

- E ti sembra sbagliato? Lascia stare i *siòrs*, lascia stare il Re, è per noi che combattiamo, è per l'Italia che ...

- Smettila!

Pietro divenne più violento, il suo sguardo era una commistione fra il terrorizzato e il terrificante, stava iniziando a tremare, sembrava avere i nervi a fior di pelle:

- Non è ... non è possibile che continui a non capire, non è possibile!

Urlava, stavolta riuscendoci, nonostante il tremolio vistoso.

---

[1]   "Non puoi capire cosa c'è laggiù, se non lo vedi"

Cice ci provò nuovamente, senza accorgersi che stava esagerando:
- Piere, non ti riconosco più, anche tu credevi nel sogno dell'Italia unita! Non ricordi cosa dicevi riguardo l'essere finalmente uno stato riconosciuto? Sarebbe la realizzazione di tutti quelli che da sempre si sentono italiani, Trento e Trieste e chissà quanti altri oppressi da liberare. Il risorgimento, i tormenti di Mazzini e Foscolo, non ti sei emozionato anche tu a leggere i loro scritti? Come puoi pensare che non basti questo a volersi immolare?
- Basta!
Urlava ancora. Oliva temeva che lo potessero scoprire, volle avvicinarsi per persuaderlo a trattenersi ma egli si rimise a sbraitare:
- Quello è un vero macello! Ma non capite, tutti voi che parlate di combattere, dell'eroismo, della patria, che quelle cose non esistono più? Non si va all'assalto a cavallo con la Bastia come nei romanzi di Stendhal, Cice, non si fanno le battaglie corpo a corpo all'arma bianca come nell'Iliade! Tu non puoi immaginare cosa c'è lì, non immagini nemmeno cos'ho visto! Ho visto l'assurdità degli ufficiali intontiti dal frastuono delle bombe che partivano all'assalto sguainando la sciabola e venivano immediatamente falciati dalle mitragliatrici avversarie. Ho visto compagnie intere cadere sotto il fuoco nemico perché qualche generale idiota voleva che dimostrassero il loro valore facendoli attaccare durante il giorno. Non puoi immaginare l'assurdità delle morti a cui ho assistito, nessuno può dire cosa sia stato a salvarmi, a non farmi perire così ignobilmente. Non esistono gli eroi, non più!
Si fermò per un attimo, fece qualche passo in direzione di Felice ma guardava il pavimento:
- Non conoscevo nessuno ma ho imparato dopo mesi che una situazione del genere rende gli uomini più fraterni fra di loro che in qualunque altra situazione. D'altra parte, mal comune mezzo gaudio. Era questo sicuramente l'unico aspetto che non ci faceva impazzire. Ma quando poi vedi quel tuo nuovo amico, quello che potrebbe essere l'ultima persona che vedi, la tua nuova famiglia provvisoria, lo vedi caderti a fianco, senti il peso del suo ultimo sguardo, delle sue ultime parole, avverti lo strazio della sua famiglia che lo piange anche se non li conosci. E se tutto ciò già non sembra concepibile, sopportabile, pensi al fatto che ti costringono a fare la stessa cosa, a provocare la stessa sofferenza a chi sta dall'altra parte, uomini come noi, ragazzi come noi, che sono stati bambini come noi, che hanno madre e padre e figli e mogli come abbiamo noi. Sembra talmente assurdo da non

essere vero.

Felice aveva capito di non riuscire nel suo intento e si innervosì, lasciandosi prendere dal nervosismo:

- Io, Piere, capisco tutto, ma questo è ciò che succede. E non riesco a vedere in te altro che un disertore, un traditore, uno schifoso rinunciatario che ha preferito guardare morire i suoi compagni piuttosto che immolarsi per salvarli o combattere per difenderli. Sei uno che ha scelto la paura al posto del coraggio.

Pietro alzò lo sguardo e puntò dritto negli occhi di Felice, cercando di intimargli soggezione senza dover dire nulla, di fermarlo prima che potesse andare oltre, ma non sortì effetto.

- Sei il disonore della famiglia!

Fu l'ultima sentenza di Felice prima che il fratello lo prendesse per il bavero della giacca e lo sollevasse da terra:

- Disgraziato, è colpa di quelli come te se siamo tutti morti. Morti!

Lo scaraventò in terra, facendolo cadere di peso sulla gamba malata. Le ragazze emisero un gemito che si mescolò al boato che era scaturito dalla caduta sul sottile solaio del fienile. Felice portava in volto una smorfia di dolore e si teneva con una mano il femore dolorante, cercando anche di trascinarsi all'indietro per sfuggire alle grinfie di Pietro che continuava ad inveire contro di lui:

- Ti fa male la gamba, eh? Pensa a quelli che non ce l'hanno, una gamba! No, non puoi pensarci, perché l'hanno fatto per la patria! Puttanate! Io ho visto con questi occhi, ho sentito con queste orecchie, tutto! Soldati che non facevano nemmeno due passi fuori dalle trincee prima di morire mitragliati, soldati che correvano sotto una pioggia di bombe in attesa soltanto di venire polverizzati dalla potenza di macchine che sparano proiettili da centinaia di chili a distanze chilometriche! Io ho sentito ragazzi di diciotto anni chiamare la mamma, chiederle aiuto perché non riuscivano a respirare, devastati dai gas. Alcune maschere funzionavano meglio di altre, e appena sentivano odori strani se le toglievano. E sputavano sangue, mentre ancora chiamavano la mamma, i polmoni gli si riempivano di pustole e ancora sputavano sangue, e ancora: "mamma, mamma".

Quelle scene agghiaccianti non potevano far altro che farlo innervosire ancora di più, mentre si chinava sempre di più addosso a Felice, dolorante a terra.

- Ho visto gente dilaniata, ho visto persone divise in quattro pezzi, gambe divelte dai corpi, ventri squartati, e ho sentito l'impotenza, la frustrazione di non poter nemmeno confortare quei poveri ammassi di carne putrescente ancora vivi, che si lamentano nel buio delle notti, nella terra di nessuno, senza che nessuno di noi possa andare a prenderli. Hai idea, o patriota, di quanto sia bello sentire i gemiti di quello che poco prima ti raccontava felice delle treccine bionde della sua bambina? C'era uno di noi, un amico, che ancora non sappiamo se è vivo o se è morto: l'ha colpito in pieno una granata, disarticolandolo e scaraventando i pezzi in tutte le direzioni, in una nuvola di polvere. E quando la nuvola si è dissolta ecco lì il suo corpo, rimasto soltanto un tronco disintegrato, lo guardi, capisci che tutto è finito, ma no, quello respira! Gli si vede il torace muoversi, quel tronco d'uomo, quella specie di ceppo devastato riverso a faccia in giù ha ancora vita! E ha anche voce, il tronco umano, ché lo chiamavamo così perché non si aveva più il coraggio di chiamarlo col suo nome, ha voce e chiama, chiede aiuto, dice che non vuole morire, e passa così del tempo incalcolabile, e noi possiamo uscire a prenderlo senza il rischio di fare la stessa fine. Solo lui e la sua voce, la voce del tronco umano in quel silenzio falso.

Si fece ansimante e si era interrotto perché la voce iniziava a tremare, si faceva debole e sconnessa. Iniziò anche ad ondeggiare, come se non riuscisse o non volesse rimanere immobile in piedi, in quella posizione che teneva soltanto da pochi secondi, ma che per la sua staticità, mista ai ricordi evocati, riportava alla mente troppe sofferenze, che continuavano a sovrapporsi:

- Hai idea di cosa voglia dire ascoltare le sue richieste di aiuto, i suoi deliri fare a fette quel silenzio d'inferno? Non si può immaginare, non si può sopportare, non si sopporta nemmeno il silenzio.

Quelle immagini narrate con così tanta potenza non erano tollerabili dalle ragazze: Maria approfittò di quel momento di pausa per fuggire piangendo, ed i suoi lamenti si avvertirono per diverso tempo mentre scendeva la scala, e mentre percorreva il cortile. Il suo pianto si mescolava al rumore della pioggia e alla sua marcia incerta sulla ghiaia della corte. Oliva era sbiancata e Felice stava ancora in terra, ansimante ma probabilmente meno dolorante, ovviamente spaventato.

Pietro si era reso conto di essere andato un po' troppo oltre, e si avvicinò al fratello, tendendogli la mano per aiutarlo ad alzarsi:

-   Purtroppo è così, la paura non è solo una sensazione, in trincea e al fronte la paura si mangia, si respira.

Felice ristette per qualche secondo, pensando alle parole del fratello, alla sua reazione così violenta, come mai gli aveva visto fare. Era vistosamente cambiato, era forse maturato, forse era turbato, sicuramente non sarebbe tornato a combattere, non subito, non sul Pezzèi come si aspettava. E quanto Felice si trovava in difficoltà, o la risolveva subito, a modo suo, o si innervosiva. Guardò Pietro che continuava a tendergli la mano:

-   Sono morti gli audaci, i codardi restano vivi!

Si voltò su un fianco e si rialzò a fatica. Diede un ultimo sguardo ammonitore al fratello e se ne andò, lasciando il fienile. Scese la scala con difficoltà, con ancora dei forti dolori alla gamba, quando sentì da dietro qualcuno che lo sorreggeva, tenendogli la schiena, cosa che non sopportava ma che gli ricordava tempi giovanili, quando si era intestardito ad imparare a salire e scendere la scala, e che l'unico a cui aveva sempre permesso di aiutarlo in quel modo era Tita:

-   Cice, *ce disto*? Dove vai con la pioggia?
-   Tita! Cosa ci fai qui?

Con il suo aiuto riuscì a scendere in sicurezza, ma sentendo ancora il bisogno di appoggiarsi si fermò per un istante a sentire cos'aveva da dire l'amico del padre.

-   Tua cugina Oliva. Dov'è? Pensavo di trovarla a casa, poi ti ho visto qui e ho pensato di venire a chiederti. C'è bisogno di lei.

Oliva aveva sentito subito la voce dell'amico del padre e fece nascondere in fretta Pietro, era meglio non far sapere di lui in giro a troppe persone, perfino a Tita anche se era comunque uno fidato. Con gesti ampi e risoluti gli aveva fatto cenno di tornare nell'angolo nascosto dove si era creato il giaciglio e dove ancora stavano la sua giberna e la divisa ammucchiata; quando vide che la situazione era sicura Oliva si mosse per uscire allo scoperto e manifestarsi a Tita, ma venne trattenuta per un braccio da Pietro, che la attirò a sé mostrandole gli occhi gonfi di lacrime:

-   Il tronco umano … era Vigi.

Oliva trasalì e non disse nulla. Lasciò che fosse lui ad abbassare la testa, soffocando qualche singhiozzo prima di ritornare alla sua cuccetta di paglia, adagiandosi derelitto, un corpo senza sostanza, non più vivo di tutti i morti di cui aveva appena parlato. Ripensò velocemente a tutto il discorso di Pietro, quel grosso sfogo verso il

99

fratello, ripensò alle lacrime di Maria, al suo fratello disperso, all'abbraccio che l'aveva riunita a Pietro, e un po' invidiò quell'abbraccio, che anche lei aspettava da tempo, da colui che le aveva promesso di sposarla. Ma non voleva lasciarsi andare come aveva fatto l'amica. La risolutezza di Oliva combatteva con la sua compassione, avrebbe voluto andare ad accarezzare nuovamente Pietro prima di andarsene, con un gesto che le avrebbe donato speranza, una forza di cui aveva bisogno per scacciare l'angoscia, ma venne chiamata dalla voce di Tita, a cui Felice sicuramente aveva detto che si trovava lì.

- Sono qui! Cosa c'è, Tita?
- Tuo padre Oliva. Ti cerca, c'è bisogno di te, subito!

La preoccupazione di Oliva dopo quella frase si intensificò, e gli occhi, da spalancati e guardinghi per il timore che la situazione venisse scoperta, si assottigliarono in un'espressione di indagine, quasi di timore per ciò che non si aspettava:

- Io ... cosa succede? Dove?

Fortunatamente Tita non fece domande sulla sua presenza nel fienile, si limitò a farle notare ancora che la situazione necessitava il suo intervento urgente:

- I tedeschi! Devi parlare con loro!

La frase era stata detta in fretta e con quella forma così semplice che tutti avrebbero facilmente capito, ma non poteva non lasciarsi dietro una scia di solennità, di importanza intrinseca che non poteva non avere. Era l'inizio della fine, era il prostrarsi di un paese alle privazioni e agli stenti di un'occupazione nemica, e a chissà quali e quanti altri aspetti che un'invasione poteva portare.

Oliva s'incamminò a passi spediti con Tita che la teneva sotto l'ombrello, mentre Felice diede un'occhiata veloce alle vacche nella stalla, concedendosi qualche minuto per sé, senza che ciò riuscisse però a calmarlo, a fargli raffreddare i bollenti spiriti che l'ultima discussione col fratello non aveva fatto altro che ravvivare; fare un giro di ricognizione era un diversivo, per evitare di tornare di sopra da solo a cantargliene ancora quattro, senza che nessuno mediasse. E non era tanto per l'aggressione fisica, quanto per l'onta di ritrovarsi di fronte all'eventualità che suo fratello fosse pervaso da sentimenti anarchici. Questo non lo tollerava, e non smetteva di pensarci tanto che come gesto di sfogo fece sbattere la porta della stalla sperando che le vibrazioni ed il rumore giungessero anche di sopra, dal disertore.

Quando si voltò però il terrore si impadronì di lui: non si aspettava certo di trovare quella figura scura in cortile, nel mezzo della pioggia, vestito elegante e con l'immancabile sigaretta:

- Tullio! Mi hai fatto prendere un colpo! Cosa vuoi?
- Ciò mulo, càlmite! Cossa xe sto remitùr che xe in giro? Cossa gavè tutti oggi, sento urla e vedo gente correr! Go sentì anca un tiro de sciopo che xe roba de coparse! Deve 'na calmada, dei!

Felice scosse la testa di fronte all'incorreggibile flemma che contraddistingueva il suo amico triestino da quando si erano conosciuti: pigro e scansafatiche ma sempre elegante ed impeccabile. Diede un altro tiro alla sigaretta poi si rivolse nuovamente al giovane, che intanto tentava lentamente di incamminarsi verso casa, seguito al passo dal triestino fumante:

- Ti te sa de sicuro? Cossa sta sucedendo?
- I tedeschi Tullio, arrivano i tedeschi, abbiamo perso e adesso tocca pagare.
- Tedeschi? Maria Vergine, no rivo a scamparghe!

Esplose in una risata fragorosa e goduta, che interruppe soltanto perché aveva avvertito una voce lontana, l'eco di un richiamo disperato, come una richiesta di aiuto, che aveva udito anche Felice, fermandosi.

La voce si faceva sempre più vicina, il suo eco sembrava cavalcare la foschia che si abbassava lentamente, presagio di qualcosa di non buono. D'un tratto si palesò, poco lontano davanti a loro, all'incrocio con la via Maggiore, la fonte di quel richiamo angosciante: era la Nerte, la vecchia matta di cui nessuno sapeva il vero nome. Era visibilmente spaventata ed urlava un'unica frase a ripetizione:

- Al diàul su doe rode! Al diàul su doe rode! Sampòn, sampòn! Al diàul su doe rode!
- Ciò, cossa la disi la mata là? Cossa gà visto che xe tutta scaturida?
- Dice "il diavolo su due ruote". Fa sempre così quando vede una bicicletta.
- Una bicicletta? E la se spaventa per una bicicletta?
- Eh, sai, qui non se ne vedono molte.
- Ah, benòn ciò.

5.

La neve non era ormai più fresca ed il suo manto era stato diradato a macchie dalla pioggia, caduta sempre con intensità basse ma praticamente senza quasi mai smettere, lasciando così crearsi uno strano effetto ritmico e dissonante fra la già discontinua frequenza propria della precipitazione ed il suo connubio con i piccoli accumuli di gocce che piombavano al suolo con colpi più forti, ad accentare le battute di una partitura per percussioni d'acqua, in una sorta di duetto naturale: pioggia finissima e stanca con colpi continui, e fuori tempo, di bocconi d'altra acqua piovana, questi ultimi staccantisi dalle folte gabbie composte dall'intreccio degli abeti rossi che affollavano, eretti e guardinghi, il Pezzèi, la folta abetaia che rivestendo le erte rampe che portavano al passo di sant'Osvaldo circondava la strada per Longarone, ad ovest di Cimolais. Ai loro piedi, le poche macchie di neve che si lasciavano amabilmente disgregare in parti ancora più piccole, fino quasi a sparire completamente, abbandonandosi alla metamorfosi imposta da quell'acqua che dall'alto assaliva e dilaniava la composizione strutturale di quella neve sempre più debole sotto i suoi colpi. Ma la neve pareva arrendersi amabilmente a questo sfrontato attacco, perfino le sue parti più estese che si erano formate più in alto nell'abetaia perdevano la loro integrità sotto i colpi ora forti ora docili della pioggia, ma anche sotto i passi felpati di una volpe guardinga che indagava su cosa potesse esserci di diverso in quel terreno solitamente famigliare, ma che probabilmente per qualche odore o qualche percezione spaziale le appariva in qualche modo diverso. Si aggirava guardinga fiutando qua e là per orientarsi, silenziosa quanto possibile, quasi senza voler interrompere l'esecuzione di quella specie di melodia postmoderna di acqua e neve, entrando senza pretese né volontà certa a far parte di una sinfonia, come un violino in crescendo, un oboe adagio; il suo passo in controtempo si amalgamava quasi indistinguibile con il resto di quel rumore, che nella sua ronzante continuità si vestiva da silenzio, con l'incedere virtuoso dell'animale che si eleggeva a solista ma il cui reale scopo principale era quello di predare, suo malgrado poiché stava rischiando essa stessa di finire predata.

Poco più sopra, la nera canna di un fucile appariva orizzontalmente a tagliare il crepuscolo ormai avanzato, seguendo i leggeri movimenti della bestia come per prenderne il tempo, aspettando il momento giusto per subentrarle nel ruolo di solista, cambiando il tempo dell'esecuzione e spezzando di netto la sinfonia. Anche quell'ugello si muoveva silenzioso e sinuoso, controllato dal vigile occhio di un tiratore, di un soldato, di un uomo. Negli ultimi attimi la volpe si era fermata più volte e per periodi più lunghi, come disorientata, forse stanca: era il momento giusto per tirare. Il destino di quella volpe era appeso alla decisione di uomo, alla precisione del suo fucile, del suo occhio, come era per altri uomini in quel presente; volpi, animali inconsapevoli, semplici esecutori di ordini ma decisori del futuro di altri esecutori. Ma l'esecutore non tirava, senza chiedersi il perché: forse mancava l'ordine? Era quello l'unico motivo? Chissà. Forse la prudenza imponeva di non scoprirsi, forse gli mancava il coraggio, al soldato Antinelli che fino a quel momento mai aveva tirato un colpo verso anima viva, come mai ne ebbe ricevuti contro. Era stato fortunato? Forse sì, ma non più di quelli che non erano in trincea, in nessuna trincea. Era allora stato diligente, giudizioso? Non sapeva dirlo. Ci pensò il capitano Bastia, quando lo vide in quella posizione, a ricordargli cos'era:

- Idiota! Cosa credi di fare? Giù quell'arma!

Antinelli trasalì e posò subito il fucile:

- Sissignore!

Fece moto di abbandonare la posizione ed alzarsi per fare rapporto, com'era stato abituato, ma la trincea in quel punto era talmente bassa che appena alzò la testa ricevette un colpo sull'elmetto. Non una fucilata ma il severo pugno del capitano che continuò il suo rimprovero:

- E stai giù!
- Signorsì capitano!
- Cosa vi prende a tutti oggi? Volete farvi ammazzare?
- Capitano, io ...
- Silenzio! E parlate a voce bassa.

Attorno a loro altri soldati avevano assistito alla scena, alcuni guardavano divertiti, altri osservavano ma sembravano completamente assenti, tanto il loro sguardo e la loro espressione erano rimasti gli stessi, ed erano gli stessi da giorni.

- Soldati, vi capisco. Siamo stanchi tutti, qui, siamo avviliti. Ma, per dio, non siamo ancora sconfitti, non siamo né prigionieri né morti, e per dio combatteremo fino alla fine per non esserlo mai!

Alcuni di loro reagirono come illuminandosi, spalancando gli occhi e facendo uno strano movimento con il corpo, una sorta di brivido volontario, uno scuotimento generale simbolicamente utile al riassetto, a rimettere in ordine il loro ego, la loro spinta patriottica che ormai sembrava essere l'unico spunto a cui aggrapparsi, assieme alle parole del loro comandante, per alcuni il nuovo comandante: per molti era l'unica figura di riferimento rimasta, alcuni addirittura inconsciamente lo stavano utilizzando come figura familiare, paterna, sostituendolo alla loro famiglia di cui non sapevano nulla da settimane, sentendosi non più persone, non più uomini ma soldati costruiti con l'unico scopo di immolarsi alla patria. Sapevano tutti che niente sarebbe stato più come prima, e non era soltanto la disfatta a causare ciò. In quel momento di silenzio, e dopo aver scrutato per bene gli sguardi dei soldati, il capitano reagì allo sconforto come era solito fare sempre, anche per tirare su il morale delle truppe, con uno slogan, uno di quei motti che negli ultimi mesi sembravano anch'essi aver perso il loro effetto:

- Sempre avanti!

Non ricevette risposta verbale ma soltanto dei cenni d'assenso da parte dei soldati. Solitamente la risposta avrebbe dovuto essere "Savoia", il grido di battaglia che si usava prima di uscire all'assalto, e che oramai era connotato ad un'immensa schiera di morti, di corpi inermi stesi nella terra di nessuno.

- Capitano!

Una voce da poco lontano chiamava Bastia. La linea della trincea, rudimentale ma apparentemente efficace, si allungava per tutta la larghezza dell'abetaia, e v'erano soldati in ogni dove, tanto che la direzione di quel richiamo debole non era facilmente individuabile. La volpe nel frattempo non si vedeva più, e la pioggia era cessata, tutti sapevano che sarebbe stato per poco tempo.

- Capitano!

Bastia stava per socchiudere gli occhi, la stanchezza lo stava devastando e la voce che non si capiva da dove venisse lo disorientava, lo ipnotizzava insieme a quell'immensità di abeti che lo circondavano, con in più il freddo e l'umidità a massacrargli le ossa non più giovanissime.

- Capitano Bastia!

La voce fu più facilmente distinguibile, ed in un attimo riuscì a capire anche da dove provenisse. Si riscosse subito da quell'apatia che lo stava tradendo ed addirittura interruppe il soldato che lo stava

chiamando ancora prima di verderselo davanti:
- Capitano Bastia! La vengo a chiamare per ...
- Agli ordini! Arrivo subito!

Si voltò, facendo quasi fatica ad aprire gli occhi. La posizione proibitiva della trincea di prima linea non gli permetteva movimenti ampi ma era riuscito comunque a vedere in faccia il soldato che aveva anticipato con la sua perentoria risposta, che ripeté:
- Arrivo subito.
- Sissignore, avverto il Maggiore!

L'abetaia pareva una lunga cinta muraria naturale, che con la notevole pendenza del versante della preistorica frana su cui era sorta, sembrava come se in qualche modo volesse proteggere il paese di Cimolais. Il passo di Sant'Osvaldo, sulla sua sommità, era l'unico punto di passaggio, in quel momento l'unico collegamento fra Cimolais ed il resto del regno d'Italia. Dall'altra parte si arrivava al bivio del porto di Pinedo, con la possibilità di scegliere fra Claut e Barcis: in entrambi i casi oltre c'era il Friuli, in quei giorni territorio invaso dal nemico. Una delle poche barriere naturali che potevano aiutare l'esercito italiano era quella in cui si trovavano quelle poche compagnie disorganizzate, quei soldati stanchi, fradici, affamati ed avviliti, e con loro il capitano Bastia, che era stato convocato dal Maggiore Omero Santini, dislocato come unico ufficiale a guardia del passo di Sant'Osvaldo, ultimo fronte prima del Piave, prima di Longarone.

Per Bastia era il primo incontro ufficiale con Santini, che aveva raggiunto la postazione poco prima di lui, e di cui aveva sentito parlare per la sua risolutezza malgrado fosse diverso dagli ufficiali che erano abituati a vedere, o a "non vedere" come aveva già avuto modo di dire in una discussione con un generale che gli era costata un richiamo. Ad ogni modo si aspettava un classico: il solito ufficiale impreparato, un signorino d'alta scuola che era stato messo lì per volere di papà, ed invece si trovò di fronte un uomo tarchiato e leggermente curvo, dalle forme di certo non signorili e volendo leggermente sgraziate, provate e segnate dal lavoro, che aveva reso però i suoi arti robusti e massicci. Bastia lo vedeva di schiena e certo non immaginava che il volto potesse comunque evocare la solennità e l'austerità che solo a certi ufficiali preparati aveva visto. Non bastò questo a fargli cambiare l'opinione che aveva di certi raccomandati come lui si vantava di non essere, lui che era diventato capitano soltanto grazie alla sua determinazione e a causa della morte del suo ultimo superiore – e non solo, ultimo non nel senso di livello di gerarchia ma purtroppo ultimo anche fra i rimanenti – e certo non si aspettava un uomo che era partito dal basso e che della carriera militare aveva fatto la propria scelta di vita, com'ebbe modo di appurare.

- Capitano Bastia, finalmente la conosco. Ho sentito belle cose su di lei.

Si voltò e sorrise, Bastia era ovviamente disorientato e si limitò al saluto:

- Ai suoi ordini, Maggiore!
- Riposo, riposo. Vedrò di non dilungarmi, so che lei è uomo d'azione e di concretezza come me, ed è probabilmente per questo che ci siamo trovati qui insieme.

Santini guardò verso Bastia con uno sguardo diverso da quello che si può pensare di un superiore verso un subordinato, come se volesse accorciare le scale gerarchiche e ripristinare un po' di quell'accordo fra gentiluomini che mancava da tempo, forse da sempre in quel conflitto, nell'esercito italiano. Bastia lo guardò di rimando, cercando di non sbilanciarsi:

- Signore, credo di non capire.
- Caro Bastia, sarò franco, anche perché il tempo non ci è amico, non oggi. Intendo dire che ai comandi superiori, gente come me e lei, che si è fatta da sola, sta un po' scomoda.

Guardò il capitano in cerca di conferme:

- Concorda?

Bastia attese un secondo, poi rispose senza indugio:

- Concordo, Maggiore. Solo non capisco ... come ...

Non sapeva come svincolarsi da quel discorso.

- Non si preoccupi, anzi, perdoni la mia divagazione, ora parliamo di cose serie. Immagino saprà, o quantomeno potrà intuire, che dobbiamo fare di tutto per fermare il nemico che credo sarà qui a momenti. Sembra che questi Tedeschi non siano soltanto dei seguaci ma che siano stati letteralmente i padroni del fronte nelle ultime battaglie. Lei era sulla Clautana se non erro.

- Corretto, Maggiore.

Prima di esprimere il cordoglio ordinario, come in uso fra i militari, Santini lasciò passare il giusto intervallo di tempo che differenzia un essere umano da un gerarca militare senza scrupoli.

- Mi dispiace per i suoi uomini, capitano, posso capire cosa si prova. Il signore li abbia in gloria, saranno ricordati come eroi.
- Ne sono certo, Maggiore.

Dentro di loro in realtà entrambi bollivano di rabbia, forse non tanto per le vittime delle singole battaglie ma per l'impressione che quella ritirata aveva scatenato in coloro i quali si intendessero almeno un poco di strategia militare.

La tensione non accennava a spezzarsi, Bastia era solitamente restio a concedersi facilmente a degli sconosciuti – per predisposizione naturale – ma Santini necessitava di qualcuno di fidato a cui affidare ordini e comandi, poiché comunque le persone da gestire non erano poche. Doveva cercare di far uscire il capitano dal suo guscio, e non voleva farlo soltanto dandogli degli ordini incontestabili, voleva la consapevolezza, la volontarietà. Troppe volte era stato usato il pugno di ferro, troppo si era forzata la mano, con il risultato che avevano tutti sotto gli occhi.

- Quel sangue versato non sarà mai stato versato invano, mi creda!
- Vorrei tanto crederle, signor Maggiore.

Bastia sembrava lasciarsi andare, solitamente non era da lui aprirsi in questo tipo di opinioni quasi confidenziali, ma il Maggiore Santini sapeva che questo era un punto a suo favore: non gli bastava avere il comando solamente da un punto di vista gerarchico, l'esperienza maturata gli aveva fatto capire che era necessario un rapporto di fiducia con le truppe.

- Non si butti giù, capitano, siamo ancora qui, e non siamo poi così male organizzati.

Gli posò una mano su una spalla mentre gli stava di fronte e lo invitò a voltarsi verso la parte non riparata del trinceramento, che comunque nella sua intera estensione non mostrava grandi possibilità di maggior riparo: perlopiù si trattava di barriere di fortuna, di parapetti costituiti dalle rocce di quelle montagne così dure che in quella zona non avevano permesso di scavare in profondità. Vi vigilavano alcuni gruppi di soldati, apparentemente indifferenti al freddo ed alla pioggia, forse più impauriti del pericolo imminente che delle sofferenze ed i fastidi già patiti per troppo tempo:

- Vede quei ragazzi? Sono convinto che sapranno fare il loro dovere fino in fondo, senza dare niente per scontato, senza lasciare nulla al caso ma soprattutto senza concedere un solo passo in più al nemico senza ch'esso se lo sia guadagnato con la forza. Li ho visti combattere strenuamente prima della ritirata, e ancor più coraggiosi sono stati in questa ritirata. Ne ho persi anch'io, Bastia, e abbiamo perso anche molto di ciò che avevamo: armi, munizioni, masserizie. Scarseggiamo di un po' tutto qui, ma quel poco che abbiamo lo dobbiamo utilizzare fino alla fine. L'ho fatta chiamare appena ho saputo del vostro arrivo qui, del fatto che vi foste appena uniti a noi, perché da ciò che ho potuto sapere su di lei, su come si comporta in battaglia, credo di poter dire che ci troviamo d'accordo, non crede, capitano?

Non lo guardò in faccia dopo avergli fatto questa domanda, continuò ad osservare la trincea, anche per dargli il tempo di pensare bene, e dare una risposta definitiva:

- Sì, maggiore, sono con lei.

Fece una pausa e gli si affiancò, al limite del riparo: entrambi venivano scalfiti da varie gocce di pioggia che gli piombavano addosso violentemente, dritte dall'alto o di rimbalzo, gelide e quasi taglienti. Bastia aveva presto capito che nell'atteggiamento del maggiore c'erano degli aspetti di tranquillità e di schiettezza, ma soprattutto un rispetto umano, una considerazione non meramente materiale per le persone che lo circondavano; era diverso rispetto alla gran parte di quegli ufficiali che aveva visto avvicendarsi durante tutta la leva, pochi erano come lui, ma in questi pochi poteva trovare ciò che gli era mancato con tutti gli altri: un riferimento, un punto in cui far convergere tutti gli aspetti che limitavano o addirittura danneggiavano il suo operato di sottoposto. Inoltre vi poteva trovare qualcosa in più che non fosse soltanto la correttezza del comandante: la pazienza del collega, l'empatia da troppo tempo cercata. Poteva addirittura sperare di vedere finalmente chiaro sugli ultimi avvenimenti, o quantomeno di aprirsi uno spiraglio in quella fitta nebbia di disordine e di disinformazione che lo avevano costretto a combattere alla cieca, senza un piano reale o un'idea generale di cosa stesse succedendo ai comandi.

- Maggiore, lei sa cosa sia successo?
- Intende dire ... la ritirata? Vuole sapere cos'è successo a Caporetto?
- Mi piacerebbe, sì. Lì fuori sono giorni che combattiamo contro un nemico che a fatica distinguiamo, devo ammettere che senza spiegazioni ma solo ordini è stato davvero difficile impegnarsi, anche

solo per salvare la pelle.

- Capisco, Bastia. Vede, in realtà è successo tutto talmente in fretta che certamente non mi è noto tutto quanto accaduto. Posso dirle, in maniera del tutto confidenziale, che secondo molti sono stati fatti dei grossi errori tattici.

- Lei dice? Quindi le notizie delle rese di massa sono solo baggianate?

- Sì e no: è stato l'atteggiamento di base, l'impostazione delle meccaniche a creare instabilità. Non mi dilungo su questioni tecniche, ma avrà notato anche lei che nel nostro esercito, mentre si ammodernavano gli equipaggiamenti ed i materiali, le modalità sono rimaste le stesse. I nostri nemici hanno saputo approfittare di questo, probabilmente perché hanno una gestione più dinamica, per così dire.

- Quindi alla fine sono passati degli ordini sbagliati?

- Non è esatto, gli ordini non sono proprio passati, e nessun luogotenente ha avuto il coraggio di prendere l'iniziativa. Ergo, eccoci qui, a centinaia di chilometri dal fronte.

Bastia si sentiva alleggerito, quel discorso, quella spiegazione pur frammentaria gli aveva riacceso la speranza e la passione che sembrava andassero a mancare da un momento all'altro. Allo stesso tempo però gli si era concretata anche l'ipotesi dell'errore che sperava che fino all'ultimo fosse meno influente possibile sulla faccenda. E invece era proprio l'esercito italiano il maggior responsabile di quello che era successo nel Friuli. Si infervorò, pentendosene quasi subito ma senza riuscire a trattenere un commento istintivo:

- Spero che ora qualcuno la pagherà! Ricordo ancora le fucilazioni sommarie per il minimo sbaglio, ora paghino i comandi!

Si era reso conto subito di essersi allargato un po' troppo e tacque subito, anche se avrebbe voluto finire lo sfogo come si deve. Temeva un pronto rimprovero da parte del maggiore, che invece inaspettatamente non solo non reagì, ma capì e parve addirittura appoggiare il pensiero del capitano Bastia:

- Non si può dire che pagheranno, o che abbiano già pagato, non certamente come pagherebbero dei normali soldati.

- Vuole dire che sono noti i colpevoli?

- Non sono io che giudico, capitano. Ci sono alcune conseguenze di cui sono venuto a conoscenza dai comandi, ma si tratta di ... come dire, informazioni piuttosto riservate.

Bastia intuì che il Maggiore stava aspettando per capire se poteva fidarsi così tanto del capitano, e se quello che stava per dirgli potesse in qualche modo compromettere il suo futuro operato; così preferì alleggerire i toni per vedere se Santini gli avrebbe raccontato qualcosa in più:

- Beh, è confortante, almeno sappiamo che esiste ancora uno stato maggiore, non siamo abbandonati a noi stessi!
- Lo stato maggiore c'è, ma ...
- Ma?
- Allo stato maggiore sono avvenute delle modifiche. Il Generale Cadorna è stato destituito.
- Cosa?
- Non so altro, non mi chieda di più.
- È una notizia incredibile ...
- Concordo, ma credo anche che converrà con me che molto probabilmente è stata la scelta giusta. In realtà sembra che siano coinvolti anche Capello e il comandante del ventisettesimo corpo d'armata, Badoglio. Errori al comando, insubordinazioni e forse troppa ambizione, ma sono solo supposizioni. Per ora l'unica testa saltata è quella del Generalissimo.

Bastia tacque, poiché avrebbe voluto dire molte cose, forse troppe, e non avrebbe fatto altro che compromettere ancor più la situazione, nonostante la comprensione del Maggiore:

- Capitano, io confido che al più presto avremo un nuovo comandante, e spero sia migliore di quanto avuto finora ma questa è solo un'opinione personale. Come soldati dobbiamo attenerci agli ordini, le è chiaro?
- Sissignore, signor Maggiore.
- Bene, non serve che le dica che quanto ci siamo detti deve rimanere fra noi, immagino.
- Nossignore.
- Bene, può andare, si tenga pronto a qualsiasi evenienza, fate i turni.
- Certo, Maggiore.

Nel frattempo si stava avvicinando uno dei portaordini delle compagnie di Santini, la cui colonna per prima aveva raggiunto Cimolais, salendo per la Valcellina da Barcis:

- Maggiore! Il nemico è in paese, si stanno ammassando lì.
- Grazie, soldato.

Uscirono insieme dal riparo e Santini iniziò a scrutare con un cannocchiale verso il centro abitato, attraverso gli abeti del Pezzèi che ricoprivano e mimetizzavano, proteggendola, la postazione italiana, della cui ottima posizione Santini si rendeva conto sempre più col passare del tempo.

- Peccato per la quantità esigua di uomini.

Pensò a voce alta. Il soldato lo guardò, aspettando per capire se doveva dire qualcosa o soltanto ascoltare. Santini staccò l'occhio dal cannocchiale per un secondo, mise a fuoco la vista per delineare uno scenario più ampio, visualizzare eventuali falle, ma la posizione assumeva un aspetto sempre più sicuro. Si rimise ad esaminare più precisamente ancora col cannocchiale, mentre chiedeva altre informazioni al soldato:

- Novità da Longarone?

- Sissignore, in verità: la quarta armata procede in ritirata come previsto, l'ordine è di tenere il più possibile la linea a Sant'Osvaldo.

- Questo mi era già noto, soldato, vorrei sapere qualcosa di più sui nostri nemici, hai informazioni?

- Signore, so che sono tedeschi, battaglione da montagna, quelli in avanguardia. C'è un giovane tenente che è noto al comando per aver fatto un gran numero di prigionieri sul Matajur, dicono che siano velocissimi e molto precisi.

- Grazie, soldato, puoi andare.

Santini tornava a scrutare la propria posizione, il trinceramento pareva appropriato per quanto non perfetto, anche la posizione delle mitragliatrici era la più adeguata per come si strutturava quel territorio. Ai lati dell'antica frana che aveva dato origine all'abetaia scoscesa si stagliavano possenti due giganti di roccia e neve, il monte Cornetto e il monte Lodìna: le Colonne d'Ercole di Cimolais, l'ultimo rischioso passaggio per il nemico, dopodiché soltanto il Piave.

- Capitano Bastia, che ne pensa? Trovo che la posizione sia ideale.

Fece un ampio cenno con la mano ad indicare approssimativamente la linea di protezione su cui si erano trincerati.

- Mi scuserà se le chiedo se sulla Forcella Clautana la situazione fosse simile.

Bastia non aveva più cambiato espressione da dopo la notizia della rivoluzione allo stato maggiore, ed in quel caso il suo viso era passato da una maschera di sconforto a un ghigno arrabbiato, i lineamenti stravolti da un'ira a fatica sopita:

- Ha poca importanza, arriveranno comunque.
- Come prego?

Santini temeva che la sua precedente benevolenza fosse risultata in quel caso deleteria per l'umore del capitano e riprese il contegno che la sua carica gli imponeva:

- Capitano, risponda alla mia domanda!

Bastia allora si riprese e cercò di mostrare anch'egli il giusto atteggiamento:

- Mi scusi, Maggiore. Io ... Sì, la posizione era favorevole e abbiamo contenuto il nemico, purtroppo per poco tempo e a caro prezzo, come ben sa.

Voleva avvertirlo che non sarebbe stato facile, senza contare, o forse pur avendone coscienza, che il Maggiore poteva ben sapere quali fossero rischi e pericoli di una battaglia. Stavolta non disse niente, non incalzò il capitano con altre domande ma lasciò che fosse Bastia a continuare:

- Signor Maggiore, lì eravamo più uomini e avevamo molti più mezzi, non posso dirle che sarà facile mantenere la posizione, prima o poi dovremmo ripiegare.

Santini non disse nulla su questa considerazione su cui probabilmente non avrebbe voluto trovarsi d'accordo, ma in realtà ne riconosceva la correttezza delle valutazioni.

- Capitano, quanto avete resistito?
- Per un paio d'attacchi, forse tre in tutto.
- Spero non ce ne servano di più.

§§§§

Il diavolo su due ruote procedeva lentamente, era entrato in paese già sceso dalla sella, e se la portò a mano fino a quando furono in vista alcune persone, a pochi passi dall'ingresso nel paese. Con lui si fermarono i malebranche al suo seguito in assetto da copertura, in attesa che giungessero i loro due comandanti a cavallo dalle retrovie. Nonostante la pioggia e l'umidità, la ghiaia pur bagnata delle strade sterrate aveva permesso l'alzarsi di un gran polverone al passaggio delle ruote delle bici prima, e degli zoccoli dei cavalli poi, mescolandosi alla foschia in una fumosa commistione che oscurava tutto il circondario, con il paese che si estendeva a nord della strada mentre a sud grandi prati ed il cimitero, che con quella caligine creava

112

un'atmosfera mesta, apocalittica, infernale.

Poco distante Massimiliano Morossi non pareva particolarmente teso, anche se dentro di sé sentiva di volere che quei momenti terminassero al più presto. Aveva subito inteso che i ciclisti erano soltanto un'avanguardia, e per quando non conoscesse e non sapesse distinguere i gradi degli ufficiali nemici dalla sola divisa, gli fu facile capire che quel distinto giovane a cavallo non poteva che essere un comandante. Rommel si avvicinò guardingo all'improvvisato comitato d'accoglienza, scese dal cavallo e fece un cenno di saluto con la testa, senza dire niente. Il sindaco Morossi capì che forse era possibile riuscire pienamente nell'intento di non vedersi deteriorare l'intera comunità, e che i modi dell'ufficiale che gli stava davanti gli davano una possibilità, una speranza:

- Benvenuti! Benvenuti a Cimolais! Io sono il sindaco, Morossi.

Si puntò l'indice sullo sterno dopo essersi presentato, ma Rommel rimaneva guardingo ed attendeva sviluppi. Oliva esordì senza che ne fosse richiesto l'aiuto, e tradusse le poche parole del padre ai tedeschi.

- Ah, così lei è il capo villaggio? Bene. Noi siamo il Württembergisches Gebirgsbataillon, a comando di questa missione, io sono il tenente Rommel, il comandante in capo è il Maggiore Theodor Sprösser che ci raggiungerà in breve tempo.

Rommel per tutto il tempo in cui aveva pronunciato queste parole aveva guardato Oliva, fissando poi lo sguardo compiaciuto verso il sindaco, che ascoltava la traduzione della Figlia. La risposta non si fece attendere:

- Piacere, tenente! Tutto è già stato preparato per voi tedeschi, qui. Prego, prego, venite avanti e ancora benvenuti.

Oliva tradusse il tutto a malincuore, aveva l'impressione che l'atteggiamento del padre fosse un po' troppo accondiscendente e denotasse una latente codardia, e se anche il tenente e le sue truppe sembravano a prima vista poco ostili, erano comunque nemici. Non poteva però non tollerare il tentativo di un uomo disperato, di un padre che comunque voleva difendere la sua famiglia, e, di più, un sindaco che voleva difendere il suo paese, la sua gente, probabilmente anche a costo di perderci la faccia. Dentro di sé sapeva quanto ci tenesse e lo avrebbe aiutato in qualsiasi modo pur di evitare che la situazione diventasse insostenibile, che potesse crearsi un qualche pericolo: glielo doveva anche e soprattutto perché egli l'aveva accolta in casa come fosse una figlia. L'espressione dello zio di Oliva era in bilico fra la preoccupazione e la frenesia, come se ogni singolo gesto dovesse essere misurato, secondo un determinato piano d'azione, e forse era proprio così che aveva pensato di dover agire: assecondare il più possibile il nemico, cercando di non far trapelare nemmeno un po' di insoddisfazione, di sconforto, di rabbia. Si chiedeva se ciò poteva essere considerato un doppio gioco, immaginando già che la risposta sarebbe diventata automaticamente affermativa nel giro di breve tempo e non soltanto per sé stesso poiché per tutti i suoi detrattori in paese sarebbe stato un motivo per gettargli fango addosso.

All'arrivo delle restanti parti del reggimento vi furono i dovuti convenevoli fra il sindaco e anche il maggiore Sprösser, che espresse la volontà di acquartierarsi nel paese, e pregò il sindaco di far loro strada risalendo la via principale. Il sindaco obbedì e precedette Sprösser e Gössler, che non riusciva a smettere di cercare con lo sguardo di distinguere il profilo delle montagne avvolte dalle nubi. Rommel rimase indietro per organizzare la protezione, mettendo una pattuglia di guardia al greto del Cimoliana e mandando alcuni ciclisti in ricognizione lungo la strada per Longarone. L'ammassamento delle truppe in paese era stato organizzato per risultare il meno confuso possibile, ma la quantità di persone e di salmerie che in poco tempo si erano accumulate stavano creando un po' di problemi logistici, contando anche il fatto che iniziavano ad avvicendarsi vari reparti dei primi Schützen austriaci. Uno degli ultimi reparti del WGB fu quello degli uomini di Schröder, che una volta entrati in paese non persero tempo per cercare di capire dove poter trovare facilmente materiale da requisire. Per lo più le prime attenzioni di alcuni soldati, in particolare quelle del soldato Pässchen, si erano subitamente soffermate alla vista di Oliva ch'era l'unica donna, peraltro giovane, presente sulla scena, pur nascosta fra il gruppo di loro ufficiali e quello del comitato d'accoglienza. L'interprete Krüger aveva notato le intenzioni del gruppo, e comunque aveva previsto che qualcosa sarebbe potuto accadere, così si allontanò dirigendosi verso Rommel e Grau, che risalivano cauti e vigili il paese, analizzandone le strade e gli edifici, ma soprattutto stando bene attenti che non potesse esserci un'imboscata o qualche trappola. Krüger naturalmente cercò di fare lo stesso senza palesarlo agli ufficiali, ma sapendo che se vi fosse stato qualcosa d'importante, qualche aspetto di rilievo, sarebbe stato ben contento di comunicarlo direttamente a loro. All'arrivo sulla piazza dove era situata la chiesa lo spazio esposto aumentava, e Krüger volle dar ancora più prova di ciò che stava facendo, immaginando che chiunque o qualunque cosa potesse da un momento all'altro creare qualche problema improvviso. Fino ad allora non gli era stato dato modo di dimostrarsi temerario, cosa a cui teneva moltissimo. Anche sulla Clautana lo avevano tenuto lontano dalle fasi più interne della battaglia, però finalmente, dopo svariati giorni passati nelle retrovie si trovava a far parte del gruppo di testa, consapevole che il motivo principale era la sua ottima conoscenza della lingua italiana, ma senza immaginare che gli avevano permesso di stare fra i primi soltanto perché la possibilità di un movimento sicuro era pressoché certa. Ciò che non sapeva era che la sua costituzione così apparentemente fragile aveva spinto i comandi ad assicurarsi di tenerlo lontano da situazioni di pericolo, e s'egli avesse saputo ciò non avrebbe assentito a questo trattamento, senza immaginare che ciò gli aveva salvato la vita più volte durante quell'avanzata. Il suo comportamento fu notato da Hofmann, che sorridendo si avvicinò:

- Tranquillo ragazzo, non c'è pericolo qui.

L'interprete rimase leggermente stupito da quella sortita, forse teso dall'ansia da prestazione ma anche distratto da valutazioni incongrue derivate dalla sua inesperienza in fatto di assalti:

- Come? Caporale io ...

Rimase per un secondo interdetto, capendo che se al posto del caporale ci fosse stato un nemico per lui sarebbe stata la fine.

- Rilassati, soldato, il nemico è sicuramente vicino, ma non così vicino come tu vuoi far credere. E poi guarda questi monti, non sono incantevoli nonostante le nuvole e la pioggia? Qui è diverso dal Kolovrat e ...

Sembrò quasi prendere un respiro profondo durante quella sospensione, mentre con lo sguardo cercava le cime lontane, senza poterne intuire la posizione ma immaginando la sagoma ascendente dei versanti, era come se si stesse dipingendo in testa un quadro rappresentante un paesaggio bucolico, invaso però da atmosfere cupe, da nuvoloni minacciosi che filtravano il colore della roccia rendendolo più cupo, dando a quelle cime una luce diversa, rendendole uno scenario dinamico, quasi uno sfondo ad una scena di teatro, una scenografia per un'opera lirica di stampo Wagneriano. Sì, immaginava proprio quelle alte montagne come sfondo perfetto per la rappresentazione di qualche mito germanico musicata da Wagner:

un'infinita tessitura sinfonica di archi che si stende impetuosa ma elegante come il manto di neve che si adagiava a quelle cuspidi, aggrappandosi e stringendo la roccia in un forte abbraccio, come nei percorsi musicali delle grandi opere del compositore tedesco. Stava quasi per alzare una mano per ingiungere a quell'orchestra naturale l'attacco dell'ouverture, sotto lo sguardo incuriosito del giovane Krüger che ancora aspettava che completasse la frase lasciata sospesa, sentendosi come quando un suo vecchio insegnante di musica faceva delle lunghe pause durante le esecuzioni, comportamento che odiava ma rispettava. Gössler, che si trovava poco lontano, ancora estasiato da ciò che lo circondava al punto tale da volersi immergere nella totalità della questione, come se l'argomento, le montagne, in quel luogo, fossero sua prerogativa, e vedendo il musicista assorto in quello ch'egli aveva letto come un tentativo di riconoscere le cime, non poté resistere dall'intervenire quando vide che Hofmann alzò la mano verso la punta della montagna che ad est sovrastava l'abitato, e senza immaginare che quel tipo di artista stava invece fantasticando sulla direzione di fantastici musici adagiati nell'anfiteatro naturale creato da quel catino che si addentrava per la Val Cimoliana, intervenne con una puntualizzazione geografica:

- Quello è il monte Lodìna.

Il caporale si riebbe da quel momento di astrazione, e immaginò che la scena dovesse essere stata simile a quella occorsa poco prima fra lui e l'interprete Krüger, che continuava a guardarlo sorridendo. Sorrise a sua volta, pregustando quello che sarebbe stato molto probabilmente il primo riposo al caldo, visto che non molto avanti, sui loro cavalli, il Maggiore Sprösser ed il Tenente Rommel, si erano soffermati davanti all'ingresso di quella che per il momento era la prima casa signorile che loro, truppe tedesche, avevano visto da diversi giorni passati su e giù per le valli di quelle Prealpi.

Massimiliano li aveva fatti rallentare, e si era avvicinato al tenente Rommel, sulla cui divisa scrutava le mostrine, per riconoscerne il grado e proporsi con la dovuta maniera. Oliva era rimasta un po' indietro, protetta da Tita, perché alcuni sguardi l'avevano notevolmente spaventata, malgrado si aspettasse che quell'invasione avrebbe potuto essere notevolmente problematica. Il sindaco invece era convinto di averla accanto pronta a tradurre ogni sua parola, quindi si rivolse al tenente a cavallo, senza però ch'egli potesse capire che si riferiva proprio a lui, continuando a guardare avanti:

- Scusi, signor ... sergente! Capitano!
- Egli è un tenente!

Tempestivo, l'intervento quasi urlato di Krüger levò dall'imbarazzo il sindaco, che iniziò a far ciondolare una grossa chiave davanti a Rommel cogliendolo di sorpresa, poiché si era appena voltato, distolto dal suo momento di concentrazione dalla frase gridata dal traduttore. La prima cosa che gli si parò davanti agli occhi, mentre ancora in mente gli si paravano come delle fotografie in attesa di sviluppo le cime annuvolate attorno a Cimolais che lo tenevano concentrato sulla prossima strategia, fu quest'individuo che gli stava vicinissimo, pur in posizione inferiore rispetto a quella sopraelevata di lui a cavallo, sventolando questa chiave a poche decine di centimetri dal suo volto, gesto ch'egli non poté, date le circostanze, non leggere come una minaccia, mettendo istintivamente mano alla rivoltella Bodeo che portava sotto al doppiopetto, in cui era riuscito ad infilare una mano rapidamente. Il gesto fu visto dalle truppe appiedate del WGB che seguivano, di cui quattro fucilieri che non esitarono a puntare subitamente le armi verso il malcapitato benefattore. Che incredibilmente non si accorse della minaccia, restando miracolosamente fermo, con un sorriso forzato, aspettando una reazione da parte di Rommel, ma comprese le parole dell'interprete, fu il primo a spezzare quel silenzio che si era creato in quel momento di tensione:

- Signor tenente!

Aveva smesso di ciondolare le chiavi fra le dita, ma ancora non si era accorto dei fucilieri che lo tenevano sotto tiro. Oliva si era portata una mano alle labbra, come a trattenere un grido che comunque non le sarebbe uscito, mentre Rommel piano estraeva la mano dal cappotto, senz'arma. Scese da cavallo, intimando ai fucilieri di abbassare le armi con un gesto furtivo che fu visto soltanto dagli interessati. Il tenente guardò fisso negli occhi il sindaco, prese le chiavi che egli teneva in mano, e guardandolo senza staccarsi un attimo, si rivolse, sapendo di avere tutti gli occhi vicini puntati addosso, a Krüger:

- Gli dica che accettiamo l'invito, ma che speri che non ci siano sorprese ad aspettarci, qui dentro.

Il giovane tradusse subitamente, così la tensione che continuava ad accumularsi fu finalmente rilevata anche da Massimiliano, che indietreggiò di parecchi passi senza guardarsi indietro, ed andando quasi a scontrarsi con uno dei fucilieri che fino a poco prima gli puntavano contro. Fu il Maggiore Sprösser ad occuparsi della situazione, dopo aver assistito a tutta la scena:

-   Scusi, signor …

Disse ciò in un perfetto italiano storpiato inevitabilmente dalla cadenza sveva, scendendo da cavallo ed avvicinandosi al Sindaco Morossi. La frase era stata formulata appositamente per indurre nel capo del villaggio una sorta di accondiscendenza, come a far capire che il Maggiore, da tempo esperto in tecniche di trattativa bellica, volesse in qualche modo entrare in confidenza con lui. La ovvia reazione per chi come Massimiliano Morossi si trovava in una situazione di completa vulnerabilità, è facilmente intuibile, date anche le premesse: completò come da galateo la frase del Maggiore, non senza però aver avuto prima un momento di esitazione, ed essersi guardato attorno come alla ricerca di una conferma:

-   … Morossi, mi chiamo Massimiliano Morossi.

Sorrise di circostanza. Oliva si era avvicinata, e con lei, quasi all'unisono, l'interprete Krüger, entrambi visibilmente scossi. Massimiliano sorrise, stringendo la mano al maggiore, che con lo sguardo cercò il traduttore.

-   Bene, signor Massimiliano, voglia accettare il mio personale ringraziamento, sono certo che qui staremo bene. E non si preoccupi, non credo ci fermeremo per molto.

Massimiliano aveva ascoltato la traduzione di Krüger senza fiatare, e prima di rispondere guardò verso Oliva, che rispose annuendo, facendogli capire di potersi fidare, almeno per quel momento. Massimiliano a sua volta annuì, cercando di mantenere un profilo basso e mostrare sudditanza il più possibile, dato il disguido di poco prima. Il Maggiore sapeva di essere riuscito ad aprirsi lo spazio necessario per agire, e continuò:

-   Vedo che ci stiamo capendo, quindi credo che capirà anche che necessitiamo di requisire quanto necessario per il sostentamento delle truppe, dal vestiario al bestiame, intesi?

Il sindaco annuì nuovamente una volta terminata la traduzione, ma ben prima che il Maggiore finisse di parlare Massimiliano aveva capito dove voleva arrivare, e stavolta mostrò un'espressione fra l'amarezza e la preoccupazione. Subito intervenne Tita, per cui le sue vacche e i suoi conigli erano tutto:

-   Eh no par dio! No le me bestie eh! Can!

Il Maggiore guardò subito accigliato quel montanaro che si era

118

comunque comprensibilmente agitato, e senza che fosse necessario pronunciare alcun ordine vide che un paio di soldati l'avevano già bloccato, trattenendo la sua foga che sarebbe potuta diventare pericolosa. Egli si rivolse all'amico con la voce quasi rotta dal pianto, prefigurandosi in mente cosa sarebbe accaduto di lì a poco:

- Toni! Fa qualcosa! Ti prego!

Massimiliano si avvicinò all'amico, i soldati lo lasciarono fare, gli appoggiò una mano su una spalla e cercò di confortarlo, scuotendo leggermente la testa, come a dirgli di non insistere:

- Tita, lascia stare, non possiamo fare niente. Ne usciremo in qualche modo, vedrai.

Nemmeno lui era convinto di quelle parole, ma era il suo dovere di primo cittadino, anche se col progredire degli eventi si era accorto che la sua protezione stava venendo sempre più a mancare, si sentiva impotente, e sempre più fallito, come se il confine del fallimento non esistesse e non ci fosse mai limite al peggio. Il Maggiore Sprösser tagliò corto:

- Bene, direi che adesso che abbiamo terminato i convenevoli possiamo procedere.

Si avvicinò a Massimiliano e gli strinse la mano:

- La saluto, Massimiliano, e non si preoccupi …

Il suo tono, che agli occhi di chi ne conosceva il comportamento durante questo tipo di trattative era risaputo come ironico e altezzoso, cambiò invece radicalmente prima di terminare la frase:

- Disturberemo il meno possibile, vedrà.

E dopo aver passato qualche secondo ad arricciarsi i baffi, chiese a Rommel le chiavi di Palazzo Morossi e si accinse ad entrarvi. Il tenente fu leggermente stupito da quel cambio di rotta nell'atteggiamento del Maggiore, ma capì che in quei pur pochi istanti precedenti, aveva rivisto nella gente del luogo la stessa gente di montagna che erano i parenti e gli amici lasciati nel Württemberg, poveri contadini ed allevatori che vivevano dei loro pochi prodotti, e capì che erano così attaccati alle loro proprietà non per una questione d'appartenenza, non per un patriottismo ivi in realtà mai radicato, ma soltanto perché l'immensità di quelle montagne faceva da sfondo, da sentinella e testimone alla crudità della vita, alla necessità di sopravvivere messa costantemente alla prova, in ogni freddo inverno, ogni mese di siccità, ogni giorno. Rommel si chiese se il maggiore, il "Vecchio Alpino" come si lasciava sovente chiamare dai soldati, si fosse in qualche modo impietosito alla visione del contadino disperato, ma soprattutto se questo poteva indebolirne l'austerità.

L'entrata del palazzo era ampia e non presentava nessun andito d'ingresso, facendo vedere direttamente l'ampia zona giorno del piano terra, buia e leggermente rischiarata dall'ultima luce del giorno, che penetrava indebolita direttamente dalle feritoie della dispensa, e dal leggerissimo bagliore rossastro delle braci sul *larìn*, che lasciavano intravvedere Rita intenta a pelare le patate, e che smise di farlo soltanto per un attimo per guardare verso Sprösser che si arricciava i baffi, interdetto dalla prudenza sulla soglia dell'entrata. L'apertura dello spesso portone di legno aveva lasciato entrare i rumori della folla all'esterno; soldati, truppe che pur disciplinati e il più possibile silenziosi, generavano un brusio moltiplicato che snaturava l'usuale silenzio di Cimolais e copriva anche il suono della pioggia che stava ricominciando ad intensificarsi; Giovannino era corso giù per le scale attratto da quel cambiamento, speranzoso che il papà avesse fatto ritorno, poiché in qualche modo consapevole, avvertiva la presenza di un rischio imminente in quella deviazione dalla pur non tranquillissima realtà quotidiana. Nella foga della discesa dalla scala di legno fece avvertire la sua presenza battendo nella corsa i talloni sulla superficie che rivestiva i gradini, ed aveva ovviamente attirato l'attenzione del Maggiore e dei suoi sottoposti che avevano iniziato ad inoltrarsi nella casa, lentamente: Rita balzò in piedi senza tentare di nascondere la sua espressione allarmata per l'interesse che i soldati tedeschi stavano mostrando per il piccolo figlio adottivo, che lei aveva allevato come fosse stato suo. Ma Sprösser sembrava molto tranquillo se pur attento, e quando apparve il bambino al piano terra fece intuire accennando un sorriso che già conosceva, già aveva inteso la natura di quel rumore, di quella corsa che in fondo gli ricordava tanto quando il suo figlio piccolo gli correva incontro; ma smise subito quell'atteggiamento accondiscendente e cercò di scrollarsi di dosso quella debolezza causata dalla nostalgia che già la reazione di Tita poco prima gli aveva fatto provare. Avanzò lentamente ma con decisione verso il *larìn*, senza guardare Giovannino gli posò una mano sulla testa, accarezzandolo lievemente; diede poi uno sguardo fugace a Rita, che sembrò intuire le intenzioni non malvagie dell'ufficiale e tornò a sedersi e pelare patate, dopo aver messo due pezzi di legna sul fuoco.

Il maggiore allora notò che poco lontano c'era una tavola con sopra una bacinella di legno che lo incuriosiva: era affamato e lì dentro c'era sicuramente qualcosa di molto buono. Era notoriamente un bongustaio ed aveva imparato nelle numerose campagne che alcune realtà rustiche come quella spesso dimostravano di poter stupire anche i palati più fini con delle vere leccornie, molto spesso derivanti da piatti poveri, pietanze semplici ma sicuramente molto gustose. Si avvicinò ed estrasse dalla bacinella un grosso pezzo di formaggio fresco, posandolo gocciolante sul grande tagliere di legno che era posato accanto, sul tavolo. Ne tagliò un pezzo molto lentamente, e tutta questa procedura meticolosa era effettuata con movimenti elegantissimi e fin troppo naturali per il Maggiore, che si trovava comunque in un ambiente non noto e soprattutto nemico: così pensava Rommel che lo guardava interessato ed attento, e con lui Rita, che ancora non aveva detto niente. Sprösser assaggiò un pezzo di quel formaggio e, provato sicuramente anche dalla fame, non poté non provare una nuova emozione, mentre guardava in direzione di niente, verso la dispensa da dove veniva la luce, ma dove non stava nessuno:

- Sto invecchiando, sicuramente.

Disse sottovoce, senza lasciar intendere a nessuno quel pensiero che gli era sfuggito. Si riebbe in poco, soprattutto grazie alla fragorosa entrata in casa del tenente Schröder e dei suoi soldati, che iniziarono a sghignazzare e mostrarono subito un lussurioso interesse per quasi tutto ciò che si trovava in quell'area, compreso il fuoco, a cui si avvicinò il soldato Schuster, curvo e guardingo nella sua divisa che era talmente bagnata e sporca da essersi annerita; il suo viso dal naso adunco e dagli occhi scavati lo facevano sembrare una specie di avvoltoio che fiutava il terreno, scena che causò un latente ribrezzo agli occhi del Maggiore, che si stava certamente riprendendo dal disorientamento dell'attimo di sensibilità surreale che aveva appena passato, ma che difficilmente avrebbe potuto sopportare che un soldatino qualunque potesse rovinargli quello che aveva deciso essere il suo nuovo quartier generale di comando.

- Schröder! Porti via i suoi uomini e continuate a sistemarvi nella zona nord del paese, occupatevi anche delle misure di sicurezza. È un ordine! Io e Rommel restiamo qui ad organizzare il comando, ci vediamo fra due ore esatte!

Schröder prima di rispondere si tolse dal volto il sorriso beffardo e voltandosi guardò in cagnesco il tenente Rommel, come ad additargli la colpa di essere diventato l'ufficiale preferito di Sprösser:

- Sissignore!

Se ne andò, senza che il suo sguardo fosse ricambiato da Rommel, che invece si avvicinò a Sprösser che stava finendo di degustare lentamente il formaggio ed ora cominciava ad osservare le patate accuratamente pelate da Rita, pur accorgendosi che il tenente gli si era avvicinato:

- Dica, Rommel, che ne pensa?

- Signore, se permette, vorrei parlarle delle condizioni del mio distaccamento.

Si assicurò che ciò che stava per dire non potesse essere inteso da orecchi indiscreti:

- E vorrei farlo subito.

Sprösser tornò a fare il militare e si rivolse al tenente con attenzione:

- La ascolto.

- Signore, il distaccamento Rommel, come credo gran parte del resto del battaglione, necessita di qualche ora di riposo. Vorrei mandare alcuni ciclisti in ricognizione sulla strada per Longarone, non sappiamo cosa ci aspetti in quella direzione.

- Lo trovo giusto, tenente, infatti stavo pure pensando di assegnare al suo distaccamento la protezione della parte più delicata, la zona a sud del paese. Può provvedere lei?

- Certamente signore.

Si accorsero che avevano lasciato quasi inconsapevolmente avvicinare al buio il sindaco, che venne subito illuminato da una fiammata del fuoco che si era di colpo ravvivato. Massimiliano si scosse in un brivido e si rivolse ai due ufficiali con un'espressione di malcelata sofferenza:

- Signori, vogliate accettare che vi offra qualcosa da mangiare, a voi e alle vostre truppe.

Fece poi cenno a Rita di seguirlo, e senza aggiungere nulla ella prese le patate e le portò fuori. Rommel e Sprösser seguirono i due, guardinghi; sotto il portico a lato della casa, antistante alla via Maggiore, si erano ammassati quasi tutti gli ufficiali davanti a due grandi tavole posate su quattro cavalletti di legno, al di sopra delle quali era stato preparato una sorta di banchetto composto da poche varietà di pietanze ma apparentemente abbondante per le quantità; Tita inclinò la caldaia di rame per versare la polenta su un vassoio tondo, e vedendolo in difficoltà Krüger lo aiutò, vedendosi respingere in malo modo dal cimoliano, che fece capire però di essersi subito reso conto della pericolosità del gesto trattenendo a fatica l'insulto che stava per uscirgli, ma senza ritrattare sulle sue azioni. D'altra parte aveva sempre fatto la polenta da solo, anche se era da fare per molte persone.

Intanto Gössler aveva visto avvicinarsi il tenente ed il maggiore e gli andò incontro:

- Maggiore Sprösser, i villici sembrano gentili, oserei quasi dire che non ci ritengono per nulla dei loro nemici.

Rommel lo incalzò, non voleva essere leggero, non più da quando l'avanzata aveva mostrato, proprio in quelle zone, di poter presentare delle sorprese e delle difficoltà.

- Da che lo deduce, capitano?

- Non vedo ostilità, ci hanno anche preparato questa specie di buffet di formaggio e patate, con la polenta calda, è davvero ottimo!

Dopo l'ultima parola aveva chiuso la bocca, leccandosi i baffi dall'interno. Rommel si avvicinò al tavolo e, sempre guardingo, mangiò qualche pezzo, senza staccare mai gli occhi dalle persone del paese che giravano attorno e fra le sue truppe. C'era un che di amarezza intrinseca in quel boccone, come la sensazione che l'idillio di quel momento, la pienezza di quel gusto fossero ancor più effimere di quanto la realtà potesse già far pensare: poteva forse essere il timore che il mal di stomaco che lo affliggeva dagli inizi del conflitto potesse tornare a farsi sentire, dopo quel pasto così saporito e così diverso dal solito rancio a cui ormai il suo apparato digerente probabilmente non dava più attenzioni. Male che più probabilmente, pensò, poteva riacuirsi come già era successo a causa delle incertezze e della frustrazione data dall'immobilismo che mal sopportava, di fronte all'avanzare inesorabile del tempo e dell'estrema vicinanza dell'obbiettivo. Non riusciva, come invece faceva spesso e volentieri Gössler, a rilassarsi quando poteva anche rivelarsi utile. Sprösser aveva visto negli occhi del capitano la stessa nostalgia che fino a poco prima lo aveva per qualche attimo angustiato, e pensò quasi di essere solidale con Gössler, posandogli una mano sulla spalla; la notte intanto iniziava ad avanzare e sulle cime si addensavano nubi minacciose. Quelle montagne evocavano un sentimento di libertà e di sicurezza nella loro prestanza incontaminata, ma non potevano esimersi dall'essere minacciose in quell'atmosfera, in quel tempo. A Sprösser non riuscì nessun però nessuna parola di conforto nei confronti del capitano:

- Anche in altri paesi è accaduto, capitano.
- Certo, appunto per questo ho ritenuto giusto che ...
- Non si distragga, Gössler.

6.

Il corvo sul noce destava in Pietro alcuni ricordi, alcuni dettagli che si chiedeva se mai sarebbero riusciti ad andarsene soli, se mai li avrebbe potuti dimenticare, ma forse quella desolante visione poteva anche non essere l'elemento scatenante di quelle reminiscenze angosciose, che lo portavano a continuare ad arrovellarsi in circoli di considerazioni, di ipotesi, di decisioni sospese. Il prato antistante al cortile era circondato da alcuni edifici collegati fra loro, vecchie proprietà della famiglia Morossi che per i debiti erano state cedute, a privati o al comune; uno di questi era così diventato la scuola elementare, che a causa degli ultimi eventi era stata spesso chiusa e più che altro scarsamente frequentata dai bambini. Non che comunque avesse dato possibilità maggiori alle generazioni precedenti, poiché sia Pietro che il fratello Felice ebbero frequentato fino alla terza classe, senza tuttavia perdere l'abitudine allo studio e all'erudizione personale, inculcatagli dal nonno fin in tenera età. Per Pietro gran parte dei ricordi legati a quell'edificio si rifacevano alla compagnia degli altri bambini, amici con cui era cresciuto e con cui poi era stato chiamato alle armi: fra questi anche Vigi, il fratello di Maria, ch'era stato anche per lui quasi un fratello. Erano cresciuti assieme, Pietro ricordava lucidamente molti episodi delle loro infanzie, molte esperienze che li avevano fatti crescere assieme, ed il ricordo dell'amico caduto era ancora più forte, la sua immagine ancor più presente mentre guardava verso il noce su cui si arrampicavano per coglierne i frutti, e quella scuola che avevano frequentato assieme, anche per poco. Il suo sguardo verso quell'edificio era stato attirato da uno strano movimento all'interno, in cui sembravano fervere vari preparativi per quella che aveva tutta l'aria di essere un'infermeria, una sorta di piccolo ospedale: diverse donne del paese stavano arrangiando dei surrogati di posti letto, attrezzandosi con lenzuola e cuscini vecchi spesso riempiti con paglia o con foglie di granturco secche. A Pietro la prima cosa che venne in mente era che il nemico doveva essere ben attrezzato ed organizzato ma soprattutto composto da un numero cospicuo di persone, perché in paese si avvertiva un suono diverso: era il prodotto dell'imbarazzo latente ma percettibile che quella circostanza estranea irrorava in tutto Cimolais, snaturandone il carattere e riempiendolo di un brusio atipico, che per la sua provenienza congenita si mostrava palesemente inadatto ad un paese così piccolo ed abituato all'isolamento. In secondo luogo pensò a quelle specie di letti che presto avrebbero accolto feriti nuovi, e questo pensiero lo riportava inevitabilmente a pensare alla trincea, ai corpi devastati, al sangue e alle urla. Vedeva all'interno muoversi le donne di Cimolais, che rispondevano con asservimento agli ordini di alcuni ufficiali tedeschi, fra i quali un giovane tenente che si era, fino a quel momento, limitato ad osservare e perlustrare, senza scomporsi o parlare, come se stesse evitando qualsiasi spreco di energia per mantenere la concentrazione sulle strategie da attuarsi. Lo sconforto per quella situazione, misto all'impotenza e alla paura facevano sentire a Pietro come se la vita gli stesse sfuggendo di mano, pur tuttavia senza dargli la possibilità di morire serenamente. Era come se gli fosse stato permesso di vivere senza potere né volere intervenire in quel flagello che da anni ormai rovinava le persone, e questa situazione aveva il valore di una tortura non dissimile dai patimenti passivi della trincea.

A lenire questa tortura in lui solo il pensiero della propria salute, elemento che si accorse che stava sconsideratamente facendo passare in secondo piano. Stava bene, non aveva nessun tipo di problema, nessuna ferita, se ne stava lì in piedi davanti a quella finestra, che non era niente più che un buco squadrato nel muro del fienile, contenuto da alcuni pezzi di assi a formare un telaio, e guardava il noce al centro del prato lasciandosi pervadere dai pensieri malinconici ed angoscianti sulla visione di quel corvo immobile su un ramo, mentre la foschia dalle montagne scendeva ad inghiottire il paese e la notte copriva tutto col suo velo di silenzio apparente; nessuna scheggia di granata, nessuno sparo, nessun continuo e proverbiale "ta-pum", nessun grido d'aiuto, nessun aereo ma immagini e suoni completamente diversi, ormai così inconsueti che si sentì in imbarazzo, si sentì impotente, inutile, inetto mentre si crogiolava in emozioni da romanzetto d'appendice quando non lontano c'era gente che moriva nell'apocalisse. E poi l'odore, sì, l'odore del fieno, del legno e l'odore del paese.

Può un paese avere un odore caratteristico, può essere riconosciuto da questo? Gli mancava infatti l'odore di casa sua, gli era mancato per troppo tempo che quasi non lo riconosceva più, ma era quello allora che lo faceva stare così? Era l'odore, il profumo che aveva sentito fin da bambino e che forse avrebbe potuto continuare a sentire? Era così importante poi continuare a sentire quell'odore, era fondamentale sopravvivere, era più importante la propria vita che quella della patria per cui avrebbe dovuto donarla?

Forse sì – forse sì? Sì, probabilmente era come diceva Cice. Lui era un traditore, un disertore, un vigliacco che aveva abbandonato egoisticamente la patria, il proprio dovere. Non avrebbe voluto che fosse proprio suo fratello a dirgli questo, che fosse stato proprio quel fratello che credeva in lui a vederlo fallire miseramente, a ritirarsi e abbandonare il dovere come un codardo, e soprattutto gli doleva che ora dovesse starsene lì in attesa di chissà quale destino, senza sapere se sopravvivere avesse ancora un senso, mentre sentiva che il fratello, di sotto, nella stalla, continuava con il lavoro, dovendo farne il doppio anche se invalido, perché quel codardo non era più utile nemmeno da sopravvissuto. Si posò il volto sui palmi delle mani e pianse silenziosamente, lasciando scorrere le lacrime copiose fra le fessure delle dita, ma senza nemmeno il coraggio di fare un singhiozzo di sfogo, tanto voleva che la sua presenza fosse irrilevante come forse lo era già.

Di sotto intanto Felice vagava fra le vacche come in cerca di qualcosa da fare per sfogarsi, e spostava maniacalmente ogni cosa che trovasse non a posto, e ciò che era a posto non voleva in quel posto e la spostava, giusto per fare qualcosa. Quando iniziò a girare soltanto avanti e indietro senza fare niente, pensò intensamente a cosa potesse fare per tenersi occupato e non pensare a ciò a cui non voleva pensare, non fare cose di cui rischiava di pentirsi e gli venne in mente che c'erano anche le galline da nutrire, così all'ultimo giro decise di uscire, dando una pacca alla sua vacca preferita, Ofelia, quella che gli dava più latte e anche la più prolifica nella generazione di vitelli, che venduti avevano aiutato non poco l'economia famigliare. Uscendo si voltò ancora un'ultima volta verso i culi delle mucche che guardò con una sorta di nostalgia, come se quel mondo dentro la stalla lo tenesse isolato, separato dalle angherie del mondo reale esterno. Chiuse la porta della stalla e voltandosi notò la presenza di Tullio, poco lontano lì fuori, che come al solito fumava una sigaretta. Lo faceva sotto la pioggia, con le gocce che continuavano a cadergli sul volto senza che la sigaretta si spegnesse ma soprattutto senza ch'egli battesse ciglio. A Felice in fondo stava simpatico, anche se era un tipo davvero bizzarro e soprattutto misterioso:

- Caro Cice, me sa che riva la neve.

Disse, guardando verso le cime a nord. Felice era perplesso. Non si aspettava certo che le previsioni del tempo per il suo paese le facesse un forestiero come quel triestino, anche se gli sembrò che l'osservazione fosse corretta, quantomeno vista la minaccia portata da quelle nuvole sulla cima del Duranno, il cui profilo era ormai stato quasi completamente inghiottito. L'avanzata delle nuvole si svolgeva con un movimento impercettibile che si mimetizzava con l'ambiente circostante, divorando lentamente ma con progressiva sistematicità prima i profili rocciosi, innevati o meno, poi le pendici più basse con la loro vegetazione; era così sulla parte inferiore del monte Lodìna, in direzione di cui ora stava guardando Cice, a cui venne subito in mente il non lontano ricordo della monticazione estiva, proprio sui pascoli di quelle pendici. Dal paese non si riuscivano a vedere la casera e la stalla, ma ciò che gli interessava di più era evitare che succedesse quello che succedeva sempre più spesso, che i ricordi piacevoli sfumassero sempre più velocemente, e che il tempo passato si dilatasse sempre di più col passare degli anni. Non era vecchio, certo, e ovviamente vecchio non si sentiva, ma arrivato a trentaquattro anni avvertiva la differenza rispetto alle prime volte, quando di anni ne aveva quindici e letteralmente ci si arrampicava su quei declivi, portando su le mucche. Non era però la differenza di prestazioni, la velocità ad essere cambiata così radicalmente, in fondo la pastorizia era sempre stata una delle cose che sapeva fare meglio, malgrado il problema alla gamba. No, il problema non era fisico ma mentale: sentiva il tempo sfuggirgli di mano, vedeva tutto attorno sfaldarsi e disgregarsi, e nulla di nuovo che si ricostruisse da quelle macerie, nemmeno il ricordo più vivo; paradossalmente era più facile e piacevole riproiettarsi le immagini di memorie ormai antiche, vecchie di quasi vent'anni, piuttosto che l'immediato passato, e ciò lo sconfortava, non gli dava pace. Cercava allora di trovarsi sempre qualcosa da fare, per non pensare a quell'assurda condizione, ché il tempo cambiava le cose continuamente, accelerando sempre più. E nel silenzio del fienile e della stalla questi pensieri si rinforzavano, e mentre compiva i soliti gesti quotidiani, meccanici ed abitudinari, la mente vagava inquieta sui terreni pericolosi della paranoia. Allora volle a tutti i costi non pensarci, allontanarsi da quel silenzio, perdersi lontano, cercare di ricordare qualcos'altro, pur sapendo che rimanere fermo lì a fissare il Lodìna e gli altri versanti non lo avrebbe mai sottratto alla stretta di quella morsa, che poi in realtà in quei pochi momenti di rilassamento quasi diventava meno dolorosa, per certi versi addirittura piacevole. Si era soffermato ad osservare il *crep savàth*: un gigantesco e solitario masso dalla stabilità precaria, la cui posizione da tempo angustiava i cimoliani, che si aspettavano il suo cedimento da un momento all'altro, ed aveva creato svariate leggende sulla sua resistenza e sul suo significato al di là della mera presenza geologica. Era una specie di spada di Damocle che per Felice era oggetto di riflessione, ne scrutava l'ineluttabilità, la potenza e il terrore che suscitava nel suo involontario vestirsi da minaccia di morte, e in quel masso vedeva il simbolo della fatalità del tempo, dell'irriconoscibile destino. Il destino che quel ronzio di fondo, quel rumore di truppe nemiche che si ammassavano in paese gli faceva sentire sempre più amaro, se non addirittura inesistente, o impossibile un futuro in quelle condizioni già precarie. E mentre sentiva il suo orgoglio patriottico infervorarsi, e sapeva che avrebbe potuto prendere un forcone ed affrontare uno a uno quei nemici come fosse l'Achille di Omero, il buonsenso lo tenne lì fermo a fantasticare su quel masso, che oltre a simbolo del destino avrebbe certamente potuto ergersi a castigatore divino, una sorta di disastro potenzialmente mitologico in cui il *crèp savàth* avrebbe potuto rendere tutti i cimoliani martiri e salvatori della patria. Un sacrificio che nelle sue fantasie sarebbe potuto essere valido. Sotto quella pioggia battente che iniziava ad inzuppargli i vestiti continuava a vaneggiare di eroi e di ricordi non suoi, mescolandoli a speranze inventate che erano soltanto un modo di restare aggrappato alla vita. Quasi si era scordato di non essere solo, e lanciò impulsivamente un'invettiva verso il masso, come fosse un oracolo cui votarsi:

- Vieni giù, *crèp*!

Sentì ridere Tullio. Rideva sotto i baffi, e Felice si sentì in imbarazzo perché pensò subito che i suoi pensieri fossero stati in qualche modo intesi e giudicati ridicoli, soprattutto dopo che si era tradito con quell'uscita a voce alta. In realtà però il triestino aveva già iniziato a sogghignare prima che il ragazzo formalizzasse quell'invito al *crèp*. Istintivamente si voltò a guardarlo, e vide che si era acceso un'altra sigaretta e che iniziando a ridere più forte il fumo gli usciva dalla bocca ad intervalli non regolari, con dei bizzarri buffi che edulcoravano l'ilarità paradossale di quella strana scena, in cui Tullio sempre più rendeva palese che il suo interesse era rivolto ad altro anziché ai pensieri di Felice. Guardava verso il colle in direzione dell'abetaia del Pezzèi, qualche grado più a ovest di dove stava fissando il ragazzo, e non smise di ridere neanche commentando ciò che stava guardando divertito:

- Ah ah, varda là ciò, come ch'el cori! Ah ah ah, el par ch'el caschi da un momento al altro!

Felice cercò di puntare lo sguardo nella stessa direzione per capire cosa lo stesse intrattenendo così intensamente, tanto da essersi quasi lasciato contagiare dal fragoroso riso, ma ritirò immediatamente la piega delle labbra in favore di un'espressione agghiacciata, quando vide che giù dal colle si stavano precipitando due bersaglieri, diretti esattamente verso il cortile, lanciatisi in una corsa disperata che faceva ridere Tullio, mentre Felice intese subito che i due erano in grave pericolo, e che forse avrebbe dovuto fare qualcosa. Anche Tullio poi però smise quasi subito di ridere, quando un rumore che proveniva dalla direzione opposta, dalla strada che portava al cortile, attrasse l'attenzione di entrambi: si avvicinavano i tedeschi, trascinando i loro muli verso la stalla davanti a cui stavano ancora fermi, sotto la pioggia, Felice e Tullio, prossimi ad essere chiusi nello scontro che ne sarebbe sicuramente scaturito.

§§§§

Alcuni soldati tedeschi infreddoliti si erano momentaneamente raggruppati davanti al fuoco del *larìn* di casa Morossi, in attesa di nuovi ordini da parte dei loro comandanti; erano riusciti, dopo la cena frugale, a svicolare da quelle che erano state le prime comunicazioni sulle successive azioni, ed avevano approfittato per avvicinarsi a quell'angolo di tepore per starci il più possibile. Il Maggiore Sprösser era salito ai piani superiori guidato da Oliva che gli mostrava le stanze con sufficienza e malavoglia, mentre Massimiliano era rimasto al piano terra, nascondendosi in dispensa ed allungandosi un po' di vino rosso con dell'acqua, cosa che al secondo bicchiere non fece, trangugiandolo tutto d'un fiato. Guardò ancora fuori dalla feritoia com'era solito fare per sincerarsi del tempo, vedendo che nessun cambiamento in positivo sembrava farsi avanti, così nel clima come per la vita nel paese; lo sferragliare della pertica del lampionaio, ed il tiepido bagliore della lanterna in strada che penetrava delicatamente nella dispensa gli fece rimuginare sull'impietoso incedere del buio, che si adagiava sempre più velocemente e rendendo le giornate sempre più corte, come se la morte si stesse prendendo a forza, progressivamente e con uno zelo quasi militare, lo spazio che prima era riservato alla vita.

Massimiliano era da tempo in perenne conflitto con sé stesso e capiva che quel rancore interno sarebbe aumentato ancor più a causa di quegli ultimi eventi che si erano succeduti, eventi che pur sentiva di aver gestito diplomaticamente bene ma non senza tradire almeno un po' i suoi cittadini. Sapeva di aver agito in quel modo per prevenire ogni tipo di seccatura e pericolo poiché certo non avrebbe potuto organizzare una resistenza, o mostrare in qualche modo ostilità ad un nemico che poteva certamente annientare una forza così debole, questione su cui anche riflettere sembrava superfluo, ma che in realtà continuava a tormentarlo, ad inculcargli l'ansia di non aver fatto abbastanza, amplificando in lui quel sentimento che si portava dietro da tempo, e che ogni episodio di particolare intensità gli incrementava, facendolo sentire sempre più solo. Aveva tradito anche l'amico Tita, non l'aveva difeso quando egli, resosi conto di ciò che stava accadendo, aveva tentato una ribellione nei confronti dell'invasore, cercando nello sguardo sfuggente dell'amico Toni qualcosa che potesse anche soltanto lasciargli la speranza di non aver perso tutto. Sospirò, profondamente, appena prima di accorgersi che non era più solo, in quel momento di intensa meditazione sui suoi sbagli. C'era Giovannino, suo figlio, sulla soglia, che lo guardava fisso senza dire nulla, con lo sguardo tipico dei bambini che vogliono dire qualcosa ma non hanno il coraggio di farlo. Massimiliano per l'ennesima volta ignorò il figlio, pur ricambiando il suo sguardo intenso come se il suo rimprovero implicito fosse stato in qualche modo recepito. Giovanni rimaneva inerme, col suo sguardo indecifrabile, a guardare negli occhi di suo padre, di quel padre di cui in quell'istante, inconsciamente, vedeva e sentiva il disagio, senza però patirne alcuna conseguenza subitanea, senza nemmeno immaginare che tutto ciò avrebbe indubbiamente potuto pesargli non subito, ma soprattutto in futuro. Massimiliano lo guardò ancora, tentando di farlo intensamente, ma senza l'aria di biasimo con cui di solito si accompagnava quel tipo di sguardo: vedeva il suo bambino, il suo ultimo figlio, come lo aveva sempre visto, ma stavolta notando dei particolari che pur essendoci sempre stati e parsigli trascurabili, ora gli sembravano notevolmente importanti. Vestiva gli abiti sfatti e consumati che lui stesso, ed i suoi figli dopo di lui avevano usato quand'erano bambini della sua età; notò che i pantaloni gli sarebbero andati bene per un anno o due ancora perché erano talmente lunghi che erano stati risvoltati dal fondo per parecchie volte. Lo guardò poi di nuovo intensamente in viso, stupendosi di non aver mai notato quanto il piccolo portasse realmente i segni tipici della famiglia, i lineamenti marcati della mascella, gli zigomi pronunciati e quegli occhi cerulei che per colore erano sempre stati marchio della stirpe dei Morossi, ma che per espressività e la grandezza ricordavano inequivocabilmente quelli della madre, Rosanna, la moglie di Massimiliano, morta poco dopo aver partorito Giovanni. Ripensando allora a quella morte la vedeva soltanto come un ulteriore tassello alla schiera dei suoi fallimenti e si accorse in breve di non riuscire a sostenere nemmeno lo sguardo di suo figlio, lo sguardo di un bambino, quello sguardo e le sue conseguenze sulla morale, che ormai aveva logora da tempo; si volse allora nuovamente verso la feritoia da cui sentiva penetrare la notte, che fuori già aveva avvolto il paese, scurendolo fino a farlo diventare nero come quel vino di cui inghiottì il terzo bicchiere, stavolta senza sentirne nemmeno il gusto. Il piccolo continuava da par suo ad osservarlo, senza lasciar trasparire precisamente cosa provasse; Il vino bruciava nella gola di Massimiliano, come il ricordo della moglie e di quel bambino che non si erano mai conosciuti; ricordo che si trasformò in angoscia, aggiungendosi a tutte le altre che sembravano ammassarsi tutte insieme dentro la testa di Massimiliano, appesantendola e facendogliela chinare lentamente.

Lo distolse da quella sequela di pensieri soltanto il rumore del portone che veniva richiuso lentamente, portandogli alle orecchie un riflesso a cui era abituato a non reagire ormai, per l'abitudine a cui collegava quel suono, come se si trattasse del passaggio di qualcuno della famiglia e non del nemico come in effetti era. Sentì il bisogno di distogliere lo sguardo dalla feritoia soltanto quando la situazione si fece stranamente e di colpo monotona, tanto da attendere un gesto, un movimento a far ripartire il tempo che sembrava essersi fermato, e si accorse che sulla soglia non c'era più Giovannino, fuggito istintivamente dopo aver sentito il rumore, ma a guardarlo con aria ancor più indifferente c'era Rommel, che dopo essersi accertato di aver fatto notare la sua presenza non attese alcun saluto e proseguì verso il *larìn*, alla ricerca del maggiore Sprösser per gli ultimi ragguagli. Vi trovò soltanto alcuni soldati, fra cui alcuni del gruppo Schröder, per primo il soldato Schuster che tentava goffamente di ravvivare il fuoco con alcuni pezzi di legno verniciato, staccati dagli ultimi due gradini delle scale da cui stava proprio in quel momento scendendo il maggiore Sprösser, seguito da Oliva che notò subito, lasciandosi sfuggire un mugugno di disappunto, lo scempio fatto da quel repellente soldato. Gli altri soldati sogghignavano nel vederlo intento a quell'impresa goffa e improbabile, e furono tentati più volte di interromperlo, salvo voler portare il divertimento il più avanti possibile per capire come andava a finire, ma dovettero dismettere quell'atteggiamento goliardico quando videro avvicinarsi e scendere i gradini mancanti il maggiore Sprösser, che fece capire subito di non aver bisogno di spiegazioni né di particolari moventi per portarsi silenziosamente alle spalle di quel soldato di cui già conosceva attitudini e imperizie, rifilandogli uno scappellotto di manrovescio direttamente sulla nuca, facendolo ruzzolare avanti maldestramente, cadendo poi disteso addosso agli stessi pezzi di assi che aveva tolto dalle scale. Il commento dell'aulico ufficiale fu alquanto severo:

- Se la tua idiozia fosse proporzionata al tuo coraggio, avremmo già compiuto la missione da giorni. Idiota!

Il soldato non disse niente, si limitò a rifugiarsi in un'espressione difensiva dal piglio aggressivo: Oliva pensò alla scena a cui aveva assistito qualche tempo prima, in cui una faina, che si era avvicinata al pollaio, colta sul fatto fuggiva, non senza però rivolgerle uno sguardo minaccioso, che più che un avvertimento sembrava lo sfogo nervoso della frustrazione per la sconfitta subita. In questo caso forse il soldato si era probabilmente redento, capendo subito dopo essere stato colto in fallo che una preventiva ponderazione poteva evitargli quella figuraccia, poiché infatti gli altri soldati già avevano riacquistato il sorriso motteggiante che avevano da poco smesso, e il maggiore concludeva la sua arringa:

- Fuori di qui c'è una catasta di legna grande quanto la tua incompetenza, soldato! Ripara immediatamente quella scala ed esci a recuperare il legname per attizzare questo fuoco. Subito!

Fu perentorio e severo quanto mai fu visto dai soldati, ai quali il Vecchio Alpino a quel punto parve oltremodo diverso, nervoso, non tanto perché manifestasse latentemente un sospetto accenno all'indulgenza verso i popoli invasi, più che altro perché forse aveva avvertito un momento di debolezza, come se quell'episodio fosse stato indicatore dell'inizio della perdita del controllo delle truppe; ciò gli era balenato in mente anche alla luce del fatto che aveva già chiesto prima a Schröder e ai suoi uomini di andarsene dalla casa in cui stavano stabilendo il comando, ordine che come già accaduto prima di allora era stato rispettato soltanto in parte da quel gruppo, confidante della benevolenza o nella distrazione del Vecchio Alpino. Il maggiore poi si voltò, vedendo Rommel e pensò ad altro, consapevole che rimuginare in quel modo sugli episodi di indisciplina non era salutare per la strategia:

-   Tenente, novità dai ciclisti?

Rommel aveva visto ed osservato la scena del rimprovero pubblico, ma non sembrò mostrare alcun tipo di interesse per quel tipo di cose che in effetti riteneva frivole, quando non attivamente impeditive:

-   Maggiore, i ciclisti riportano notizie di un trinceramento nemico a pochi chilometri da qui, sarebbe bene parlarne in privato.

-   Bene, mentre aspettiamo gli altri ufficiali, saliamo al piano superiore, ho scelto un posto migliore per stabilire il mio ufficio.

-   Migliore, signore?

Rommel forse fece finta di non capire, ma sapeva che il Maggiore intendeva fare una battuta, forse anche e soprattutto per diluire la tensione che aveva accumulato poco prima:

-   Migliore, certo! Sarà pur migliore una camera spartana, piuttosto che un tendaggio precario esposto alle intemperie! Non siamo mica francesi!

Rise di gusto, coadiuvato da un sorriso del tenente che aveva finalmente assunto una posa rilassata, chiudendo a pugno sui fianchi le due mani, una delle quali reggeva il cappello inumidito, che volto al fuoco iniziava a scaldarsi ed asciugarsi, provocandogli una sensazione quasi di sollievo al tatto, talmente piacevole che ne fu quasi di colpo assuefatto, tanto che dovette darsi una scossa cercando di riportare al massimo l'attenzione e la concentrazione: pensò che ogni distrazione poteva essere fatale, e soprattutto gli si rimarcava in mente il fatto di essere nel tempo diventato sempre più indispensabile, come voleva, per il maggiore, che aveva mostrato stanchezza e debolezza negli ultimi frangenti. Rommel non era tipo da reazioni immediate e veraci, non sentiva suoi i problemi sentimentali e le faccende riguardanti il rispetto e la lealtà, si limitava a rispettare le regole e a sfruttare le strategie. Ci aveva pensato già il maggiore a dimostrare che erano importanti anche il rispetto e l'empatia, ovviamente finalizzati alla collaborazione. Ma mentre Theodor Sprösser aveva mostrato un palese calo d'attenzione, salvo poi redimersi quando si era trattato, poco prima, di riportare la disciplina nelle truppe, per Rommel l'unica occasione per dimostrare umanità fino ad allora era stata il rendersi conto dell'importanza dell'integrità del battaglione, e che ogni vita aveva importanza da quel momento, ch'era cinicamente visto come più importante e delicato rispetto ai frangenti precedenti, quando qualche perdita poteva essere più volentieri accettata. Il lato umano di Rommel esisteva, ma non era quasi mai visibile direttamente: ne centellinava le dosi, mostrandosi sensibile quando il momento lo richiedeva, riuscendo sempre a trarne un'utilità.

Oliva non sapeva se vedere il gesto del Maggiore come una sorta di favore cavalleresco dovuto all'ospitalità offerta, o se intendere il tutto come una inutile messinscena per ingraziarsi i favori della comunità. Per lei i soldati tedeschi restavano comunque delle bestie sanguinarie come la propaganda interna li aveva dipinti dall'inizio: ed avrebbe probabilmente continuato a pensare soltanto al loro lato animalesco, non fosse stato per l'insolita parvenza di delicatezza che comunicava la faccia paonazza e quasi spaventata del traduttore Krüger, che arrivato correndo entrò di colpo spalancando il portone e senza riferirsi a qualcuno in particolare attirò l'attenzione dei due ufficiali, che già si erano avviati verso il piano superiore:

- Abbiamo preso due disertori nemici!

Urlò, ansimando. Sprösser guardò Rommel, ed era uno sguardo che comunicava già le sue intenzioni, come a delegarlo all'eventuale interrogazione preventiva verso il traduttore. Oliva aveva recepito, e rimaneva in ascolto. Rommel interrogò con lo sguardo l'interprete, ed avvicinandovisi lentamente fece capire di necessitare di qualche informazione in più. Krüger, dopo aver ripreso fiato, capì che in molti stavano attendendo la sua continuazione, a parte forse i giovani soldati che attorno al *larìn* continuavano i loro bagordi pur silenziosamente. Cercò di coordinare tempi e spazi, ottimizzando la brevità con cui voleva dare quell'informazione:

- Sono qui dietro, scendevano dalle montagne, li abbiamo fermati prima di mettere a riposo i muli!

Il maggiore Sprösser si arricciò la barba vigorosamente, ma non pronunciò nessuna battuta anche se avrebbe certamente avuto modo di farlo: si limitò a guardare verso Rommel, che capì al volo e rivolse uno sguardo ed un cenno al traduttore, che aggiunse:

- Schröder ed i suoi hanno fermato anche qualcuno del posto che era in zona, non sappiamo se sono coinvolti e vorrebbero farli prigionieri.

Oliva aveva capito subito che la situazione era improvvisamente diventata tesa, e la prima cosa che le venne da fare, non appena realizzò che i cugini potessero trovarsi invischiati in quella circostanza pericolosa, fu scappare via senza dire nulla, correndo verso il cortile. Esitò soltanto un istante prima di partire, quando davanti la porta della dispensa guardò dentro, come a cercare di capire se poteva in qualche modo coinvolgere suo zio Massimiliano, che seduto sulla *paledàna* sembrava completamente in balia dello sconforto, rannicchiato su sé stesso con la testa penzolante quasi fino alle ginocchia. Oliva capì che si sarebbe lasciato andare preda dell'esitazione e della sua nota indolenza, ma non c'era tempo per le esitazioni: se andò velocemente sotto la pioggia, senza curarsi stavolta, come invece era solita fare, di ripararsi la testa con lo scialle, e lasciava bagnare i capelli e le gote, su cui si confondevano le fredde gocce e le tiepide lacrime.

§§§§

-   Capitano Bastia, è successa una cosa.
Tremava leggermente, il sergente, dopo aver pronunciato quelle parole.
-   Cosa succede, sergente?
-   Ecco, io ... Praticamente ...
-   Tenente, il tempo stringe, se la sua comunicazione non è importante devo chiederle di ...
-   Mancano due soldati all'appello!
Poi aggiunse sottovoce, visibilmente scosso:
-   Ecco, l'ho detto.
Bastia ristette, in silenzio per alcuni istanti, poi rispose velocemente:
-   Sergente, dunque vuole dirmi che due soldati sono abilmente fuggiti? Abbiamo avuto due disertori con noi?
Il sergente avvertiva la pressione, sentiva di aver corso un grosso rischio a fare quella dichiarazione, un rischio non certamente maggiore dall'aver omesso quell'informazione, e cercò di giocarsi la sua innocenza:
-   Signore, io so cosa fanno ai disertori ed ai loro complici ...
-   Li fucilano infatti! E lo trova forse sbagliato? Sergente, la disciplina prima di tutto, non gliel'hanno forse insegnato?

136

Si avvicinò intanto il maggiore Santini, che aveva in qualche modo capito che la situazione si andava complicando anche per quanto riguardava il capitano Bastia e le sue truppe.

\- Che succede, signori?

Bastia non esitò, sapeva che la situazione non permetteva più nessun tipo di indugio su qualsiasi questione, e che tutto andava risolto subito, data l'estrema precarietà delle condizioni di quell'ultimo baluardo della difesa italiana prima del Piave. Inoltre sapeva di poter contare sull'indulgenza di Santini.

\- Signor maggiore, lasci che sia il soldato qui, a spiegarglielo.

Il soldato rimase invece in silenzio stretto e non ebbe neanche il coraggio di presentarsi, il suo nome gli fu chiesto direttamente dal superiore, al che dovette sbloccarsi, dicendo tutto:

\- Sono il sergente Fabris, Maggiore, credo di essere responsabile della fuga dei due disertori.

\- Questa poi!

Il maggiore Santini non capiva come quello che pareva un ligio soldato potesse essere coinvolto in quell'insubordinazione, e chiese delucidazioni:

\- Sergente, può essere più preciso? In che modo sarebbe responsabile? Non credo certo che sia stato lei a ordinargli di andarsene.

L'ormai risaputa calma del Maggiore, divenuta in poche ore proverbiale fra le truppe lì trincerate, sembrava non essere in quell'istante il sentimento che prevaleva in lui, la cui espressione inquisitoria teneva in scacco il sergente:

\- No signor Maggiore, non gliel'ho detto direttamente, ma gli ho fatto capire che cosa avrebbero trovato a Cimolais, e appena si sono accorti che non li guardavo sono fuggiti.

Sia il Maggiore che il capitano erano perplessi ma anche incuriositi, oltre che stizziti per l'accaduto, anche se quest'ultima sensazione spiacevole andava a sommarsi a tutte quelle conseguenti alla disfatta che ormai da giorni non portava che cattive notizie, sicché cercarono anche in quel frangente di evitare il pugno di ferro che si era mostrato già troppo fallimentare per il prezzo pagato. Santini sapeva però che ciò non doveva cozzare con la disciplina da mantenere sempre solida nei soldati:

\- Dica sergente, lei quindi è di Cimolais?

\- No, signore, io sono di Longarone, decimo bersaglieri, sono stato scelto fra gli altri per tenere questo presidio e respingere il nemico, signore.

L'ultima frase aveva l'aria di essere recitata a memoria, come una sorta di giustificazione preconfezionata.

\- Si risparmi la retorica, Fabris, mi aiuti a capire: cosa c'è di tanto bello a Cimolais da rischiare una fucilazione? E soprattutto, come fa lei a conoscerne la presenza?

\- Signore, conosco bene Cimolais, ci stavano mio padre e i suoi fratelli, e ci sta anche la mia morosa, la mia promessa sposa. Stavo raccontando ai due di quando andavo a trovare mio zio che lì è rimasto, e ho mostrato con il binocolo dove si trova la casa, lì a Cimolais. Gli ho anche detto che c'è la cantina piena di salami, ché ogni anno vanno a prendere un porco e ci fanno tutto un ben di dio, in quella cantina, e allora loro ...

\- Basta così, soldato, ho capito. La responsabilità di certo è sua ma vista la situazione non voglio permettermi di perdere altri uomini. Torni al suo posto e cerchi di limitarsi a compiere il suo dovere di combattente, o la deferisco al tribunale militare.

\- Sissignore, signor Maggiore! Sono onorato di far parte di questo battaglione!

Se ne andò di gran carriera, con gli occhi che gli si erano spalancati ed illuminati, come se la clemenza dell'ufficiale gli avesse donato nuovo vigore, ma soprattutto sentiva che l'occasione di quel perdono, che in quell'ambiente aveva capito essere raro, andava sfruttata il più possibile.

Santini lo guardò andarsene, e voltandosi si rivolse sconsolato a Bastia:

\- Del battaglione abbiamo poco, quello che c'è qui è solo qualche settore di un paio di compagnie di bersaglieri ed alpini, più alcuni arditi, finiti qui chissà come. Ad essere sincero non ho mai tenuto il comando di un settore così variegato. Sarà dura, capitano.

Bastia lo guardò abbassare la testa, mentre teneva le braccia dietro la schiena e stava immobile a guardare dal riparo il profilo della trincea, ove vedeva muoversi i soldati con cadenza desolante, ciondolando per sconfiggere il freddo ma soprattutto la paura:

\- Spero che questa sua scelta di non punire il sergente dia uno slancio positivo al morale dei soldati.

\- Già, lo spero anch'io.

Si avvicinarono lentamente alla zona scoperta per pattugliare e controllarne la stabilità, mentre da poco lontano un fruscio fra gli abeti attirò la loro attenzione ed il loro sguardo verso l'alto, verso quel cielo che si scuriva sempre di più, per la notte che incombeva e per le nuvole che si stipavano sul Lodìna, concentrandosi, schiacciandosi ed intensificandosi sempre di più, amplificando la sensazione di oppressione, di pericolo imminente che quell'affliggente scenario instillava negli animi dei combattenti italiani: un agglomerato di soldati di vari reparti e compagnie, di armate e reggimenti diversi uniti per proteggere più il territorio che loro stessi, per restare aggrappati coi denti a quella terra che gli veniva strappata via ogni ora, ogni secondo, a quelle cime imponenti da proteggere e da usare come scudo al nemico, quelle montagne che nei ricordi affettuosi del sergente Fabris mantenevano i loro lineamenti, talora sinuosi, eleganti, quando non appuntiti, grezzi e vivaci, mentre in quella circostanza ogni ora, ogni secondo sembrava renderle indifferenti, addirittura nemiche, repulsive di quell'idiozia umana che distruggeva irreparabilmente tutto. Tornò nella postazione di vedetta che occupava poco prima, in una buca di fortuna che la fretta, la roccia ed il terreno ghiacciato non avevano permesso di rendere molto riparante, ma attorno a sé lo spazio vuoto lasciato dai colleghi di reparto gli permetteva di stare più protetto, anche se ciò non sembrava garbargli particolarmente, visto il rischio:

- L'ho scampata bella, maledetti traditori! Ah ma se li becco ...

Accovacciandosi in quella piccola trincea aveva appoggiato le spalle alla parete del poco profondo scavo che si rivolgeva verso il fronte da cui si aspettavano i nemici; con quel commento si era rivolto ai due colleghi con cui condivideva la postazione, il soldato Antinelli ed il caporale Valenti, che si era appena sporto dalla trincea per perlustrare con un cannocchiale la zona antistante, stretto fra il bavero della sua mantella a ruota ed il cappello che lo riparava dalla pioggia. Non aggiunse nulla a ciò che era stato detto dal sergente, che sbuffava e rumoreggiava cercando una posizione più comoda, prima di ricongiungersi alla mansione che stava svolgendo il caporale, che di colpo lo gelò:

- Fermo! Zitto!

Fabris lo ascoltò e rimase immobile per qualche secondo attendendo delucidazioni, e non ottenendone alcuna in breve tempo provò a forzare, anche per capire in fretta cosa stesse succedendo, ma probabilmente il Valenti aveva atteso un'ulteriore conferma di ciò che

doveva aver visto, prima di rispondergli, perché lo interruppe proprio
mentre iniziava a parlare:
-   Valenti, cosa …
-   Tedeschi!
-   Come? Guarda che ti conosco, uccello del malaugurio! Sei un
menagramo tu, ogni volta che chiami una disgrazia si è quasi sicuri
che …
-   Arrivano i tedeschi! Son pochi, una pattuglia, in bicicletta.
Bisogna fare in fretta!
-   Ma stai dicendo sul serio?
Fabris si sporse un po' più in alto della barriera di sassi da cui era
riparato, guardando nella stessa direzione del collega, il cui
avvertimento trovava fondamento:
-   Alle armi!
Il comando del sergente fu sentito da tutti nelle vicinanze, ed egli
stesso imbracciò il novantuno, caricandolo nervosamente. Dalle
feritoie della trincea spuntarono le canne una alla volta, silenziose ma
veloci, pronte a far fuoco non appena avessero avvistato qualche
traccia anche piccola della presenza di un nemico. Santini e Bastia
avevano assistito alla vicenda e si preparavano a valutare i passi
successivi, portandosi in posizione riparata, ed intimando prudenza e
di fare fuoco soltanto se necessario. I mitraglieri stavano ancora
prendendo posizione sui pendii scoscesi del monte Cornetto ad ovest,
e mentre sistemavano gli ultimi scudi riparatori fece lentamente
capolino la testa della squadra tedesca in bicicletta, nella figura del
suo capitano, il sottotenente Schöffel, che attaccò con pedalate forti e
pesanti il principio già ripido dell'intensa salita del Pezzèi, ancora
lontani per vedere la precisa posizione della trincea italiana. Dopo
qualche decina di metri ancora il sottotenente rallentò, ed alzando lo
sguardo gli parve di scorgere alla sua destra, fra il groviglio di aghi e
rami degli abeti, qualcosa che gli ricordava del filo spinato, una
parvenza di reticolato, ma col tramonto che inghiottiva sempre più
spazio visibile, dovette aguzzare la vista per capire meglio di cosa si
trattasse. Indicò con un braccio teso a malapena, incerto, qualcosa ad
un compagno che gli stava in fianco, senza dire niente, forse per farsi
aiutare nella ricognizione e capire bene quanto più possibile, dato che
qualcosa gli sembrò di aver scorto. Probabilmente qualche fuciliere
italiano doveva essersi sentito scoperto e fece fuoco, lasciando partire
due colpi che Schöffel aveva sentito sibilare alla propria sinistra.

Prima però ch'egli potesse ordinare la ritirata, diede uno sguardo fugace in direzione della provenienza di quegli spari, dimostrando agli occhi dei suoi soldati un discreto coraggio. Sembrava restare in attesa di qualcosa, qualcuno pensò che incomprensibilmente attendesse una nuova raffica, e così in realtà si dimostrò essere. Altri italiani, pur senza aver ricevuto alcun ordine, presero ispirazione dall'anonimo tiratore ed iniziarono un prematuro fuoco diradato su tutta la linea che fece fuggire i veloci ciclisti, lasciandoli illesi. Nel fragore degli spari si era confusa la voce del capitano Bastia, che però fu udibile soltanto quando l'intensità del fuoco diminuì sensibilmente per poi subito arrestarsi, quando i tedeschi furono da un po' ormai fuori dal campo visivo:

- Cessate il fuoco! Cessate il fuoco, basta! Maledetti idioti! Chi vi ha ordinato di sparare? Nessuno ha dato ordine di sparare, deficienti! Questa è insubordinazione!

Nessun altro disse nulla, nel frattempo Santini fece cenno che gli fosse portato il cannocchiale, ch'egli sapeva più potente del suo binocolo, ed inaspettatamente si mise a scrutare non verso il paese, non in cerca della fuggitiva pattuglia nemica, bensì osservò attentamente la propria linea di trinceramento, mentre Bastia riprendeva il suo veemente rimprovero:

- Chi è stato a sparare per primo? Fuori il nome! Fatti avanti, traditore!

Il capitano era furibondo, si era alzato in piedi e la sua figura sporgeva in parte dalla trincea nonostante avesse avuto l'inutile accortezza di mantenersi curvo su se stesso; era diventato paonazzo e respirava affannosamente:

- Fatti avanti ho detto! Fuori il nome del responsabile, o giuro su dio che vi faccio fucilare tutti!

Santini allora posò il cannocchiale ed intervenne, approfittando del silenzio di tomba che era calato fra i soldati che guardavano il capitano Bastia con soggezione mista ad un sentimento di umiliazione che permeava i volti di quegli individui in cui sembravano diradarsi anche gli ultimi residui di umanità.

- Capitano, riposo.

Gli si mise davanti con il suo solito fare austero, ma con la ormai nota calma nei modi e nella voce:

- Credo che il capitano Bastia sia stato chiaro, nessuno deve sparare se non su diretto ordine suo o del sottoscritto. Quello che è successo potrebbe aver fornito al nemico dei riferimenti sulle nostre postazioni, e non deve più accadere. Abbiamo il buio e la posizione più alta dalla nostra parte, perdere questo vantaggio è un rischio che correte tutti. Immagino ricordiate bene quali sono gli ordini, quindi credo che non serva aggiungere altro. Tornate in postazione in attesa di nuove disposizioni. E state all'erta. Sergente Fabris, si occupi lei di comunicarlo alle postazioni più lontane.

- Sissignore, signor maggiore.

Bastia era ancora furibondo ma attese che l'attenzione su di lui si sfoltisse, poi ebbe un nuovo slancio, stavolta proprio verso il maggiore:

- Signore, è inaccettabile! Si rende conto?
- Si calmi, capitano, non c'è bisogno!
- Siamo a corto di munizioni e di uomini!
- Lo so benissimo, ma non sarà di certo la sua ira a farci recuperare le perdite, veda di calmarsi!

Bastia vide per la prima volta il Maggiore infervorarsi seriamente, quasi al punto di perdere la sua risaputa imperturbabilità, e ciò gli fece rapidamente scemare l'eccesso di rabbia che aveva dato luogo a quello sfogo, di cui si pentì:

- Mi perdoni, signore.
- Capisco la frustrazione, capitano Bastia, ma non possiamo permetterci di perdere la calma e di conseguenza il comando delle truppe. Qui siamo lontani dalle trincee del carso, siamo davanti ad un conflitto dal volto nuovo e in costante rinnovamento. Dobbiamo tenerci pronti a tutto, io e lei in primis.
- Sissignore.
- Metta alcuni uomini di guardia, i più stanchi li faccia riposare, e mi tenga informato su qualsiasi novità.

La trincea era tornata alla normalità, e per i soldati da un lato era quasi rinfrancante il fatto di non dover abbandonare la posizione quasi subito come accadeva da svariati giorni, però d'altro canto ad alcuni quel posizionamento ricordava il logorio devastante delle trincee di confine, dove l'unico segno che la vita continuava, che una realtà abbandonata forse esisteva ancora, era il lento incedere degli eventi naturali, le stagioni, le precipitazioni: come quella pioggia, stoico stillicidio che nel suo infinito incedere pareva quasi erodere le menti e gli spiriti, e lasciare il nulla dentro l'involucro di quegli uomini non più tali.

7.

Il corvo era rimasto impassibile.

Fermo sul noce come una statua aveva assistito a tutto ciò che gli era accaduto attorno, senza muovere un'ala, senza spostarsi di un centimetro su quel ramo, senza aprire il becco né voltare la testa. A Pietro parve addirittura che non respirasse o che non potesse neanche aprire il becco, e quella figura immobile, così impassibile nel suo scuro mantello di piume, lo inquietava forse più di tutto il trambusto che era accaduto di sotto in cortile, giusto nel tempo di un battito di ciglia.

Aveva udito la voce di Felice ed era quasi tentato di affacciarsi per scusarsi di quello che era accaduto poco prima, ma dentro di sé era totalmente contrastato nei sentimenti: sentiva montare l'orgoglio che da tempo non provava, quell'orgoglio che diceva patriottico quand'era partito, e che però poi gli pareva se ne fosse andato, sparito definitivamente in quella trincea puzzolente e malsana; allora non accettava, non poteva sopportare che chi in quel buco non c'era stato potesse accusarlo di ignavia e di inettitudine, egli sapeva, aveva scoperto che combattere ed uccidere non era la via giusta per progredire, e allora fermò il suo intento di uscire allo scoperto anche perché non sapeva con chi stesse parlando Felice, ed era certamente più prudente evitare di farsi vedere. La priorità, in momenti così diversi dalla normalità, così normalmente precari perché precari ormai da tempo, era la sopravvivenza, e questa sobbarcava ogni altro tipo di bisogno, ogni voglia anche impellente veniva derubricata a secondaria poiché prima bisognava pensare a sopravvivere, ed ogni passo falso, ogni occasione persa, poteva portare alla fine di tutto.

Poi aveva visto qualcosa muoversi sul colle sotto al Lodìna e gli parve di vedere affannarsi due uomini nello scendere, due militari scappare da qualcosa, come se la loro salvezza li aspettasse alle pendici di quel colle, senza che nemmeno loro sapessero dove precisamente: era una scena che lo riportò immediatamente al ricordo vivo di quanto vissuto, a quel ricordo che non lo abbandonava mai, che mai lo aveva abbandonato nemmeno e forse soprattutto quando si era nascosto nel fienile, ché gli era parso di essere finalmente in salvo mentre invece stava soltanto nascondendosi da quei ricordi offuscati che continuavano a girargli in testa, insieme al rumore di quelle bombe, insieme ai colpi di fucile, alle urla dei feriti, al lamento infinito di ciò che era rimasto dell'amico Vigi. Tutto tornò vividamente a ripalesarsi sotto forma di immagini, nei movimenti sgraziati di quei due ragazzi in divisa che ruzzolavano giù da quel pendio, fuggendo probabilmente dalla loro stessa salvezza, che gli sarebbe magari stata garantita se avessero piuttosto percorso un'altra strada. Ma Pietro tornò subito lucido, e pensò che forse volevano proprio farsi catturare: quanti aveva visto, quanti aveva sentito dire che era sicuramente meglio farsi prigionieri che finire uccisi? E per assurdo magari collaborare con il nemico dava la speranza di essere trattati meglio. Restava il fatto che Pietro, appena visti i due bersaglieri, ebbe l'istinto di nascondersi nel fieno, rinforzando il suo nascondiglio, sempre per il discorso che era meglio sopravvivere che qualsiasi altra cosa, in quei momenti. E a testimonianza di ciò gli vennero ad avvallo direttamente dal cortile gli "alt" gridati dai soldati nemici e gli spari d'avvertimento, il tutto durato pochissimo, e probabilmente terminato subito. Per quanto al sicuro, e per quanto abituato alla costante sensazione di pericolo imminente, di impotenza incontrollabile, sentì un marcato disagio aumentare esponenzialmente quando capì che nello scontro era stato coinvolto anche Felice, che sbraitava qualcosa in continuazione, ripetendosi ciclicamente, nei confronti dei nemici che lo avevano fermato e trattenuto. Evidentemente non aveva certo perso l'occasione per sfoderare il suo orgoglio, soprattutto il suo fiero essere patriottico, e continuava ad inveire contro dei soldati che non parvero troppo interessati a lui dopo averlo probabilmente immobilizzato. Così pensava Pietro mentre sentiva il fratello urlare "*moléime*", "lasciatemi".

Avrebbe voluto muoversi lui, intervenire, soprattutto ora che aveva inteso il fratello in pericolo, ma ancora il pensiero della sopravvivenza aveva la meglio. Sopravvivenza che in questo caso sarebbe stata non solo sua ma anche di suo fratello, poiché nascondere un soldato era reato per i nemici e per il disertore poteva addirittura essere una fortuna se finiva prigioniero. In qualche modo sperava di continuare a sentire quello scorbutico sbraitare per accertarsi che stesse ancora bene, che fosse ancora vivo, era l'unico sistema per essere certo di ciò. Avrebbe certamente dato la vita per quel fratello, malgrado le differenze e gli screzi continui fra loro, e gli doveva molto: erano stati fondamentali i suoi insegnamenti nella cura delle bestie, nello sfalcio e negli altri lavori in cui l'esperienza di Pietro era dovuta gran parte ai suggerimenti del fratello. Entrambi erano stati iniziati dallo zio

Giuseppe ma soprattutto dal nonno, che trovava sempre il tempo, chissà come, per dedicarsi a quelle attività, anche soltanto per l'orgoglio di poter tramandare la tradizione ai nipoti; cosa che fece per altro anche e particolarmente per quanto riguardava la cultura, propinando a Felice e Pietro un libro dopo l'altro, insegnando loro a leggere e scrivere e a volte costringendoli a leggere a forza, portandoli ad invidiare i loro amici che felicemente analfabeti scorrazzavano per i prati e giocavano fra loro. Pietro accennò un sorriso che gli era procurato forse inconsciamente dalla forzatura del nesso creatosi fra le due varianti temporali del lamento del fratello, che aveva appunto usato un tono molto familiare a quello che usava quando si lamentava di qualcosa in gioventù. Stavolta però la situazione non era minimamente paragonabile a quegli attimi felici vissuti non molto tempo prima, ma che sembravano sempre più lontani ed invisibili, come per quelle sensazioni che si diradavano fino a scomparire, distrutte dalle bombe come il territorio. Il breve momento di tranquillità d'animo in Pietro si ritramutò in ansia e sconforto: suo fratello era in pericolo e lui non poteva fare nulla, almeno non subito, così cercò di capire quando e più che altro quanto potesse rendersi utile per evitare quantomeno che quella situazione degenerasse, quindi provò a mettersi in una posizione il più vicino possibile per poter udire i rumori e le parole delle persone che in breve avevano affollato il cortile. Si avvicinò all'apertura del fienile strisciando, attento a mantenersi nascosto, aiutato dal buio che ormai era sempre più intenso. Vide la luce di alcune torce elettriche ma non era ancora in una posizione favorevole tale da poter sbirciare con più precisione. Sentì però, e trasalì quando se ne rese conto, la voce tremolante di una giovane donna che appariva disperata, e capì che si trattava di Oliva, che incalzava i soldati inveendo contro di loro in tedesco, senza troppa convinzione, con la voce rotta.

- Lasciatelo andare! Lasciatelo! È mio cugino, è il figlio del sindaco!

Schröder fece fermare la ragazza da due uomini e le andò vicino stizzito, osservandola dritta negli occhi, con uno sguardo feroce, carico di rabbia ed assolutamente privo di empatia e di pietà. Oliva non aggiunse altro e dal quel momento iniziò a temere seriamente per la propria vita e per quella di suo cugino. Poco lontano i due bersaglieri italiani erano stati legati alla palizzata poco distanti dagli animali del battaglione tedesco, ed attendevano in silenzio il loro destino, mentre il soldato Pässchen girava loro intorno scrutandoli attentamente, senza trattenersi dall'offenderli e percuoterli in maniera quasi disinteressata con un piccolo bastone che aveva trovato accatastato col legname, vicino alla recinzione dove venivano intanto legati gli ultimi muli. Probabilmente divertito dalla circostanza, ma infastidito dalle scarse reazioni dei nuovi prigionieri pensò di intensificarne le sofferenze: lanciò via il piccolo legno per sostituirlo con un rastrello, di cui tenne soltanto il manico sradicandolo con violenza dal pettine di ferro, ed impugnatolo con entrambe le mani sferrò un fendente ad un ginocchio di uno dei due, frantumandogli probabilmente la rotula: l'altro d'istinto inveì impetuoso contro il tedesco, che pur non capendo se le sue imprecazioni fossero insulti o preghiere, decise di colpirlo dritto in faccia, lasciandolo penzolare sulla palizzata svenuto e con il naso rotto, sanguinante. Il grosso soldato terminò la propria opera continuando ad imprecare verso i malcapitati bersaglieri, sghignazzando e ben sapendo che non potevano capire il significato dei suoi insulti. Fu bene inteso invece da Oliva, che volle quasi dire qualcosa a quel soldato grande e grosso che molestava due ragazzi impotenti, e chissà fin dove sarebbe potuto arrivare se quella violenza non fosse stata arrestata dall'arrivo di Krüger e degli altri ufficiali, fra cui il capitano Gössler:

- Tenente Schröder, che succede?
- Abbiamo catturato questi due disertori e ...

Sorrise, esibendo un sorriso perfido, voltandosi a guardarli.

- ... e come vede il buon soldato Pässchen ha già iniziato ad interrogarli.

Intervenne Oliva:

- Non è vero! Li stanno picchiando ed insultando, maledetti!

Schröder la schiaffeggiò in pieno volto: la testa della ragazza si mosse così in fretta che il nodo del foulard che portava in testa si sciolse e fece scendere i capelli della sua lunga chioma castana, di cui alcune ciocche si adagiarono sulla guancia che era stata appena colpita. Tenne il volto girato, dopo aver emesso un grido al momento dello schiaffo, grido che aveva subito cercato di trattenere, come il pianto che ne stava scaturendo. Felice era furibondo e scalciava come un toro mentre in due soldati lo trattenevano. Non disse niente perché quando era troppo furioso smetteva di parlare, agiva soltanto: spesso reagiva evitando lo scontro, andandosene per una strada diversa, ma in quel caso nemmeno lui avrebbe saputo prevedere cosa sarebbe successo se l'avessero lasciato andare anche solo un attimo. Il tenente Schröder si voltò quasi subito senza mostrare alcun segno di pentimento, dando della sgualdrina alla ragazza, a voce bassa come per non farsi sentire, ma per Gössler stava iniziando ad essere già troppo:

- Tenente, lasci a noi i prigionieri, ce ne occuperemo come abbiamo fatto per gli altri.
- Come dice?
- E lasciate stare i civili, li riportiamo a casa. Ordini del Maggiore Sprösser.

L'ordine riguardante quel tipo di nuovi prigionieri in realtà era stato dato soltanto una volta, all'inizio dell'intera missione, ma non essendo mai stato revocato Schröder sapeva che non aveva gran margine per godersi quel tipo di bottino da requisizione come poteva fare per gli altri ordini che sistematicamente e alla bisogna venivano ignorati o metodicamente aggirati da lui; c'erano però una casa ed una stalla in quel cortile, dall'aspetto appetitoso per chi come loro era avvezzo al saccheggio e non servì altro che un cenno per far muovere Pässchen e i suoi scagnozzi verso quegli edifici, in cui entrarono senza nessun tipo di riguardo, iniziando a prelevare qualsiasi cosa potesse essere utile. Quella scena anziché calmare tutti fece infuocare ancor di più gli animi: mentre i prigionieri venivano portati via, i soldati di Schröder iniziarono a portare fuori dalla stalla dei Morossi alcune vacche da latte fra le migliori, fra cui Ofelia, la più produttiva ed anche la preferita di Felice, che non ci vide più dalla rabbia: con un colpo di reni riuscì a liberarsi dalla presa possente dei due fucilieri che lo stavano tenendo fermo e si catapultò come un fulmine in direzione di Schuster che strattonava malamente l'Ofelia, ch'era poco collaborativa e che iniziava ad innervosirsi all'insistenza del tedesco; Felice gli scagliò addosso tutta la sua ira:

- Disgraziato! Ladro! Ti ammazzo!

I due che lo tenevano lo avevano inseguito ma non erano riusciti a prenderlo prima che lui si fosse agganciato ad un braccio del soldato Schuster ed iniziasse a tirarlo. Questi rimase stupito dalla forza di quel montanaro zoppo e quasi si lasciò cogliere impreparato, finendo poi col franare in terra con ancora in mano il pezzo di corda con cui aveva legato la vacca. Felice gli fu sopra in pochissimo tempo ed iniziò a mettergli le mani in faccia senza sapere bene cosa fare mentre l'altro cercava di dimenarsi tenendolo distante e lottando anch'egli con le proprie mani per liberarsi, finché intervenne Pässchen che levò il commilitone dall'impiccio sferrando una possente pedata con la suola dei suoi scarponi sulle costole di Felice, scaraventandolo a terra. Il ragazzo all'istante gridò, ma l'urlo che scaturì parve più un urlo di battaglia che di dolore, poiché si rialzò quasi subito e sembrò pronto a scannare senza pietà entrambi i militari, anche quello che era il doppio di lui: lo fermarono soltanto le due canne delle armi dei fucilieri che gli puntavano a pochi centimetri dal naso, tanto che pareva quasi sentire l'odore della polvere nelle cartucce. Non servì che nessuno aggiungesse nulla, soltanto Pässchen inveì contro il collega, levandogli dalle mani le redini artigianali con cui aveva legato Ofelia e portandosela via:

- Incapace!

I due soldati catturarono nuovamente Felice e lo trattennero con più attenzione, non avrebbero certo permesso succedere nuovamente qualcosa di simile: non si erano detti niente ma entrambi erano rimasti esterrefatti da quanto avesse potuto essere veloce e forte quel ragazzo, che continuava ad ansimare dolorante, con i polmoni che gonfiandosi andavano a spingere contro le costole colpite. Con i nervi tesissimi Felice provava a sfogarsi piangendo, ben sapendo che non piangeva così ormai da anni, forse da quando la madre era morta, forse da prima ancora e chissà per cosa, ma non gli riuscì: la collera era troppo forte e ancora lo pervadeva, si doveva sforzare per stare fermo.

Anche Oliva intanto fu lasciata cadere a terra da parte dei due soldati che la reggevano, e che la abbandonarono malamente poiché aveva ormai perso la sua pericolosità da quando Schröder l'aveva colpita con quell'energico schiaffo; fu raggiunta ed aiutata ad alzarsi dall'interprete Krüger, che nel sollevarla le mostrò un volto compassionevole, un'espressione di empatia che Oliva non vedeva da tempo. Quel soldato era diverso dagli altri, lo aveva già notato poco prima quando avevano fatto entrambi da interpreti e subito si era accorta della diversità fisica che lo distingueva: meno corpulento, più gracile degli altri soldati e dal portamento meno fiero, ma soprattutto sembrava portare in sé un'umanità diversa, che contrastava con il suo fervore da combattente, pur anch'esso dimostrato in quella sede. Infatti era pur sempre un nemico, e ad Oliva venne spontaneo scrollarselo di dosso e proseguire verso casa scortata dal capitano Gössler, mentre Felice invece era ancora preventivamente bloccato ancora dai due soldati. Si era leggermente calmato anche perché aveva cercato di pensare ad altro che non fosse scappare e riprendersi la vacca col rischio di finire fucilato, così si mise a pensare, anche in maniera non troppo interessata su dove e come fosse fuggito Tullio, che probabilmente aveva approfittato del tumulto per sgattaiolare via.

Scappare, fare qualcosa come in realtà sapeva anch'egli di aver già fatto, ma di cui sentiva tutto il peso dell'inutilità, della stessa impotenza per cui si adirava poiché non già aveva avuto modo di dimostrare la sua gratitudine alla patria. Voleva diventare utile, voleva anche lui provare a fare l'eroe come tutti quelli che erano al fronte, ma invece era stato capace soltanto di un piccolo sfogo e poi di rimanere fermo. Per fortuna, pensò poi, sentendo la stretta delle mani dei soldati sui suoi bicipiti, ma soprattutto dopo aver visto da vicino quei fucili, che erano stati degli ottimi deterrenti. Si rincuorava se non altro di aver provato a fare qualcosa, ma anche di aver intelligentemente fatto uso dell'istinto di sopravvivenza, perché quella era importante: che lui sopravvivesse non era soltanto d'efficacia fine a se stessa ma anche e soprattutto per la sua famiglia, che aveva bisogno di lui, della sua sopravvivenza.

La stessa sopravvivenza che aveva impedito a Pietro di compiere qualsiasi gesto, che in quel frangente avrebbe avuto il valore della stupidaggine, nella totalità delle occasioni che si erano presentate: non avrebbe potuto far altro che mettersi nei guai in aggiunta a Felice ed Oliva, ma nonostante ciò se ne rammaricava. Allo stesso tempo sentiva pervaderlo un feroce senso d'angoscia e di nausea nell'aver visto nuovamente quelle scene di cui sembrava essersi liberato: prigionieri, ordini, violenze, saccheggi, fucili puntati erano scene viste e riviste e gli ricordavano ancora il fronte, ancora il suo odore ed i suoi rumori, non ne poteva più. Anche l'illusione di essersene sbarazzati, di essersi allontanato da quella realtà lo rinfrancava, gli donava nuove energie perché aveva sempre sentito che il suo paese, Cimolais, la sua casa, era un posto isolato e protetto e difficilmente avrebbe avuto a che fare con quegli odori e quei rumori, troppo lontani, troppo inabili e disinteressati a raggiungere il suo paese, la sua casa, che invece ora pullulava di quei nemici che era stato mandato a respingere. Ed ecco l'angoscia raddoppiarsi e raddoppiare lo sconforto di sentirsi inutile ed impotente: persino Felice aveva affrontato il nemico più e meglio di lui, ma non riusciva a fare in modo che nemmeno questo aspetto gli facesse venire voglia di rimettersi la divisa e imbracciare nuovamente il fucile. Rimase steso fino a quando l'ultimo dei tedeschi non fu fuori dal suo campo visivo, che era favorevole data la posizione rialzata, poi si alzò e pensando a quello che avrebbe potuto fare, ma che sarebbe stato meglio non fare, si diede una piccola pacca in fronte, come se sentisse dovuto quel gesto verso la sua coscienza, che ancora legata alla mentalità bellica gli vincolava i ragionamenti in percorsi predefiniti. Condì il gesto dicendosi:

- Stupido!

Sottovoce. Dalla parte opposta del fienile, nella penombra, giunse una voce:

- No stupido, Furbo!

Pietro si voltò velocemente ed ebbe quasi l'istinto di scappare, ma non avrebbe saputo bene da che parte fuggire. Combattere allora? Ma contro chi? Certo, poteva facilmente essere un nemico che parlava la sua lingua, o forse ancor peggio: qualche ufficiale italiano che cercava disertori ed allora doveva certamente difendersi! Cercò con lo sguardo il fucile, ma mentre cercava di riflettere velocemente capì che il buio glielo aveva lentamente occultato. Continuava a cercare di ragionare: avrebbe dovuto muoversi in fretta per trovare il novantuno, uscendo allo scoperto, e allora non ci sarebbe stato il tempo per evitare …

Poi di colpo riconobbe in quella frase appena sentita qualcosa che gli era famigliare. Gli ci era voluto un po' perché era stato colto di sorpresa, ma il tono con cui erano state pronunciate quelle parole, l'accento marcato dato a quella corta frase, e la riconoscibile cadenza triestina erano segnali manifesti di chi si trattasse. A dargli conferma di ciò, sentì sbuffare come per espellere il fumo di una sigaretta.

- Tullio, sei tu?

Disse a mezza voce.

- Parla pian, mulo, no volessi ch'i ne senti.
- Come?
- Ci sono orecchi ovunque, parla piano!
- Va bene!

Pietro ubbidì ma ancora non capiva come aveva potuto non accorgersi che il triestino era salito nel fienile:

- Come hai fatto a salire? Io … ad un certo punto non ti ho più visto, da che parte sei venuto su?
- Go i miei trucchi, caro mulo! Son bravo a scampar quando che xe longhi, duro con duro no fa bon muro.
- Come, scusa?

- Lassa star, poco importa.

Pietro non capiva al volo il dialetto di Tullio come invece era per Felice, e spesso doveva chiedergli di ripetere o di tradurre. Il triestino gli si avvicinò sorridendo, la sigaretta in bocca, e cercando di camminare il più piano possibile per non far scricchiolare le tavole umide del solaio; una volta raggiunto il ragazzo gli strinse la mano, poi istintivamente lo abbracciò e si sedettero insieme sulla paglia, entrambi incuranti delle conseguenze che la sigaretta poteva causare con il fieno pur umidiccio, anche se in qualche modo la rinomata esperienza da fumatore di Tullio era un palliativo sicuro. Pietro sorrise a quella figura che gli sembrò una delle poche cose non cambiate da dopo la sua partenza per il fronte. E pensò anche che non fu il primo sorriso da quando era tornato, pur restando in preda alle angosce più profonde. Gli faceva piacere aver ritrovato la strada di casa e anche alcuni parenti ed amici. Tullio, dopo essersi accertato che stesse bene, gli fece la domanda che Pietro si aspettava, ma che probabilmente non avrebbe mai voluto sentire:

- Allora, Piere, com'è laggiù? Com'è al fronte?

Pietro aveva mantenuto il suo sorriso per un po', dopo l'abbraccio con Tullio, sorriso che si affievolì, non perché la domanda avesse riattizzato l'angoscia che lo bruciava ogni volta che veniva rievocato quel ricordo, più per una sorta di solennità, di rispetto che il ragazzo sentiva di dover tenere nei confronti di quello che era stato, che era successo laggiù, e che aveva cambiato la vita di molte, troppe persone, soprattutto quelle che al fronte non ci erano andate.

- Che vuoi che ti dica, Tullio? Mi sembra tutto così irreale ora che non sono più lì. Mi pareva quasi di essere diventato tutt'uno con la trincea, di essere nato e cresciuto lì.

Tullio rimase un po' perplesso, anche se una risposta del genere un po' se l'aspettava. Era rimasto alla propaganda, che si era diffusa anche fra i triestini italiani, per cui combattere significava finalmente unire in maniera definitiva la patria, la loro patria:

- E le battaglie? Te ga spacà qualche testa ah?

Tullio fece l'occhiolino. Quella frase era stata detta quasi sicuramente per ammorbidire l'argomento e fare in modo che Pietro raccontasse qualcosa che saziasse l'appetito della curiosità di Tullio, ma il tono usato era lontano dal poter essere svagante. Pietro cercò di cogliere l'ironia ma non riuscì a mantenere lo stesso tono dell'amico.

- Oh, sì, certo!

Si illuminò di un sorriso beffardo, quasi isterico.

- Ne ho uccisi un sacco di quei crucchi! Ci bombardavano con le granate, ma noi non abbiamo mai mollato e sai, un giorno abbiamo attaccato con i gas, non immagini con che facilità sono morti quei maledetti austriaci! E quando ci hanno dato il "via" io ero fra quelli con la maschera che sono andati a finire i sopravvissuti con le mazze chiodate. Non immagini la soddisfazione di vedere saltare fuori dal cranio le cervella, quale soddisfazione per la patria, brodo di cervello di nemici!

Si accorse di aver oltrepassato il segno quando anche il sorriso di Tullio si spense improvvisamente. Capì che l'ironia di quel tipo non era certo il modo giusto per uscire da quella situazione, o meglio, proseguendo così ne sarebbe uscito di certo pazzo, come aveva visto accadere ad altri, tanti compagni. Doveva fare come aveva fatto fino a quel momento, rimanere freddo e distaccato, pensando a quegli orrori come alla cruda realtà, come un naturale, per quanto cruento, scorrere degli eventi.

- No, Tullio, non è vero niente. Il gas lo hanno usato gli altri, sul San Michele, uccidendo quasi tutti. Sono le nuove tecnologie applicate al combattimento, il futuro che fa diventare tutto industriale, che moltiplica le quantità e riduce il tempo. Il progresso che corre e che spesso scappa dal controllo dell'uomo. Il gas è tornato indietro per il vento contrario, e ne ha ammazzati altrettanti dei loro. Questo è il fronte, questa è la vita lì. Ma non è vita, è solo morte, morte costante, sempre attorno. Ed io, io non ho mai visto il nemico prima dell'ultima battaglia, per anni nessun attacco, nessun tipo di azione, sempre fermi lì ad aspettare ordini. Ed era così più o meno lungo tutto il fronte, se si prendeva qualche metro poi lo si riperdeva, e avanti così, fino alla fine e anche oltre.

Si fermò e Tullio vide che stava guardando fisso davanti a se, senza dire nulla. Pensò che quello sfogo, già perentorio e così forte, non fosse che l'inizio, che la punta di quell'iceberg di terrore che il ragazzo teneva dentro. A questo punto, come tutti, avrebbe voluto fare qualcosa per aiutarlo, spiazzato dai suoi racconti che cercava di continuare a pensare come esagerati dall'esasperazione dell'esperienza di Pietro, ma che in realtà sapeva non essere lontani dalla realtà dei fatti, così tanto diversa dai racconti di eroiche lotte e felici riunificazioni. Non sapeva che fare, e cercò di sdrammatizzare:

- A voia spetarve a Trieste alora voialtri! No rivè più!

Sorrisero, poi risero entrambi di gusto, cercando comunque di non esagerare. Senza volere Tullio aveva servito a Pietro su un piatto d'argento la possibilità di sfogare una curiosità che non era mai stata soddisfatta perché probabilmente si sentiva troppo invadente nel chiederne, ma che adesso veniva legittimata dall'apertura dell'argomento da parte di Tullio ma anche per la rivoluzione sociale data dalla precarietà del momento:

- Tullio, non te l'ho mai chiesto perché mi pareva sgarbato, ma ... come mai sei venuto a stare a Cimolais?

Il triestino non rispose, imitando la posizione che poco prima aveva visto tenere a Pietro, fermo e con lo sguardo puntato nel vuoto. Il ragazzo se ne ravvide e cercò di riformulare la domanda, tentando anche di smorzare un po' il tono inquisitorio che poteva aver colto l'amico in fallo:

- Intendo dire: va bene, sei andato via da Trieste perché ti senti italiano, sei un irredento, ma perché sei venuto proprio a Cimolais?

L'altra domanda che avrebbe voluto fargli riguardava il perché non si fosse arruolato come volontario come avevano fatto tanti altri irredenti, ma forse questo andava troppo oltre la provocazione, in effetti egli era stato comprensivo con lui e gli pareva una carognata forzare la cosa. Attese ancora qualche istante, e visto che il triestino stentava a rispondere, ed il discorso ormai era avviato, Pietro sembrava non voler perdere l'occasione e stava continuando il discorso quando venne interrotto:

- Piere, lassa che te digo ... Non è come dici tu, o meglio, non del tutto.

Fece una pausa e sospirò, alzandosi in piedi come se quello che stava per dire fosse più importante di tutto ciò che si erano detti fino a quel momento.

- Vedi, io sono andato via da Trieste perché irredentista, certo, ma c'è dell'altro, mi go ...

Si interruppe, cambiando l'espressione afflitta con una di attenzione, di concentrazione, si sarebbe detto facilmente di pericolo, ed infatti Pietro cercò di portare la sua attenzione ad un livello più alto. Di sotto si sentivano dei rumori, qualcuno era rimasto nella stalla, e gli ultimi movimenti di Tullio, forse troppo sicuri e poco prudenti, avevano rivelato la presenza di qualcuno nel fienile, così chi stava sotto si era a sua volta palesato. Nel giro di qualche secondo si avvertirono dei passi uscire velocemente dalla stalla ed avvicinarsi alla scala a pioli che era stata appesa ad un lato dello sbocco del fienile. Entrambi trasalirono, ma Tullio non lo diede a vedere, si limitò solo a porgere all'amico un fugace ed ironico saluto militare e si diede alla fuga non prima di aver trovato il tempo di accendersi un'altra sigaretta, intimando sottovoce:

- Scóndite! Parlemo dopo ...

Pietro era esterrefatto e spaventato, non sapeva cosa fare, ma quell'invito era ovviamente bene accetto, così ricavò velocemente un'intercapedine fra alcune balle di fieno e vi si infilò. Cercò di fare il tutto col massimo silenzio possibile ma non riuscì ad impedire che alcuni fili di paglia iniziassero a svolazzare tutt'attorno nel fienile, facendo in modo che il soldato tedesco, che si era soffermato più degli altri ed era salito a controllare se anche lì sopra ci fosse qualcosa da confiscare, capì che qualcosa o qualcuno era da poco scappato da lì. Non appena se ne accorse iniziò a guardarsi attorno nervosamente, cercando di scorgere qualcosa nell'ombra, poi un rumore lo attirò versò il retro del fienile, dalla cui finestra era riuscito a scendere Tullio. Il tedesco imbracciò il suo fucile ed iniziò a sbraitare qualcosa fuori dalla finestra, Pietro non capì se stesse intimando l'alt a Tullio o se stesse chiamando qualcuno dei suoi per aiutarlo a capire se ci fosse stato qualcuno al buio nel prato posteriore. Pietro temé per un attimo per la sua vita, perché pensò che al nemico non sarebbe bastato rincorrere Tullio, avrebbe sicuramente rovistato nel fienile in cerca d'altro, magari avrebbe trovato lui e lui non aveva di che difendersi, o meglio questo era quello che credette in un primo momento. Poi si ricordò che nel nascondersi inconsciamente aveva raccolto e portato con sé anche il suo equipaggiamento, compreso il novantuno già carico. Si stupì di ciò ma fu ancora più sorpreso della sensazione che gli aveva fatto provare quella scoperta: si sentiva in qualche modo sicuro, difeso, addirittura per un attimo gli parve che la situazione, per come si era posta a quel punto, stesse risvegliando in lui quegli istinti bellici che erano finalmente maturati, instillatigli dalla dura vita in trincea ed incubatisi a lungo, come era capitato per quei commilitoni di cui aveva visto la ferocia soltanto scaturita come sfogo, come se l'unico motivo per uccidere l'altro fosse la ricerca di un capro espiatorio di quella sofferenza, di quei patimenti che un ragazzo, per quanto abituato agli stenti, non poteva sopportare. Il tedesco aveva smesso di sbraitare ma era rimasto alla finestra; Pietro era in una posizione avvantaggiata, essendo il campo di battaglia in casa sua, ed il suo campo visivo era ampio e favorevole cosicché poté pensare a come organizzare l'assalto, che ormai era deciso. Lento e silenzioso scavò con le dita fra il fieno, allargando la fessura da dove sbirciava prima, formandola del diametro giusto per far passare l'imboccatura del suo fucile e lasciando lo spazio necessario per l'alzo, quindi vi infilò l'arma, sempre con assoluta prudenza.

Allora il campo visivo si restrinse notevolmente, c'erano solo pochi metri, una finestra di pochi passi in cui il tedesco transitando poteva essere colpito. Invece di preoccuparsi, Pietro sentì che lo spirito della sfida a cui andava incontro lo pervadeva, e doveva trattenere a stento l'entusiasmo, la voglia sfrenata di rivalsa su quel soldato casuale, a cui in quel momento avrebbe cavato gli occhi con le sue stesse mani. Non lo sfiorò nemmeno per un attimo il pensiero che ciò che stava architettando fosse in qualche modo sbagliato, oltre che parecchio compromettente. Capì che era così che ci si doveva sentire nel combattere per la propria patria, e capì anche che l'aveva scoperto troppo tardi; nella sua mente non si concentravano più scene che procuravano angoscia, sconforto, ma tornavano alla mente i motti e gli slogan della propaganda, allora pensò alla gloria, a sé come eroe. Non poteva attendere oltre.

Il tedesco nel frattempo si soffermò alla vista di un forcone, che con noncuranza dopo alcuni istanti di esitazione afferrò, posando il suo fucile al posto dell'attrezzo. Si rivolse sul lato opposto verso alcune balle di fieno, dando la schiena a Pietro che pensò che forse di lì a poco se ne sarebbe andato, e che avrebbe perso anche quell'occasione di uccidere finalmente un invasore, quand'anche fosse stato in uno scenario non consono. La tensione saliva, mentre il nemico a passi lenti si diresse verso l'entrata, gettando di sotto un paio di balle di fieno, per poi riporre la forca al suo posto. Era ancora disarmato, e Pietro pensò che l'occasione non andava persa, se si presentava il momento propizio avrebbe optato per l'assalto alla baionetta, poiché ormai non lo riusciva più a puntare per il tiro col fucile.

Ma il tedesco si fermò perché aveva notato qualcosa, ed abbassò il capo guardando in terra. Rimase così per qualche istante, come se stesse cercando di capire cosa ci fosse sul pavimento del fienile, o forse anche perché già aveva riconosciuto nell'oggetto che aveva attirato la sua attenzione qualcosa di cui doveva decidere il destino. Si chinò ulteriormente e raccolse una sigaretta mezza fumata, non ancora diventata mozzicone e ancora fumante.

Pietro stava per prodursi in uno scatto, non tanto per assalire il nemico quanto per la stizza di ciò di cui aveva appena percepito il rischio. Era abitudine purtroppo di Tullio, lanciare le sigarette ancora accese nei punti più impensati, e già dai fratelli Morossi era stato redarguito più volte, alcune anche aspramente, per questa sua infelice abitudine, che non riguardava tanto il fatto che buttava via sigarette mezze fumate, cosa che faceva comunque imbestialire chi come loro era dedito al risparmio delle risorse, nemmeno il più comune pensiero che sarebbe bastato un piccolo contatto con della paglia e avrebbe potuto incendiarsi mezzo paese; ciò che preoccupava di più era il rischio che correva Pietro facendosi scoprire. Quella sigaretta poteva costargli la vita: se quella sigaretta non ci fosse stata quel tedesco sicuramente se ne sarebbe andato, invece in quel momento aveva tutti i motivi per rimanere lì ad indagare.

Ma al soldato nel frattempo ciò non sembrava preoccuparlo particolarmente, anzi, parve addirittura godersi quel momento di convinta solitudine: era riuscito a riattizzare il mozzicone ormai morente, e gustava quel po' di tabacco rimasto nel silenzio di quel fienile. Era ritornato leggermente indietro, allontanandosi dalla scala, per appoggiarsi con la spalla ad alcune fascine e guardava fuori dalla finestra verso il prato. Era tornato a portata di tiro, era distratto e dava le spalle a Pietro il tiratore, che non esitò un attimo a riprendere lentamente e silenziosamente il suo novantuno, e mettersi a puntare alla schiena di quel ragazzo. Sì, perché si era tolto il cappello, e aveva mostrato i suoi capelli corti ed uno scorcio dei suoi lineamenti, i lineamenti di un uomo.

Un uomo.

Quella parola risuonò nella testa di Pietro più volte anche se nessuno l'aveva pronunciata, nessuna voce interrompeva quel silenzio fatto soltanto del rumore della pioggia che circondava la tensione di quella scena. "Un uomo" pensò, "un uomo come me, e che io adesso devo uccidere". Sentiva il battito del cuore salirgli fino in bocca, e gli parve di sentire perfino il sapore del sangue che dal cuore sgorgava copioso: la tensione era altissima, ma soltanto per lui, soltanto per Pietro che puntava il fucile alla schiena di quell'uomo, a cui in un istante avrebbe potuto interrompere l'idillio di quel momento, forse l'unico momento di pausa nella giornata, forse l'unica sigaretta, mezza, da chissà quanto tempo, forse l'ultima sigaretta, per sempre.

Vide che si era messo vicino a quella finestra, che dal fienile dava sul prato, e scrutava all'esterno, forse con disinteresse, il noce ed il corvo su uno dei suoi rami. Si vedevano nettamente le due sagome fondersi insieme come un'unica entità, avvolta dall'abbraccio del buio progressivo e della pioggia che continuava a cessare ed intensificarsi, ad intervalli irregolari e fastidiosi. Ma al tedesco, che stava vivendo il suo momento di pace per poi tornare al dovere, tutto ciò non sembrava interessare, anche perché non sapeva che in un attimo rischiava di non poter non solo non tornare al suo compito, quanto non tornare proprio più.

Ma in Pietro la domanda era sempre la stessa: meritava costui di morire?

Questa era, e ne conseguivano le sue evoluzioni: meritavano tutti loro di morire? E lo meritavano perché ci avevano invasi o soltanto perché erano definiti nemici? Soltanto perché erano uomini come noi, figli come noi, nipoti come noi, ma erano nati per caso in un altro stato, una nazione diversa? Una nazione diversa dalla nostra e per caso in conflitto contro di noi? La prima risposta che gli venne di darsi era che non lo era, non era giusto per niente. E non accettava la retorica del "mors tua vita mea", non accettava il fatto che se lo avesse scoperto allora uno dei due sarebbe comunque morto, ché quella di non sparargli era una cordialità che lui non gli avrebbe certamente fatto, non accettava il fatto di stroncare la vita di un giovane che poteva essere, anzi che era come lui, e che forse se l'avesse scoperto ne avrebbe provato la stessa identica paura. Erano uguali, avrebbero potuto essere fratelli, forse in qualche modo lo erano.

Avrebbero potuto addirittura essere stati amici, compagni di studi, avrebbero potuto condividere chissà quante cose diverse sulla letteratura. Certo, il tedesco avrebbe sicuramente saputo spiegargli Goethe o Schopenhauer e lui avrebbe di certo ricambiato con Leopardi o Alfieri, e chissà che bella amicizia ne sarebbe potuta nascere, ma nonostante ciò il dito scivolava tremante sul grilletto e stava per tirarlo con forza, poi sarebbe stato solo rumore, il rumore di uno scoppio che si portava via una vita, nel silenzio.

Il tedesco finì la sua sigaretta, la spense fra le dita e se la mise in tasca, poi scese di corsa la scala a pioli, e Pietro seppe che non l'avrebbe visto mai più.

§§§§

Rommel si attardò alle spalle della schiera che aveva lasciato il cortile con i prigionieri appena catturati: aveva assistito alle scene impassibile, come sempre senza intervenire in questioni così periferiche, se non lo riteneva strettamente necessario o legato a risvolti tattici. Le truppe con il bestiame requisito gli passarono a fianco, lasciandolo indietro solo, con il suo binocolo; in realtà si era attardato volutamente, insospettito dal solito e puntuale bruciore di stomaco, che iniziava a farsi sentire come ogni volta che la tensione iniziava ad accumularsi: ovviamente voleva cercare di evitarne il più possibile l'intensificarsi, conoscendone le conseguenze. Non che non fosse abituato ormai a quella costante presenza, gli era capitato persino di svenire dal dolore, una notte in una trincea sul fronte occidentale, e quel male in alcuni frangenti si era mostrato anche più pericoloso del nemico, ma aveva imparato a controllarlo, ad evitare di alimentarlo restando in disparte e riposando un po'. In quei momenti si lasciava andare ad elucubrazioni e studi strategici, cercando di concentrare le energie sulla mente e di tenere calmo il corpo, pronto a tradirlo nel momento meno opportuno, ad indebolirne le facoltà scatenando quel dolore. Non era indicato lasciarsi andare, lasciare che un difetto fisico inibisse le forze, intaccando l'eventuale efficacia di una tattica: la programmazione della strategia era fondamentale, era tutto, era l'unico modo per poter controllare anticipatamente qualsiasi manovra ed eventualmente sanare ogni probabile falla, e per Rommel era stato chiaro fin dalla formazione quanto fossero importanti la rapidità dell'esecuzione, la freddezza del ragionamento, l'integra perfezione dei mezzi a disposizione, peculiarità costantemente minacciate da ostacoli onnipresenti e variabili, rappresentati spesso e volentieri dagli stessi uomini, e più dal territorio.

Si voltò del tutto e guardò istintivamente nella direzione in cui immaginava trovarsi la linea italiana. I due titani Lodìna e Cornetto si lasciavano attorniare sempre più da fastidiose nuvole e dispensavano sempre meno riferimenti, come a volergli comunicare qualcosa: era la stessa, strana sensazione che aveva provato di fronte ad altre situazioni di difficoltà crescente durante una missione, soprattutto in terra straniera. Ma d'altronde era sempre riuscito a cavarsela e non solo, anche a dare grandi dimostrazioni di quanto le sue risolute iniziative individuali e l'improvvisazione, sua prerogativa nel battaglione, fossero determinanti in quegli anni in cui ogni battaglia pur dello stesso conflitto poteva mostrare svariate innovazioni rispetto alle precedenti, non solo nei mezzi ma anche e soprattutto nelle strategie. L'improvvisazione, che gli aveva portato grandi e talvolta insperate vittorie, si era rivelata fondamentale all'inizio di fronte anche ai rimbrotti dei colleghi, allo scetticismo di alcuni superiori ma non del maggiore Sprösser, a cui era legato fin dai tempi in cui era cadetto, e la cui lungimiranza ed indulgenza erano state premiate sin dai primi tempi del conflitto, con gli ottimi risultati ottenuti da Rommel per il suo battaglione. L'accademia militare tedesca l'aveva formato secondo un modello ben preciso, e con lui moltissimi altri ragazzi, a cercare la perfezione strategica e tattica, fino all'ultimo momento: ma egli in più aveva imparato a considerare stoicamente ogni variabile, anche minuscola, poiché soprattutto nei combattimenti di montagna ogni piccolo dettaglio poteva creare gravi danni ed ingrandire esponenzialmente gli inconvenienti.

Il battaglione da montagna del Württemberg infatti poteva certamente considerarsi uno dei più versatili e veloci nelle operazioni in quota, per qualità ed innovazione nelle strategie, quasi sempre rivelatesi vincenti contro gli eserciti nemici; ma in questo tipo di combattimenti un esercito non deve pensare soltanto alle difficoltà create dagli eserciti avversari, ci sono altri fattori, altri impedimenti di cui tenere conto, e la montagna stessa era uno di questi, soprattutto in quel momento, e lo sarebbe stato quasi certamente anche nei momenti successivi. Lì non c'erano il Kolovrat e il Matajur, questo sembravano volergli dire Lodìna e Cornetto, solenni e tronfi nelle loro cime dalle candide livree incontaminabili. L'avvisaglia di ciò gli era stata data già sulla Forcella Clautana, primo vero momento bellico in cui non gli era riuscito un attacco guidato direttamente. Era un messaggio chiaro, si capiva che l'avanzata non poteva mantenere più la stessa velocità di prima, che quelle montagne si ponevano come un grande ostacolo da superare, quasi più tenace dello stesso audace nemico in ritirata. Come un'imitazione, una trascrizione alpestre del mito di Scilla e Cariddi, i due mostri rocciosi già per la natura delle loro posizioni sembravano pronti a chiudersi in sincrono, sagaci guardie del passaggio la cui apparente agevolezza poteva rivelarsi direttamente proporzionale alla sua pericolosità; per di più l'occasione vedeva i due monti anche riparati dietro ad un muro di nubi, che potevano lasciar immaginare delle abbondanti nevicate in quota. Di fronte a quelle immagini avvolte dal buio Rommel si chiedeva, si arrovellava nel pensare a quali strategie potesse voler attuare il maggiore Sprösser, che aveva lasciato a palazzo Morossi a scrutare la ricca cartografia di zona. Lo conosceva e sapeva ch'egli, pur di non lasciarsi frenare troppo dall'attrito degli intoppi e per conservare la velocità acquisita nella marcia fino ad allora, avrebbe piuttosto fatto aggirare la posizione nemica, perché l'obbiettivo era soltanto Longarone. Ma non ne era così certo, sapeva che c'era sempre un motivo per porsi un ragionevole dubbio, per darsi modo di pensare a qualsiasi evenienza, soprattutto per evitare problemi.

Era anche quella tendenza a non mostrarsi del tutto, a non lasciar trapelare i suoi lati deboli nei momenti meno opportuni ad attirargli spesso addosso critiche e malumori, in particolar modo dai colleghi ufficiali, che vedendone progressivamente aumentare i successi, mossi dal rancore arrivarono anche a metterne in dubbio il suo sentimento patriottico e la sudditanza nei confronti dell'impero. Ma a Rommel le questioni politiche non interessavano, non gli interessavano le opinioni dei colleghi che non fossero meramente riconducibili a sviluppi tattici, non era interessato ai movimenti di palazzo che non riguardassero strettamente il campo di battaglia; a volte sorrideva anche, ripensando a quanto anche in accademia la gran parte dei cadetti si sprecassero ad ipotizzare e discutere di faccende governative mentre lui perseverava nello studio delle tattiche degli antichi eserciti e dei loro metodi, appassionato dalla storia militare e dai leggendari condottieri che ne erano diventati protagonisti. Aveva anche appeso in stanza una stampa di Napoleone Bonaparte, scatenando ovviamente alcuni dissapori per la natura nemica verso il suo paese di quello che invece per lui era nient'altro che un gran bell'esempio di condottiero militare da cui trarre ispirazione, e a cui doveva molte caratteristiche rielaborate da lui stesso nei suoi metodi d'azione, con i successi ormai noti.

Crogiolato, rilassato da quei ricordi che si concatenavano in un flusso potenzialmente inarrestabile, quando in quei momenti da solo si lasciava distrarre dal silenzio e dall'apatia, si produsse istintivamente in un movimento non del tutto naturale per cercare di sgranchirsi, per sedare la tensione che quell'imbarazzo inabituale gli stava causando sempre di più. Allungò forzatamente i muscoli delle braccia e soprattutto quelli delle cosce, movimento che gli portò alla mente le ferite subite durante le battaglie di Varennes, sui Vosgi ed in Romania, ferite che manifestavano la loro presenza con dolore a volte intenso, però gli ricordavano anche la croce di ferro, fregio che ornava e differenziava dalle altre la sua divisa da tenente. Ogni volta che ricordava quelle esperienze le sentiva ancora talmente vive, talmente impresse nella sua mente da non poter essere messe sullo stesso piano di altri ricordi passati, e quelle ferite erano lì ad impedirne anche un voluto e futuro oblio. Ma non erano soltanto le ferite, non era quel dolore a ricordargli i singoli episodi; Rommel sentiva una vibrazione, un fremito, provava eccitazione mista a terrore, sopportandone le conseguenze a malapena, e per non pensarci troppo tentava di usare lo stesso metodo che gli serviva a tenere a freno il dolore allo stomaco, riuscendo però soltanto ad instillarsi una leggera sensazione di effimero sollievo, mentre quella morsa angosciosa di ricordi continuava a stringerlo. Sul monte Cosna in Romania era stato colpito ad un braccio dopo giorni di sfibrante camminata, un'avanzata di indicibile lunghezza ma di grande valore strategico, che aveva portato il suo gruppo a proseguire senza pause per moltissime ore, senza riposo, con il tenente che aveva più volte fatto interrompere ed abbandonare degli scontri a fuoco, per privilegiare la manovra com'era stata pensata: un'offensiva senza scontri atta a conquistare più territorio possibile. Al termine di quell'estenuante e strenua marcia in cui aveva progressivamente perso per stanchezza svariati uomini, si era trovato stremato a fronteggiare il nemico, finendo per essere ferito. Trasportato in ospedale in stato confusionario ricordava soltanto quanto gli era stato riferito da alcuni compagni che lo avevano assistito, raccontandogli che per giorni non aveva fatto altro che delirare, in preda alla confusione, sfinito dalla stanchezza ma vittorioso. Quell'episodio gli era valso appunto il fregio della croce di ferro, ma si trattava già della seconda ferita subita nel conflitto. La coscia sinistra invece era la prima ad essersi presa un colpo di fucile: era concomitante con un intervento sul fronte francese, una delle tante azioni solitarie d'avanguardia, quelle azioni in cui il tenente puntava tutto sul fattore sorpresa, spesso e volentieri risolvendo rapidamente l'azione senza che un solo colpo fosse stato sparato, cosa che in quel caso però non era stata possibile. Infatti l'avanzare così rapido ed improvviso dei gruppi di cui era a capo spesso lo portavano dietro le linee nemiche, ed a volte era inevitabile la nascita di degli scontri a fuoco, con conseguenze immaginabili e rischi certi. Si era trovato nella condizione di dover sparare e di trovarsi a sua volta sotto tiro, spesso aveva perso anche degli uomini, rammaricandosene vistosamente. Teneva molto ai suoi uomini e rimaneva profondamente amareggiato anche soltanto per una singola perdita, ma non tanto per una mera questione legata all'integrità del gruppo e alla riuscita di una tattica, non per i meriti militari che potevano giungere dall'aver riportato una squadra integra alla fine della battaglia, al contrario di molti altri ufficiali Rommel provava umana empatia e mesto sconforto nel vedere delle giovani vite spezzate così, indistintamente ed improvvisamente. Per questo suo sentirsi un tutt'uno con le sue truppe si metteva sempre al centro del combattimento, ed era infatti in prima linea anche quando fu colpito in Francia. Però non erano il colpo ricevuto, l'immediato dolore a creargli quella strana angoscia. Non era il rischio della morte a spaventarlo, la paura di dover abbandonare la vita, egli in realtà sapeva bene che a tormentarlo in quei precisi istanti era la consapevolezza di avere per la prima volta ucciso qualcuno. Un nemico, un soldato, un uomo come lui.

Sentì aumentare il dolore allo stomaco. La frustrazione che quelle reminiscenze gli provocavano non era facile da sopportare, ma andava immantinente sopita: si limitò a pensare che in fondo anche l'eroismo e la gloria erano collegati ad eventi come quello, che in fondo si trattava di mera sopravvivenza. Uccidere in alcuni casi era soltanto l'unica via d'uscita.

E sopravvivere a situazioni simili gli rinverdiva quella brama, quell'aspirazione al successo a cui aveva mostrato particolare attitudine, ma che rischiava di ritorcerglisi contro, se non considerava attentamente tutti le caratteristiche che definivano l'eventuale azione da compiersi. Non poteva permettersi leggerezze, e quelle ferite stavano lì proprio per ricordarglielo e continuavano a farlo, mentre guardava ancora quei giganti di roccia, ricoperti dal verde dei mughi e dal bianco della neve più in alto, pensando che probabilmente come Scilla e Cariddi per gli Argonauti, Lodìna e Cornetto sarebbero stati elementi fondamentali, obbiettivi di grande importanza per il passaggio dei tedeschi verso il Piave.

Ma quelle montagne, pur non essendo dei veri mostri viventi, non davano per nulla l'impressione di lasciarsi superare facilmente.

8.

Le truppe rientranti in casa Morossi trovarono i soldati attorno al *larìn* perlopiù dormienti, a differenza del soldato Schuster che stava terminando di riparare i primi gradini della scala. Si accomodarono e diedero fondo a ciò che era rimasto del cibo offerto loro poco prima, alcuni si fecero spazio attorno al camino, altri si sedettero poco più in là, senza però creare scompiglio, e quel comportamento così anomalo scatenò in Felice una controreazione a quell'ira che lo pervadeva, quella smania di vendetta che aveva nei confronti del nemico. Probabilmente lo diede anche a vedere, tanto che gli stessi due soldati che lo trattenevano, forse convinti che il giovane fosse oramai diventato innocuo, lo lasciarono andare. Rimase per qualche istante lì a guardare quello strano atteggiamento, come se fosse stupito dal fatto che dei combattenti, degli uomini d'azione, candidatisi ad eroi, stessero tranquillamente riposando. Oliva invece, appena intravisto uno spiraglio di libertà, corse al piano di sopra saltando i gradini a due a due e si rifugiò nella sua stanza, slanciandosi dietro senza troppa forza la porta, che però una volta incontrato il suo telaio vi rimbalzo, riaprendosi leggermente a causa della serratura ormai consunta ed ossidata che non ne permetteva la chiusura perfetta. La ragazza era stata seguita il traduttore Krüger, che una volta sinceratosi dello stato della ragazza attraverso la fessura rimasta fra la porta e lo stipite, si era soffermato all'esterno, nell'ampio corridoio; il posto era buio e rischiarato soltanto dalla luce della candela che Oliva aveva appena acceso all'interno della stanza, unica porta aperta delle quattro presenti sul piano nobile del palazzo: la stanza della ragazza si affacciava alla via Maggiore, verso est e il Cimoliana, mentre nella porta di fronte alla sua, sul lato lungo della casa verso ovest, stavano altre due porte chiuse, che probabilmente erano delle camere che se inutilizzate avrebbero quasi certamente ospitato qualche ufficiale. Il pianerottolo, dalla parte opposta rispetto alla tromba delle scale, sfociava in un piccolo poggiolo tramite una portafinestra, le cui spesse tende impedivano il passaggio della debole luce del lampione che stava proprio di fronte, mantenendo tutto il corridoio al buio quasi completo. Krüger rimase per un attimo ancora in attesa, non sapendo bene di cosa: forse di potersi ambientare, forse per capire se ci potesse essere spazio per un momento privato di cui a volte sentiva necessità, ma dall'angolo più buio, verso il lato nord della casa, a fianco dell'accesso alla tromba delle scale, dallo spazio fra l'unica porta posta su quel lato e un lembo di muro dall'intonaco scrostato, nacque gradualmente il suono di uno strumento musicale a corde, che investì soavemente alle spalle l'interprete:

- Il soldato traduttore socializza con il nemico! Oppure si è preso una cotta? Ah ah ah!

La risata che aveva seguito quella frase canticchiata era del caporale Hofmann che si trovava in quell'angolo del buio corridoio ed aveva assistito a tutta la scena. Krüger gli era anche passato accanto salendo ma non l'aveva notato, ed anche ora che si era voltato subito ci aveva messo un po' a riconoscerlo:

- Caporale! Via, non dica sciocchezze. Dove ha trovato quella chitarra?

Terminò un giro di accordi prima di rispondere, indicando con il pollice la porta alle sue spalle, poco a fianco del posto in cui era seduto a suonare:

- Era qui in questa biblioteca, abbandonata ed impolverata. Credo che nessuno qui l'abbia suonata per un bel po' di tempo, ha anche soltanto quattro corde rimaste.

Era una vecchia chitarra classica a otto corde di fine ottocento, ed al caporale non parve vero di aver potuto trovare con tanta facilità un vero strumento da poter suonare, per quanto logorato dal tempo e dall'incuria; era davvero una sorta di dono per lui che, al contrario di gran parte dei compagni, durante le perquisizioni non setacciava le case occupate in cerca di ori o quant'altro, il suo obbiettivo principale era di trovare qualcosa da suonare su cui poter mettere le mani, e per quanto non fosse incline al saccheggio ed alle requisizioni, quella chitarra era l'unica cosa degna di farci qualcosa, e vederla bistrattata in quel modo gli parve un grosso spreco, così si mise a lavorarci su.

Man mano che tentava di accordarla intervallava più sezioni di alcuni brani dalla melodia compiuta, così orecchiabili che Krüger si sentì attratto e rimase lì a guardare ed ascoltare, incredulo su come potesse il caporale riuscire a suonare una chitarra con delle corde mancanti in un modo pressoché perfetto. L'idillio fu interrotto all'improvviso da Felice, che era apparso di soppiatto dopo aver salito silenziosamente le scale:

- Quella è di mio nonno! Lasciala stare!

Si erano fermati tutti, immobilizzandosi e cercando di capire come reagire in quella strana penombra a cui gli occhi si stavano abituando;

restarono per qualche istante così, impalati, anche Felice stesso che in un momento diverso forse sarebbe corso da quel soldato nemico e gli avrebbe strappato di mano la chitarra, ma probabilmente ancora il condizionamento dell'incontro con i fucili dei due soldati di prima l'avevano fatto desistere da qualunque atto d'eroismo, almeno per il momento. Non si tirò però indietro dal dimostrare la sua fermezza in fatto d'orgoglio:

- Rimettila a posto, è di mio nonno!

Stavolta con un dito e il braccio tesi indicava la via per riposizionare lo strumento, verso la biblioteca del nonno. Sapeva benissimo qual era il posto della chitarra nella biblioteca, e questo un po' lo fece sentire in colpa, poiché rivedendola dopo così tanto tempo, così rovinata, capì che non era stato attento e non aveva avuto la cura adatta ed il rispetto giusto per quello che era uno dei più vivi ricordi del nonno. Dal suo braccio si accennava un tremolio, un fremito che non lasciava intendere se prevalesse la rabbia o la tensione, che rendevano lo stesso Felice incerto ed insicuro, malgrado il suo orgoglio sembrasse volerlo far proseguire con quella che era quindi diventata la sua nuova missione. In realtà era particolarmente e doppiamente sconfortato nel vedere quell'oggetto, quello strumento musicale, quel ricordo del nonno in mano ad un soldato nemico, che paradossalmente sembrava poter trattare quella chitarra meglio di com'era stata trattata da lui, ora confuso, smarrito in casa sua. Il caporale Hofmann era invece incuriosito più che allarmato, e non aveva mai mollato lo strumento dopo l'ingresso di Felice, ma lo aveva soltanto adagiato orizzontalmente sulle sue ginocchia, lasciando intendere di voler continuare a suonare.

- Che dice il giovane?
- Dice che la chitarra è del nonno, vuole che la rimettiate a posto.

Il caporale sorrise dopo la traduzione di Krüger e si rimise la chitarra in posizione poggiandola sulla gamba destra, suonando un sol maggiore su tre corde ed abbassando gradualmente lo sguardo verso lo strumento. Felice non disse nulla ma mantenne l'espressione corrucciata rimase col braccio teso nella posizione di prima. Il caporale provò ad ammorbidirlo:

- Coraggio, avvicinati! Ti faccio vedere come si suona!

Krüger non tradusse, senza apparente motivo. Forse non voleva credere a quello che aveva appena sentito, o forse era soltanto rimasto spiazzato dalla cordialità del caporale. Hofmann ricominciò a strimpellare casualmente e Felice sembrò notevolmente infastidito da ciò, ma non disse nulla finché Hofmann non si fermò, agendo sulle chiavi per tendere le corde che parevano non riuscire a restare accordate. Ci fu un momento di silenzio e Felice riprese la sua invettiva:

- Rimettila a posto! Subito! È di mio nonno!

Il caporale non necessitò che gli fosse tradotto anche quell'ultimo avvertimento, e risistemata nuovamente la chitarra sulle ginocchia chiese a Krüger di aiutarlo:

- Chiedigli da quanti anni nessuno suona più questa chitarra.

Krüger ubbidì, ma Felice non rispose, guardando biecamente per un attimo il traduttore per poi rigirarsi verso il caporale che aveva ricominciato ancora a suonare e non gli riuscì di dire più nulla. Il tedesco aveva iniziato un arpeggio in tempo di valzer sulle poche corde in dotazione, quelle dal suono più acuto che facevano assomigliare quasi ad un mandolino, mentre egli marcava con movimenti ondeggianti della testa le battute del brano: si era creata in un istante una melodia completa nonostante la scarsità dei mezzi, tanto intensa e penetrante che produceva un effetto immediatamente rilassante, ed anche se per pochi istanti, Felice restò come ipnotizzato. Poteva il suo orgoglio patriottico tanto solido, mostrare segni di cedimento davanti ad una tal lieve melodia che per quanto ammansente non era nient'altro che musica? Il suo stupore raggiunse l'apice quando il tedesco iniziò a cantare in italiano una serenata:

- Deh, vieni alla finestra, o mio tesoro ...

La stranezza che più lo colpì, sull'istante fu la pronuncia perfetta delle parole: il soldato tedesco cantava in italiano perfetto, più fluido di quanto l'interprete sapesse fare, molto probabilmente perché quando si trattava di musica per Hofmann non avevano importanza le differenze createsi fra gli uomini per dividerli, la musica era sempre stata un linguaggio universale. Felice era rapito, sentiva il cuore battergli forte e non sapeva se far prevalere il suo orgoglio contro quel nemico che adesso oltre alla chitarra requisiva e faceva uso anche del belcanto che non gli apparteneva. In realtà la canzone era tratta da un'opera di Mozart ma Felice non poteva saperlo, sapeva soltanto che era una melodia bellissima, che mai aveva provato una sensazione del genere e ne fu alquanto sorpreso. Sentiva di volere avvicinarsi, di volersi sedere accanto a quello che in quel momento non sembrava più un soldato ma che era soltanto un musicista, ed ascoltare quell'armonia rilassante che gli faceva provare delle emozioni nuove e piacevoli. Già il traduttore si era affiancato al musicista e gli si era seduto accanto, approfittando di quel momento di pausa così soave anche per lui, che lo portava per breve così lontano dalla realtà schietta della vita in battaglia, lontano anche dai momenti che nelle attività dell'esercito potevano essere considerati piacevoli, come le licenze, il riposo o il rancio, ma che nulla avevano a che vedere con la bellezza di quello che stava udendo.

Felice però restava in sé ostinato per quanto riguardava la proprietà di quella chitarra, e giurò a sé stesso che l'avrebbe fatta rimettere al suo posto a costo della sua stessa vita, ma non c'era fretta, e non gli sembrava giusto interrompere quella musica così bella: in parte poi gli venne alla mente quando da piccolo, costretto a restare fermo a letto, sentiva il nonno strimpellare alcune canzoncine tratte anch'esse da opere liriche di cui egli era un cultore, e risentire quel suono così reale, così presente dopo che gli anni ne avevano affievolito il ricordo, gli faceva provare ancor più piacere, un misto fra la nostalgia e l'idillio sopito che sentiva di dover trattenere a forza, perché quella chitarra alla fine doveva tornare al suo posto, e pensò quindi che non era niente di male starsene lì ad ascoltare, a permettere al nemico di terminare la sua azione lealmente, prima di intimargli la resa.

Stava quindi per avvicinarsi a Hofmann ma non fece in tempo a fare il primo passo che fu bloccato dal rumore delle grosse suole degli stivali degli ufficiali che calpestavano vigorosamente le scale di legno, e salivano quasi correndo al piano di sopra. Si scostò di lato allora, con velocità, togliendosi in fretta da davanti lo sbocco della prima rampa di scale e mettendosi più verso la seconda, che era meno illuminata e in posizione più arretrata. Sembrò quasi volersi nascondere, come un bimbo che non voleva essere colto in flagrante durante una marachella. Salirono velocemente Rommel, Payer, Gössler e Schröder, seguiti dai sottufficiali Grau, Hohl e Schoffel; dalla fretta non rilevarono o forse ignorarono volutamente la presenza di Hofmann e Krüger seduti proprio sullo stesso lato delle scale, ma si trovarono subito a doversi fermare quando quasi si scontrarono contro Felice, che nel tentare di togliersi da eventuali impicci si era in realtà fermato proprio all'inizio della rampa che portava al secondo piano, su cui sembravano essere diretti tutti quegli ufficiali. Rommel, eretto e distinto, guardò dall'alto verso il basso Felice che invece stava curvo davanti a lui, rivelando un'espressione intimorita senza però spostarsi. Gli sguardi si incrociarono per qualche secondo, Felice era confuso, forse adesso era anche spaventato e non sapeva davvero cosa fare, anche se in realtà sarebbe stato molto semplice. Paradossalmente tutta quell'autorità riunita in quegli ufficiali si era arrestata alla presenza di colui che in quel momento era stato identificato come padrone di casa o forse piuttosto, per alcuni di loro, in segno di compassione per la condizione fisica di quello che consideravano un reietto, com'era accaduto ed accadeva per molti altri che versavano nelle stesse condizioni, anche in Germania e nel resto dell'Europa visitata da queste truppe, ma la loro sosta circospetta era avvenuta anche probabilmente per evitare le escandescenze con cui già Felice si era reso noto poco prima. Nessuno aveva osato dire nulla, e Rommel, che era il primo della fila, rispettando le regole della battaglia come da sua prassi, mostrava di preferire analizzare la situazione, aspettando una prima mossa da parte dell'altro in modo tale da poter scegliere la strada tattica più corretta, ma Schröder non era di questo avviso:

- Levati di lì, storpio!

Rommel fece finta di non sentire, restando guardingo e in attesa ed ignorò l'insulto del suo collega, verso cui si sembrava spostata l'attenzione di Felice, che perse di colpo il suo piglio turbato per iniziare a mostrarsi piuttosto astioso. A quel punto s'interpose Krüger, che avvicinandosi riuscì a risolvere quella situazione che si era fatta pesante:

- Venga, si sposti, devono passare.

Felice allora fece un movimento di lato, aiutato dall'interprete che lo teneva docilmente per un braccio, lasciando quindi scorrere la fila che si era accalcata e su cui sembrava avere avuto per qualche istante una sorta di controllo: sensazione che era sembrata piacergli, ma pensò subito che fortunatamente il traduttore era intervenuto e aveva evitato che il tutto degenerasse, in fondo gli altri erano pur sempre quelli con le armi. Li sentì entrare nell'altra biblioteca che il nonno aveva allestito al secondo piano, e si ritenne se possibile ancora più invaso di quando li aveva visti entrare nella stalla. In realtà, in fondo nutriva un po' di illusione, forse perché immaginava che per le requisizioni in qualche modo lo stato, la patria, chiunque, una volta respinto il nemico, avrebbe saputo risarcire o restituire tutto il maltolto, quantomeno a livello materiale, ma capiva che la violenza morale, la profanazione di luoghi sacri com'era quello per lui, e che per di più veniva usato per tramare contro la sua amata patria, non era risarcibile; e quella piccola violazione era lo specchio che ciò che stava avvenendo in Cimolais e per Cimolais sarebbe stato difficile da relegare all'oblio, poiché si legava indissolubilmente alla sua lunga e resiliente storia. C'era una strana calma in lui: lui che aveva abituato tutti a far mostra del suo tenace temperamento, nel momento opportuno non reagiva per nulla a quel nemico cui aveva giurato odio eterno e vendetta. Ma il suo adattarsi non era rassegnazione, non si stava arrendendo, era soltanto prudente, e se qualcuno gli avesse chiesto il perché di quell'atteggiamento, egli avrebbe giurato che ciò non era altro che la quiete prima della tempesta.

Nella biblioteca gli ufficiali trovarono il maggiore Sprösser in piedi davanti ad un grande tavolo, chino su di esso ed intento a studiare attentamente la cartografia della zona: teneva una mano appoggiata sulla carta e con due dita dell'altra non smetteva di arricciarsi il pizzetto, gesto che ormai denotava concentrazione intensa da parte del comandante, che sicuramente non voleva lasciarsi sfuggire nessun dettaglio. Alle spalle del maggiore stava il Caregòn, la sedia padronale da cui si era da poco alzato: era una sorta di sedia più alta e più comoda, ornata da braccioli che spesso terminavano in appendici intagliate e decorate. Se ne trovava una soltanto in casa, era ad uso strettamente riservato del capofamiglia, una sorta di simbolico trono che serviva a ricordare l'importanza di chi vi si sedeva. A volte anche Felice e Pietro giocavano a fare i re, sedendovisi sopra di nascosto dal nonno. Il centro del tavolo era occupato da un grande candelabro che illuminava anche gran parte del corridoio esterno, ed attorno al quale stavano tutte le mappe ordinate per quadrante e collegate alla perfezione, non nascondendo alcun dettaglio. Il maggiore attese che i suoi ufficiali si sistemassero attorno a quel tavolo e soltanto allora sollevò lentamente la testa:

- Benissimo, signori, vedo che ci siete tutti. Direi di iniziare. Come avrete potuto capire è intenzione del comando qui presente evitare di perdere tempo prezioso e di continuare a perseguire l'ordine principale, Mancano pochi chilometri a Longarone. Abbiamo però notizia di una postazione nemica a pochi chilometri da qui, dove la vallata si restringe. Vuole dare comunicazione, Rommel?

- Sissignore, con piacere:
Rommel guardò prima negli occhi tutti i componenti del gruppo,

riuniti alla luce di poche candele, cercando di capire quanto fossero attenti e concentrati. Ci teneva particolarmente, quando parlava, ad essere ascoltato, odiava ripetersi:

-   L'unica strada carrabile è quella che porta a Longarone attraverso Erto e la valle del Vajont, verso ovest, ma pattuglie riportano della presenza di un trinceramento italiano a livello del passo di sant'Osvaldo, qui.

Indicò il punto sulla carta con un dito, tenendovelo fermo per qualche istante mentre cercava nuovamente con lo sguardo i colleghi.

-   Tuttavia, la strada principale e più veloce per Longarone resta quella della rotabile che attraversa proprio il passo.

Rivolse allora lo sguardo verso il maggiore Sprösser, che dopo una piccola pausa riprese la parola:

-   Signori, appare chiaro che il metodo più sicuro per proseguire sia come detto dal tenente l'aggiramento delle postazioni nemiche, onde evitare sorprese. È ancora fresco il ricordo di quanto accaduto sulla Clautana, credo concordiate con il sottoscritto.

Nessuno sembrava osare prendere la parola, soltanto Rommel osò aggiungere una puntualizzazione, rivolgendosi ai colleghi ufficiali:

-   Purtroppo la morfologia del territorio rende alquanto difficile proseguire con la velocità tenuta dal Matajur fino a qui, credo che sia utile essere leggermente più prudenti ed evitare gli scontri diretti, dato che non ci sono note le quantità di risorse nemiche che incontreremo da qui in avanti.

Poi subito si voltò verso il maggiore:

-   Però, signore, è proprio questa incertezza a permetterci di poter valutare tutte le opzioni, io non me la sento di escludere un attacco frontale, anche per tenere impegnato il nemico mentre si prosegue con l'aggiramento. In più il territorio aspro e ghiacciato sembra non aver permesso un trinceramento adeguato, gli italiani appaiono protetti soltanto da improvvisate barricate di grossi sassi e niente più. In alcune postazioni potrebbe addirittura non esserci protezione, credo che questo vada valutato se si considera la possibilità dell'attacco frontale.

Annuirono quasi tutti a parte Schröder, che non attese il consenso di Sprösser per poter parlare, aggiungendo freddo:

-   Maggiore, tenente, se permettete avrei da dissentire: concordo che l'aggiramento di queste montagne sia magari considerato pericoloso, ma siamo una pattuglia di montagna e quello che ci viene meglio è salirle, queste montagne. Abbiamo macinato più di cento chilometri dalla linea di difesa italiana che adesso sarà pienamente riorganizzata, può essere pericoloso, come abbiamo già visto, anche il Maggiore conferma.

Tutti gli ufficiali rimasero in silenzio ed immobili, nessuno osò concordare con Schröder anche se in fondo la sua obiezione poteva anche avere delle basi realistiche. Il maggiore Sprösser rivolse lo sguardo a Rommel, come a chiedergli tacitamente una consulenza, una sua opinione a riguardo, dimostrando che l'osservazione di Schröder aveva fatto presa anche su di lui. D'altra parte l'integrità e la sicurezza acquisite per tutta l'avanzata in Friuli erano state intaccate dalle difficoltà maturate a Forcella Clautana, lasciando i comandi perplessi su quanto fossero indebolite e stanche le truppe, e per di più il ventiseiesimo reggimento degli schützen austriaci continuava a sollecitare sempre con più frequenza il passaggio del testimone all'avanguardia della missione.

E Rommel sentitosi chiamato in causa non poté non insistere su quanto già proposto:

- Schröder, capisco la sua diffidenza ma dobbiamo valutare tutte le opzioni e …

Fu interrotto bruscamente:

- Bene Rommel, allora ci vada lei faccia a faccia con il nemico, di notte! Come ha già fatto ieri a Forcella Clautana! Abbiamo ben visto com'è andata, se il nemico non si ritirava chissà per quanto tempo saremmo rimasti bloccati lì!

- Schröder, le ripeto, comprendo il suo sconforto per quanto accaduto ma preferisco considerarlo un episodio non degno di nota, ci stiamo riorganizzando e la situazione è in continua evoluzione.

- Ma certo! Neghi pure l'evidenza, declini pure le sue responsabilità Tenente!

Schröder poi si rivolse direttamente al maggiore, che era rimasto a guardare quello scontro, cercando di capire se si sarebbe inasprito al punto tale da doverlo far intervenire, ma il tenente contrariato lo chiamò in causa prima:

- Maggiore, non ritengo giusto che un ufficiale che ha palesemente dimostrato incompetenza continui ad essere preponderante e che possa prendere decisioni così importanti per tutto il battaglione.

- Schröder, il tenente Rommel ha le competenze adatte per …

- Ma ha fatto morire una decina di uomini fra i migliori per delle scelte scellerate! Maggiore, io non credo
- La smetta, Schröder! Sta esagerando. Il tenente Rommel è forse il maggior ideatore delle strategie che ci hanno permesso di sfondare, ha dimostrato di saperne di tattica più di lei e dei suoi soldati messi assieme.
- Il tenente Rommel è solo un protetto dai gerarchi, un raccomandato!
- La smetta o la deferisco, Schröder!

Il maggiore era stato perentorio e risoluto, e nessuno osò aggiungere altro; si sedette ed iniziò nuovamente a scrutare le mappe; prese una candela e si avvicinò per cogliere più nel dettaglio qualche informazione, usando l'indice per focalizzare la vista in punti determinati. Rommel si accorse che stava leggendo le quote altimetriche segnate sulle cime dei monti Lodìna, Cornetto e Certen, e capì che probabilmente il suo suggerimento di attaccare anche frontalmente sarebbe stato disatteso, che forse le parole di Schröder avevano fatto presa sul maggiore, almeno in parte.

- Bene, signori, credo di aver raccolto tutte le informazioni necessarie da Schröder e Rommel, chiedo agli altri ufficiali se hanno qualcosa da aggiungere.

Nessuno aggiunse nulla, ma Gössler si sentì chiamato in causa quantomeno per un diritto di anzianità, che lo fece sentire in qualche modo una sorta di capogruppo portavoce, e principalmente considerava fattibile e per lui più indicata la proposta dell'aggiramento:

- Signor maggiore, credo di parlare per tutti dicendo che ci rimettiamo alle sue scelte che fino a qui non hanno mostrato che efficacia, però se posso avanzare un parere sappia che io e la mia compagnia siamo pronti ad affrontare senza patemi una scalata su queste montagne, anche se appaiono invalicabili.

Rommel immaginò che anche le parole di Gössler avrebbero allontanato le intenzioni positive del maggiore sulla scelta presentata poco prima, ma non si lasciò demoralizzare né tantomeno serbava rancore nei confronti dei colleghi, non sentiva il bisogno di dimostrare il suo talento ad altri che non fossero il suo superiore diretto, il maggiore Sprösser. Aveva vissuto tutte le missioni del conflitto con la caparbietà e la freddezza che aveva imparato sin da cadetto, e che gli aveva permesso di compiere sempre le scelte giuste e limitare le perdite. Era stato anche ferito ma senza mai perdere lucidità, e per questo il maggiore Sprösser nutriva in lui una stima discretamente più sensibile rispetto agli altri ufficiali che si erano mostrati comunque molto abili e preparati, ma senza la particolare e spiccata attitudine che aveva mostrato quel tenente ventiseienne, più giovane fra tutti e per questo a volte il più discusso.

Il maggiore ripensò anche a questo, ma non voleva che le sue scelte fossero troppo influenzate, così optò per un po' di riservatezza.

- Bene, grazie capitano Gössler per il suo commento, lo terrò presente. Ora vi chiederei di lasciarmi valutare la situazione, se necessiterò del vostro aiuto vi farò chiamare, siate pronti e ricompattate le truppe, ogni momento potrebbe essere quello buono.

- Sissignore!

Dissero quasi all'unisono, ed uscirono uno alla volta. Schröder scalfì con uno sguardo dalla volutamente malcelata malizia Rommel, con il suo classico atteggiamento di sfida. Il biondo tenente svevo si era dimostrato molto combattivo pur essendo una testa calda, ed il suo essere, pur violentemente, risolutivo, gli aveva permesso anche di avanzare di grado. Sprösser lo stimava e sapeva che le sue capacità erano necessarie al battaglione in particolar modo, pur pensando a volte di non riuscire ad averne il controllo completo.

Rommel fu l'ultimo della colonna ad accomiatarsi dal maggiore, che istintivamente alzò la testa guardando senza particolare trasporto il giovane tenente ma abbozzando un cenno di intesa verso quel ragazzo su cui nutriva molta speranza, e che anche in quest'ultimo frangente si era dimostrato una delle persone più affidabili, se non anche il più sicuro investimento di forze da parte del maggiore nel battaglione; e pure il fatto di non essersi lasciato travolgere dalle provocazioni di Schröder aveva palesato questa sua resistente rettitudine e la spiccata propensione al comando. Rommel intese a sua volta accennando un sorriso prima di chiudersi dietro la porta della biblioteca, dopo un rigoroso saluto militare che riportò le gerarchie al suo posto, come se quella piccola apertura confidenziale, non la prima di questa campagna italiana, potesse rischiare di indebolire la completezza disciplinare dei poteri strutturati; in realtà in quello sguardo c'era un qualche dettaglio in più, forse apparentemente non di grande rilevanza, soltanto un puntiglio che gli ultimi fatti avevano reso più tangibile, portandolo a scalfire la fiducia del maggiore nei confronti addirittura di alcuni dei suoi ufficiali. E infatti Sprösser, anche se non lo disse apertamente, sperò dentro di se che Rommel avesse compreso quella implicita raccomandazione a controllare che tutto potesse svolgersi senza intoppi, senza il rischio che le stesse truppe potessero auto danneggiarsi.

Il maggiore tornò allo studio delle mappe e di altri documenti, chino sulle parti che inevitabilmente restavano più in ombra rispetto alle posizioni più vicine alle candele, mentre gli ufficiali scesero le scale con meno veemenza di come le avevano salite: al primo piano stavano ancora il caporale Hofmann affaccendato a mo' di liutaio sulla chitarra del nonno Antonio, sistemando con delle pinzette alcuni componenti meccanici che gli erano parsi non molto stabili. Con lui, nel corridoio, ancora il soldato Krüger e Felice, che non sembrava particolarmente turbato dall'armeggiare del tedesco: si era seduto su un piccolo sgabello trovato nella biblioteca del primo piano, ed attendeva che il caporale riprendesse a suonare, corrucciato nella sua espressione di ostile diffidenza che non era riuscito a mutare neanche di fronte alla sua stessa nuova disposizione etica nei confronti di ciò a cui aveva assistito quasi divertito. Anche Krüger da parte sua sentiva di essersi lasciato andare a quella sensazione che ricordava ma pareva quasi non esistere più, senza però riuscire a tenerne nascoste le conseguenze, che stavano producendo un frenato sorriso sui lineamenti puliti del suo puerile viso, così diverso da quello dai tratti marcati di tutti gli altri commilitoni, così più vicino ad un adolescente imberbe che ad un uomo d'esercito. Ristette dal lasciarsi andare del tutto soltanto perché non si fidava di quella non completa oscurità e temette di essere quasi scoperto in un momento licenzioso quando passarono scendendo gli ufficiali, che pur senza guardarlo lo fecero sentire assoggettato. Rommel fu l'unico, da ultimo della fila, a scrutare quella scena che avrebbe potuto o forse dovuto suscitare quantomeno un minimo di sospetto, forse avrebbe dovuto rivolgere qualche domanda al caporale sull'ambiguità di quel quadretto, ma per l'appunto l'eccentricità di Hofmann era risaputa e non aveva comunque mai creato problemi, ma più che altro l'istinto militare del tenente prevaleva su tutto e le priorità erano già preimpostate. Ancora non aveva del tutto abbandonato l'idea iniziale di attaccare dritto per dritto senza attendere troppo tempo, per sfruttare il vantaggio e la velocità accumulati, cosa che il maggiore Sprösser aveva già avuto modo di fare fino ad allora. Scese le ultime scale con tranquillità lasciando proseguire i colleghi ufficiali con un po' di vantaggio su di lui; sentì Schröder ed i suoi organizzarsi in qualche modo ed uscire rumorosamente dal portone di palazzo Morossi, seguiti da quasi tutti gli uomini che si erano radunati davanti al fuoco di quel grande *larìn* che attorno a sé era riuscito ad accogliere molti di loro, quelli più fortunati. Rommel si fermò ancora un istante prima di uscire al freddo, e guardò quegli uomini oscillare quasi involontariamente, asfittiche prede di un'energica fatica che non li abbandonava ormai da giorni, che aveva attecchito ad ognuno di loro come un parassita che si nutriva della poca energia che quei momenti di effimero brio riuscivano a rimpinguare.

Vigeva fra le truppe una sorta di codice non scritto che lasciava a turni alterni, a volte prestabiliti, soldati diversi a godere di volta in volta delle comodità che non potevano essere fruite da tutti. In questa alternanza frequentemente si potevano sviluppare delle prevaricazioni, com'era tipico di Pässchen e della sua squadra, che spesso e volentieri violavano quella legge non scritta fra i *kamaraden*, lasciando sfociare comunemente il tutto in rissa, con la conseguenza di venire ripresi e puniti, in maniera dimostratasi poi vana. L'estensione della questione soprattutto durante l'invasione del Friuli aveva fatto circolare la leggenda che alcuni dei membri di questa squadra, aggregatisi successivamente al WGB e chissà come assegnati proprio alle dipendenze del già intemperante tenente Schröder, fossero in alcuni casi dei veri e propri avanzi di galera, inviati a dare supporto agli Alpenkorps su questo fronte data la scarsità di uomini dopo le sconfitte francesi. Come accade per tutte le calunnie che circolavano in presenza di molti uomini, pensò Rommel, anche quella avrebbe presto perso voce: di più, tenere le truppe impegnate nelle manovre di combattimento poteva essere di certo un potente deterrente.

Si infilò il cappello e riabbottonò il cappotto fino al bavero, uscendo dal portone a grandi passi e con il binocolo in mano.

§§§§

-    Hanno attraversato tutta la regione da Caporetto fino a qui in quindici giorni, perlopiù a piedi e soprattutto in zone di montagna. Avevo sentito parlare degli Alpenkorps, ma non pensavo a questa efficienza.

Il sergente Fabris aveva atteso che il maggiore Santini lo guardasse direttamente, prima di annuire a questa sua constatazione. Nonostante avesse posato il cannocchiale rimaneva sporto dalla trincea e continuava a scrutare in direzione di Cimolais, da cui soltanto poche e flebili luci, spezzate a tratti dalle sottili gocce di piovischio, raggiungevano la postazione di difesa italiana, anche se ormai gli occhi del maggiore, abituatisi al buio che pareva non smettere mai di intensificarsi, riuscivano a distinguere a tratti anche con parecchia nitidezza i profili dei sassi irregolari nei muri delle case, forse grazie anche alla rifrazione di quella poca luce sulla superficie di neve candida che ricopriva i tetti. Vedeva anche del movimento, che suppose essere il susseguirsi di preparativi e di manovre militari del nemico. Pure Fabris, anche se più indietro come posizione rispetto al suo superiore, notava che nel paese c'era uno strano fermento, un'insolita agitazione che gli sembrava molto innaturale per un paese come Cimolais. E se fino ad allora aveva mantenuto il suo ormai noto contegno, ch'egli riteneva in ogni momento utile per aumentare la sua credibilità di soldato, anche perché da poco arruolatosi, non poté non lasciarsi sfuggire una domanda che aveva tutto il sentore di una constatazione già formulata, e da troppo sopita:

- Maggiore, non ce la faremo a fermarli, vero?

Santini lo guardò dritto negli occhi, non ricambiato; lo sguardo del sergente continuava a puntare verso il paese, come se fosse alla ricerca di qualcosa che pur sapendo che non sarebbe riuscito a trovare avrebbe continuato a cercare fino alla fine delle speranze, e non solo. Era proprio quello l'atteggiamento che il maggiore voleva far tenere ai suoi soldati, e nell'espressione dello sguardo rivolto alla domanda di quel soldato non vi era una inflessione di rimprovero, né un tentativo di risollevarne il morale che pareva evidentemente scalfito; c'era invece racchiusa tutta la speranza di un leader dai pochi mezzi e dalle grosse responsabilità, che voleva trarre tutto il vantaggio possibile da quel poco di entusiasmo rimasto nelle truppe, non di certo con scopi eroici o per sfruttare chissà quale strategia bellica da diversi giorni ormai. Gli serviva, quell'entusiasmo, per fare in modo che più gente possibile portasse a casa la pelle. Entusiasmo, certamente, ma anche e soprattutto la speranza, quella speranza che vedeva negli occhi di quel sergente che gli era sembrato uno fra i più disciplinati e determinati, anche se forse un po' troppo meticoloso nel suo modo di fare. Si era infatti auto accusato di aver convinto a fuggire due soldati, raccontandogli di Cimolais.

- Sergente, lei conosce bene il paese di Cimolais?

Attese un istante, poi si voltò lentamente, e lentamente rispose:
- Signorsì. Mio zio, il fratello di mia madre, ha una casa lì, è molto bravo a lavorare la carne, fa i salami e cose così. Ci andavamo spesso a trovarlo, prima di tutto questo, prima che quei tedeschi arrivassero anche qui.

Santini attese perché gli parve che Fabris dovesse finire la frase, ma probabilmente se ne avesse saputo la conclusione lo avrebbe interrotto:
- E mi sa che presto arriveranno anche a Longarone, a casa mia.

Santini volle dire qualcosa, forse cercare davvero di risollevare il morale del suo sergente, ma sentì una strana stanchezza pervaderlo, come se ad un certo punto tutto ciò che lo circondava, e ciò che si doveva per forza fare avesse perso il suo senso primario, e fosse diventato inevitabilmente superfluo. Si stava facendo contagiare dalla tristezza scaturita da quell'inverno freddo e sfortunato, che si era appena affacciato ma che già aveva fatto capire quanto si prospettava sadico e impietoso. Non ritrovò la forza per reagire e scuotere dal dosso di quel soldato quella brina di mestizia che si stava accumulando, ma volle comunque tentare un approccio, un po' perché in realtà sapeva di poterci credere, un po' invece soprattutto perché da comandante gli spettava l'ultima parola:
- A Longarone i nostri si stanno organizzando bene, non ha da temere, Caro Fabris.

Gli posò una mano sulla spalla, facendogli capire che ciò che gli stava per dire forse andava un po' oltre quello che avrebbe potuto sentire:
- Noi siamo qui soltanto per temporeggiare e dare un po' più di tempo a quelli laggiù di ripiegare ordinati verso la pianura.

Fabris non seppe se rimanere in qualche modo amareggiato per quest'ammissione o se essere invece contento per la speranza che qualcosa per redimersi lo si stava facendo, e ci avrebbe in quel modo contribuito anche lui:
- Maggiore, ce la faremo a resistere finché dobbiamo? Siamo in pochi …

La risposta di Santini fu pronta, pronunciata con un tono diverso dalle frasi precedenti, se possibile con la stessa inflessione appassionata dei primi giorni di battaglia, ormai lontani anni:
- Abbiamo l'ordine di resistere fino alle dodici di domattina,

sergente, e questo faremo, fino alla fine!

Poi rivolse lo sguardo verso il riflesso delle lastrone ghiacciate del monte Cornetto, che li sovrastava torvo ed imponente, tanto che non si poteva essergli indifferenti, o lo si considerava un colosso protettore o ci si lasciava facilmente spaventare.

-   Siamo pochi, sergente, giusto qualche compagnia, e dobbiamo affrontare forse quasi un reggimento. Ma, caspita, siamo noi i padroni di casa qui! Siamo meglio posizionati e siamo ben equipaggiati!

Puntò un dito verso il Cornetto, con uno slancio che pareva quello dei condottieri di cavalleria del secolo precedente; un gesto così anacronistico che stava per risvegliare un'eccitazione fiabesca nell'animo del sergente.

-   Sentirai, Fabris, quando quelle mitragliatrici pesanti inizieranno a cantare! I miei uomini sono riusciti a portarle su una cengia così impervia che non ha nulla da invidiare ad una fortezza inespugnabile!

Fabris si sporse a sua volta, guardando verso quelle pareti su cui però non gli riusciva di notare la posizione dei mitraglieri. Era ora visibilmente entusiasmato, e Santini se ne accorse, così non perse l'occasione per giocarsi una carta che sapeva sarebbe stata vincente con quel sergente così ambizioso:

-   E poi, da Longarone hanno mandati i più bravi, come rinforzo!

Era una battuta di basso stampo e una lusinga a dir poco gratuita, ma Santini avrebbe fatto di tutto pur di far sentire le truppe a proprio agio ed evitare sempre più quanto visto fino ad allora, giacché fino ad allora la forzatura della disciplina non sembrava aver sortito effetti positivi in quasi nessun ambito dell'esercito. Ornò quel gesto posando la mano sulla spalla del sergente, ed avrebbe forse fatto anche in tempo a provare un'emozione più forte, un sentimento di soddisfazione, di realizzazione se ad interrompere quel timido idillio non fossero intervenuti da poco più in là, verso il centro delle improvvisate trincee italiane, uno sparo seguito dalle urla agghiaccianti di un uomo che pareva aver perso il senno:

-   Non è vero! Non è vero! Bastardi, io vi ammazzo tutti! Tutti vi ammazzo!

Santini e Fabris corsero verso quella che sembrava essere la parte più estremamente lontana del trinceramento, così lontana da sembrare irraggiungibile, e più il tempo passava, più al maggiore saliva il timore di un'insubordinazione, o peggio, di un ammutinamento, ma soprattutto la paura che ci fosse scappato il morto.

All'arrivo sul luogo tutti i protagonisti di ciò che era appena accaduto erano pressoché immobili, come improvvisamente fissati durante il compimento di un'azione, di un movimento: la scena, per pathos e per la perspicuità che rendeva il contesto inconfondibile, ricordava un quadro del Caravaggio, con quasi le stesse intense emozioni sprigionate dall'immobilità paradossale, quasi surreale, ma dai colori più tenui, come se la luce innaturale di quel tempo non riuscisse a rendere l'adeguata naturalezza a quella scena dall'estrema carica emotiva. La parte di trincea in cui si stavano svolgendo quei momenti era una fra le buche più profonde e larghe che i soldati erano riusciti a creare in quel terreno così freddo e difficile: era nata da un avvallamento preesistente che era stato facilmente reso più sicuro e leggermente più ampio, tanto da poter contenere diversi soldati. Un posto fortunato, se non fosse stato per lo scopo a cui era adibito e per quello che rischiava di accadervi in breve, se non fosse intervenuto il maggiore:

- State tutti calmi, e tu soldato, posa quell'arma!

Il soldato Tinozzi ansimava e piangeva, immobile mentre teneva puntata l'arma verso uno degli arditi, che, anch'egli immobile, stava progressivamente mutando il suo sguardo di paura in un piglio di sfida, nonostante la bocca da fuoco del novantuno di Tinozzi fosse puntata dritta verso quegli occhi neri, e distante così poco che nemmeno un bambino avrebbe potuto sbagliare il colpo.

- Ti ammazzo! Bastardo delinquente!

Ripeté il soldato tremante, stavolta con più calma ma se possibile con ancora più cattiveria e risentimento di quanto non avesse avuto poco prima. Il maggiore Santini scrutava la scena ed in cuor suo sapeva di avere di fronte non solo un ragazzo che non avrebbe saputo ammazzare un suo simile a sangue freddo così, ma anche che probabilmente non aveva nemmeno mai avuto la necessità di sparare una sola volta.

- Soldato, tu non ammazzerai proprio nessuno, non uno dei nostri e non oggi, per Dio!

Il maggiore si avvicinò lentamente alla scena caravaggesca che non era mutata di nulla, se non per quella frase urlata e quell'espressione mutata, senza lasciar capire chi in quella scena fosse vittima e chi carnefice. Tutto attorno un nugolo di soldati disposti ordinatamente a cerchio, ognuno apparentemente con il suo ruolo ben definito ma allo stesso tempo inutile: chi guardava negli occhi il soldato col fucile, tendendo timidamente i polsi con le mani cadenti verso di lui, chi invece allargava le braccia come per tenere al riparo i compagni, chi era caduto in terra tentando una fuga, mentre più vicino ai due protagonisti, piegato in una mossa di reazione stroncata sul suo nascere, con un ginocchio flesso ad iniziare una marcia, una corsa verso non si sa bene cosa, le mani protese dall'alto verso il basso, la testa alta e gli occhi spalancati che si spostavano da uno sfidante all'altro, il capitano Bastia, che voltò la testa contrito verso il maggiore soltanto dopo ch'egli ebbe nominato dio, nella seconda frase rivolta a Tinozzi. Santini si avvise della presenza del capitano, che avrebbe altrimenti presto cercato:

- Capitano Bastia, chi è questo soldato?
- Il soldato Tinozzi Mario, maggiore! Il soldato ha l'arma carica signore, stavo per provvedere a ...
- Silenzio! Risponda solamente alle mie domande, quando interpellato. Soldato Tinozzi!

Non rispose, ma smise di ansimare.

- Soldato Tinozzi, rispondimi!

Santini si ricordò che il bersagliere Tinozzi Mario gli era stato descritto da Bastia al loro arrivo, e che secondo il capitano necessitava di riposo perché era parso disorientato ed irrequieto. Si ricordò quindi che il soldato un colpo lo aveva sparato, e che stava già, non molte ore prima, rischiando di uccidere uno dei suoi uomini. Ma non se la sentiva di biasimarlo, quanti uomini aveva visto impazzire in quelle dannate trincee? Quanti erano diventati pazzi, sordi, muti, quanti ancora dovevano soffrire senza essere feriti dal nemico, o peggio, senza aver mai nemmeno visto quel nemico? Era palese che ad un certo punto gli uomini esasperati sarebbero diventati nemici di loro stessi.

- Mario, ascoltami! Rispondimi!

Il soldato voltò finalmente la testa verso il maggiore, guardandolo con gli occhi gonfi di lacrime ed il volto smunto, afflitto.

- Mario, posa quell'arma, e raccontami cos'è successo.

Ristette per un istante, sbattendo le palpebre come per schiarirsi la vista annebbiata dal pianto, poi provò a rispondere:

- Signore, io ... non lo ricordo più

Santini guardò velocemente verso Bastia, che rispose con un'espressione simile, come a confermare ciò che non era stato chiesto dal maggiore. Il soldato senza accorgersi stava abbassando il fucile.

- Come può essere, come fai a non ricordare? È successo poco tempo fa. Coraggio, abbassa quell'arma e parliamone, qui nessuno ti vuole fare del male.

Al che Tinozzi ebbe un sussulto e tornò a puntare il fucile verso gli occhi dell'ardito, sempre più teso e tremante:

- Questo qui, è stato lui! Lui e la sua combriccola di arroganti! Fanno i valorosi, raccontano che ammazzano la gente che non collabora, 'sti delinquenti! E dicono che il nemico ammazza e violenta le nostre donne, le nostre madri!

- Tinozzi, calmati e metti giù il fucile, sono convinto che il soldato non intendesse quello che hai capito, non serve fare così.

Il tono del maggiore si era fatto via via sempre più tranquillo e rassicurante, riuscendo ad allentare di un poco quella tensione che si poteva tagliare con un coltello, e che il freddo ed il buio rendevano ancora più angosciante. Il soldato Tinozzi – Mario – iniziò a piangere sempre più copiosamente, biascicando di alcuni dettagli raccontati dagli arditi riguardo i saccheggi e le violenze da parte del nemico, di ciò che sarebbe accaduto da lì in poi; Santini ebbe così modo di focalizzare l'attenzione verso il soldato minacciato dal fucile, che nel frattempo aveva fatto scivolare una mano sul fianco, e stava per estrarre un coltello. Quando Tinozzi abbassò definitivamente la guardia, piangendo a dirotto e probabilmente chiamando per nome qualcuno di caro, probabilmente di una donna, in men che non si dica l'ardito gli fu addosso, gli strappò il fucile di mano e gli piantò l'avambraccio al collo dopo averlo steso a terra, incurante degli ordini del maggiore, che se non fosse intervenuto per tempo bloccando il braccio che teneva pugnale, il povero Tinozzi non avrebbe avuto scampo. L'ardito capì probabilmente la delicatezza della situazione e si limitò ad eseguire gli ordini del maggiore Santini, che invitò tutti alla calma e ordinò il riposizionamento delle truppe.

Servì che la pioggia ricominciasse a cadere copiosamente perché il silenzio tornasse a far sentire la propria presenza, mentre a Cimolais pareva che il trambusto dei movimenti rilevati poco prima fosse scemato, facendo ripiombare il paese nella sua situazione di calma apparente. Santini smise il cannocchiale, tenendolo con una mano posato lungo il femore destro, continuando ad osservare Cimolais e il suo strano, finto silenzio. Dietro di lui i due ufficiali con cui aveva condiviso l'episodio di poco prima:

- Bastia, mi vuole ragguagliare?

- Maggiore Santini, non credo sia necessario aggiungere nulla, credo abbia capito da sé ...

Santini sapeva, aveva capito ma in sé non voleva accettare che quella situazione di pericolo fosse scaturita da qualcosa di apparentemente così poco importante, quand'anche fosse stata la goccia in più per il trabocco del soldato Tinozzi.

- Sarà, ma la necessità che non si ripeta un episodio del genere è tassativa, intesi? Chiedo anche il suo aiuto, sergente Fabris. Il morale va tenuto alto, sono fasi concitate, cerchiamo di reggere il colpo. Torni dai suoi, e cerchi di tenere alto il morale.

- Sissignore, come desidera.

Fabris era sembrato stranamente serio sia durante che dopo quell'episodio, come se l'entusiasmo che lo aveva caratterizzato all'inizio di quel trinceramento si fosse tramutato in una sorta di assennata prudenza. Ad ogni modo a Santini in quella situazione andava bene qualsivoglia tipo di qualità utile al mantenimento dell'integrità della linea, e sperava che se almeno doveva succedere come a Forcella Clautana ci sarebbe stato quantomeno un combattimento, e che non si sarebbero ritirati prima di vedere il nemico in faccia.

- Bastia, le chiederei la stessa cosa personalmente, ma prima vorrei capire cosa ne pensa.

Il capitano rifletté per un attimo, prima di esprimersi:

- Maggiore, non devo e non voglio dirle che la situazione è disperata, ma lei sa bene quanto me che lo è. Quello che è successo è la conseguenza delle voci non confermate che si susseguono e si contraddicono da giorni ormai. Qui siamo col nemico alle calcagna, arrivano ordini incompleti e non si sa ancora cosa troveremo sulla linea del Piave.

- L'ordine di tenersi al Piave è stato dato da Cadorna, che è stato subito destituito, potrebbero essere cambiate molte cose. Ha ragione, capitano, ma non sono motivi validi per non fare il nostro mestiere. Quel soldato, come molti che ho visto in questi anni di combattimenti, ha semplicemente raggiunto il proprio limite, ho ritenuto giusto disarmarlo e rimandarlo a Longarone, e siamo fortunati

che era ancora in parte in grado di intendere.
- Ha ragione, maggiore, sono momenti difficili per tutti, e siamo ancora bravi a resistere. Qui ogni giorno c'è la minaccia di diserzione, di ammutinamento, lamentele a non finire, ogni momento potrebbe essere l'ultimo per noi ufficiali.
- Capitano, purtroppo qui ogni momento potrebbe essere l'ultimo per tutti.

§§§§

La calma pareva essersi calata lentamente ma inesorabile su tutti quei soldati attorno al *larìn*: nessuno parlava, qualcuno accennava un assopimento, un paio fumavano, uno mangiava una delle ultime patate rimaste, che trasudava lucida fra quelle dita annerite dalla foga dell'impero. Oliva era rimasta seduta in un angolo a rammendare, mentre Rita, silenziosa come sempre, le girava attorno senza allontanarsi troppo, standole il più accanto possibile mentre riassettava per quanto possibile la casa e lo scempio che aveva comportato quel viavai continuo di soldati, costretta in un movimento perpetuo da qualche ora senza interruzione fino a quel momento che pareva sacro, che sembrava aver riportato la quiete originaria in quella casa che cominciava ad avere sempre più le sembianze di un comando militare che di una abitazione civile. Di tanto in tanto Oliva lanciava un'occhiata di controllo verso Giovannino che se ne stava seduto in terra tranquillo a giochicchiare con qualche sasso dalle forme buffe raccattato chissà dove, non lontano dal calore che arrivava dalle lente fiamme di un grosso ceppo nel *larìn*. Non era lontano da quei militari, la cui tranquillità insospettiva Oliva, come se fosse in qualche modo impossibile che quegli uomini potessero anch'essi essere stanchi. Le erano da poco passati davanti, uscendo, gli ufficiali, tutti i più importanti a parte il maggiore Sprösser. Se ne erano andati con eleganza, aulici ma allo stesso tempo prepotenti, con la presunzione tipica degli usurpatori, senza curarsi di evitare danni o inconvenienti in quelli che potevano essere gli spazi comuni, chi sputando in terra chi invece continuando a lordare con gli scarponi sozzi di fango. L'ultimo che passò le parve diverso, un po' perché aveva volutamente mantenuto una certa distanza dagli altri, un po' anche perché il suo portamento denotava una certa accuratezza, come se fosse diversamente educato, come se le sue competenze e le sue responsabilità fossero maggiori. Ciò che le sembrò più diverso di tutto il resto però fu un'impressione che quell'atteggiamento aveva fatto scaturire: avrebbe giurato che in qualche modo quel tenente fosse il più determinato, il più convinto, sicuro e desideroso di compiere il suo dovere. Ciò, pensò la ragazza, forse implicava che sarebbe stato anche il più cattivo, all'occorrenza. Fu l'unico infatti che pur non creando disagio non si abbassò nemmeno, come invece avevano fatto gli altri, a dare un'occhiata verso gli occupanti della casa che avevano incontrato nella loro lesta calata dai piani superiori. Rommel in realtà era sempre molto concentrato soltanto su quello che gli interessava, ovvero il combattimento, che per lui era di gran lunga più importante delle cose marginali o delle frivolezze che sembravano occupare la testa di molti soldati e spesso anche degli altri ufficiali. D'altra parte, anche le truppe abbisognavano di tanto in tanto di distrarsi dall'onere, di non pensare troppo a quello che vedevano o che erano costretti a fare. Uscendo si guardò subito attorno, volutamente in direzione opposta a quella in cui sapeva esserci la postazione nemica. Si soffermò sul portone d'ingresso, di fronte a lui c'erano qualche piccola casa con annessa stalla e qualche fienile, oltre queste case uno stretto lembo di prato e quindi il letto del torrente Cimoliana, steso poco sotto, nella piana di Pinedo, via percorsa fino a lì dai soldati tedeschi. Alle sue spalle invece i due giganti che si collegavano, Lodìna e Cornetto, nella cui unione si trovava la chiave per il passaggio verso la valle del Vajont, poi solo Longarone ed il Piave. Pensò che uno di quei fienili fosse il posto ideale per mettersi a scrutare in direzione del passo, probabile ultimo baluardo da scavalcare impunemente verso la sua personale gloria e un grande balzo di carriera. Nonostante la tensione e l'adrenalina ma soprattutto l'impellenza di portare a termine con l'ormai rinomata rapidità la missione, il giovane Erwin non poté impedire che l'atmosfera di calma apparente, dell'attesa in una posizione di presunta sicurezza, lo influenzasse portandogli alla mente un pensiero che non fosse strettamente connesso alla tattica o alla battaglia. Dall'ingresso in terra nemica, circa due settimane prima, mai gli era capitato di potersi per anche soltanto un attimo staccare dall'incombenza anche mentale del suo incarico, e del suo obbiettivo pur personale, per finire col pensare a qualcosa di però ancor più strettamente personale che non riguardasse direttamente il suo impegno sul fronte: la famiglia.

Il primo pensiero andò verso la giovane moglie Lucie, con cui si era unito da poco in matrimonio, e che aveva come molti abbandonato per servire il suo impero. Sapeva di essersi dimostrato, a valore, molto risoluto e freddo, quasi apatico sentimentalmente, una sorta di macchina umana, ma dentro sé sentiva, provava emozioni spesso contrastanti, sentimenti forti e impulsivi, come doveva essere per forza naturale in un giovane nei suoi vent'anni. Ma fuori dal rapporto con Lucie gli veniva istintivo contenersi, mantenere la posatezza che da tempo lo caratterizzava fra le truppe e non solo.

Iniziò a piovere più forte, uno scroscio breve che durò molto poco, ma abbastanza improvviso da farlo riprendere da quel momento di pausa nostalgica, riportandolo a pensare alle questioni militari. Si stava avvicinando più velocemente ad una delle stalle che aveva visto poco prima, deciso a presidiarne il fienile dove avrebbe potuto guardare senza troppi ostacoli visivi verso l'abetaia ed il passo di sant'Osvaldo; salì la scala a pioli che dopo qualche passo già s'infilava sotto al tetto sporgente mettendolo al riparo dall'acqua. Stava guardingo ed attento, sempre pronto a mettere mano alla sua Bodeo sotto il cappotto, ma una volta giunto a metà della scala si fermò, voltandosi a guardare alle sue spalle, e si accorse come di una luce, di un bagliore che arrivò rapido a lui: era stato un lampo breve, subito inghiottito dal buio che sembrava averlo generato. Aveva tutte le caratteristiche per essere assimilato al tipico fulgore che scaturisce da una bocca da fuoco durante lo sparo. Si portò allora immediatamente agli occhi il binocolo italiano da cui non si era mai separato e si focalizzò in quella direzione, cercando di capire se si trattasse veramente dell'inizio di uno scontro a fuoco o se fosse stato soltanto un riflesso fortuito causato dalla pioggia, o magari anche solo un'impressione data dalla stanchezza. Era importante scoprirlo, ma era anche difficile distinguere qualcosa così da lontano e in mezzo a tutta quella boscaglia, per di più con vari tetti e camini che ostacolavano la perlustrazione. Posò il binocolo e salì ancora qualche piolo della scala portandosi al livello più alto, alla pari con il solaio; mentre cercava di ambientare gli occhi al buio del fienile per capire se ci potesse essere qualche pericolo, rifletteva sul fatto che se fosse stato uno sparo ne sarebbe arrivato anche il rumore del colpo, magari con qualche istante di ritardo; ed infatti ecco d'improvviso un'eco lontana di un colpo secco, del tutto dissimile da quella che poteva essere una frana o una lavina, fra le ipotesi più tipiche in zona. Era quindi quasi certamente uno sparo, ma in realtà non riusciva ad attribuirgliene la certezza, perché sembrava trattarsi di un miscuglio di suoni in cui alcuni, provenendo da più vicino, coprivano quelli meno forti e più lontani.

Aveva già avuto più volte a che fare con la stanchezza, Rommel: sapeva cosa voleva dire portare un corpo fino allo sfinimento, e conosceva i rischi di una mente stanca, che poteva anche in alcuni casi portare a stati allucinatori o quant'altro, ma sorrise quando gli sembrò che dalla coda dell'eco di quel colpo scaturisse un vago brusio, un richiamo soffocato che per alcuni versi lo attirava, come se stesse cercando di attirare la sua attenzione:

- Tenente! Qui!

Rommel guardò in basso e notò Krüger, stavolta in veste di portaordini, e di sfatatore di illusioni. Era stato lui anche poco prima a chiamarlo, ma l'attenzione del tenente era talmente addensata su ciò di cui la sua suggestione gli fece pensare di aver sentito, che quello che infine ne nacque fu qualcosa che non aveva minimamente a che fare con i reali rumori che avrebbe potuto realmente udire attorno a sé; era come se il silenzio stesse cercando di riprendere il proprio posto, tentando di divorare tutto il miscuglio di rumori innaturali che deturpavano la realtà del luogo per com'era conosciuto e per com'era sempre stato, e stesse contemporaneamente fagocitando anche i pensieri, le intuizioni, le speranze, i ricordi.

- Tenente, mi manda il maggiore Sprösser! Ho qui l'ordine d'esecuzione!

Gli porse una busta che all'interno aveva un foglio ripiegato. A quell'esclamazione Rommel pensò che avrebbe potuto e dovuto forse reagire dimostrando attenzione, magari entusiasmo, ed invece non ebbe nemmeno un fremito. Prese la busta dalla mano del portaordini, che aveva salito qualche gradino di quella scala per porgergliela:

- Sono passato da lei perché l'ho vista per primo, avrei dovuto attendere la mezzanotte poiché l'ordine è valido da domani, ma già che c'ero ... E poi mancano pochi minuti.

Disse indicando il campanile, su cui il quadrante bianco dell'orologio produceva un riflesso debole ma nitido, lasciando intravvedere che le due lancette si sarebbero incontrate a breve.

- Bene, la saluto, buona notte tenente!

Lo guardò negli occhi sorridendo, come se non si stesse preoccupando che la pioggia copiosa lo bagnasse abbondantemente, e Rommel lo guardò a sua volta, tenendo stretta la busta nella mano sinistra, nella destra il binocolo.

Lo sguardo corrucciato ancora si dilungava su Lodìna e Cornetto, avanti e indietro addosso a quelle pareti scoscese, rocce infime e rischiose, ricoperte da mughi dove non da neve, nascoste e mimetiche, impervie e frastagliate, eppure così naturali. Si voltò ancora una volta verso l'interno del fienile, sul cui solaio malandato non era rimasto più niente, nemmeno la paglia per le mucche, le poche che c'erano ancora nella stalla sottostante, forse non ancora requisite o magari lasciate lì per pietà.

Decise di restare fermo su quel fienile ancora per un po', lasciandosi il piacere di un'abitudine ormai persa, o forse mai avuta, per certi versi quasi fastidiosa, non dandosi un limite di tempo, non pensando ad organizzare cosa fare e quando farlo, restando quasi smarrito a godere del silenzio residuo, che faticosamente cercava di aggrapparsi a ciò che gli rimaneva di quel territorio.

Il maggiore Sprösser nella biblioteca si era alzato in piedi, e per un attimo distolse lo sguardo dalle carte dell'esercito per vagare con gli occhi fra gli scaffali carichi di libri. Pietro Morossi sedeva su un altro fienile non molto distante da quello in cui stava Rommel, con la testa pesante e tendente al sopore, a cui già il fratellino Giovanni, invece al tepore delle vicinanze del *larìn*, aveva ceduto da pochi minuti, steso su un giaciglio di panni lasciati da Rita nell'angolo in cui pochi istanti prima giocava, mentre poco distante Oliva invece continuava a rammendare, sempre più lentamente, vinta anch'essa dalla stanchezza.

Li unì nel destino, tutti, il tempo, quando il suono delle campane, che annunciava la mezzanotte, indistintamente li raggiunse.

SECONDA PARTE
9 NOVEMBRE 1917

9.

I dodici rintocchi della mezzanotte giungevano all'udito ovattati, filtrati dai grossi muri di palazzo Morossi; parevano quasi rincorrersi e tentare di raggiungersi l'un l'altro come dei bambini in un gioco, sgambettandosi a vicenda per potersi superare ed arrivare per primi a farsi udire da qualcuno, primi a scatenare quella strana emozione che sorge negli esseri umani all'effettiva consapevolezza del passare del tempo, come se la sua misurazione, lo scandire delle ore che passano potesse in qualche modo fungere da monito, da promemoria per l'inevitabile fine, ed in un certo qual modo stesse anche invitando ad approfittare di ciò che rimaneva da vivere, di quel tempo. Ed era proprio la vita, la vita ch'era ogni giorno resa più fuggevole dalla precarietà dell'inverno che quei battiti andavano a cercare, ammassandosi in un gruppo di suoni ed echi e penetrando strozzati, storditi dentro il salone di quella casa che continuava ipocritamente a veder convivere allo stesso modo, investiti da quella fredda mezzanotte, gruppi di genti diverse: e per quanto una contingenza così critica fosse ipoteticamente esplosiva, non era in realtà nato alcun tipo di dissidio che dimostrasse seriamente la straordinarietà di quella situazione: da molti di loro quella circostanza era considerata inconsueta e sicuramente lo era, ma chissà se in un mondo parallelo avrebbe potuto non esserlo, in un mondo che avrebbe visto magari il 1914 passare senza odio e battaglie, senza che si morisse in quel modo, un modo così brutale e dalle conseguenze ancor più orribili, talmente assurdo che per chi sopravviveva era difficile sapere quanto si sarebbe vissuto ancora. Ed eccoli quei battiti susseguirsi, uno dopo l'altro, ed arrivare inesorabili fra quelle genti così diverse, così nemiche ma così vive.

Felice perseguiva, mento nel pugno, il suo perplimersi nei confronti del caporale che ancora trafficava con le corde di quella chitarra, che non voleva saperne di mantenere l'accordatura, probabilmente a causa del disuso ormai decennale e anche della scarsa presenza di corde, che col tempo ne avevano quasi sicuramente danneggiato irrimediabilmente le parti in legno; era in quei frangenti che si notava l'ostinata determinazione del caporale Hofmann, nei momenti in cui egli si metteva in testa che un'operazione doveva in qualche modo riuscire, come quella volta che al poligono di tiro si era messo in testa di riuscire a cogliere un bersaglio difficile e lontanissimo con un'arma non adatta a riuscirci; e forse ad un certo punto anche la perseveranza ebbe la meglio sulla fisica, e molto più attendibilmente il caporale a forza di provarci era riuscito a perfezionarsi così tanto da riuscire nel suo obbiettivo e diventare uno dei tiratori migliori fra i suoi. Continuava a far compiere dei movimenti impercettibili alla chiave che tendeva la quarta corda della chitarra, tentando di portarla il più perfettamente possibile alla tonalità corretta, ma probabilmente la troppa tensione portava anche il manico del vecchio strumento a cedere leggermente, rendendo impossibile l'operazione. Dopo un po' anche Felice si accorse che la cosa sarebbe andata per le lunghe; ad ogni modo fino a quel momento era inspiegabilmente – anche per se stesso – rimasto lì ad ascoltare la bella musica del caporale, e un po' alla fine ne era risentito, in fondo non erano questi i suoi piani iniziali. D'altra parte però altro non si poteva fare, aveva già avuto modo di capire cosa significava reagire e combattere quando si era trovato davanti veramente degli avversari pericolosi, e più volte nel giro di poco tempo aveva capito che in questo tipo di questioni ha la meglio sempre chi possiede le armi migliori, anche se in questo caso sarebbe valsa una qualsiasi arma visto che lui ne era completamente sprovvisto. Si chiedeva se davvero ormai difendere la patria fosse questo, una questione di forza data dai numeri, dai dettagli, dalle tattiche millimetriche e dal tempo, e non quindi, non almeno più, una questione meramente di cuore o di valori idealistici.

Aveva visto scendere poco prima il portaordini Krüger, che stringeva in mano alcune buste chiuse ma non sembrava tanto di fretta da doverle consegnare subito. Si ricordò che anche gli ufficiali erano scesi non molto prima e dai suoi calcoli al secondo piano doveva essere rimasto il solo maggiore, l'uomo più importante. Non seppe bene perché né come, ma si staccò per un istante dalle sue riflessioni e decise di terminare il proprio turno d'osservazione di quel pericoloso soldato che continuava a cercare di portare ad un re perfetto quella dannata corda, pratica che sarebbe andata in nausea a chiunque a quel punto tranne che a lui, e pensò che poteva lasciarlo perdere per un secondo e controllare che di sopra quei tedeschi avessero lasciato tutto in ordine, ma in realtà erano più la curiosità e la voglia d'avventura a spingerlo ad andare fino al secondo piano. Ripensandoci si chiedeva cosa potesse avere di così avventuroso spingersi al secondo piano di casa sua, ma così sentiva di star facendo la cosa giusta, di agire correttamente e con diligenza nell'amministrare una proprietà della famiglia, come spesso aveva fatto durante le assenze istituzionali del padre, e come già faceva da tempo in alcuni ambiti, dirigendo per esempio completamente in prima persona le questioni relative al bestiame. Si sentiva molto stanco e la gamba gli doleva nonostante fosse stato seduto per diverso tempo, probabilmente non riusciva più, a trentaquattro anni, a reggere le emozioni forti come gli capitava dieci, quindici anni prima, quando con il fratello Pietro si lanciavano in peripezie sui loro prati in Vedisèi, dove d'estate si sfalciava per il foraggio dei bovini, e dai cui pendii nelle afose giornate estive si lasciavano scivolare giù con la *mussa*[2], senza freni e senza pressioni. In quell'attimo il pensiero di suo fratello non lo aveva innervosito nemmeno lontanamente come era invece successo dal primo istante di quando era rientrato; anzi, quel momento di calma e riflessione, con l'aiuto anche di quegli intensi istanti di musica, lo avevano forse rilassato, quasi troppo, tanto che nel suo inerpicarsi su quelle strette scale tenendo la testa bassa per sentire meno la fatica, non si era accorto del maggiore Sprösser che lo guardava, fermo sulla sommità della rampa. Felice avvertì la sua presenza solo dopo altri tre scalini, e si rizzò rapido a guardarlo, senza riuscire però stavolta, colto di sorpresa, ad atteggiarsi con lo sguardo di sfida che aveva saputo tenere in tutti i confronti col nemico occorsi in quella serata, compreso l'intermezzo musicale in cui, pur avendo lasciato sfociare il suo lato più clemente, sentiva di essersi comportato onorevolmente e di aver mantenuto l'autorità adducibile ad un buon padrone di casa. Il maggiore però vide soltanto un uomo la cui espressione sembrava voler richiedere soltanto un po' di pietà: l'istinto lo avrebbe fatto normalmente rimanere sospettoso, avrebbe dovuto chiedergli di scostarsi e lasciarlo scendere, oppure di allontanarsi da lì, di non salire al piano ch'era riservato al comando, ma il giovane non avrebbe certo capito le parole dell'ufficiale tedesco ch'era sprovvisto del suo traduttore, spedito via poco prima da lui stesso, a consegnare ordini. Ma la situazione di quel giovane così provato dalla vita lasciava nuovamente scaturire nel Vecchio Alpino una sordida compassione a cui non riusciva ad opporsi; per di più la situazione di quegli istanti era di certo la più calma e sicura da qualche giorno a quella parte, ed in quella casa lui era soltanto ospite, per una volta voleva comportarsi

---

[2]   Slitta di legno utilizzata per il trasporto del legname

da tale, per quanto la cosa fosse forzata. Stava per scostarsi quando vide che Felice, ansimante, si era fatto da parte per farlo passare. Strabuzzò per un attimo gli occhi ma scese senza altro proferire, nemmeno uno sguardo di ringraziamento. Cice da par suo non diede troppo bado all'atteggiamento di quello che era pur sempre un invasore, anzi fu quasi contento di aver attuato quella che riteneva una mossa strategica che aveva sbloccato quella situazione, che avrebbe anche potuto diventare critica: il maggiore tedesco che sta fermo sulle scale per capire le intenzioni del nemico, mentre il nemico in uno slancio di gentilezza gli cede il passo. Pensò che era stato un piccolo colpo di genio. Aveva letto da qualche parte che talvolta, dalle mancate precedenze, nell'ottocento in Francia o giù di lì nascevano delle sfide, quelle delle pistole e dei dieci passi schiena contro schiena; la ritenne allora una mossa degna delle migliori spie, era come se in una partita a scacchi avesse sacrificato un pedone per poi mangiare la regina. Non appena fu libero da sguardi indiscreti si diresse dritto verso la biblioteca dove ancora il candelabro era acceso ed illuminava la stanza quasi totalmente: pensò che fosse uno spreco, ed iniziò a guardarsi attorno. I libri del nonno tappezzavano le pareti, ammassati regolarmente ed elegantemente sugli scaffali che riducevano sensibilmente lo spazio presente in quella saletta piccola ma accogliente: erano ordinati apparentemente con un criterio di somiglianza estetica, cruccio, questo, dell'avo di Felice, che non era mai stato condiviso ed apprezzato dai due nipoti che usufruivano negli ultimi tempi più di lui di quei tomi, ma che erano ogni volta costretti a rimetterli al posto giusto.

V'erano libri d'ogni tipo, dalle poesie alle novelle ai saggi, perfino libri di musica, che venivano accostati fra loro per il semplice fatto di avere le stesse altezze o lo stesso tipo o colore di costa, causando così un miscuglio di generi che rendevano pur facile riconoscere un libro di cui si aveva nota l'estetica, ma anche impossibile da ricercare un volume per il genere o il tipo di contenuto, cosa che sarebbe stata più saggia, ma il nonno volle così. Difatti spesso molti tomi che erano stati tolti dalle scaffalature durante le estenuanti ricerche venivano depositati temporaneamente sul grande tavolo su cui ora erano adagiate le carte e le mappe del maggiore Sprösser, che ne ricoprivano tutta la superficie fino a scivolare verso terra ed in alcuni casi quasi a toccare il pavimento.

Il dettaglio di quelle mappe e la scrupolosità con cui erano state redatte era impressionante, perfino per Felice che qualche cartografia l'aveva pure vista, ma mai niente di così ordinato e preciso: una meticolosità sconcertante, sembrava quasi che conoscessero quei luoghi come se li avessero sempre vissuti. Su una mappa in particolare, che raffigurava la regione del Friuli fino all'altezza della Valcellina, di cui poi v'erano mappe più dettagliate e ravvicinate, erano fissati con dei fermagli alcuni appunti, con indicazioni relative ad alcuni paesi lungo il percorso che dovevano aver effettuato le truppe. C'erano molte parole, tutte sconosciute e scritte con una grafia spigolosa ed arzigogolata, dai tratti similmente gotici, che Cice ricordava di aver visto in qualche antico manoscritto del nonno, nelle didascalie di qualche dagherrotipo di complemento, o nei titoli delle sezioni e dei capitoli. C'erano anche parecchi numeri, indicazioni quantitative di qualcosa, sembravano un po' sempre qualcosa che riguardava suo nonno, ad esempio i registri su cui teneva i conti delle transazioni che aveva certificato, ma quei numeri non erano evidentemente relativi a scambi in danaro. Cice immaginò che poteva trattarsi sicuramente dei quantitativi di forniture che avevano rimpinguato le scorte delle masserizie, ma anche e soprattutto delle requisizioni fatte. Lo capì quando vide che accanto ad alcuni numeri c'era scritto "Rinder" o "Kuhe": sapeva dalla cugina Oliva che quell'ultima parola era quella con cui i tedeschi chiamavano i bovini. Era una sensazione strana, vedere che una parola tanto diversa da quella usata invece in Italia, per indicare la medesima cosa, un po' una forzatura, come per sentirsi diversi per forza, per una sorta di disegno esterno che necessariamente catalogava e distribuiva gli uomini per similitudini apparenti, com'erano un po' i libri del nonno nelle scaffalature.

Ciò che poi colpì di più Felice fu il momento quando capì che un altro tipo di conteggio veniva macabramente annotato su quegli appunti. Non era difficile capire che quella croce vicino a quei numeri, cifre in alcuni casi anche ridotte ma comunque spaventose, per quello ch'era il loro significato: si trattava di quantitativi di uomini, i caduti: gli uomini persi durante le battaglie che si scatenavano naturalmente e frequentemente, durante quelle avanzate. La cosa non avrebbe dovuto forse colpirlo più di tanto, ma in realtà era la prima volta che aveva l'evidenza, pur poco tangibile, che quello che stava succedendo portava effettivamente morte e distruzione, sempre. E allora si chiedeva se i due tedeschi morti a Campeglio, o i quattro di

Primulacco, si fossero sacrificati per la loro patria, avessero combattuto da eroi, fossero stati degli uomini ligi al dovere e volenterosi, ma non seppe darsi risposta. Si accorse subito però che la domanda giusta non riguardava l'eroismo, riguardava piuttosto l'orrore della morte. La domanda giusta era: perché erano morti? Per quale motivo quelle giovani vite erano state spezzate? Perché certo, era quella la domanda giusta, ma lui non voleva assolutamente pensarci, non doveva, non poteva. Alle famiglie friulane che erano dovute scappare non restava più niente, anche le "Kuhe" erano state requisite dal nemico, nemico che esso stesso lasciava in patria madri in attesa, sole con il ricordo di quei figli che si sacrificavano per la patria. Si ricordò allora delle dottrine del nonno, del suo continuo insistere su quanto fosse importante rispettarsi e non cedere all'odio determinato dalle differenze, pur conservando amor proprio ed orgoglio patrio, aggettivo la cui estensione per Felice automaticamente ricorreva all'intero Regno d'Italia, ma con la consapevolezza che il riferimento più diretto era verso il suo suolo, il suo reale territorio, prima di tutto. Ricordava che il nonno Antonio quando doveva fare i conti di creditori verso i loro debitori doveva cercare sempre rimanere imparziale; fu la prima lezione di integrità per Cice, che spesso a causa della sua diversità fisica si lasciava andare a comportamenti non consoni, come se essere diverso lo spostasse su un piano non comune agli altri, ma il nonno prontamente gli ricordava, tramite una citazione come faceva spesso, che "il sole splende per tutti", che era un modo gentile per dire che tutti hanno prima gli stessi doveri verso sé stessi e gli altri e poi, solo poi, gli stessi diritti. Si avvicinò alla libreria più prossima alla luce del candelabro, ed estrasse un libro a caso da uno scaffale a caso. Sorrise, quando vide che si trattava dell'Orlando Furioso di Ariosto. La casualità lo spinse anche ad aprire una pagina qualunque, ove lesse:

Acciò più non istea
mai cavallier per te d'essere ardito,
né quanto il buono val, mai più si vanti
il rio per te valer, qui giù rimanti.
O maladetto, o abominoso ordigno,
che fabbricato nel tartareo fondo
fosti per man di Belzebù maligno
che ruinar per te disegnò il mondo,

all'inferno, onde uscisti, ti rasigno".

Era un passo del poema che descriveva il duello di Orlando contro il fellone Cimosco, e sconfittolo ne caccia l'archibugio in fondo ad uno specchio d'acqua, additandolo come strumento repellente che non si confaceva per nulla alle battaglie leali. Era questo a cui si era ridotto tutto? Le battaglie fra gli uomini avevano portato a cercare nell'evoluzione la maniera più semplice e veloce di costruire e distribuire morte? Non sapeva davvero darsi risposte, e non sapeva nemmeno perché continuasse a farsi quelle strane domande: forse l'atmosfera della biblioteca lo rendeva oltremodo riflessivo, ma non era mai stato tipo da dilungarsi in quei patemi, per quanto gli piacesse leggere e pensare. Sorrise infatti quando pensò alle prime volte in cui aveva letto con il nonno, anche quell' "Orlando" il cui volume però non gli sembrava del tutto identico a quello che aveva avuto per mano lui. Era forse un'altra copia di cui non conosceva l'esistenza, poteva tranquillamente essere possibile che ce ne fossero chissà quante altre nella miriade di libri distribuiti nelle due biblioteche, che in molti casi vantava anche varie edizioni dello stesso testo. Lo tenne ancora per un attimo in mano, saggiandone il peso, sfiorandone la superficie con i polpastrelli di quelle mani che per troppo poco tempo avevano stretto materiali così delicati come la carta di quella copertina, ma che avevano saputo fare molto altro per lui e per la sua famiglia tutta. La gamba tornò a farsi sentire, e lui avvertì l'urgenza di rimettere a posto il tomo per sedersi per qualche istante, ma trasalì e lasciò cadere il libro quando improvvisamente si manifestò Giovannino:

- Cice, vieni a giocare?

Felice colto alla sprovvista si lasciò cadere di mano il libro, che rovinò sul pavimento aprendosi e restando voltato a terra.

- Nanìn! Cosa fai qui? Come mai non dormi?

Nanìn era il soprannome usato soltanto da Felice, che per Giovanni era diventato una sorta di padre putativo e sostitutivo, dal momento che poteva essere suo figlio. Ma Nanìn lo aveva sempre trattato come un fratellone, senza troppo pensarci. Si strabuzzava gli occhi, e sbadigliò prima di ricominciare a parlare. I risvolti dei pantaloni gli erano calati fino a scivolargli sotto la pianta del piede, e la stabilità della sua posizione era compromessa dal sonno non completamente soddisfatto:

- Uno di quei *siórs* che mangiavano le patate mi ha svegliato

Cice trasalì: i mangiapatate per il bambino non potevano essere nient'altro che i tedeschi che stavano di sotto, e che si erano ingozzati all'inverosimile, rendendosi agli occhi del bambino avulso da ogni tipo di differenziazione soltanto come dei signori mangiatori di tuberi, altra definizione non c'era, ed era incredibile quanto fosse direttamente intuibile. Dolorante, senza riuscire a trattenere una smorfia, Felice si avvicinò al fratellino, e chinandosi fra mille dolori lo cinse, stringendogli le mani sulle spalle e gli chiese:

- Cosa ti hanno fatto? Dimmi, Nanìn, ti hanno fatto del male?

Giovannino appariva disorientato dall'eccessiva attenzione del fratello, e dopo aver strizzato le palpebre come per schiarire la vista, scosse la testa facendo segno di no:

- Fa rumore quando dorme.

Ed iniziò a cercare di imitare il suono che lo aveva svegliato dal suo sonno innocente, riuscendo soltanto ad emettere un grugnito divertente che sembrava più l'imitazione del grufolare dei maiali che il pur rumoroso russare di un soldato tedesco assopitosi al buon calore del *larìn*. Felice sorrise e finalmente si sedette, prendendo sulle ginocchia il fratellino. Si ricordò del libro in terra, che riuscì a raccogliere pur stando seduto e col bambino su di sé, ma raccogliendolo ne lasciò sfuggire un pezzo di carta ripiegato su sé stesso, con qualcosa scritto su: era una fascia di carta rigida lunga e stretta, come una specie di segnalibro creato artigianalmente da un vecchio e logoro pezzo di cartone, al cui interno però era stato scritto qualcosa a mano. Giovannino vide che il fratello bramava quel pezzo di carta steso in terra e capì che poteva aiutarlo, così glielo raccolse:

- Cosa c'è scritto, Cice?

Felice sorrise, leggendone la frase che il nonno gli ripeteva sempre, di cui lui stesso a suo tempo gli aveva chiesto il significato senza mai conoscerlo, in quanto scritta in latino: "Sol omnibus lucet".

- È stato il nonno a scriverla, Nanìn. Dice che siamo tutti uguali.

§§§§

Se qualcuno avesse potuto assistere al momento in cui Rommel leggeva gli ordini del maggiore Sprösser non avrebbe sicuramente potuto capire cosa ne pensasse: uno dei tratti significativi del suo carattere implicava che in battaglia egli riuscisse sistematicamente ad evitare ogni coinvolgimento emotivo che non fosse strettamente legato alla tattica. Rimuginava su ciò che aveva appena letto, al riparo dalla pioggia su quel fienile, con lo sguardo rivolto ancora verso i due monti giganti che sbarravano la strada per Longarone, continuando a scrutare le differenze morfologiche fra le sagome delle due montagne sorelle, diverse in tutto tranne che per l'imponenza. Si era concentrato per un attimo di più sui pendii del monte Lodìna che, complice il buio, gli sembravano meno ripidi ed aridi di quelli che il Cornetto proponeva al paese di Cimolais, testimone anche il fatto che la vegetazione avesse attecchito più su quel versante, più dolce e dall'aspetto più mansueto, pur restando comunque titanico.

Riprese in mano l'ordine, una piccola porzione di prestampato a righe protocollari con l'intestazione del battaglione, e lo rilesse attentamente una seconda volta, senza in qualche modo vedere una reale utilità in questo gesto:

DEUTSCHES HEER – ALPENKORPS
WÜRTTEMBERGISCHES GEBIRGSBATAILLON
Ordine di missione

• La 3ª compagnia ai comandi del maggiore Sprösser attaccherà il nemico al mattino del 9 novembre, partendo dal margine occidentale dell'abitato di Cimolais salendo verso il p. so Sant'Osvaldo.

• I distaccamenti del battaglione da montagna del Württemberg aggireranno le posizioni nemiche seguendo i percorsi qui indicati:

o   Ten. Rommel (1° e 2° fucilieri, 1° mitraglieri) passando per il monte Lodìna, prima dell'alba e degli altri distaccamenti.

o   Ten. Schröder (4° e 6° fucilieri, 2° mitraglieri) passando per il monte Cornetto, allungando per monte Certen fino ad Erto in sopralluogo.

o   Cap. Gössler (5° fucilieri, 3° mitraglieri) passando per il monte Cornetto a quota 995 dovrà scendere alle spalle del passo sopra Cimolais e tagliare la strada alle truppe nemiche in ritirata verso Longarone.

Gli ordini verranno trasmessi all'Imperial regio 26° reggimento Schützen sulla segnalazione del comandante del WGB, maggiore Sprösser.

Rommel ristette per un secondo, rilesse velocemente e cercò subito di figurarsi in mente le traiettorie e le zone che sarebbero state percorse per svolgere quest'ordine. Prese il binocolo e riguardò in direzione delle due montagne che con quell'ordine da quel momento diventavano ancora più protagoniste dell'avanzata tedesca verso il Piave, e dedusse subito che in qualche maniera il percorso più lungo spettava alle due compagnie che avevano il compito di aggirare il Cornetto, poiché sarebbero dovute scendere nuovamente verso il porto di Pinedo e inerpicarsi da lì in direzione di Erto, evitando così eventuali posizioni nemiche sul versante del monte rivolto al paese. Il tragitto previsto invece per il suo distaccamento si palesava come il più breve, ma soltanto sulla base delle distanze percorse, e c'era un perché: la cima del monte del Cornetto, che sarebbe stata comunque aggirata dalle due sezioni di Schröder e Gössler, era a poco più di millesettecento metri sul livello del mare, mentre l'altitudine della cima del Lodìna, su cui il distaccamento Rommel doveva passare quasi obbligatoriamente, superava i duemila metri. Non erano certo quei trecento metri di differenza nel dislivello a rendere il percorso più periglioso, ma l'area visibilmente più ridotta su cui quelle pareti rocciose si sviluppavano, cosa che rendeva i versanti del Lodìna notevolmente più ripidi di quelli del Cornetto, la cui imponenza certamente spaventava, ma senza che ciò non rivelasse ad una prima analisi che la sua percorribilità era ben più concretizzabile, anche se comunque quelle cenge innevate e ricoperte a tratti dai mughi ghiacciati si mostravano comunque impervie a dir poco. Si capiva subito che lo sforzo sarebbe stato grande, anche perché era stato ben specificato che chi passava per Lodìna doveva partire prima: da un calcolo previdente il tenente pensò che la partenza si sarebbe dovuta fissare da lì a due ore. Ma non si erano dimostrati già molto stanchi i soldati, ed i suoi in particolar modo? Avevano corso e combattuto in avanguardia per ben tre volte di seguito, alcuni di loro erano stati per due notti di fila in sorveglianza dei prigionieri ed altri erano in quell'esatto momento a guardia e protezione dell'accampamento in Cimolais. Certo, anche i distaccamenti Gössler e Schröder non erano sicuramente in piena ripresa, ma la fatica che si prospettava era già sulla carta di gran lunga più impegnativa per quei fucilieri a cui spettava una scalata non indifferente.

C'era comunque una connotazione positiva, estrapolabile dalle considerazioni sull'ordine ricevuto: il maggiore Sprösser aveva comunque valutato l'attacco frontale, e questo aggiramento più stretto dal Lodìna serviva ovviamente a coadiuvarlo. Rommel capì che in qualche modo il maggiore si fidava di lui, se gli aveva permesso di attaccare insieme praticamente nella stessa manovra; in qualche modo probabilmente lo riteneva più adatto, rispetto agli altri due comandanti di distaccamento, probabilmente a scapito dell'anzianità di Gössler e a causa dell'intemperanza di Schröder. D'altra parte anche le truppe ed i sottufficiali di Rommel si erano mostrati sempre dediti al dovere ed in prima linea anche senza esplicita richiesta. La flessibilità del battaglione era una caratteristica fondamentale per il tenente, era convinto che fosse la giusta base per poter agire rapidamente e d'improvvisazione come gli era consono. Ci pensò su per un attimo, bloccato dalla considerazione che, in un certo qual modo, chiedere una modifica all'ordine sarebbe stato come avanzare una supplica per un privilegio. Non era quello che voleva, doveva essere motivato per potersi presentare dal maggiore con convinzione. Ma c'era motivazione superiore che non fosse la buona riuscita della missione, senza se e senza ma? Ripose il binocolo mettendoselo a tracolla e scese dal fienile, dirigendosi a passo svelto e con la solita energia verso i ghiaioni periferici del torrente Cimoliana, dove si erano accampate le compagnie fucilieri e mitraglieri del Württemberg. Diede prima però un altro sguardo ad occhio nudo in direzione delle due montagne: la pioggia era momentaneamente cessata, e con lei la foschia si era adagiata, inchinandosi verso fondo valle al freddo portato da una leggera ma gelida brezza. Lodìna e Cornetto in quel momento campeggiavano dominanti, recidendo la notte sull'abitato, imponenti come mai erano stati visti dagli invasori; il tenente ebbe quasi un sussulto, poiché dopo giorni di saliscendi fra cime e vallate del Friuli, gli si presentava davanti qualcosa che, pur essendo tutto il battaglione specializzato in lotte d'altura, superava l'idea ed il significato che aveva rivestito fino a quel momento della missione la parola "montagna". Ad accrescere l'impressione data dallo slancio superbo di quei versanti c'erano sicuramente le altre cime dalle nere rocce più a nord, ancora più alte e maestose, ma così lontane e apparentemente inviolabili, quasi da ritenere avulse dalla concezione geografica del campo di battaglia attuale, ma anche e soprattutto la stanchezza, che Rommel avvertì proprio nello stesso istante in cui istintivamente aveva reagito alla vista nitida di quelle cuspidi con una rispettosa soggezione, lasciandosi quasi travolgere dal giogo surreale che potevano evocare certe immagini.

Era giunto in prossimità dell'acquartieramento verso la piana di Pinedo dove l'effetto del riverbero di una miriade di tende inumidite suggeriva l'istintiva proiezione di un riflesso impossibile della volta celeste, come un'ordinata piantagione di stelle. Rommel non scese nemmeno verso il greto, si limitò ad osservare da posizione sopraelevata la condizione di indebolimento che trapelava dai movimenti lenti dei pochi soldati che ancora erano svegli. Uno di loro in particolare trascinava i piedi pesantemente sulla ghiaia, diretto quasi sicuramente ad un giaciglio di fortuna su cui avrebbe dormito poco e male; un po' più in là sostavano i reparti degli altri distaccamenti, da cui pure si palesava un marcato stato di affaticamento, anche se l'evidenza si aveva in quei pochi gruppi che negli ultimi assalti avevano praticamente sempre fatto le prime linee, gli stessi che nell'ordinanza che il tenente teneva ripiegata in mano sarebbero dovuti salire su una cima alta più di duemila metri per poi subito ridiscenderne i pendii innevati e scivolosi, il più velocemente possibile scontrandosi infine direttamente con un nemico che poteva avvistarne l'avanzata molto prima del contatto. Pensò che sarebbe stato davvero troppo rischioso; guardò verso il punto in cui erano stati stipati i carri con le masserizie, e non poté non considerare che la compagnia mitraglieri si sarebbe dovuta trascinare dietro delle armi pesanti salendo dei pendii su cui già si temeva di faticare per portare su sé stessi. Oltre a questo la manovra andava sincronizzata con le truppe che al mattino avrebbero dovuto attaccare e superare il passo trovando la strada liberata appunto dal distaccamento Rommel: significava portarsi dietro anche il necessario per comunicare, cavi ed apparecchiature telefoniche.

Rientrò, diretto a palazzo Morossi, attraversando le scure vie del paese quasi deserto. Soltanto alcuni soldati austriaci che trascinavano sacchi con provviste o vestiario e qualche altro che trasportava qualche bestia. Passando per la piazza assaporò quello che di colpo gli era parso come l'unico momento di reale tranquillità che aveva mai avuto da quando era iniziato tutto. Dalla Romania, alla Marna, al fronte italiano da Caporetto fino a Cimolais, nessun istante era sembrato così calmo, silenzioso come quello. Rallentò il passo, e pensò che forse questa sua debolezza era data, oltre che dalla stanchezza, anche e soprattutto dall'influenza subita dall'immagine composita e significativa dei suoi uomini in confronto con le alte pareti, ed in ogni caso dall'onnipresente silenzio, che riempiva ogni spazio vuoto annegandone il vuoto con la sua imponente presenza, a ricordare quanto preziosa fosse l'esistenza, quanto ineluttabile fosse il prosieguo degli eventi, quanto imprescindibili fossero il tempo e la morte.

La pioggia ricominciava a cadere, sottile e gelida, pesante: malgrado i pochi passi compiuti Rommel entrò nel palazzo con il cappotto ed il cappello gocciolanti. Nel salone trovò pochi soldati dormienti, tutti facenti parte del distaccamento Schröder, che di lì a poco avrebbe già dovuto iniziare la missione. Pensò di doverli quantomeno riprendere, intimando loro l'acquartieramento adeguato con i colleghi, accusandoli di star inutilmente occupando i locali addetti agli ufficiali, ma chi poteva biasimarli? Pensò che finché dormivano non avrebbero dato fastidio, ché li aveva già visti senza alcun problema essere pronti all'attacco non appena svegli, e più che altro la sua urgenza in quel momento era un'altra. Salì le scale velocemente, a due a due ma senza che se ne producesse un rumore pesante, greve come poteva essere quello della corsa di un soldato alla carica; l'impeto dell'adrenalina, dell'ambizione che era tornata ancora più forte di prima dopo quel momento di smarrimento, gli aveva prodotto una strana smania, tanto che dovette subitamente controllarsi e riprendere il contegno che si confaceva ad un ufficiale che stava per proporsi ad un suo superiore: di certo Sprösser si sarebbe insospettito vedendolo così affannato, necessitava di riprendere il controllo della sua risolutezza. Si era soffermato sulla sommità della seconda breve rampa di scale che portava al secondo piano, e cercava di abituare gli occhi al buio, tentando di localizzare la porta della biblioteca, che doveva essere stata chiusa. Lo era, e se ne accorse quando fu riaperta e ne uscì il bagliore del candelabro, a rischiarare le assi di legno grezzo verniciato che costituivano il pavimento del pianerottolo. Comparvero, sortendo con audacia dall'interno, tre ufficiali: il sottotenente Grau ed i sergenti Brüchner e Dobelmann, che salutarono prima il maggiore e dopo aver compiuto due soli passi, accorgendosi della sua presenza, anche il tenente Rommel, il tutto quasi all'unisono, come in una sorta di coreografia prestabilita, senza lasciar trapelare nemmeno un briciolo di sorpresa. Scesero le scale in fretta e sparirono nel buio dei piani sottostanti. Il tenente capì subito che quelli erano i sottufficiali designati dal maggiore per aiutarlo nell'attacco del mattino dopo, sul passo. Sprösser nel frattempo era comparso sulla porta e, atteso lo sguardo di ricambio di Rommel, non disse nulla e si sedette al suo posto da capotavola, sul *caregón*, lasciando la porta aperta. Aveva già iniziato a pettinarsi la barba con le mani quando Rommel iniziò la sua breve arringa:

- Maggiore, immagino che sappia perché sono qui. Ho ricevuto il suo ordine e ne condivido tutti gli aspetti, ma dopo le opportune valutazioni sono qui a chiederle personalmente una variazione, non me ne abbia. I miei uomini sono stanchi, ne ho constatato personalmente la debolezza, e quella montagna è davvero la più alta e difficile di tutta la missione. Credo che nemmeno gli alpinisti esperti di Gössler potrebbero farcela nel tempo richiesto a valicare quella cima, carichi delle artiglierie. Per di più il distaccamento Rommel è necessariamente direttamente implicato nell'attacco diretto. Siamo quasi giunti all'obbiettivo e vorrei evitare in tutti i modi che la missione fallisca per colpa di un rallentamento, o peggio, di un fallimento.

Ne seguì un silenzio quasi perfetto, talmente perfetto che si poteva perfino sentire, se si ascoltava attentamente, il rumore della fiamma delle candele che lentamente bruciavano. Fu forse la naturale conseguenza di quel discorso, breve ma colmo di concetti e a tratti quasi disorientante, per quanto il maggiore avesse potuto aspettarsi che Rommel chiedesse quello che aveva chiesto. Ma da un lato sentiva di non riuscire ad accettare il fatto che il tenente che gli pareva di maggior talento rifiutasse la responsabilità di un incarico di così spiccato valore tecnico e strategico:

- Rommel, la prima cosa che mi sento di dirle è che capisco. Capisco che siate stanchi, in effetti lo sono tutti. Vorrei però che anche lei capisca, siamo per l'appunto quasi sull'obbiettivo, ed una variazione in questo momento potrebbe essere fatale per la buona riuscita del mandato che, come sa, ho avuto personalmente dal generale dell'Alpenkorps. Spero che capisca che non posso permettermi modifiche così grosse, non posso certo rinunciare ad un tassello fondamentale di ...

Il tenente lo interruppe, ed era davvero la prima volta che lo faceva:

- Maggiore, ho un'alternativa valida. Mi creda.

Sprösser era pressoché allibito. Così tanto che aveva persino smesso di accarezzarsi la barba, ed aveva spalancato gli occhi, guardando intensamente quel giovane tenente la cui espressione invece era rimasta sempre la solita: non occhi di ghiaccio come ci si aspetterebbe da uno con quella audacia e quel coraggio, bensì occhi caldi, dall'espressività decisa, ma nel contempo di una pacatezza che lasciava svelarsi tutte la determinazione e la sicurezza che contraddistinguevano quell'ufficiale.

Il silenzio era tornato, ed in questo caso fu come se Rommel si fosse quasi scusato di aver interrotto il maggiore ma con la consapevolezza che l'accondiscendenza del maggiore non sarebbe mancata, vista la necessità, approfittando anche del bonus di fiducia che il tenente si era guadagnato in tutta la campagna del Friuli. Sprösser si alzò per un attimo, poi si sporse avanti, tenendo i pugni poggiati sulla superficie del tavolo. Guardò il tenente, guardò le mappe e si risedette:

- Ebbene, tenente, avanti. Spieghi questa alternativa. Ma tenga conto che non sappiamo cosa ci aspetta. Si ricordi del passo di Clautana.

- Ne ho tenuto conto, maggiore. Ma ho guardato a lungo queste montagne, e ritengo di poter riuscire a velocizzare ancora di più la manovra, rendendola più efficace, il territorio ce lo permette.

Si fermò, aspettando una conferma di cui sapeva la venuta.

- Vada avanti.

Nel tono di voce del maggiore c'era un velo di rassegnazione, dentro di se pensava che avrebbe comunque mantenuto l'ordine così com'era, pur avendo la preoccupazione che qualcosa potesse andare storto.

- Signore, propongo che, anziché muovere le quattro compagnie in gruppo per tutto il monte Lodìna, parte dei miei uomini restino a riposo e attacchino all'alba assieme alle sue compagnie, direttamente verso il valico, sulla strada per Longarone. Il sottotenente Payer guiderà il resto del battaglione come da suoi ordini.

Il maggiore ascoltò attentamente, e nonostante si aspettasse una soluzione più elaborata, capì che se quel tenente aveva già quell'idea così ben chiara avrebbe quantomeno dovuto dargli una possibilità. Restò comunque alquanto diffidente:

- Parte dei suoi uomini, Rommel? Quali? E cosa intende fare degli altri disponibili?

- Signore, per ora ciò che ho la certezza di proporle è questo. Ho a disposizione dei mitragliatori leggeri, i nuovi Spandau 08 del 15, può sembrare un azzardo ma ritengo di poter trovare un piazzamento adeguato, avrei solo bisogno di un sopralluogo verso ovest per avvicinarmi il più possibile alle postazioni nemiche e capirne la posizione esatta.

Il maggiore iniziò ad accarezzarsi la barba. Si alzò, mantenendo un rigoroso silenzio, poi fece qualche passo in direzione del tenente senza però guardarlo negli occhi, ma tenendo lo sguardo fisso verso una piccola finestrella che dava verso l'esterno, da cui senza particolare interesse sembrava cercare riferimenti. Si rivolse poi di nuovo verso il suo giovane ufficiale:

- Anche questo è un rischio grosso, Rommel, le Spandau sono pratiche da trasportare ma non hanno una gittata adatta ad un tiro così distante. Ma glielo concedo, ovviamente però ho bisogno che lei sia il più dettagliato possibile, Schröder e Gössler stanno già per partire e non vorrei dover rettificare il mio ordine per nulla.

- Signore, se mi permette, dovrà preoccuparsi di più se mantiene l'ordine così com'è.

Sprösser rifletté, stavolta per non più di un minuto abbondante. Poi, risoluto, disse:

- E sia, ma non prima di un suo sopralluogo ad ovest, verso il passo sant'Osvaldo. Si porti una squadra, se le pare utile anche i ciclisti, e mi porti al più presto notizie. Nel frattempo faccia venire da me il sottotenente Payer, date le difficoltà del percorso credo sia necessario recuperare una guida del posto.

- Sissignore.

L'acquiescenza del maggiore era palesemente rassegnata, ed il suo comportamento riguardo la richiesta di Rommel era condito da una latente avversione, poiché temeva che probabilmente il suo atteggiamento verso quel tenente aveva creato qualche dissapore negli altri ufficiali, specialmente in Schröder, a cui sentiva di aver comunque affidato un compito non semplice, e quindi modificare quello di Rommel avrebbe potuto essere letto come una preferenza, cosa che rischiava di disunire le truppe, finanche l'intero battaglione, ed era cosa da evitare.

Il giovane tenente se ne andò dalla biblioteca e scese le scale sicuro di sé, muovendosi però più lentamente e con meno veemenza di quando era salito; concentrato, pensava già all'ordine delle cose da svolgere, con cosa iniziare. Sprösser dal canto suo rifletteva su come avrebbe potuto essere visto quel cambio d'ordine, e su come con la sua autorità avrebbe potuto mettere a tacere ogni contrasto che avrebbe rischiato di portare le truppe a deconcentrarsi. C'era da tener conto però che quanto proposto da Rommel era allettante e sembrava rendere addirittura le cose più facili, ma faceva leva sull'assunto che la trincea nemica non fosse troppo ben organizzata. Troppi dubbi per poter trovare una soluzione certa, troppo poco tempo per analizzarla, così alla fine il maggiore si sentì in dovere di autoconvincersi che il tutto si stava gestendo nella migliore delle maniere, e colui con cui aveva appena discusso era con sempre meno dubbi il suo miglior uomo.

Al piano terra Rommel trovò la situazione di poco cambiata: la commistione fra la luce dell'ormai debole fuoco insieme a quella di alcune candele poste alle pareti non riusciva comunque ad essere adeguata ad illuminare ogni angolo di quella sala, e l'immobilità pressoché totale di tutti i protagonisti di quella scena rendevano l'atmosfera simile a quella di un quadro barocco dalle tinte scure; attraversò questo scenario, tagliandolo di netto come se inavvertitamente stesse dividendo l'ambiente in due parti contrapposte, mostrando una separazione fra i due gruppi che fino al momento precedente, nonostante le marcate differenze superficiali, sembrava quasi non esserci, nel buio che assottigliava l'importanza delle apparenze e delle provenienze.

Uscì, colpito da una gelida brezza e inghiottito dal buio e dal silenzio della strada. Si soffermò per un attimo, si sollevò il bavero e pensò ancora per un attimo alla Germania, a casa sua, a sua moglie, ai suoi genitori, per un ultima volta. Un ultimo assaggio di quella sensazione di cui aveva sentito la mancanza, ma di cui non riusciva a capire la natura, e soprattutto le conseguenze. Si sentiva in parte spiazzato come un bambino che non sa cosa aspettarsi da un avvenimento prossimo, pur conoscendone l'alto rischio che gli possa provocare dolore. Il ventiseienne Rommel, il giovane Erwin, sapeva benissimo che quel tipo di sentimento faceva parte della gamma delle emozioni che contraddistinguevano inevitabilmente ogni essere umano vivente, ma capiva anche che lasciarsi trasportare troppo da questioni personali e scollegate dal dovere militare poteva distrarre ed indebolire. Non era certamente un atteggiamento sicuro, e poi non c'era tempo per le malinconie, per quanto piacevoli: doveva organizzare il sopralluogo, così si diresse verso il cortile dov'erano state ammassate le bestie, per riprendersi il suo morello ed iniziare a radunare le truppe.

In casa Morossi la paradossale calma che si era instaurata era stata interrotta dall'ingresso degli ufficiali Gössler e Schröder, che con la sua solita insolenza produceva volutamente rumore per disturbare il diffuso torpore che aveva abbracciato tutti, civili e soldati, attorno al *larìn*. Il capitano Gössler non disse niente e si diresse verso ciò che sembrava interessarlo totalmente: un mucchio di attrezzatura da scalata come corde, fettucce e cordini che aveva lasciato in terra non lontano dal fuoco ad asciugare, e che iniziò subito a stipare in un grosso baule da trasporto, stando attento alla gestione dei pesi e degli spazi; il tenente Schröder svegliò in malomodo, spintonandoli con la suola degli scarponi, i suoi uomini che ancora ronfavano imperiosamente stesi sul pavimento.

Oliva non sembrò inizialmente troppo sconvolta dall'impetuosità con cui i due comandanti erano entrati, era probabilmente più infastidita per la libertà che si stavano prendendo verso ciò che in realtà non gli apparteneva, fosse anche soltanto il muoversi attorno al *larìn* con una disinvoltura da ospiti maleducati, più che da veri e propri violenti usurpatori. Continuava a sistemare panni e biancheria, cucendone gli strappi e rattoppandone le parti consunte: lenzuola, asciugamani, teli ed altri stracci che aveva preso dalle credenze poco distanti, stoffe anche antiche e pregiate che venivano ritagliate e ricucite per crearne drappi utili alle truppe tedesche, che requisivano tutto ciò che poteva sembrare anche soltanto lontanamente utile. Oliva era sconfortata dall'onta di dover mettere mano e consegnare con rassegnazione parte dei corredi della sua famiglia, quantunque fossero anche vecchie telerie ormai inutilizzate ma con una sorta di importanza storica, poiché in qualche modo permettevano di ricordare lievemente il benessere del passato o, meglio ancora, le persone che non c'erano più, di cui al posto dei ritratti restavano gli oggetti quotidiani, da conservare quasi come reliquie. Sapeva che in realtà molte di quelle stoffe avrebbero fatto una fine ingloriosa, magari diventando semplici sacchi o teli per avvolgere materiale, o ancor peggio stracci per pulire le armi o chissà cos'altro, ma sapeva anche che probabilmente i lini più pregiati ed i ricami se li sarebbe messi da parte qualche soldato lungimirante, per farne una fonte di facile guadagno in patria. Rita e Maria le davano una mano a sistemare, in religioso silenzio e senza guardare verso i tedeschi, come invece, audace, continuava a fare Oliva, che rimase però un attimo interdetta quando Schröder l'apostrofò duramente:

- Tu! Avvicinati, devi tradurre.

Ella corrugò la fronte in un'espressione irosa e pensò quasi di sputargli in faccia un sonoro rifiuto, di piantargli una fastidiosa scheggia di disobbedienza dritta in un occhio, ma quando vide che i soldati dormienti si stavano svegliando e che il tenente volutamente aveva messo in evidenza la pistola che teneva sotto il cappotto, pensò che nemmeno ignorarlo avrebbe sortito un effetto gradevole nei suoi confronti. Ad ogni modo bolliva di rabbia, ma gli si avvicinò comunque. Il tenente le indicò Maria e Rita.

- Le due donne sedute lì devono prepararci del cibo, e da bere. Andiamo in montagna a camminare, eh eh!

Sorrise diabolicamente e guardò Gössler mentre controllava le attrezzature, come a volergli concedere di fargli da spalla in quella soddisfacente prepotenza, ma il capitano non gli sembrò molto propenso ad un tale momento ludico, allora spostò la sua attenzione verso i suoi soldati a cui spiegò, ripetendosi sempre sghignazzando, in cosa consisteva la missione, cosicché anche loro si unirono alla stridente risata. Era un compito apparentemente facile per quanto comunque fosse vicino ad un obbiettivo importante come Longarone. Aggirare una montagna con l'alta probabilità di evitare contatti diretti col nemico era davvero qualcosa di effettivamente ordinario, in confronto a quanto era stato fatto fino a quel momento, in costante tensione e sempre testa a testa con gli italiani, un bonus come quello non andava certo perso. Oliva aveva già tradotto quanto era stato ordinato e le due donne si erano alzate e già sembravano volersi dare da fare, pur parendo disorientate dal non saper dove iniziare, così Schröder rincarò la dose:

- Ci servono latte, formaggio, carne e pane. Forza, *schnell*!

Ruggì quell'ultima parola verso Rita e Maria tanto da spaventarle, e rise di gusto quando le vide sgattaiolare via. Oliva capì che il suo compito era momentaneamente terminato e tornò al suo posto lentamente, distrutta all'interno da un dolore nervoso che sentiva logorarle l'animo. Avrebbe voluto cacciare l'invasore, buttare fuori da casa sua quel tenente così spudorato e cattivo, ma capì che tutto sarebbe andato a suo danno. Si rimise meccanicamente a raccogliere i panni e riordinarli, facendo una sorta di distratto censimento fra quelli da rattoppare e quelli da rammendare, e si risedette, guardando in terra per evitare di vedere qualunque cosa stessero facendo quei tedeschi, che mettevano mano a tutto ciò che gli poteva servire per capire se potevano portarselo dietro. C'erano le posate di legno intagliate dal nonno – quelle più vecchie – e da Felice, che nel frattempo continuava a tenere in braccio Giovannino dormiente; previdentemente non osava dire nulla, come se il suo destino fosse inscindibilmente legato a quello del bambino, tanto da non potersi permettere una delle sue classiche uscite di testa, i suoi affronti verso quelle ingiustizie che lo facevano tanto infervorare.

Rita nel frattempo era entrata in dispensa e aveva notato Massimiliano immobile, sulla paledàna, ancora intontito ma sveglio. Non gli parlò, gli si avvicinò soltanto e gli posò una mano sulla nuca reclinata, accarezzandogli i capelli ancora umidi. Lui non reagì; la donna restò per qualche istante ancora con la mano lì appoggiata, poi prese un paio di panni che ella stessa aveva lavato, stirato e riportato piegati sugli scaffali di quella dispensa. Li svolse sulla superficie piana del tavolino centrale, come faceva quando doveva dare da portar via qualcosa da mangiare ai ragazzi, fosse solo un po' di pane o pezzi di patate bollite, mentre ora lo stava facendo per vedere andare via al più presto quegli uomini che avevano invaso la quiete da tanto ricercata, per lei e per quell'uomo che purtroppo aveva più volte visto svigorito come in quel momento.

Erano stati tutti molto sfortunati in passato, anche lei come Massimiliano era rimasta vedova: aveva perso il marito in montagna, in una miniera, ancora prima di avere figli, o meglio, ancora prima di sapere se avrebbe potuto avere figli. Non era giovane ma non si era mai sposata fino all'arrivo di quell'uomo che in breve aveva perduto. Poi era arrivato Massimiliano, che le aveva dato prima un lavoro e un posto dove stare, e poi il calore di una famiglia. Però nel momento in cui aveva visto Massimiliano preoccuparsi per l'invasione aveva iniziato a temere di nuovo che tutto quanto potesse ancora crollarle addosso, e allora continuava a non dire niente, andava avanti a combattere la paura armata soltanto del suo orgoglioso e spaventato silenzio, a prostrarsi agli ordini della nuova autorità che ora minacciava la sua stabilità, pur di vedere cessare al più presto quella situazione a cui non era abituata, quel precarizzare ancora di più la precarietà che già di norma portava grandi sofferenze. Oliva percepiva quei movimenti, pur nel silenzio che a tratti si fissava in quei momenti. I suoi cugini maschi non potevano e non avrebbero potuto mai capire le profonde sensazioni provate da Rita e l'avevano sempre trattata con un'educata indifferenza, mentre per lei era stata una sorta di riferimento: spesso si erano aiutate, crescendo insieme in quella famiglia composta da famiglie spezzate e ricompostesi in quell'unione inizialmente di convenienza, poi tramutatasi in un affetto invulnerabile. Erano rimasti in pochi, loro, ma con tutto ciò che gli bastava: un fuoco, un po' di cibo, un tetto sopra la testa e la benevolenza e l'appoggio reciproci, e questo immediato ricordo le fu da scintilla; sentì che non sarebbe riuscita per più di tanto a contenere il malumore, alimentato dai risolini di quei soldati sporchi e brutti, uomini d'arme che le sembravano poco credibili, falsi, così lontani dai cavalieri descritti nelle novelle che le raccontavano Pietro e Felice. Forse qualcosa di vicino a quell'idea si era visto in tutto quell'ammasso di uomini, un poco di nobiltà, un leggero sentore della classe che avrebbe dovuto contraddistinguere i combattenti era stata celatamente dimostrata dagli ufficiali più forbiti, ma le altre truppe sembravano composte soltanto da delinquenti, dei masnadieri come quelli di cui le parlava la nonna, che girando il mondo per vendere aveva sentito molte storie sugli uomini cattivi che popolavano le notti delle città in cerca di facile profitto, proprio come quelli che in quel momento se ne stavano lì a bighellonare e rubare un po' tutto.

Il suo interesse per i panni nel frattempo era notevolmente scemato, non che comunque fino ad allora non fosse stato forzato, d'altra parte doveva tenersi impegnata per evitare di essere tentata di assalire al collo quegli invasori: fu distratta ulteriormente da quell'intento quando sentì passarle accanto due ufficiali, che spezzando la tensione accumulatasi la tennero un po' più lontana da un'idea maligna verso i soldati tedeschi, che avrebbe voluto uccidere con le sue mani. I due ufficiali di passaggio erano Sprösser e Payer, seguiti dal traduttore Krüger, diretti verso la dispensa in cerca del sindaco che li guardò dapprima sgranando gli occhi disorientato, poi rivolgendosi loro con attenzione e distinzione, alzandosi poi in piedi mentre Rita continuava a confezionare le provviste per i due tenenti fuori in sala, ancora intenti a conversare mentre controllavano l'attrezzatura. Gössler in realtà era l'unico veramente concentrato sul materiale, mentre Schröder se ne stava seduto a ridere, in gran parte forse per smorzare una tensione latente che avvertivano un po' tutti nel suo distaccamento, e di cui tutti sentivano l'importanza aumentare gradualmente. La paura generale e diffusa era quella di rischiare un intoppo pari, se non superiore, a quello di Forcella Clautana. Schröder stesso in parte temeva che le battaglie successive sarebbero state più dure poiché il nemico aveva già dimostrato a Claut che stava iniziando a ricompattarsi, ma il suo egocentrico opportunismo gli permetteva di soprassedere ai patemi tipici di chi andava allo scontro diretto, per il semplice motivo che lui ed il suo distaccamento per l'ennesima volta lo avrebbero evitato.

- Capitano Gössler, che c'è? La vedo di poche parole, è forse un po' teso?

La sua spudoratezza non trovava limite nemmeno nei confronti di un ufficiale più anziano. Il capitano attese un attimo, finendo di riavvolgere uno spezzone di corda e riponendolo nel baule in ordine, prima di rispondere:

- Teso, Schröder? Beh, chi non lo sarebbe? Ci aspetta una missione molto dura.

Aveva pronunciato quella frase con naturalezza, senza curarsi che qualcuno dei soldati lo potesse sentire e ne potesse trarre qualche influenza negativa, d'altra parte negli ultimi tempi, prima del successo sul Matajur che gli aveva dato nuova forza, il capitano aveva mostrato spesso di subire un po' la pressione, quasi sicuramente a causa della sua età che a volte egli avvertiva come un peso, come un fardello opprimente. I soldati di norma ignoravano quando il capitano si lasciava andare ad opinioni pubbliche non esattamente positive, non proprio lusinghiere, sullo stato generico dell'esercito, e nello specifico del suo battaglione; però in quel frangente non si sentiva in realtà troppo giù, troppo vecchio o addirittura inadatto, come gli era già capitato. La sua tensione era data più che altro dal fatto di non conoscere e non poter prevedere la propria sorte e di non sapere, ma non solo, anche di non poter riuscire ad immaginare cosa si sarebbe trovato realmente a fronteggiare, durante lo svolgimento del prossimo incarico assegnatogli; e ciò era tutto dovuto a quelle montagne che gli facevano provare un'emozione che pareva aver perduto, o messo in disparte a discapito di attitudini morali più indicate per il mestiere militare. Una sorta di eccitazione giovanile, un dissoluto gusto per l'esplorazione dell'inconosciuto e del complesso com'erano in realtà quelle Prealpi, quelle guglie rocciose così maestose ed inviolabili ma allo stesso tempo così invitanti. Gössler era combattuto in sentimenti contrastanti, come non gli accadeva da un bel po' di tempo, e chiuse la frase lasciata appesa poco prima con una dichiarazione speziata di entusiasmo, per diradare quel silenzio di avvilimento che si era creato:

- Missione dura, ma niente è impossibile per il WGB, vero?

Il suo sguardo verso il tenente era simile a quello di un professore che cerca negli occhi degli allievi una conferma della loro comprensione, collateralmente ad un accordo nell'opinione esplicitata. Schröder sorrise: in altri momenti avrebbe magari criticato l'operato del maggiore Sprösser e di Rommel, su cui aveva già avuto modo di esternare opinioni non proprio lusinghiere, ma in quel momento era rilassato e sentiva di poter stare al gioco, magari riuscendo anche ad infondere un po' più di fiducia in quelle truppe stanche, in quei soldati che risvegliati bruscamente sembravano non vedere motivo per lasciare in così breve tempo il piacere di quel tepore e soprattutto del riposo ristoratore:

- Caro Gössler, sa che le dico? Non si deve dar pena, so a che pensa e so cosa prova.

Il capitano sollevò per un attimo la testa dal baule dentro cui stava ancora rimestando armamentario da montagna che sembrava non starci, e guardò Schröder, che sorrideva. Gli parve quasi che non avesse inteso il suo entusiasmo nella frase precedente, ma forse capiva dove voleva arrivare. Era un grande parlatore, quel tenente, davvero un bravo imbonitore:

- Vede capitano, a mio modesto parere questi italiani non hanno ... come dire ... manca loro l'estro, non hanno il combattimento nel sangue.

- Lei dice, tenente? Io preferisco essere prudente, non si sa mai.

L'aveva comunque detto con un leggero retrogusto d'ironia.

- Via, capitano, lasci perdere quello che è successo sulla Clautana, un piccolo errore ci può anche stare, non sarà certo questa piccola défaillance a farci perdere contro questi contadini, ne sono quasi certo.

- Certo, ma lei non ha paura che possa ricapitare? Il nemico ormai si starà riorganizzando.

- Certo che lo farà. Ma lo farà con gli stessi metodi che ha utilizzato fino ad ora: ma li ha visti? Ha visto com'è andata sul Matajur? Io credo che nella storia degli Alpenkorps non si sia mai vista un'avanzata così distruttiva per il nemico, mai così positiva per noi.

- Su questo le devo dare ragione, ma lei non crede che possano imparare dai loro errori?

- Non lo faranno, sono fatti così! Gli italiani non sono mai stati dei combattenti, non hanno il senso della disciplina, dell'organizzazione! E per quanto anche Rommel sia stato irresponsabile in alcune scelte, vedrà che la vittoria arriverà presto.

Schröder continuava a stare comodo su quella sedia, gesticolando mentre parlava come fosse un esponente politico ad un comizio, nonostante stesse percependo che soltanto Gössler lo stava a sentire, quando invece anche Oliva tendeva le orecchie a quelle critiche. Aveva già terminato da un po' il suo lavoro con i panni da ripiegare, ma voleva seguitare ad ascoltare i due, così ripeteva gli stessi movimenti in continuazione, nel suo angolo poco lontano dal punto in cui il retore teneva la sua orazione:

- Poi capitano, lo sappiamo, gli italiani sono un popolo di poeti, di artisti, non hanno la minima idea di come si combatta. Il progresso poi, non l'hanno nemmeno visto iniziare, pensi che le loro migliori armi sono quasi tutte prodotte in Germania!

Rise di gusto, e fece sorridere palesemente anche Gössler, che quasi accennò una risata, mentre Oliva sentiva che si stava pericolosamente lasciando pervadere dal rancore, verso quegli ingrati.

- Ah tenente, lei sì che ne sa!

Gössler prima di smettere di sogghignare apostrofò così ironicamente Schröder, poi tornò verso il serio:

- Quindi lei crede che sarà facile continuare a sfondare? Le ricordo che poi, a Longarone c'è il Piave da attraversare, se gli italiani si chiudono su quelle sponde ...

- Più del Piave terrebbe il Po, ma le ripeto ancora, capitano, è questione ormai di pochi sforzi, gran parte del lavoro è stato fatto

- Anche lei come gli austriaci è convinto che domani faremo "colazione a Venezia"?

- Non solo, capitano, non solo! Se continuiamo così vedrà che pranzeremo a Firenze, e la cena ci aspetta nientemeno che a Roma!

Risero entrambi di una sonora risata, un riso che ad Oliva sembrò quasi scuotere le pareti e provò un tuffo al cuore per l'indignazione che le avevano provocato quelle dichiarazioni. Avrebbe voluto reagire, dire qualcosa lei in rappresentanza di tutti gli italiani, lei che era l'unica dei suoi che di quel discorso impertinente ne aveva capito qualcosa, ma quelli lì erano sempre quelli con le armi. La rabbia però era ormai fumante, e anche se stava china nel suo angolo a far finta di continuare a piegare panni, non poté fare a meno di lasciarsi scappare una battuta in dialetto, la tipica battuta che si faceva fra bambini

quando si giocava a rincorrersi:
- Eh, sciatéi bègn "San Fèrmo"![3]

Alla fine l'aveva detta quasi senza accorgersene, come se l'avesse pensata ad alta voce, ma guidata dall'odio cieco e dall'orgoglio aveva commesso quell'affronto, sicura che il senso non sarebbe stato capito, ma qualcosa nel tono di voce, e forse anche il fatto di aver usato un atteggiamento difensivo, di aver detto quella cosa quasi di nascosto, fece infuriare Schröder, che rapido le saltò addosso afferrandola per un braccio, per voltarla violentemente ed inforcarla sul collo con il palmo della mano. La sedia su cui era seduto era caduta sbattendo violentemente in terra; Gössler e gli altri, tutti, italiani e tedeschi, guardavano atterriti la scena. Il capitano volle quasi intervenire e l'avrebbe fatto se le urla furiose del tenente non lo avessero bloccato:
- Maledetta sgualdrina! Credi che io non capisca la tua stupida lingua vero?

Estrasse la pistola e gliela puntò ad una tempia. Oliva, che non aveva proferito più parola, nemmeno dopo gli strattoni e neanche quando il tenente le aveva messo le mani al collo, ora ansimava ansiosamente, e le batteva forte il cuore:
- San Fermo eh? So bene cosa vuoi dire, stupida!

Evidentemente qualcosa doveva aver colto, forse anche solo la provocazione, forse conosceva quel modo di dire o forse il dialetto assomigliava al suo, oppure semplicemente l'esperienza gli aveva insegnato che quando qualcuno non voleva farsi capire era per offendere o provocare. Evidentemente sentiva di aver colto nel segno con le sue provocazioni, anche senza volerlo, quindi pensò di fare come alcuni animali selvatici che giocano un po' con la preda che si sono guadagnati, prima di finirla, per puro piacere sadico, per coltivare l'istinto aggressivo:
- Ti farei assaggiare un po' di piombo tedesco, sporca sgualdrina Savoia! Sei soltanto una traditrice, come tutti gli altri!

Gössler vide che la situazione stava sfuggendo di mano e provò a far desistere Schröder:
- Tenente, si calmi, lasci perdere!
- Zitto Gössler! Non si è accorto che la puttanella interprete qui vuole prenderci in giro?

Gössler ristette, conosceva il temperamento del tenente ma non ne

---

[3] "Eh, troverete prima "San Fermo"!

aveva mai avuto a che fare in momenti di collera come quelli. Dall'altro lato della stanza Felice aveva mollato Giovannino, che si era svegliato di soprassalto ed era scappato verso i piani alti, incuriosendo il caporale Hofmann che ancora si trovava lì, e sentendo la confusione di sotto vi si precipitò silenziosamente. Arrivò giusto in tempo per veder uscire dalla dispensa il maggiore Sprösser, seguito dal sindaco su cui in breve si dipinse il volto dell'apprensione. Sprösser fu infastidito dalla scena, più che altro per i reiterati metodi rozzi del tenente:

- Schröder, posi quell'arma, non sia così grezzo!
- Maggiore! La traduttrice qui, ha appena auspicato l'intervento di "San Fermo", so che lei non è scaramantico, ma i menagramo dalle mie parti li facciamo fuori!

Sprösser scosse la testa ma non disse nulla; stava per farlo quando inaspettatamente intervenne Massimiliano:

- Si fermi, tenente, ci deve essere stato un equivoco!

Sfoggiò il suo miglior sorriso diplomatico, tenendo in mano il cappello in un contrito gesto di asservimento:

- Signore, San Fermo è un paese che incontrerete lungo la strada, se volete arrivare a Venezia.

Felice fu l'unico a fare una mossa. Vedeva la nuca di Schröder proprio davanti a lui, vedeva un ferro rovente sul marmo del *larìn* e aveva appena visto suo padre giocarsi una scusa da pusillanime: non accettava che finisse così, che si abbassasse tutti la testa per l'ennesima volta, non in casa sua, non con l'invasore. Ma non appena compiuto il primo passo fu trattenuto dal caporale Hofmann; era stato un gesto di precauzione, dettato dalla sensazione che l'abitudine gli aveva trasmesso, infatti si fece attendere poco la traduzione da parte di Krüger a Schröder di quanto appena detto dal sindaco, che cercava di ritrarre nelle sue parole l'ingenuità spontanea che la frase aveva intrinseca in sé.

Forse Schröder si era divertito abbastanza, o forse la presenza di due ufficiali suoi pari e di un suo diretto superiore lo intimoriva, e allora lasciò la presa e mise via la pistola. Oliva cadde ginocchioni, i palmi delle mani sul pavimento e la testa reclinata, con i capelli che ciondolavano toccando quasi terra e gli occhi gonfi di lacrime; Felice diede un'occhiataccia al caporale Hofmann, lasciando intendere di non aver gradito quell'intervento, ma sapendo dentro di sé che qualsiasi iniziativa avesse preso sarebbe comunque andata peggio di così, e si precipitò dalla cugina, aiutandola a rialzarsi. Massimiliano continuava ad mantenere il suo sorriso diplomatico mentre il maggiore Sprösser aveva l'espressione di chi si era tolto un inutile seccatura. Fece un cenno d'intesa al sottotenente Payer e al sindaco che si congedarono: erano diretti a casa di Toni, unico conoscitore di tutti i sentieri possibili per aggirare il Lodìna con la maggiore prudenza e visibilità possibili: era stato designato dal sindaco come l'accompagnatore richiesto dalle compagnie del tenente Payer, che avrebbe sostituito Rommel alla guida del suo distaccamento. La tensione intanto nella zona del *larìn* sembrava essersi smorzata quasi d'incanto, in un solo breve frangente, con un singolo e misero episodio che aveva corrotto la fragilità di quel momento forzatamente violento. Quella di San Fermo era una giustificazione talmente ridicola che quasi nessuno ci aveva creduto, forse anche Schröder aveva lasciato la presa soltanto perché il reclamo del maggiore non era il primo di quella campagna: si era giocato diversi bonus anche a causa delle scorribande dei suoi.

Erano infine tornati tutti a fare ciò che dovevano, gli unici turbati sembravano essere in due: certamente Oliva, – che dava gli ultimi colpi di tosse con una smorfia di dolore in viso e le guance porporate dall'imbarazzo per aver causato un momento di pericolo per lei e la famiglia, ma turbato e ansioso lo era soprattutto Felice, che rimase per un momento fermo al limite di quello strano ed ipotetico confine che teneva separate le due fazioni. Guardava verso Schröder, che aveva smesso il suo sorriso beffardo ma non sembrava avere intenzione di continuare a provocare ed iniziò a coordinare l'organizzazione e dare una mano alla preparazione delle attrezzature. Sprösser intanto, dal momento in cui si era instaurato quello strano silenzio che sembrava tarpare anche l'eco del movimento degli oggetti sul nascere da quanto denso fosse, non smetteva di accarezzarsi la barba, pensieroso.

Tutti erano lì che in realtà ora speravano in un momento di assoluta calma, ma la loro fiducia in ciò venne disattesa: il portone si aprì violentemente e con veemenza entrò Rommel, che si soffermò a pochi passi dall'ingresso, aulico e guardingo, impettito nel suo cappotto col bavero alzato ed il cappello calato quasi sugli occhi che cercavano insistentemente lo sguardo di Schröder. Era seguito da quelli che sembravano tre uomini, che divennero cinque quando un altro uscì dal buio di fuori per entrare in casa spingendo brutalmente verso il *larìn* il soldato Pässchen, che cadde in terra dopo qualche passo incerto tentando di tenersi in equilibrio, proprio ai piedi di Schröder, che rimase esterrefatto. Fino a quel momento era scioccamente convinto che il soldato fosse rimasto in quella casa assieme a tutti gli altri della sua compagnia: non si era accorto ch'era sgattaiolato via, ed il fatto che glielo avessero riportato in quel modo rendeva la situazione non di certo gradevole, e non per la prima volta. Ciò non fermò comunque la sua indignazione per come i colleghi avessero trattato il suo uomo, qualunque cosa egli avesse combinato. Nessuno disse nulla, nemmeno Rommel, che continuando a guardare con occhi accusatori verso il suo omologo probabilmente si aspettava che fosse appunto egli ad esordire, pronunciando qualcosa a suo discapito: così fu, ma il tono era subito tornato quello di poco prima, quello abituale di Schröder, violento e presuntuoso:

- Tenente Rommel, esigo una spiegazione! Lei non può trattare i miei uomini come dei prigionieri né tantomeno aggredire ...

Rommel lo interruppe con irruenza:

- Tenente Schröder, questa è la prima e l'ultima volta che intervengo direttamente per salvare la missione dal comportamento deleterio dei suoi uomini. Se succede ancora lei sarà ritenuto responsabile diretto delle conseguenze. Non possiamo permetterci rivolte popolari interne agli acquartieramenti. Ed è un rischio che i suoi ci fanno correre continuamente.

- Ma come si permette? Lei non può giudicare il mio operato, io ...

Fu nuovamente interrotto, stavolta dal maggiore Sprösser, che continuava ad accarezzarsi la barba:

- Silenzio, tenente, e continui a svolgere le mansioni che ho commissionato, faccia quello che sa fare meglio e null'altro.

Rommel e Schröder si sfidarono ancora una volta con lo sguardo: il primo, senza staccare gli occhi da quelli del collega, si rivolse al suo superiore:

- Signor maggiore, se qui abbiamo terminato io dovrei organizzare il sopralluogo.

- Vada pure, Rommel, grazie.

Uscì, a passo spedito. C'era da preparare un gruppo per la perlustrazione verso il passo, andava fatto mentre era ancora buio, e Rommel non voleva certo perdere tempo prezioso con simili facezie.

10.

C'era qualcosa di strano in quella pioggia che andava e veniva, e continuava a cadere con un irregolarità che risultava ancor più fastidiosa di quanto potesse fare la quantità reale di acqua: il capitano Bastia pensò che sarebbe stato quasi meglio un grande acquazzone come quelli estivi, che in trincea aiutavano anche a pulire e rinfrescare – se non allagavano tutto – piuttosto che quella insulsa ed inutile pioggetta dalle minuscole gocce che a tratti sembravano riuscire ad infilarsi fra il colletto e la camicia, scendendo per tutta la colonna vertebrale e causando a tutti un irritante brivido febbrile. Si spostava lentamente e guardingo avanti e indietro per tutto il trinceramento centrale, cercando di captare per tempo qualunque malumore che potesse scatenare tentativi di ammutinamento come quello già accaduto, che aveva turbato un po' tutti ma che nel contempo era riuscito a spezzare involontariamente quella stessa tensione che lo aveva scatenato. Era stato uno sfogo, come lo sfiato o la fiammata che uscivano dalla canna calda delle mitragliatrici, quasi fosse qualcosa di calcolato, un atto dovuto per permettere di mantenere l'integrità e l'operatività degli uomini, che non erano poi tanto diversi dalle macchine e dalle armi meccaniche, stipati così in quelle trincee. Numeri, oggetti, ferro, fuoco e fumo, situazioni pesanti e difficili, e poi freddo, pioggia e ancora pioggia.

Alla fine gli era andata anche bene, poco più in alto nevicava copiosamente e sembrava che il freddo e la neve cercassero di scendere il più velocemente possibile per adagiarsi sulle loro spalle: Bastia, quando vedeva quel manto bianco adagiarsi e stendersi su quelle brulle cime non poteva non pensare ai martiri dell'Adamello, il cui ricordo lo tormentava continuamente: quei ragazzi potevano essere stati dei suoi amici o addirittura parenti, ma questi tempi di conflitto dilatavano notevolmente la concezione di cose normali ed abitudinarie come il tempo, come le conoscenze, come la stessa vita: la stessa esistenza umana pareva perdere progressivamente valore di fronte a quella carneficina di uomini contro uomini, in conflitto più con loro stessi, con la propria esistenza più che con l'esistenza di un nemico da altri deciso, arrovellati senza soluzione di continuità nel tormento delle motivazioni, delle cause che li spingevano a compiere quelle infamie così poco umane.

Vide poco lontano il maggiore Santini, ancora intento con il suo binocolo a cercare di scrutare qualcosa in quel buio pesto, puntiglioso nella sua analisi di ogni riferimento che potesse permettergli di perfezionare la strategia di difesa. Bastia lo intervallò, forse in maniera provocatoria:

- Maggiore, vede qualcosa?

Santini lo ignorò per qualche istante, poi sbuffò e tolse il cannocchiale dall'occhio destro, stropicciandoselo per rischiarare la vista a ciò che era possibile vedere attorno, nelle immediate vicinanze. Ancora senza fuoco, incalzò lo spavaldo capitano:

- Bastia, anche se io vedessi qualcosa, sarebbe realmente importante? Cambierebbe qualcosa per lo stato delle truppe qui in trincea, e per lei, loro comandante? Se io vedessi, ad esempio, un nemico in avvicinamento, sarebbe quindi una novità degna di provocare un cambiamento negli ordini che lei, capitano, deve eseguire?

Era la prima volta che a Bastia, ma forse anche a tutti i soldati del decimo reggimento, si mostrava un maggiore che reagiva da frustrato, nervosamente. Che il suo nervosismo era stato notato se ne accorse in breve, grazie anche al silenzio del capitano, capendo che il suo atteggiamento era stato particolarmente ostico, così tentò al volo di recuperare il controllo:

- Capitano, è inutile che le nasconda il pericolo che corriamo, ma lei sa bene che si tratta di una postazione provvisoria: dobbiamo soltanto trattenere il nemico fino all'orario prestabilito, ovvero le dodici di domani.

- Lo capisco, maggiore, ma anche lei ha visto che non sappiamo cosa ci aspetta, mentre sappiamo bene cosa c'è qui. Abbiamo poche risorse.

- Poche! Certo, ma buone. Mi stia a sentire, Bastia, non mi interessa quanto sia giù il morale delle truppe, quanto abbiano ormai cara la propria pelle, quanto gli interessi combattere il nemico. Sta a noi recuperare la fiducia di quegli uomini, a noi ufficiali. Negli ultimi anni abbiamo lasciato spazio a troppe questioni disciplinari e discorsi vuoti sull'onore e sulla patria, senza dare speranza sul futuro a questi giovani. Dobbiamo tenere alto il morale, e la disciplina in alcuni casi è deterrente per questo.

Bastia aveva seguito tutto il discorso, ma non aveva mai guardato negli occhi il maggiore, non direttamente, come se guardare negli occhi un superiore fosse da un certo momento in poi diventato una sorta di oltraggio, ma quella sensazione in realtà non era altro che l'eredità di quello che Santini aveva appena etichettato come sbagliato. Si trattava di uomini, di persone che a prescindere dalla condizione sociale si trovavano lì insieme a lottare e a dare la propria vita per qualcosa che ormai non conoscevano più. A legarli, a tenerli insieme ormai era soltanto la famigliarità del momento, la fratellanza creata dal nulla con gli altri con cui si condivideva lo stesso disagio, e non era forse questo disagio il collante giusto per ricostituire l'unità? Non la disciplina, non la retorica della patria, ma il saper superare insieme, anche da sconosciuti, un disagio, una difficoltà.

Fratelli, sconosciuti.

Bastia per un attimo assaporò quella strana stasi che suonava quasi come una calma letargica, un preludio al grande silenzio dell'inverno, come sarebbe dovuto essere di norma, da quelle parti. Santini poco distante aveva assunto la classica posa di chi stava riflettendo in una maniera ansiosa, con la mano richiusa attorno alle labbra e un avambraccio sorretto dall'altro, mentre guardava, senza il solito cannocchiale, verso il monte Cornetto. Aveva l'aria di chi si preoccupava di qualcosa senza volerlo dare a vedere, ma Bastia aveva letto tutto, anzi da un lato pensò quasi che il maggiore si fosse messo in quella posa appositamente perché gli fosse posta quella domanda:

- Cosa la preoccupa, maggiore?

Rispose subito, dando ancora più adito al sospetto del capitano Bastia.

- Solitamente nulla mi preoccupa, capitano.

Sapevano entrambi che quella risposta era incompleta. O magari sarebbe stata in piedi da sola, ma in quel momento non poteva, necessitava di un'integrazione. Bastia guardava Santini con aria smarrita, ma allo stesso tempo inquisitoria, come a chiedergli una conferma del suo smarrimento, che aveva già notato ma di cui non voleva palesare gli effetti. Il maggiore lesse negli occhi dell'ufficiale quel disorientamento, quella voglia incontenibile di risposte, quella voglia-non-voglia di conoscere il proprio destino, sapendo che si sarebbe potuto rivelare tutt'altro che lieto:

- Lasci che le dica una cosa, capitano. Non è il fatto che io sia preoccupato. Non è quello che importa, né tantomeno quanto io sia preoccupato. La preoccupazione non è importante. Ciò che importa è la paura, non la preoccupazione. Ho imparato a mie spese che quanto più si teme per la propria vita, tanto più la si preserva. Di più, quando la vita in pericolo è quella del compagno, la paura normalmente deve essere doppia. Ecco perché non sono preoccupato, ma ho paura. Paura per tutti gli uomini che qui rischiano la propria vita, e non lo stanno facendo soltanto oggi. È con questa paura che riesco a continuare a dare ordini. Ordini che potrebbero salvare la vita di qualcuno, anche la mia. E la sua, capitano.

Era l'ennesimo discorso carico di retorica che il capitano Bastia aveva sentito fare più e più volte, ma allora c'era qualcosa di diverso, un aspetto più umano. C'era un ufficiale che sembrava mettersi sullo stesso piano dei suoi soldati, come fossero suoi figli o, ancor meglio, suoi fratelli.

- Maggiore, sono belle parole, ma devo farle una domanda, non posso esimermi.

Ci fu un momento di silenzio, dovuto, più che cercato.

- Faccia questa domanda, non attenda che le dia il permesso.

Ancora silenzio, insolito, innaturale, involontario.

- Resisteremo?

Il maggiore sorrise. In un'altra situazione, dopo quel bel discorso, avrebbe assunto una posa statuaria, ed avrebbe subito iniziato ad addurre scuse banali e preconfezionate sulla qualità dell'esercito e dei suoi mezzi, ma era proprio il fatto che stava per dire quelle cose che lo faceva sorridere orgogliosamente. Era realmente convinto che la posizione fosse stabile.

- Capitano, non voglio essere scaramantico e anche lei in quanto ufficiale deve sapere. Siamo trincerati meglio che sulla Clautana. La posizione non solo è sopraelevata, ma anche nascosta, e la naturale conformazione del catino glaciale del Pinedo si chiude circolarmente proprio dove noi siamo posizionati. E poi abbiamo le postazioni delle mitragliatrici sul versante del Cornetto. Quegli uomini hanno faticato a portarcele, non sa quanto, ma può immaginare cosa può succedere a chi cerchi di salire quei pendii per attaccare delle mitragliatrici che possono sparare dall'alto a varie centinaia di metri.

Bastia non sorrise, non fece alcun cenno per quanto quella spiegazione lo avesse rinfrancato. Volle solo una puntualizzazione:

- Siamo messi bene, maggiore, ma quanto resisteremo?

La risposta fu repentina, il maggiore la pronunciò rimettendosi il cannocchiale all'occhio:

- Resisteremo il necessario, capitano. Quanto basta. Abbiamo un ordine da rispettare. Sarà mia cura ordinare la ritirata al momento opportuno. Si fidi di me, cercherò di salvare più vite possibili, ma voglio combattere fino all'ultima possibilità di vittoria.

- D'accordo maggiore, spero che Iddio sia con noi.
- Io spero di no, capitano.

Dall'altra parte della trincea, il sergente Fabris, steso dentro la poco profonda fossa scavata sulle nude rocce del Pezzèi, tentava di smorzare la tensione facendo un po' di conversazione con il compagno che si trovava a fianco. Al solito, gli era capitato accanto quell'uccello del malaugurio che era Valenti. Ogni qual volta egli sospettasse l'accadimento di qualche cosa di brutto, ebbene quella cosa si verificava, e Fabris era alla disperazione quando lo vedeva pensieroso o sospettoso. Ad ogni modo era stato una buon compagno nei momenti di solitudine e sconforto quando erano di stanza in Cadore, ed il legame si era rafforzato quando poi erano stati mandati da Longarone fino a lì, ad aiutare gli alpini a difendere il passo. Si erano aiutati a vicenda, avevano agito da squadra, come volevano i comandi, non avevano mai ceduto ed erano stati sempre disciplinati. Cercavano di convincersi che qualcosa sarebbe presto cambiato, ma loro sentivano di non dover sgarrare nemmeno un po', bisognava restare fedeli al dovere, pena l'accusa di tradimento, soprattutto in tempi sospetti come il dopo Caporetto. Ne avevano sentite di tutti i tipi e colori, di cosa facevano a chi approfittava per scappare, per questo continuavano a tener duro, a darsi man forte a vicenda, per non cedere.

- Dì, Valenti, non è che adesso ti metti a chiamare qualche disgrazia eh? Sei così silenzioso …
- Zitto! Non farti sentire! E poi ti ci metti anche tu con 'ste scaramanzie, mica è colpa mia! Si chiama istinto!
- Eh sì, istinto! Ho vist, mi, l'istinto! Fee temp a morìr su l'Ortigara chela volta!
- Oh, guarda che t'ho capito nèh! Miga parchè sun piemuntes t'ha da ciaparme pal cul!

Risero insieme, distesi in maniera disordinata, scomposti come non erano mai stati fino ad allora, perché per tutto il tempo dell'arruolamento erano stati uniti e avevano sempre continuato a prendersi in giro nei rispettivi dialetti. Inizialmente non legavano, era come se provenissero da paesi diversi, da stati diversi, e non se lo nascondevano. Ma nella disgrazia era nato qualcosa, era scattata quella scintilla che mancava all'unità tanto propagandata. Era necessaria una situazione di precarietà estrema, avevano capito che per andare d'accordo era stato necessario portare tutti loro il più vicino possibile alla fine. La vicinanza con la morte rafforzava lo spirito patriottico. Era quello il problema principale: poteva la patria essere così importante? Potevano due giovani d'estrazione diversa, di provenienza diversa, che parlavano la stessa lingua in due modi diversi, andare d'accordo soltanto di fronte alla morte? Non vivevano comunque prima lo stesso sconforto, le stesse difficoltà? Era inconfutabile, e probabilmente vivevano le vite ugualmente e svolgevano i mestieri nella stessa maniera, solo dando nomi diversi alle zone e agli attrezzi usati; e sicuramente mangiavano più o meno le stesse cose con nomi diversi, bevevano cose diverse chiamate con lo stesso nome, e lo stesso nome avevano le ragazze che corteggiavano, in maniera diversa. Giacomo Valenti volgeva lo sguardo al cielo plumbeo, in quell'istante in cui la pioggia continuava a cadere ma una strana chimera sembrava proteggerlo, ed il caso faceva in modo che nessuna goccia scalfisse il suo volto. Era come se non piovesse, come quando con la sua bella Annamaria si stendevano sui prati delle Langhe di sera a guardare le stelle. Gli mancavano quei momenti. Guardò per un istante il collega, che scrutava qualcosa che sapeva di non poter trovare, oltre la trincea:

- Dì, Fabris, ce l'hai una ragazza da queste parti?

Il sergente corrugò la fronte. Era imbarazzato da quella domanda, avrebbe quasi voluto far valere il suo grado per evitarla, più per il pericolo che il ricordo gli poteva portare troppa malinconia piuttosto che per la pudicizia di raccontare qualcosa di intimo.

- Che domande fai, Valenti?

- Veh, dai, che domanda difficile è? Non è che adesso qua a Longarone non ci son donne, le ho viste sai?

Sorrisero insieme, guardando poi verso l'alto, verso quel cielo nero che sapevano pieno di stelle che però ora non riuscivano a vedere.

Stettero così per qualche minuto, godendo di quel silenzio tutto attorno. Il silenzio che regnava così stranamente in quelle montagne, dopo giorni, mesi, anni di continui bombardamenti intervallati solo dalle urla dei feriti, dalle marce, dal continuo brusio dei rumori di un mondo in transizione, in cambiamento continuo, un mondo che non sarebbe mai stato lo stesso. Era una situazione surreale, era strano starsene lì con i fucili carichi, all'erta, in attesa di qualcosa che non si sapeva bene cosa fosse realmente, in quel silenzio di pace che faceva sembrare così lontana tutta quella distruzione che ormai popolava ogni angolo del mondo, tanto da non lasciare la libertà di distrarsi nemmeno alla latrina, nemmeno guardando il cielo, nemmeno fantasticando su un improbabile ritorno fra le braccia della propria amata, a guardare le stelle.

    -    Sai Fabris, con la mia Marianna guardavamo le stelle che ci sono lassù. Adesso non si vedono ma ci sono, e ci divertivamo a contarle e a riconoscerle. Tipo lì c'erano quattro stelle lì, e altre tre allineate, e una proprio davanti, come un ...

    -    Carro ... Come un carro, lo so. Le ho guardate più volte anch'io, sei mica l'unico che guarda le stelle con la morosa.

    -    Ah ecco, vedi che ce l'hai anche tu una ragazza! Dai, parlami di lei, com'è?

Fabris si era fatto stranamente serio, non volle rispondere a quella domanda, lo fece capire voltandosi.

    -    Beh, dai, non fare così eh, dimmi almeno come si chiama la tua bella di Longarone!

    -    Si chiama Oliva, è di lì, di Cimolais.

Stettero zitti per un attimo, anche Valenti si fece improvvisamente serio, e sentì in qualche modo aumentare la tensione. Non sapeva cosa dire, ci pensò Fabris a continuare, d'altra parte poteva essere l'ultima volta in cui avrebbe potuto lasciarsi andare a confidenze del genere, per quanto già averlo fatto con altri soldati l'avesse compromesso, giusto poco prima:

    -    Dovevamo ... dobbiamo sposarci, sai. L'ho conosciuta tre anni fa, prima dell'inizio del casino, qui. Non la rivedo ormai da quando mi hanno chiamato sotto le armi, sembra passato un secolo e ho rischiato quasi di dimenticarmi di lei. Non c'è il tempo per certe cose, quando si combatte.

    -    Sempre con questi toni retorici, dai! Fabris, cerchiamo di stare un po' su, sennò non ci passa più il tempo ad aspettare questi crucchi!

Stava per ridere ma venne fermato da un cenno di Fabris:

    -    Sono già qui!

Era stato un cenno del tutto simile a quello che Valenti stesso aveva fatto poco prima, era la stessa scena a parti invertite. Valenti restò confuso, non sapeva se fosse una presa in giro o se l'amico tentasse veramente di usurpargli il posto di uccello del malaugurio:

    -    Veh, che vuoi dire?

Fabris si portò l'indice alle labbra, sgranando gli occhi negli occhi del compagno di trincea, che capì che il loro riparo era precario e che andava ottimizzato all'istante, soprattutto quando vide il fulgido bagliore ritmato dei colpi delle mitragliatrici del Cornetto che avevano iniziato a tirare.

§§§§

Maria se n'era andata fuori di corsa, verso la stalla dove non sapeva nemmeno se avrebbe trovato ancora una vacca da cui mungere il latte, portandosi dietro soltanto un lume acceso con cui farsi luce una volta entrata. Il modo con cui l'ufficiale tedesco le aveva imposto quell'ordine l'aveva turbata, le aveva messo soggezione, ma in realtà non era mai stata molto contenta nella sua vita di raccogliere un secchio e andare a mungere le vacche. Ma aveva accettato pensando subito che dirigendosi verso la stalla dei Morossi sapeva che se nessuno l'avrebbe vista avrebbe potuto andare dal suo Piere, che l'aspettava sul fienile. Aveva la garanzia dell'ordine del tenente Schröder, quindi sapeva, fiduciosa, che qualora fosse stata fermata da un controllo nemico le sarebbe bastato fare leva su questo. Come sempre ella si fidava un po' troppo di quello che era lo scorrere degli eventi, e considerava ogni piccola libertà guadagnata anche fortuitamente come il giusto susseguirsi degli eventi, una sorta di disegno del destino. Alzò lo sguardo e vide il Lodìna offuscato dalla nebbia e dalle nuvole, distinguibile nel suo marcato profilo adunco e nelle sue sporgenze nonostante il buio della notte che lo inghiottiva: sentiva la pioggia piccola caderle addosso, cosa da cui si sarebbe riparata, in tempi diversi, ma che invece in quel momento sembrava non toccarla nemmeno di striscio: aumentò il passo senza accorgersene, e quando fu sul limite del cortile cercò con gli occhi di abituarsi all'incremento naturale del buio che pervadeva proverbialmente il cortile, così fu costretta a rallentare. Ebbe un brivido, poiché le parve di aver udito un rumore, ma altro non era che il borbottio di uno dei cavalli lasciati a riposare, legati alle staccionate. Si guardò un poco attorno quando fu al centro del cortile, ricordandosi istantaneamente di quando con Pietro giocavano a rincorrersi da bambini; ma era più il ricordo dello stesso ricordo che la eccitava, che le portava un'emozione forte. Il legame di amicizia iniziale che poi si era consolidato con il contatto fisico, con i primi spasmi erotici, i primi baci, le prime sofferenze condivise: tutto ciò era racchiuso negli istanti imprigionati in quel regno di cui era sovrana e che le pareva protetto, immune da qualunque minaccia.

Guardò verso il fienile, di cui nell'oscurità si distingueva a malapena l'imbocco, intuibile soltanto dal posizionamento della scala a pioli, e pensò che presto tutto sarebbe tornato come prima, meglio di prima che Pietro partisse militare. Sarebbe finito tutto, qualcuno avrebbe riportato l'ordine. Fossero stati gli italiani o gli austriaci poco importava, a lei in quel momento interessava soltanto il suo Pietro, l'illusione di poterci costruire una famiglia, anche a costo di vivere di stenti. Era lui che le aveva fatto conoscere l'amore, prima romantico, poi fisico, fatto di carezze e di fremiti, cresciuto e maturato sotto l'egida di quei racconti sentimentali che facevano tanto sognare. Pietro l'aveva erudita in questo, le aveva insegnato la letteratura, le aveva raccontato storie d'amore favolose e maledette, come quella di Ginevra e Lancillotto, e di richiamo la passione di Paolo e Francesca raccontata da Dante. Avevano fantasticato per giorni sopra quegli amori, senza mai però concedersi effettivamente e materialmente l'un l'altra, frenati dall'impeto delle emozioni, intimoriti dal rischio di compromettere i decenni di idillio, di rovinare un rapporto intensificandone il valore. Un amore fino ad allora vissuto fra premure reciproche e scambi di caste carezze, con frequenti indugi in più torbide e compromettenti sperimentazioni ma senza l'impudicizia che potesse portare a ciò che poteva essere considerato immorale. D'altra parte Oliva voleva essere ligia alla fede, dedita a cristo e a quel dio malgrado nel tempo si fosse mostrato sempre meno riconoscente della sua devozione.

Correva, la sua mente, mentre nel frattempo era giunta a pochi passi da Pietro: voleva un bene dell'anima a quel ragazzo, quell'uomo che era diventato ciò che ormai ella considerava il suo futuro, il suo sposo, il padre dei suoi figli: si era già immaginata più volte una vita con lui, nelle lunghe notti trascorse a pensarlo, e ricordarsi di tutto ciò in quel momento, in quella circostanza così delicata, era intensamente emozionante, soddisfacente, le portava conforto perché già negli anni in cui era mancato sognava di lui, tornava nel cortile e ricordava di quando lui era lì con lei, e si struggeva realizzando che non c'era e che poteva non esserci mai più: ma ora capiva che c'era veramente, e che veramente ci sarebbe stato. Si sentiva inquieta, forse emozionata, capiva che quella situazione non ordinaria metteva tutto in un'altra luce, su un piano diverso. Ma non ne era spaventata come credeva: pativa un conflitto interno, era combattuta fra la prudenza istintiva e l'eccitazione che le metteva addosso quella situazione così precaria ed il conseguente accrescimento del valore di esistenze che prima erano quasi rassegnate ad una vita pressoché tutta uguale, con il susseguirsi dei giorni che cambiava soltanto il numero sul calendario, in un alternarsi così monotono che perfino le stagioni diventavano prevedibili, per quanto la fame ed il freddo rendessero tutto molto più difficile. Il cortile era buio, sulla staccionata esterna erano legati muli e cavalli, che se ne stavano pacifici a brucare il fieno.

Entrò nella stalla, cercando di abituare gli occhi a quel buio che non era poi tanto più profondo di quanto lo fosse all'aperto nel cortile. Non avvertì movimenti dal fienile, ma sentiva in qualche modo la presenza del suo Piere, che si doveva essere appisolato. L'unico movimento, l'unico segnale di vita vivente che fu percepibile in quella stalla ormai desolata, era stato il lento scrollarsi dell'ultima vacca rimasta: era la Vittoria, nome che le era stato dato da Felice, che la battezzò così l'anno prima, in onore della sesta battaglia dell'Isonzo che aveva portato l'Italia a conquistare la città di Gorizia. Sorrise a malincuore, poiché l'ultima volta che era stata dentro quella stalla era successo proprio assieme a Piere e Cice, che le avevano fatto vedere quella bella bestia nuova e in salute, ma che ora anche al buio lasciava intravvedere tutti i patimenti che aveva subito, e quanto anche su essa la misera si era accanita. Probabilmente era stata lasciata lì per portarla via in un secondo momento, forse la fretta, o magari un insolito pietismo dei tedeschi li aveva portati a lasciare lì simbolicamente quella mucca in segno di qualcosa che potesse anche minimamente somigliare al rispetto. Forse avevano lasciato qualcosa in ogni casa, in ogni stalla, forse perché sapevano di aver preso più del dovuto o anche perché comunque sarebbero potuti tornare quando volevano. Maria non pensò che probabilmente poteva essere una strategia per evitare che la gente priva di tutto potesse rivoltarsi contro il nemico saccheggiatore. Prese uno *scàgn* e ci si sedette posizionandosi a lato della Vittoria, e mentre cercava insistentemente e senza grandi risultati di tirare fuori qualche goccia di latte dalla mucca stremata, pensava ancora a quanto per ironia della sorte non riuscisse a ritenere più sconfortante del solito quella condizione in cui si trovavano tutti in paese, pur rimpiangendo alcune circostanze che rendevano piacevole quella vita già dura, di cui già ci si poteva lamentare, se non disperare. Il freddo, la fame, il buio invincibile ed onnipresente dell'inverno, le lunghe camminate con la gerla strapiena e pesantissima, le notti all'addiaccio, le malattie, i maltrattamenti, la fatica di una vita che non sembrava essere stata molto onesta ma che non era stata null'altro che ciò che era, e che non lasciava spazio e tempo per chiedersi se e come potesse essere diverso vivere senza quei patimenti che parevano obbligatori. Certo, c'era stato Piere, a smorzare, ad ammorbidire quella granitica disperazione che permeava quelle giornate. Non che non avvertisse il senso del dovere, anzi a volte sapeva di essere stata felice di far parte di quel sistema che, in fondo, serviva a far sopravvivere lei ed i suoi cari, ma sentiva farsi sempre più strada il desiderio di emancipazione, quell'occhiata d'appetito per ciò che poteva nascondersi oltre quelle montagne, in quel mondo di cui tanto si parlava, in quel regno di cui sapeva di fare parte ma che non conosceva realmente e che non sapeva nemmeno come descriversi. Era il silenzio di quelle alture su cui d'estate il sole picchiava a seccare gli sfalci, era la sua rassicurante presenza che la faceva sentire lontana dal pericolo ma anche lontana dalla realtà e dal progresso di cui tanto le aveva parlato anche l'amica Oliva, che aveva visto la Germania, da cui venivano quei soldati che apparentemente non sembravano poi troppo ostili.

Smise di insistere con la mungitura di Vittoria rinfrancata da questo ultimo pensiero, d'altra parte i tedeschi non potevano pretendere di avere molto latte se prima si erano presi quasi tutte le mucche in salute. Uscì dalla stalla con mezzo secchio pieno, pronta a dirigersi velocemente verso palazzo Morossi. Sorrise riflettendo sul modo istintivo con cui si stava muovendo, rapida come le era stato consigliato dalle altre donne del paese; nel tempo le avevano insegnato una serie di accortezze imparate a loro volta durante i lunghi viaggi fatti per vendere, quando si trovavano sole in città e campagne sconosciute. Ovviamente a lei fino ad allora non era mai capitato di muoversi di notte in circostanze simili a quella, ma si accorse – e già lo immaginava prima di quell'esperienza – che in realtà la differenza non era così sostanziale di notte piuttosto che al mattino presto, quelle mattine nere e fredde in cui ci si alzava prima del gallo, diverse ore prima dell'alba, prima delle prime luci, incamminandosi, a volte anche da sola, con la gerla in spalla per andare a svolgere una qualsiasi delle faticose attività strettamente connessa alla sopravvivenza.

Si fermò quasi subito, dopo pochi passi fatti alla scarsa luce del lume che esalava gli ultimi istanti di chiarore: si voltò istintivamente e guardò verso il fienile, aspettando che accadesse qualcosa, tentata di prendere l'iniziativa, infrangendo magari un'altra regola fondamentale di quella raccolta di principi di condotta. La morale etica, l'educazione conservatrice che l'avevano formata le aveva sempre rispettate in maniera ligia, ma in età adulta aveva poi iniziato a porsi delle domande e lasciarsi condizionare da dei dubbi, acquisendo la sicurezza che contraddistingueva le donne forti del paese, una commistione di contraddizioni comportamentali che ne qualificava la genuinità ed il coriaceo spirito di schiettezza e ragione pratica. La paura non era contemplabile, era soltanto un momento per potersi distrarre, come quando attorno ai *larìn*s i vecchi raccontavano storie crepuscolari, novelle nere e leggende di montagna con protagonisti esseri di fantasia che popolavano e possedevano le buie notti di paese.

Non smise di sorridere mai, durante tutti questi pensieri, continuando a cercare con lo sguardo un cenno o qualcosa di analogo che provenisse dal fienile, un segnale che testimoniasse prima la presenza che le interessava e che poi fungesse da scusa per correre a rincontrare Pietro; ma invece da lassù, e tutt'attorno, soltanto buio e silenzio. Corse ancora per qualche momento con la fantasia, immaginando un futuro pressoché irraggiungibile, una favolistica visione di lei e di tutte le persone a lei care spostate su un piano temporale parallelo a quello che aveva vissuto fino ad allora. Pensava che tutto ciò, con l'aggiunta degli ultimi eventi, non poteva che essere considerabile come passeggero, pensava che il peggio sarebbe presto giunto al suo culmine per poi rapidamente decrescere, e che tutto pian piano si sarebbe sistemato, la vita sarebbe migliorata per tutti. In maniera che per certi aspetti le pareva assurda, paradossale, poteva essere indifferente che alla fine ci fosse stato il regno d'Italia o l'impero austroungarico a governare, la cosa importante era che a Cimolais si potesse non stare più tanto male, una volta finito tutto quel combattere, quel correre, quegli spari, quella frustrante ansia.

Per un attimo, ma soltanto per poco, si sentì bene, quasi bene come quando stava fra le braccia di Pietro, ma forse anche di più. Era un'estasi minore data dalla vanità dell'attesa del futuro così come se l'era immaginato. Ma durò solo un istante, il momento prima che una mano ruvida e maleodorante le si serrasse con veemenza sulle labbra, afferrandola da dietro alla sprovvista. Provò ad emettere un urlo ma non riuscì nemmeno a produrre qualcosa che assomigliasse ad un suono, era talmente atterrita dalla paura che negli istanti che erano fondamentali a reagire non aveva nemmeno potuto muovere un muscolo, e subito venne bloccata a terra dal corpo pesante di un uomo, odoroso e scuro, indistinguibile nelle forme e nei lineamenti che al buio diventavano tutt'uno con l'oscurità. Sentì la dura terra sulla schiena che aveva sbattuto e rimbalzata una volta ancora violentemente contro il terreno, sulla ghiaia di cui i sassi più grossi sembravano conficcarsi tra le scapole, tenute premute al suolo da quelle mani che ora pesavano sulle spalle, immobilizzandole.

Il corpo dell'uomo in un attimo fu completamente sopra di lei, che forzatamente supina sentiva il petto di quello che non avrebbe mai potuto distinguere se animale o umano che le pesava contro lo sterno, schiacciandole i polmoni al punto da toglierle il fiato, lasciandole soltanto brevi attimi per respirare affannosamente; ed affannoso ed eccitato era il respiro di quell'essere che tentava in tutti i modi di immobilizzarla del tutto, distogliendo la presa dalle spalle per portare lestamente la mano sotto alle vesti, ma non appena egli mollava la presa si trovava la mano di Maria che gli premeva sul muso sporco e unto. Questo era tutto quello che Maria sentiva di poter fare: le gambe erano immobilizzate dal peso di quelle dell'individuo che calcava il basso ventre contro il suo, costringendola a cedere a quella forza bruta che la soverchiò solo quando, dopo il suo ennesimo tentativo di difendersi a manate in faccia, le venne rifilato uno schiaffo che la fece quasi svenire. Si riprese subito, ed in uno spasmo riuscì ad emettere un gemito, un verso però tanto debole che non sarebbe stato udibile da nessuno, tranne che da quell'abominio d'uomo che sopra di lei ora sghignazzava perché capiva di avere finalmente il controllo della situazione.

L'ennesimo tentativo di muovere il braccio fu fermato dall'ennesimo schiaffo, che risuonò per tutto il cortile in un'eco che il destino sembrava voler mascherare da violenta omertà, come se potesse essere reale o realizzabile l'illusione che qualcuno sarebbe potuto intervenire per salvarla. Lo sforzo per liberarsi ed il terrore di quelli che vedeva come i suoi ultimi istanti di vita la rendevano sempre più debole, cedeva sempre di più alla smania di quella bestia che con una scossa istintiva le strappò lo scialle per poi divellere i bottoni che le chiudevano la camicetta, e con la sua sporca mano le aggredì il seno nudo, stringendolo con impeto brutale mentre emetteva un verso ferino ed impulsivo, di libidine ed insofferenza al contempo.

Le braccia di lei oramai non reagivano più, il dolore e la disperazione la possedevano; piangeva a dirotto e si sarebbe contorta su se stessa fino a stritolarsi le viscere se non fosse stato per quel blocco, avrebbe urlato alla luna dietro a quelle cime, sotto a quelle nuvole se soltanto urlare non le avesse causato altra violenza. Poteva soltanto sentire il dolore, ch'era più forte di un normale dolore fisico, era l'immane presa di coscienza del sentirsi impotentemente violata; poteva solo usare i sensi dell'udito e dell'olfatto, che le fecero pentire di aver riconosciuto i grugniti e l'odore di quel soldato tedesco nauseabondo. Per un solo istante, nel mezzo della disperazione, ebbe un momento di pensiero delirante, ragionando su quanto quel momento potesse essere definitivo, per lei che mai aveva giaciuto con un uomo ed ora si trovava vittima di ciò che appariva oramai inevitabile. D'altra parte pensò che forse quella era la stessa sensazione che provava chi si trovava ad un passo dalla morte, con la differenza che lei, date le circostanze che ormai erano chiare, probabilmente sarebbe sopravvissuta, senza però che ciò le fosse più di conforto che di ulteriore struggimento. Ma non accettava nemmeno questo, era davvero troppo sentirsi addosso quelle mani che non cercavano quello che dovevano in ciò che toccavano, che per questo non sembravano portare il tocco di un essere umano, e che non erano naturalmente portate per quello che stavano facendo, spinte da un animalismo becero che non aveva nulla di sentimentale come invece doveva essere. E non avevano importanza le regole scritte, no, era una questione solo di naturalezza, di ciò che era agli antipodi di quello che le stava accadendo. Si sentiva morire, ed era ciò che probabilmente avrebbe voluto. D'un tratto, estenuata, si lasciò andare, cessando rapidamente ogni resistenza attiva ma travolta ancora dal terrore e dall'afflizione; non gemeva più mentre le lacrime continuavano a scenderle dagli occhi, e capì che ogni altro tentativo di urlare per farsi notare da qualcuno era inutile; sperò che tutto finisse presto, che finisse subito, ma quell'orso era ancora sopra di lei, ed indugiava con le sue mani da mostro ovunque rendendo ogni attimo insopportabilmente infinito.

Ma non le servì urlare per essere notata, non servì altro rumore, perché mentre il molestatore tedesco le teneva aperte a forza le gambe e cominciava ad infilare le mani sotto la veste, il novantuno di Pietro dal fienile era già puntato dritto verso la testa del soldato Pässchen. Si era destato quando aveva udito prima un urlo soffocato, poi uno strappo tagliare il silenzio che si era fatto testimone, ed affacciatosi furtivamente aveva visto la sua amata Maria in pericolo.

Il primo istinto, diabolico e vendicativo, era stato quello di prendere la baionetta e saltare dal fienile per scannare quel maiale come avrebbe meritato, ma poi pensò che spargli, e poi scappare sarebbe stato meglio. Nel cortile c'erano i muli, il paese pullulava di tedeschi, la situazione era difficile e spargli e ucciderlo l'avrebbe messo nei guai, per non parlare di Maria che era ancora più esposta. Poi c'era dell'altro: avrebbe potuto certo spargli, avrebbe potuto poi correre da Maria, sarebbero potuti correre via insieme anche al buio, verso il colle sotto il Lodìna o in valle, ma oltre al fatto che li avrebbero fermati subito era davvero impossibile al buio centrare uno solo dei due corpi che erano invischiati in quella morsa di violenza e continuavano ad oscillare. Ristette, tentando ancora di prendere la mira, sapendo di essere un bravo tiratore, sapendo di voler veder saltare il cervello di quel criminale tedesco ma conoscendo anche il rischio di vedere morire la sua amata Maria. Esitò, esitò a lungo e rimpianse a lungo quell'esitazione, soprattutto quando vide che Pässchen aveva definitivamente preso il controllo della situazione, e le reazioni di Maria erano ridotte al minimo, se non inesistenti: pareva abbandonata alla morte, come Pietro aveva visto fare a molti suoi compagni usciti dalla trincea, o stesi in un letto d'infermeria, feriti o mutilati, rassegnati alla morte o peggio ancora ad una vita da reietti. Non voleva questo, no di certo, e qui capì quanto combattere potesse essere utile: sfilò la baionetta dal fucile e si alzò in piedi, pronto, a quel punto, a saltare dal fienile ed assalire il soldato violentatore, quando qualcosa lo fece fermare improvvisamente: un rumore insolito, un suono che si discostava da quello degli ansimi del soldato, da quello dei lamenti di Maria e della sua schiena che sfregava contro la ghiaia: era un suono netto, senza sfumature, con l'altera volontà di non mescolarsi ai suoni volgari che dominavano quella scena. Pietro riuscì a fatica e dopo svariati secondi a capire che quel rumore, netto e solenne ma anche in qualche modo raffinato, proveniva dal cane a cresta di una rivoltella che era stato alzato lentamente.

Il soldato Pässchen aveva di colpo smesso i suoi apparentemente incontrollabili istinti e cambiato repentinamente espressione, sentendo la sua vita in pericolo. Sulla sua nuca la fredda canna del revolver Bodeo di Erwin Rommel gli intimava senza troppe parole di cessare la sua attività, che con evidenza da parte del tenente comprometteva l'integrità strutturale del sottile filo di collaborazione fra invasori ed invasi. Il soldato si alzò da terra senza che fosse necessario per il tenente aggiungere null'altro che non fosse la forte pressione di quella canna, coadiuvato dalla presenza di alcuni soldati che afferrarono il molestatore e lo fecero sparire nell'oscurità, via dal cortile, per riportarlo al suo comando. Rommel non offrì alcun aiuto alla donna, si limitò ad osservarla stesa in terra, lacrimante, guardandola con imperturbabile fermezza, come ad intimarle di andarsene, di mettersi al sicuro, ma sottintendendo che non voleva più avere problemi.

Mentre i soldati tedeschi prendevano i loro muli ed i loro cavalli Pietro non aveva smesso la sua posizione d'assalto con baionetta in mano, finché, avvertita la presenza del tenente, tornò in posizione di tiro, senza saperne veramente il perché. Aveva riconosciuto quell'ufficiale tedesco, era lo stesso che aveva visto aggirarsi con risolutezza nelle scuole poco prima, fra i feriti ed i prigionieri italiani che vi erano stati stipati. Quell'uomo era un nemico, uno degli ufficiali che erano venuti a Cimolais in veste di invasori, di usurpatori, in alcuni casi addirittura come criminali, come si era visto accadere poco prima a Maria. Per Pietro, secondo i dettami a cui era sottoposto, quel giovane era un nemico da catturare o uccidere e null'altro, ma lui non riusciva proprio a dipingersi in testa l'immagine che gli si voleva inculcare, egli in quel momento lo vedeva soltanto come un uomo, un giovane, probabilmente suo coetaneo. Uomo d'altro luogo, d'altra lingua, certo, ma null'altro più che un giovane uomo che svolgeva il suo dovere per il suo paese, e che in più però aveva appena salvato una donna straniera, di nazionalità a lui nemica, da una violenza. Ma ancora a Pietro non riuscì di vedere in quel gesto qualcosa di più profondo di ciò che risultava esternamente: dov'era l'eroismo in tutto ciò? Qual era l'eroismo di uomini che dovevano arrivare ad ammazzare uomini per evitare che questi ammazzassero altri uomini? Quegli anni erano un disastro per tutti e tutti ci stavano rimettendo, in fondo.

Attese che i muli ed i loro padroni se ne andassero e scese, incurante, a raccogliere quello che appariva restare di una piangente Maria. Sconvolta, in un primo momento si scosse istintivamente dall'abbraccio consolatorio di Pietro, manifestando la volontà di allontanarsi senza riuscire però a farlo. Il ragazzo sorrise, come se quel sorriso potesse in qualche modo aiutarli subito ad iniziare a superare quel momento, che sembrava essere diventato il più brutto da quando si erano conosciuti, la più grande difficoltà da quando fra loro si poteva definire instaurato un rapporto: non dissero nulla, lui non voleva ammettere di essere stato inutile, di non averla potuta salvare dalle grinfie di quell'orco, e lei non voleva parlarne, già non voleva ricordare quello che sarebbe potuto succedere, che non sarebbe certo stato tanto peggio di quello che era in realtà successo. Il turbamento li rendeva simili, simbiotici, tanto che l'unirsi infine in un abbraccio sembrò quasi un gesto dettato dal destino, dalle leggi della natura, più che dalle volontà individuali, un po' come tutto ciò che stava accadendo attorno a tutti loro, a loro due, alla loro storia, al loro futuro.

Come capita spesso i sentimenti intensi inibiscono il controllo da parte della memoria, così entrambi probabilmente rimossero immediatamente il ricordo di quella notte, fatta di crudeltà e di sofferenza, di impeto e di trasporto. Ne rimase la sfocata reminiscenza dell'umida scala che portava al fienile, dei palmi caldi delle loro mani che si lambivano delicatamente, dapprima contenuti dalle morse del turbamento, in cerca di riferimenti reciproci, per poi lasciarsi abbandonare, trascinare dall'impulso, nel tentativo di riempire un vuoto recondito apparentemente incolmabile, migrando dal calore dello spirito a quello della carne, trasportandosi l'un l'altra nel conforto del contatto, cercando nelle menti e vicendevolmente nei loro corpi il significato della vita quando il mondo sembra completamente assoggettato alla morte, da anni e anni, e far diventare quegli anni soltanto polvere smossa in un fienile a colpi di passione fiammate di calore per dimenticare quel freddo, spasmi di vita per dimenticare quella morte.

In casa sembrava essere tornata la calma, il continuo aprirsi del portone d'ingresso ed il viavai di soldati aveva lasciato uscire il calore delle ultime fiammate del *larìn* e Rita, prima di portare Giovannino a letto, aveva rabboccato il focolare con due pezzi di faggio, che produssero in breve delle alte vampate, riscaldando e rischiarando quello che restava di quell'ambiente. Oliva era ancora parecchio turbata, le tremavano le mani e ancora sentiva la stretta di Schröder al collo; si era seduta in un angolo buio lontano dal *larìn*, senza dire né fare nulla finché le truppe ebbero terminato di raccogliere le loro attrezzature e se ne andarono, mentre Felice aveva atteso che Sprösser e Krüger risalissero in quello che ormai il Vecchio Alpino aveva adibito a suo ufficio. L'immagine acuiva lo stato di nervosismo che si era sviluppato recentemente in Felice, che aveva dovuto quietare la sua sete di vendetta durante l'episodio in cui sua cugina era stata aggredita, così uscì di gran carriera dalla casa, senza pensare al fatto che avrebbe lasciato Oliva da sola al piano terra con tutti quei soldati. Ella attese qualche minuto prima di muovere anche soltanto un muscolo, e continuava a guardare fisso verso il *larìn*, dentro il fuoco che in quel momento la ipnotizzava con i lenti movimenti delle sue vampe, e pareva essere l'unica cosa vivente nei paraggi, fino al momento in cui un rumore dalla dispensa la distrasse da quel momento ipnotico in cui si era volontariamente infilata per proteggersi. Sentì un sospiro, accompagnato da un rumore sordo, un piccolo colpo e poi rumore di vetro, tintinnare di un bicchiere o di una bottiglia, o di entrambi, suoni intervallati dagli scoppiettii del faggio che alimentava il fuoco. Capì che era lo zio Massimiliano, che si dedicava all'ennesimo bicchiere di vino. Vino che usava ormai più che altro per lavare via le sue colpe dallo stomaco, e che gli avrebbe donato soltanto una effimera sensazione di incolpevolezza.

Quel pensiero scosse Oliva, che si alzò in piedi quasi senza accorgersene, come se quel momento fosse nient'altro che l'ennesima ripetizione di uno dei tanti altri simili già passati, in cui il senso del dovere la spingeva a trovare un espediente, qualcosa da fare per togliersi dal senso di imbarazzo che le provocava da sempre la visione dello zio che per lo sconforto si dava al bere. In realtà lei preferiva imputare quella reazione all'istintiva riconoscenza, ed il cercare qualcosa da fare non era un pretesto per staccarsi da quella realtà ma piuttosto per cercare di modificarne le sorti, come se potesse fare qualcosa per levare lo zio dagli impicci che lo portavano a bere. D'altra parte non poteva far altro per sdebitarsi di tutto l'aiuto che le era stato dato da quando era rimasta orfana, per quanto sia Massimiliano che i suoi figli ritennero la sua presenza nella famiglia nient'altro che naturale, senza pretendere nulla in cambio. Era lei che si sentiva in dovere di fare qualcosa, anche perché tenendosi occupata riusciva a scacciare ogni pensiero che potesse portarle angoscia, ogni ricordo che le facesse pensare alla sfortuna e alla durezza di quella misera vita.

Aveva smesso da tempo di mettere a posto i panni che aveva rammendato, dei quali ben pochi erano rimasti a disposizione della famiglia, però aveva notato che la zona attorno al *larìn* era molto sporca ed erano state lasciate diverse immondizie, così si avvicinò velocemente ed iniziò a raccogliere alcuni mozziconi di sigaretta, cocci di vetro ed altri tipi di rifiuti. Nonostante i soldati comunque avessero trovato da mangiare nella dispensa, non trovò nemmeno una scorza di formaggio, neanche un budello di salame: quei tedeschi dovevano aver bella fame o una gran lungimiranza per non buttare via niente, pensò, ma in realtà quel comportamento non era così poi tanto distante da quello che un po' si era visto in tutti a Cimolais, soprattutto negli ultimi anni, in cui si conservavano e riutilizzavano più volte anche le scorze dei limoni. Aveva nel frattempo sentito lo zio risedersi, e poi nessun altro rumore era provenuto dalla dispensa. L'apparente tranquillità pareva essere l'anteprima del silenzio che sarebbe calato a breve, ma un rumore sordo intervenne a spezzare quell'effimera calma, ed Oliva trasalì: qualcuno armeggiava sui catenacci del portone d'ingresso e stava per entrare in casa. Provò una sensazione di cui non aveva ricordo recente: il terrore si era impadronito di lei, aveva visto poco prima di cosa potevano essere capaci quei tedeschi e temeva che chiunque fosse entrato da quella porta avrebbe potuto fare di lei quello che voleva, considerato che era sola e che lo zio ben poco l'avrebbe potuta aiutare.

Non doveva, non voleva assolutamente farsi trovare, così si precipitò fulminea ma con passo felino nell'angolo in cui era seduta poco prima, il più riparato dalla luce, che le avrebbe permesso di non essere notata ma nel contempo di riuscire a vedere chi sarebbe entrato: appena giunta sul posto si guardò attorno, tastando il terreno in cerca di qualcosa di solido che l'avrebbe potuta proteggere da un eventuale attacco, ma non trovando nulla si sentì disorientata e vulnerabile, e mentre la porta si apriva lentamente sperò che il nascondiglio fosse sufficiente ad impedire a chiunque di scoprirla, e che eventualmente se ne andassero subito non vedendo nessuno, o che si trattasse di qualcuno diretto nell'ufficio del maggiore al secondo piano, senza l'esigenza di guardarsi attorno al piano terra. In realtà quasi subito il comportamento di quel potenziale nuovo avventore la insospettiva, poiché dal movimento lento ed esitante con cui si muoveva il portone poteva quasi sembrare che il soldato tedesco che voleva entrare temesse di essere scoperto, ma sarebbe stato davvero insolito poiché ormai da quasi un giorno quello era il posto del comando, vi entravano ed uscivano soldati tedeschi in continuazione. Infatti non si trattava di un soldato tedesco: dallo stipite apparve, lentamente e con fare circospetto, la figura di Tullio, che una volta accertatosi di essere solo, o comunque che non ci fosse nessuno di cui temeva, si diresse dritto verso la dispensa.

Oliva rimase attonita per qualche istante, poi fu presa da una strana sensazione di calore, come una sorta di immediata e possente rabbia nata più per la sua reazione viscerale, dettata dalla paura, che per la delusione sollevante che provò vedendo che non si trattava di un soldato nemico. Era turbata dalla sua paura, o più che altro dall'averla palesata pur di fronte a nessuno. Non le era mai capitato, neanche da sola, di lasciarsi andare ad un comportamento così protettivo e soprattutto di esplicitarlo così, nemmeno durante l'affronto provocatorio accaduto poco prima. Ma si lasciò pervadere in realtà per poco tempo da questa sensazione, che fu subitamente soppiantata dalla curiosità per l'atteggiamento ambiguo di Tullio. La situazione era chiaramente sospetta, ed ovviamente interessante.

Si avvicinò con passo felpato all'ingresso della dispensa, e lentamente si sporse per guardare all'interno, accertandosi ora lei, di non essere vista da nessuno. Vide una scena singolare che la incuriosì ed in parte la indispettiva, anche se quasi sempre evitava di lasciarsi influenzare dalle prime apparenze di un episodio che poteva avere molte connotazioni come quello: lo zio Massimiliano, seduto sulla panca della dispensa, teneva la testa la testa in una innaturale posizione reclinata, ma per un po' continuava a guardare Tullio che stava in piedi di fronte a lui. Lo zio non appariva intontito dal vino, per quanto comunque ne avesse bevuto, piuttosto sembrava essere la stanchezza, o una sorta di rassegnazione a fargli compiere dei movimenti lenti e a palesare il suo corpo pesante, gravoso sulla sua persona come tutta la situazione generale di quei momenti e l'implicazione delle sue circostanze, a cui pareva unirsi anche quel particolare momento. Con i gomiti appoggiati alle ginocchia consegnò nelle mani di Tullio un pacco di banconote, di cui data la lontananza non era facile distinguere il valore. Oliva restò interdetta, non tanto per i soldi contanti di cui comunque sapeva esserci una riserva di sicurezza in famiglia, per ogni evenienza, quanto per quello che sembrava un pagamento ma che sperava invece potesse essere una sorta di prestito. Ma a cosa potevano servire quei soldi a Tullio? Forse a pagare la locanda? Poteva certamente essere così, ma l'atteggiamento sospetto con cui si era palesato dentro la casa il triestino era parso alquanto ambiguo, così la ragazza si nascose di nuovo, attendendo che Tullio uscisse per seguirlo. Si soffermò soltanto un istante sull'ingresso, guardando verso la dispensa certa di non poter essere notata dallo zio, che era tornato a guardare dalla feritoia verso l'esterno, pensieroso come non l'aveva mai visto, assorto in quella che sembrava una riflessione carica di speranza, un momento di mortificazione compiuta, come se il fondo fosse stato raggiunto definitivamente, e non restasse altro che ripartire, lentamente ricominciare.

Uscì di soppiatto cercando di rimanere il meno visibile possibile, ma il buio impediva anche a lei di capire bene cosa stesse succedendo fra Tullio e quello che all'inizio identificò come uno dei soldati tedeschi che fino a poco prima occupavano lo spazio attorno al *larìn*, ma poi si accorse che la divisa era diversa, ed immaginò che si dovesse trattare di un austriaco, di cui poi vide i gradi e capì essere un ufficiale, che con Tullio conversava sciolto. Parlavano in tedesco, cosa che all'inizio ad Oliva per un attimo sembrò strana, ma che poi riflettendoci le sembrò del tutto normale: d'altra parte Trieste era territorio austriaco e poteva anche non sembrare strano che i due si parlassero in quella lingua: non riusciva però a capire tutto quello che si stavano dicendo, poiché dopo i primi scambi di saluti, con qualche vago riferimento alla città di Trieste, avevano iniziato a parlare sottovoce. Volle avvicinarsi e cercò di farlo sempre di soppiatto, col passo morbido che aveva saputo tenere fino a quel punto, ma dovette interrompere quell'iniziativa dopo pochi passi, e per evitare di essere scoperta si era abbassata e nascosta velocemente sotto al portico a lato del palazzo, dove era stato servito il banchetto di benvenuto per gli "ospiti" tedeschi. Vide che Tullio, dopo aver estratto di tasca i soldi che gli aveva appena dato Massimiliano, si guardò furtivamente attorno. Attonita, incredula e con la rabbia che le saliva nuovamente in corpo, senza pace, cercò subitamente di addurre una scusa, una spiegazione per ciò che aveva appena visto, senza riuscirci. Rimase nascosta per qualche istante prima di provare a guardare di nuovo in quella direzione, vedendo soltanto per un momento la figura di Tullio che girava l'angolo e si dirigeva verso il cortile, mentre l'ufficiale austriaco si allontanava a nord; attese giusto il tempo di assicurarsi che non sopraggiungesse nessuno e che l'ufficiale si fosse allontanato a sufficienza, poi scattò nella direzione in cui aveva visto dirigersi Tullio, ma non appena anch'essa ebbe girato l'angolo vide sopraggiungere da nord i soldati tedeschi, così fece dietro front, guardando per un'ultima volta verso Tullio, che si stava dirigendo verso la locanda. Non avrebbe fatto in tempo a raggiungerlo senza rischiare di essere vista e magari bloccata dai tedeschi che scendevano verso il paese, cosa che in quel momento le provocava ancora alquanto ribrezzo. Optò per l'aggiramento strategico dell'ostacolo, raggiungendo quindi la locanda attraversando il cortile di proprietà Morossi, a cui sarebbe arrivata dal retro, passando per le scuole. Per farlo doveva prima attraversare il centro del paese, allora corse forsennatamente, stando ben lontana dalle lucerne della strada, raggiungendo l'ingresso delle scuole tramite una scorciatoia, un vicolo talmente buio che dovette percorrerlo a memoria.

Di guardia alle porte della scuola-infermeria trovò due soldati tedeschi in pattuglia, che erano stati lasciati lì a sorvegliare i feriti ed i prigionieri. Capì che poteva evitarli soltanto cercando ancora una via alternativa, per non essere scoperta: si avvicinò lentamente allora ad una delle finestre più periferiche del piano terra, in una zona in cui il buio non permetteva che i soldati la vedessero, doveva solo stare attenta a non fare rumore. Più che altro la sua speranza era che le finestre fossero soltanto accostate, e che bastasse una piccola spinta ad aprirle e permetterle di entrare. Non fu così: per quanto spingesse, la finestra restava bloccata, e non c'era verso di aprirla; pensò di tornare indietro ma c'era il rischio di incontrare alcuni soldati di quel gruppo pur sparuto. L'unica alternativa era cercare di aprire la finestra o aspettare prudentemente che la situazione si calmasse e che non ci fossero più soldati in giro, cosa apparentemente improbabile. Nervosamente si guardò attorno, per poi inquadrare la finestra e guardarvi all'interno per capire se ci fosse qualche possibilità di entrare: vide soltanto alcuni uomini stesi a terra, stretti in fasciature sanguinanti, chi alla testa, chi al petto, chi agli arti: uomini sofferenti di una causa che al netto di quelle ferite sembravano non riconoscere più. Parevano non voler più appartenere a quella realtà meschina che in loro trovava il suo sfogo più pietoso, più sconvolto eppure più reale di qualsiasi retorica, come se quelle fasce e quel sangue fossero più eloquenti di qualunque grado di qualunque divisa. Di uno di questi uomini guardava il volto, rapito dal sonno ma con ancora i segni della sofferenza addosso: cercava di distinguerlo al buio e attraverso quel vetro sporco, finché d'un tratto le si parò davanti una donna, che la spaventò facendola indietreggiare fino quasi a farsi scoprire dalla pattuglia nemica. La donna aprì velocemente la finestra ed Oliva, riconosciutala, entrò scavalcando.

- Oliva!

Disse la donna, sottovoce per non svegliare i feriti.

- Che ci fai qui? Perché giri di notte? Sai cosa ti fanno se ti prendono?

Era una delle donne di Cimolais che era stata messa a fare l'infermiera in quell'ospedale-prigione improvvisato.

- Devo passare per il cortile, ma c'erano i tedeschi e allora ho fatto il giro da questa parte ...

In tutta onestà, non avrebbe saputo campare qualche altra scusa, confusa com'era da tutto ciò che le era accaduto in così poco tempo. Il gioco forse non valeva la candela ma a qualcosa probabilmente sarebbe servito. Sgattaiolò verso le finestre dall'altro lato, per guardare verso il cortile ma il buio era penetrante e dal prato saliva una leggera foschia che velava l'ambiente rendendolo a tratti impenetrabile allo sguardo. Vedeva chiaramente il muro esterno del fienile ma non le era dato capire se in cortile ci fosse movimento. Si agitava, muovendosi da un vetro all'altro, tanto da far svegliare alcuni feriti, fra cui uno dei due disertori italiani catturati dai tedeschi poco prima, reso quasi cieco dalle percosse degli zelanti soldati del distaccamento Schröder: si muoveva confuso, cercando di capire cosa stesse succedendo attorno a se, ed Oliva lo vide agitarsi disorientato, così perso che provò un'immediata pena per lo stato di quel giovane ragazzo che probabilmente avrebbe trascorso in quello stato il resto dei suoi giorni. La donna che le aveva aperto la finestra si avvicinò, visibilmente preoccupata ed anche un poco irritata:

- Oliva, smettila! Fai agitare i convalescenti e rischi di farti beccare dai tedeschi!

Il soldato italiano ebbe come una sorta di rivelazione, appena sentì quel nome:

- Oliva? Ti chiami Oliva?

La ragazza ristette, non capiva lo stupore del soldato, era come se avesse già sentito parlare di lei:

- Sì ... Sì mi chiamo Oliva, perché?

Lo disse sottovoce, ma bastò perché il ragazzo potesse sorridere.

- Ah, io ti conosco allora! Ho sentito parlare di te!

Oliva era confusa ma volle continuare a capire. Si avvicinò di un passo, un passo soltanto in direzione del soldato, che si era messo seduto per un attimo ma dovette ridistendersi a causa di un capogiro, mentre la donna che era con Oliva lo aiutava.

- Hai sentito parlare di me? E dove?
- Lascialo stare, non vedi che sta male?
- No, no, lasciala parlare. Raccontami, Oliva, parlami di te, di Cimolais, Gianni ci ha raccontato tante belle cose di qui.

Rimasero per un attimo in silenzio, mentre il respiro del soldato iniziava a farsi affannoso. Oliva si era irrigidita, quella era l'ennesima emozione forte della giornata, ma ancora non se la sentiva di crollare, anzi, se possibile ne stava per uscire ancor più rafforzata.

- Gianni, hai detto? Gianni Fabris? Dove l'hai conosciuto?

Il soldato rise, quasi istericamente, puntando lo sguardo vacuo verso il soffitto:

- Ah ah, ah ... Conosciuto? Lo conosco da anni ormai, mi dispiace quasi averlo lasciato lì, ormai eravamo amici.

- Lì? Lì dove?

- Eravamo amici ormai, ma lui ha detto che qui a Cimolais si stava bene, non pensavamo di trovare i tedeschi andando via.

Oliva era sempre più agitata, nemmeno l'altra donna riusciva a tenerla a distanza dal soldato, a cui fece nuovamente la stessa domanda:

- Dove? Andato via da dove?

Il soldato appariva sempre più confuso, come se quell'informazione quasi potesse assurdamente non essere gradita dalla ragazza. Tentennò un istante prima di rispondere:

- Dove sono tutti gli altri, lì sul Pezzèi.

§§§§

La sensazione provata in quei momenti era oramai diventata subito riconoscibile per il sottotenente Schöffel, che non era mai stato in realtà un tipo impressionabile, ma da quando gli era stata data la possibilità di coltivare la sua passione per la bicicletta anche sotto le armi, era tornato preda delle emozioni giovanili che aveva quasi scordato. Era già caduto nel tranello di uno scherzo da camerata che gli era stato fatto durante una delle prime missioni del WGB, quando il battaglione era in Romania: alla richiesta da parte di qualcuno che si palesassero i migliori ciclisti, convinto che ci fosse veramente la possibilità di far valere le proprie capacità, si era subito presentato, ritrovandosi invece a pelare patate e pulire la latrina. Fu così che poi lì in Friuli quando gli venne rivolta nuovamente la stessa proposta rimase inizialmente titubante, memore della brutta esperienza romena, fino al momento in cui non vi fu l'evidenza del bottino: le biciclette ripiegabili dei bersaglieri italiani. Era estasiato, rinvigorito e lo era diventato ancora di più quando capì che gran parte del risultati ottenuti in quella campagna erano merito anche della sua squadra. Avrebbe voluto sempre stare in prima linea, riuscire a raggiungere e superare il nemico, scalzandolo dai suoi intenti di ritirata e riammassamento, mandando all'aria tutti i piani di riorganizzazione italiani con l'ausilio del suo Mauser e della sua bicicletta.

Ma questo entusiasmo era già stato frenato dal tenente Grau suo comandante, che lo aveva pregato di essere prudente, soprattutto dopo la battaglia di Claut. E non aveva torto, Schöffel pensò subito che se la situazione di Claut fosse stata differente e l'avanguardia fosse stata dei ciclisti, ben pochi ne sarebbero rimasti. Il nemico aveva fatto capire che non si stava arrendendo del tutto, e per quanto l'ingresso dei ciclisti lì a Cimolais non avesse trovato altro avversario che quella vecchia pazza ed emaciata che urlò loro addosso e poi corse via, era davvero meglio essere prudenti, quell'ultima retroguardia italiana avrebbe potuto rivelarsi tosta. Lo stesso lo pensava il tenente Grau, mentre con passo leggero ma deciso si avvicinava a Rommel, che lo riconobbe senza il bisogno né ch'egli pronunciasse una parola né che palesasse visivamente la sua presenza, nonostante Rommel stesse continuando a scrutare dal centro del paese in alto il buio dell'abetaia del Pezzèi, dove sapeva trovarsi le postazioni italiane:

-    Sono pronti i ciclisti, tenente Grau?

Grau ancora non si era abituato alla risolutezza e alla rapidità del tenente Rommel che spesso lo prendeva in controtempo spiazzandolo, ma aveva presto capito che ci si bisognava adattare:

-    Ehm, certo, tenente, siamo pronti a partire.

-    Molto bene. Più avanti, verso ovest dovrebbe esserci una chiesetta, sulle carte la zona è indicata come "le crosìtte", dobbiamo arrivare lì il più velocemente possibile, per tentare un avvicinamento rapido. A breve darò l'ordine per partire, stia pronto.

-    Se posso permettermi raccomando comunque prudenza.

-    Può permettersi, tenente Grau, ma la prudenza spesso non si accorda con la vittoria.

Nessuno aggiunse altro. Rommel sembrava in attesa di qualcosa di cui il tenente Grau non fosse a conoscenza, il che insospettì alquanto il capo dei ciclisti, ma non volle avanzare per il momento nessun tipo di ulteriore domanda, poiché era evidente che la fase di preparazione si stava facendo concitata. In realtà però non gli sembrava molto coerente con la dinamica d'azione auspicata dal collega il fatto che proprio lui non desse ordine di muoversi con le truppe pronte a disposizione, restando lì a cercare con insistenza qualcosa con quel binocolo, dove non si riusciva a vedere quasi nulla; la pioggia intanto sembrava iniziare a diminuire d'intensità, in maniera probabilmente illusoria come faceva da due giorni a quella parte, e Grau pensò che forse Rommel stesse attendendo invano proprio una situazione di meteo ideale, cosa che lo incuriosiva ancora di più, dandogli in parte l'impressione che probabilmente per la prima volta il giovane eroe del Matajur si stesse facendo traviare da una piccolezza, da un dettaglio così insignificante che mai si sarebbe pensato come possibile minaccia per la proverbiale rapidità d'azione di Rommel.

A parole il tenente sembrava essere deciso, sicuro come sempre nell'agire, ma i fatti ora sembravano dargli torto, il che poteva significare anche un cedimento nella prontezza di colui che era stato fra i maggiori fautori della grande avanzata fino a quel punto. Avrebbe allora eventualmente dovuto guidare lui da lì in poi la manovra, dato che Schröder e Gössler erano impegnati nell'aggiramento? Ne dubitava, ma non così tanto, e forse per certi versi sperava in quello che sarebbe stato il balzo di carriera che un po' tutti agognavano: d'altra parte se Rommel dopo la battaglia di Forcella Clautana avesse collezionato un nuovo fallimento, il maggiore Sprösser avrebbe potuto quantomeno rivalutare la sua posizione. Anche Grau allora si mise a scrutare, a occhio nudo, in direzione di quelle montagne come continuava a fare Rommel, che di colpo, con la sua solita prontezza, interruppe quel momento di silenzio forse un po' troppo bruscamente per Grau, che ancora pagava la dissuetudine al dinamismo diretto del collega:

- Eccoli.

Non attese, subito incalzò chi gli si avvicinava senza ch'egli potesse manifestarsi prima:

- Schöffel, che novità?

Rommel stava attendendo proprio il sottotenente ciclista, che accompagnato dal sergente Brüchner, anch'egli in bicicletta tornava da un pattugliamento. Arrestarono la bicicletta e salutarono, poi Schöffel esordì:

- Tenente Rommel, tutto tranquillo, nessuno sembra muoversi.

Grau capì subito che la situazione poteva essere favorevole, e nel contrasto di riflessioni che lo infestavano rivalutò immediatamente la sorprendente personalità del collega, che fece ancora sfoggio della sua determinazione:

- Bene, direi che ora dobbiamo muoverci. Grau, dia pure l'ordine anche agli altri ciclisti di avanzare. Io e lei seguiamo a cavallo. Presto, fra poco sarà giorno.

- Certamente tenente. Avanti!

Montarono in sella e si incamminarono, e mentre la colonna di ciclisti e cavalieri scendeva verso il paese, si notavano le prime avvisaglie di luce. Il buio era a tratti molto fitto, ma qualche spiraglio tra le nuvole cariche di pioggia che si addensavano attorno alle due montagne dava la possibilità di orientarsi a grandi linee. La strada principale che attraversava Cimolais arrivava da Claut e si dirigeva verso Longarone, da est verso ovest tagliando quasi di netto il fondo della valle del torrente Cimoliana: sulle carte sembrava disegnare una sorta di netto confine fra le montagne carniche e l'inizio di una ripida discesa verso la pianura, abbozzata dall'introduzione che ne dava la docile piana di Pinedo; la distesa che si spiegava fra Claut e Cimolais aveva ingannato l'occhio e l'umore del tenente, dapprima convinto che Forcella Clautana fosse l'ultimo ostacolo duro prima del Piave, e vistosi poi rinchiuso nella morsa fra Lodìna e Cornetto, un collo di bottiglia dalla pericolosità molto alta, forse più di qualunque altro passaggio scomodo incontrato fino a quel punto, Forcella Clautana compresa. Ma dagli ultimi scrutamenti gli era quasi parso che le postazioni nemiche, da cui aveva ad istanti percepito dei movimenti, delle luci, fossero da troppo tempo calme, troppo calme. Poteva voler dire due cose, nessuna delle quali fu pronunciata, da nessuno. I pattugliatori uscirono dal paese lentamente, incrementando il livello di prudenza proporzionalmente all'avvicinamento verso ovest: la strada cominciava ad esplicitare una leggera pendenza, che aumentava visibilmente qualche decina di metri più avanti, addentrandosi nell'oscura abetaia ed inerpicandosi violentemente e senza indugi verso il punto più alto di quell'ultimo baluardo di montagna, fino a scomparire inghiottita dagli alberi del Pezzèi.

Il silenzio di quei momenti acquistava un valore molto più alto di un silenzio normale, come se l'assenza di rumore che di notte lasciava dormire restasse senza apparente utilità se paragonata all'importanza di quel silenzio, il cui ruolo oscillava come un pendolo, in quegli istanti, fra la letalità e la sopravvivenza, per entrambi i gruppi.

Fluttuava, il silenzio, dalla lenta avanzata di quei cavalli e quelle biciclette, alla statica posizione di quei fucili schierati e quelle superficiali trincee in cui il silenzio s'insabbiava, padrone di quell'abetaia, di quel passo, di quella strada, e del giorno che stava nascendo.

Gli zoccoli dei cavalli e le ruote delle biciclette che smuovevano la terra battuta della strada si perdevano in quel silenzio: la salita dava l'impressione che l'intervallo fra quei suoni aumentasse, che la marcia stesse rallentando, quasi fino a fermarsi, a pochi metri dalla chiesetta delle Àneme, posizionata in realtà molto prima di quella de "le crositte" a cui faceva riferimento Rommel: era poco più di un capitello che sembrava fungere quasi da stazione, da casello, come fosse un punto di partenza o di arrivo, un po' simile a quelli che servivano per pagare le tasse e i dazi, uno di quei dispositivi posti ai confini, a testimonianza del cambiamento a cui va incontro chi li attraversa, insomma un punto in cui ci si ferma per dare conto del proprio viaggio, pagandone l'intenzione.

Rommel intensificò nell'espressione del viso la visibilità della sua concentrazione; Grau ne colse una leggera preoccupazione strategica, una strana sorta di prudenza simile a quella di uno scacchista in procinto di mangiare la regina avversaria, insospettito dalla possibilità di un facile successo che potesse non essere un'esca.

- Rommel, lei pensa che se ne siano andati?

Non rispose, continuava a guardare verso l'abetaia a occhi nudi, mentre il passo del cavallo rallentava per l'inizio della salita.

- Potrebbe essere accaduto come a Claut, che ne dice?

Rommel sapeva che era questione di istanti, e non rispose subito alle domande del collega perché gli serviva quel tempo per riflettere e prendere una decisione. La tensione era altissima, ma Grau continuava a cercare di leggere l'atteggiamento del collega ufficiale, anche solo per poterlo aiutare; stava quasi per dire qualcosa, ma Rommel si portò l'indice alle labbra, e dopo aver leggermente inclinato la testa e serrato le sopracciglia come a focalizzare la vista verso qualcosa, trasalì, ed urlò:

- Al riparo! – giusto un attimo prima che la strana serie di lampi a mezzaluna che aveva visto prodursi poco lontano si trasformasse in uno scroscio di proiettili che si piantavano nella ghiaia della strada, producendo degli assordanti crepiti seguiti dai boati echeggianti delle mitragliatrici, poste a semicerchio proprio sopra di loro: una truppa di circa venti persone che si trovava a completa disposizione del nemico, come un bersaglio vivente e appetitoso per quelle armi affamate.

I colpi scendevano con una picchiata violenta, distruggendo qualsiasi cosa ne ostacolasse il percorso, e fischiavano attorno ai soldati; colpirono alcuni cavalli che caddero, altri invece si imbizzarrirono e tornarono al galoppo verso il paese. Alcuni ciclisti, i più arretrati, seguirono quei cavalli, galoppando anch'essi sui pedali, fortificati dalla consapevolezza che quella sarebbe potuta essere la loro ultima corsa, la loro ultima mossa. Rommel, Grau e gli altri si gettarono verso la chiesetta delle Àneme, infilandocisi all'interno senza sapere bene se e come li avrebbe riparati e da cos'altro, oltre le mitragliatrici, avrebbe dovuto farlo. Una volta all'interno contò immediatamente i componenti dell'improvvisato presidio di copertura, per capire se ci fossero feriti e constatando che miracolosamente soltanto un paio di cavalli erano stesi a terra fuori, poco distanti dalla chiesa, agonizzanti ma senza che però il fuoco nemico insistesse su di loro. Ora gli spari incessanti si erano concentrati sulla chiesa in cui gli italiani avevano visto rifugiarsi i tedeschi. Rommel non perse la concentrazione, e mentre cercava di capire quante fossero e come fossero posizionate esattamente le bocche da fuoco che li stavano cercando con così tanto impegno, guardava assorto i volti degli uomini che a terra si erano rannicchiati su loro stessi, a loro effimera protezione: nei loro occhi la disperazione di chi sapeva di potersi essere trovato a vivere i suoi ultimi attimi, e la rassegnazione della consapevolezza che a dominarli era la paura. Il fuoco si intensificò e s'addensò sulle tegole del tetto della chiesetta, i cui cocci iniziarono a piovere all'interno, cadendo sui corpi degli uomini fermi immobili, in impotente attesa del loro proprio destino. Rommel non aveva risposto alle ultime domande del collega, ma l'occhiata che gli diede conteneva la giusta rassegnazione esplicativa, ma forse a quel punto poco importava a Grau che come tutti gli altri lì dentro tranne Rommel aveva mutato espressione. I volti erano mutati, non sembravano volti di soldati ma apparivano più come facce spaesate di bambini in pericolo, lontani dalle loro case, più persi nel mondo che realmente in cerca di avventure da cui uscire dimostrando coraggio. Ma non erano pensieri per un tenente di carriera. Doveva trovare subito una soluzione, e poteva farlo soltanto aspettando il momento giusto.

Il fuoco sembrava non cessare mai, ed al sottotenente Schöffel tornò in mente la trincea, quella trincea assurda e logorante che aveva vissuto sul fronte occidentale: la trincea maledetta e misteriosa, che non permetteva di capire quanto grande fosse il pericolo, quanto fosse il tempo a disposizione, e che non permetteva di scappare, ma imponeva il mantenimento della posizione. E lui che era un ciclista preferiva correre, anche contro il nemico: a quella staticità logorante era di gran lunga meglio l'azione, a costo di una paradossale esposizione alla più alta probabilità di morire, ma con il sapore della libertà come ultimo ricordo. La bicicletta era rimasta fuori, stesa come i cavalli feriti, adagiata sul terreno, inutilizzabile in quel momento, ma che fino ad allora era stata una fedele compagna per lui, quasi quanto e forse anche più di alcuni animali, muli o cavalli, per i colleghi di reparto.

Ma d'un tratto ebbe una sorta di epifania, una rivelazione d'una rinnovata fiducia, il senso di completezza che poteva dare l'idea che una delle ultime cose, se non proprio l'ultima ad aver fatto prima di morire era stata pedalare in sella ad una fedele compagna come quella bicicletta che giaceva sulla ghiaia di quella strada carrozzabile di quel posto così lontano da casa che poteva essere l'ultimo che egli aveva visto, ma che avrebbe di gran lunga preferito ad un altro in cui l'ultima cosa ad aver fatto fosse stata uccidere un altro uomo, e l'ultima cosa ad aver visto poteva non essere una bicicletta stesa in terra ma gli occhi del suo assassino, o dell'uomo che era stato costretto ad uccidere.

Fra gli altri soldati nella chiesetta serpeggiava una tensione che attanagliava gli animi come mai era successo prima per il WGB. Quale malsana ironia avrebbe visto morire gli uomini del battaglione da montagna intrappolati in una chiesetta di fondovalle? Ma quante munizioni potevano ancora avere questi italiani? Il fuoco ormai perdurava da diversi minuti, forse venti, forse quaranta. Lo scoppiettare a ritmo alternato di quei colpi sulle tegole rendeva perfino il tempo una cosa effimera, qualcosa che non si riusciva e forse non si voleva misurare. Potevano essere passati anni ma il sentimento non cambiava, restava la paura per la morte, quella morte così improvvisa ed inaspettata per quanto certa. Rommel ad un certo punto poteva perfino sentire i lamenti, i mugugni ed i pianti degli uomini che sentivano che gli ultimi attimi delle loro esistenze erano scanditi da quel picchiettare di colpi tutto attorno, ma non seppe essere commiserante, e sarebbe parso senza compassione agli occhi di tutti in quella sua indifferenza se non fosse stato per la dimostrazione di audacia che sfoggiò nell'attimo successivo:

-   Soldati, statemi a sentire. I colpi adesso sono meno vicini uno all'altro, stanno smettendo di sparare, o ci credono morti o vogliono risparmiare colpi. Fra poco smetteranno del tutto ed aspetteranno che noi usciamo da qui.

Grau era ancora spaventato ma riuscì a riacquistare un momento di lucidità; fu l'unico a parlare:

-   Cosa pensa di fare, Rommel?
-   Usciremo di qui uno alla volta, uno ogni quattro-sei secondi. Correte verso il paese senza perdere le coperture, se riuscite riprendete il possesso delle biciclette, ma senza che ciò causi inutili perdite di tempo.

Indicò un paio di punti che il primo chiarore dell'alba permetteva di scorgere:

-   Il fuoco nemico si concentra soprattutto a nordest, iniziate correndo in direzione opposta per poi rientrare, così dovranno correggere il tiro e perderanno tempo. Correte in maniera disordinata e non vi succederà niente.

Grau fu preso da uno spasmo quasi isterico e balzò in piedi:

-   Serve del fuoco di copertura!

Rommel inveì contro quel tentativo di mandare all'aria i suoi piani.

-   Nessun fuoco di copertura! Ce ne andiamo e torniamo nel paese!
-   Ma è un suicidio! Ci crivelleranno con quelle mitragliatrici!
-   Se rispondiamo al fuoco rischieremo ben di peggio, tenente!

Grau non disse nulla e Rommel fece una pausa volutamente, aveva capito che incalzando il collega avrebbe reso la situazione ancora più nervosa. I colpi erano sempre meno, e per quanto la cosa potesse essere da un lato confortante, sapevano tutti che era soltanto il preludio ad una pioggia di fuoco ancora più intensa quando sarebbe sortito il primo soldato da quella chiesetta. Il tenente Rommel non indugiò oltre:

-   Tenente Grau, siamo stati fortunati che non avessero artiglieria pesante, e che non hanno voluto usarla, altrimenti queste quattro paretine sarebbero state polvere con noi in un secondo. Quelle mitragliatrici sono troppo lontane per essere precise su bersagli in movimento, in più la luce non è ancora ottimale.

Poi si rivolse a tutta la compagnia:

- Ora uscite, uno ad uno, e vedete di essere veloci. Io uscirò per ultimo, dopo il tenente Grau.

Ci fu un attimo di pausa, fra un colpo e l'altro, e quando l'ennesimo proiettile spaccò in due un altro coppo il primo soldato scattò rapidamente, uscendo dalla chiesetta, e si diresse zigzagando verso Cimolais. Le mitragliatrici italiane istantaneamente moltiplicarono il fuoco, macellando ancora il suolo ghiaioso da cui si sollevò un nuvolone di polvere che impedì agli stessi tiratori di focalizzarsi sugli obbiettivi e di cogliere con precisione un eventuale bersaglio. Al primo soldato seguirono a ruota tutti gli altri, rispettando tempi e modi indicati dal tenente Rommel, finché tutti furono fuori portata di tiro, in salvo. Rommel era visibilmente turbato, non tanto per il rischio corso – sebbene tutti fossero rimasti illesi – quanto per la mancata riuscita di quella perlustrazione che nonostante tutto aveva però palesato e rivelato la presenza dei nemici, lasciando in parte anche intuire quale fosse la posizione, ma Rommel non ne era comunque completamente soddisfatto.

11.

Affanno e fatica, misti alla consapevolezza dell'immensità del territorio, con in più la neve sempre più alta e marcia, avrebbero fatto desistere qualunque avventuriero dall'inerpicarsi sulle montagne di un territorio che aveva tutta l'impressione di volersi mostrare ostile, di scoraggiare qualunque impresa di quel genere.

Ma nonostante il fiatone e la cognizione della fatica ancora da farsi, il capitano Gössler cercava di tenere alto il morale delle truppe. Il sottotenente Walter Hohl gli faceva da secondo nell'incarico di portare l'aggiramento oltre il Cornetto fino ad Erto. Non aveva mai osato mettere in discussione l'operato del capitano, ma quando accettò la proposta di una modifica dell'itinerario, scambiandolo con quello di Schröder, ed optando per il percorso più lungo e forse più pericoloso, allora si era permesso di dire la sua. Il Capitano non aveva poi dissentito più di tanto a quella che avrebbe potuto essere anche considerata una specie di insubordinazione, ma che in realtà egli comprendeva essere soltanto la rappresentazione di uno sfogo comune a tutto quel distaccamento del WGB.

La salita era proseguita nell'assoluto silenzio, salvo qualche breve cenno di incitamento da parte del capitano alle truppe; le cenge ed i pendii che si stagliavano al di sopra del gruppo erano imponenti e spaventosi, dei potenti deterrenti anche per dei soldati così motivati e così esperti di alpinismo, ma mai così stanchi e messi in difficoltà dal trasporto di attrezzature pesanti. Il sottotenente Hohl era dispiaciuto per la diatriba occorsa poco prima, ma la frustrazione del vedersi modificare il cammino in corsa era già di per sé mal sopportabile, per di più il fatto che fossero stati Schröder ed i suoi uomini a pretendere quel cambio rendeva le cose quantomeno sospettose dell'ennesimo tentativo di approfittarsi e di rendere la situazione utile e favorevole al suo branco di bifolchi che con i loro modi violenti avevano più volte messo in difficoltà il battaglione intero: occasioni di certo più numerose di quelle in cui piuttosto era accaduto il contrario. Nonostante questi pensieri Hohl si voleva dimostrare pentito di aver accusato il suo comandante, che apparentemente non aveva colpe, se non quella di aver avuto poco polso. Non era comunque il caso di parlarne mentre continuavano faticosamente a salire sul pendio di sudovest del monte Cornetto: man mano che salivano vedevano il giorno avanzare e diradare il buio, ma anziché confortarli quella luce metteva sempre più in evidenza le difficoltà che sarebbero intercorse nel tragitto, ammorbando sempre più gli animi di quei soldati, che dopo il Matajur e chilometri e chilometri di pianura non si aspettavano certo cime innevate prossime ai duemila metri di altitudine. In molti, soprattutto i più stanchi trasportatori di carichi pesanti, già da un'ora speravano in una pausa.

Le precipitazioni erano momentaneamente cessate, per quanto il cielo fosse ancor plumbeo e minaccioso, portando un transitorio momento di conforto, ed alleggerendo la camminata stremante. Solitamente Gössler avrebbe stimato quasi con esattezza il tempo di percorrenza totale, stimando anche eventuali pause e addirittura gli intoppi. Ma quella montagna si era davvero dimostrata una gigantesca incognita, ed il capitano faticava molto a tenere nascosto ai sottufficiali il suo timore per la corretta riuscita dell'impresa. Continuava a guardare in alto, verso la cima, non potendo non provare un senso di innata liberazione, la particolare sensazione ancestrale che il rapporto con la montagna, nel suo senso naturale più stretto, gli faceva provare quando la vicinanza e l'esplorazione, l'immedesimazione e l'unione con la natura lo portava ad estraniarsi piacevolmente dalla realtà quotidiana e moderna. Ma era un continuo combattersi di più sentimenti, c'era in ballo anche l'esito della missione e le difficoltà tecniche in quel preciso momento potevano e dovevano non essere viste come sfide ricreative e filosofiche. Per questo forse la pressione era più alta, e la fatica si avvertiva più facilmente. Tutti i soldati erano rimasti apparentemente turbati per quanto successo a Forcella Clautana, ancora e ancora nel giorno precedente aveva sentito lamentarsi qualcuno sul fatto che il territorio si fosse inasprito, e non permetteva sviluppi rapidi come nella prima parte della missione. E quei versanti stavano lì davanti a ribadirlo, come a comunicare a quegli uomini arditi di stare al loro posto, che altrimenti avrebbero rischiato grosso. La fatica vinse ed impose a "papà" Gössler l'ennesima pausa. L'affanno degli uomini si percepiva anche da molto distante, il capitano sentiva il fiatone degli ultimi soldati in coda. Si fermarono su un tratto aperto del sentiero che era da poco uscito dalla boscaglia: era aumentata anche la pendenza e non era certo che la comodità pur precaria di quel momento si sarebbe potuta ritrovare più su, a breve sembrava non esserci nemmeno lo spazio per trascinare su quelle mitragliatrici pesanti. Hohl ne approfittò per avvicinare il capitano:

\-   Capitano Gössler, volevo scusarmi per l'intemperanza di poco fa, non era mia intenzione.

\-   Non si preoccupi, sottotenente Hohl.

Non aggiunse altro per risparmiare fiato e nemmeno lo guardò negli occhi, come invece il giovane ufficiale avrebbe voluto. Il capitano continuava a guardare sul versante opposto, verso il Col Nudo, ed il suo vallone, un enorme catino completamente imbiancato che occupava quasi interamente il lato nord della montagna. Da quando il sentiero li aveva infine portati fuori dall'abbraccio del bosco, il monte aveva mostrato tutta la sua possanza e la magnificenza che evocava quell'ampia e ripida conca, che sembrava aprirsi in un freddo abbraccio che poteva quasi voler significare un benvenuto, ma che in realtà lasciava pregustare un assurdo e surreale sapore di congedo definitivo, un assaggio del vero gusto atavico della morte, che da sempre attendeva sorniona e fredda chiunque si sarebbe voluto avventurare in quel vallone. Hohl stesso era già da ieri rimasto stupefatto dalla bellezza di quelle montagne, e ripensava a quanto detto il giorno prima dal capitano, di quanto in tempo di pace sarebbe stato bello andarci, su quelle cime. I soldati sembravano tranquilli, qualcuno mangiava, altri si erano stesi per riposare, altri ancora scambiavano e condividevano il carico con qualche compagno, consegnando alcuni pesi personali in cambio del turno al trasporto dell'artiglieria. Il sottotenente si sedette accanto a Gössler:

\-   Capitano, lei pensa che qualcuno sia mai salito su quella montagna?

Il capitano sorrise:

\-   Il Col Nudo! Sente che bei nomi che hanno queste belle montagne? Suonano come musica! Duranno, Crìdola, Certen, Cima dei Preti! Caro Hohl, su queste cime non è mai passato piede umano, creda a me!

\-   Ne è sicuro capitano?

Hohl sorrise. Si stavano avvicinando i soldati, incuriositi poiché il capitano si era alzato e con le braccia aveva indicato in varie direzioni, dove si intravedevano le cime da lui citate, quasi tutte però perse ed offuscate fra la foschia e le nuvole. In alcuni tratti si potevano vedere copiosi scrosci di pioggia.

\-   Anche i nomi degli scalatori sono belli quasi quanto queste cime che hanno tentato di scalare, anche più volte: Santo Siorpaes di Cortina per primo, poi Utterson-Kelso, Pallavicini, nomi nobili, altisonanti. Ma le confermo che molte di queste cime non hanno visto uomo fino ad ora, e chissà per quanto non ne vedranno.

Iniziò allora ad elucubrare su quali tecniche e metodi si sarebbero potuti adottare per vincere quelle sfide, ed il suo modo di raccontare e fare questo tipo di conferenze d'alta quota era sempre piaciuto alle truppe che lo ascoltavano rapiti, sempre.

- Questo è quello che credo il metodo corretto per l'ascensione in cima, sarebbe una bella avventura. Noi passeremo su quel versante, sotto a quel vallone, ma ovviamente noi non stiamo cercando l'avventura, lo scopo lo conoscete bene tutti, ed ovviamente per raggiungerlo dovremmo cercare la via più breve e semplice.

Il silenzio, quello vero, quello delle montagne, il silenzio naturale assoluto, in quell'istante era piombato su quella scena, su quelle rocce, su quella neve, su quei rami di pino mugo. Tutto era vivo, presente, ma il silenzio ne congelava e sigillava l'essenza, eternizzando un momento nodale, come se il tempo si dovesse di colpo fermare per lasciare che il corso di quel momento di realizzazione si esaurisse. Tutti si aspettavano che il paradosso fosse prontamente compreso dal capitano, poteva quasi sembrare ironico ma non lo era, non in quel preciso momento. Erano rimasti tutti composti in inusuali espressioni serie, come in attesa di un chiarimento da parte del capitano, di una giustificazione di ciò di cui non ebbe bisogno che gli fosse ricordato:

- So cosa pensate, conosco quelle facce. Non vi dovrei nessuna spiegazione, ma sono sempre stato onesto e penso sia giusto, oltre che semplice: Ho accettato lo scambio con il tenente Schröder semplicemente perché anch'egli è convinto che le capacità tecniche della nostra compagnia fossero più adeguate ad un percorso più lungo ed apparentemente più difficile. Nient'altro.

Ci furono dei mugugni dal fondo, qualche lamentela che non si era ben compresa. Il capitano tendeva le orecchie, e sembrava più abbattuto che incollerito da quella palese dimostrazione che le condizioni dell'umore dei soldati non erano buone. Hohl pensò di intervenire come mediatore, dando finalmente un taglio a tutta la questione.

- Signore, credo che gran parte della compagnia pensi che ... insomma, che il tenente Schröder non si sia comportato bene, e che abbia usato una scusa per evitare il percorso che gli era stato assegnato.

- Non dica così, sottotenente, si tratta comunque di un suo

superiore.

- Certamente, e nessuno qui vuole mettere in discussione la sua autorità, ma quello che ha fatto il tenente Schröder qualcuno potrebbe anche vederlo come l'ennesimo abuso.

I pochi che prima ebbero affiancato il duo durante i racconti del capitano ora venivano avvicinati da altri che avevano capito quale fosse l'argomento della discussione. Mai prima di allora il sottotenente Hohl si era permesso di arrivare a tanto, di andare oltre quei semplici consigli che il capitano sistematicamente apprezzava, ma sentiva di poter correre questo rischio, vista l'innata tendenza alla comprensione da parte del suo superiore, ma soprattutto data l'evidenza di quanto ciò che continuava ad asserire fosse indiscutibile, e condiviso da tutti:

- Non è davvero la prima volta che Schröder si permette questo tipo di violazioni sulla nostra compagnia. Gli basta un poco di affabulazione per ottenere ciò che vuole. Oltre al maggiore Sprösser soltanto Rommel sembra essere in grado di lasciarlo al suo posto.

Il capitano era rimasto zitto durante tutta quella breve arringa, a volte distogliendo lo sguardo, come se si stesse rimettendo a quello che aveva capito essere il giudizio non di uno solo dei suoi sottufficiali, ma di tutti i soldati del suo distaccamento, vedendosi indebolito nell'autorità dalla verità di quelle affermazioni, ma quando in quell'ultima frase lesse una totale mancanza di fiducia nei suoi confronti, da parte di quelli che ormai considerava come propri figli, si era lasciato pervadere da una profonda amarezza. E tutto gli andava bene, a lui che voleva fare il comandante moderno a dispetto della sua anzianità, a lui che voleva creare un rapporto di collaborazione e di intesa continua, come si addice ad una squadra di montagna, ma non tollerava che il gruppo perdesse la fiducia, in lui per primo come comandante, ma anche e soprattutto nei mezzi ed in loro stessi soldati. Si alzò di scatto in piedi e cercò di difendersi in maniera secca e decisa:

- Siete ingiusti! Il nostro distaccamento non merita questo degradamento, non siamo dei pusillanimi! L'errore è stato mio, lo ammetto, ma accetto di ammettere questa colpa soltanto per quello che riguarda l'aspetto burocratico, e null'altro! Soprattutto non voglio, non tollero che mi sia rinfacciata la decisione di aver intrapreso un percorso apparentemente più impegnativo dell'altro. Siamo la migliore compagnia del WGB nelle ascensioni, diamine! Che siano gli altri a peccare d'opportunismo, gli altri a fare i conti con la propria codardia! Siamo tutti figli della montagna, e la montagna è il nostro posto! Il Kaiser e la patria si aspettano che agiamo per loro conto senza battere ciglio, ed è quello che faremo!

Il silenzio, di nuovo, come una sinfonia pastorale inondava quelle cime, ne riportava il colore naturale, come se tutto ciò che non fosse silenzio non potesse che durare poco o addirittura dare l'illusione di non potere esistere nemmeno. Nessuno osò interrompere quel silenzio aulico, dopo il discorso del capitano; nessuno volle dire nulla anche se qualche dubbio permaneva, ma distruggere quel silenzio sarebbe stato qualcosa di molto vicino al tradimento, e non per questioni di autorità o di gerarchie, ma per una sorta di timoroso rispetto che nulla aveva a che fare con le divise e con i cannoni. Nessuno disse nulla, soltanto il capitano:

- Ora avanti, in marcia! La salita non è finita, e poi bisogna anche scendere.

Lasciarono quindi lentamente quel piccolo spiazzo aperto dove poco prima si erano fermati ad ammirare Magòr: questo il nome con cui l'imponente Col Nudo era conosciuto nel suo versante valcellinese, da cui verso il Cornetto si alzava un timido ma atletico vento che percorreva quei versanti scorrendo sulle pareti, e sollevava le nevi in alto per farle ricadere adagio, impolverando la superficie delle rocce non ancora completamente bianche. E mentre il capitano Gössler e la sua compagnia di fucilieri e mitraglieri iniziava la lunga discesa verso i pericolosi pendii di Magòr, dall'altra parte il vento scalfiva il reparto del tenente Schröder, che silenziosamente avanzava verso la valle del Vajont. I due gruppi si erano divisi dopo aver percorso per un lungo tratto insieme la valle del Ferón, che con la sua facilità truffaldina aveva illuso Schröder di poter comminare al collega il percorso più ardito per poter così precedere tutti durante l'avanguardia, commettendo così l'ennesimo raggiro per guadagnarsi facile gloria. Ma le cose non si erano rivelate come da previsioni. Entrambi i percorsi alla fine si erano dimostrati alquanto difficili, soprattutto per quanto riguardava il trasporto del materiale pesante.

Più e più volte da quando la salita si era inasprita Schröder aveva pensato di far lasciare qualche pezzo del carico indietro, adducendo qualche scusa a cui avrebbe pensato poi; d'altra parte non era presente il maggiore Sprösser che a Chievolis, prima di forcella Clautana, aveva fatto smontare l'artiglieria per farla passare pezzo dopo pezzo su uno striminzito ponte che mai nessuno di loro avrebbe immaginato che potesse reggere tutto quel peso. Ma alla fine la realizzazione di quell'idea non si rese necessaria poiché in qualche maniera, come varie volte si era visto fare da parte di quella compagnia, i soldati di Schröder riuscirono con degli espedienti a superare la momentanea difficoltà. Il tenente era alquanto infastidito dal fatto che anche quel percorso si fosse mostrato ostile, e che non vi fosse stato in realtà alcuna tangibile utilità scaturita dalla mossa strategica di chiedere quel cambio al capitano Gössler, per quanto in fondo la strada fosse più corta. D'altra parte erano degli scalatori anche tutti loro, pur non essendo mai stati abili e tecnicamente preparati come gli uomini di Gössler, e la montagna era il loro terreno d'azione, quantunque il loro modo di muoversi sembrasse a tratti dimostrare il contrario. Il malessere del loro comandante si era manifestato più volte, quand'egli inveiva contro i più lenti o con chi mostrava anche soltanto un minimo di stanchezza nell'avanzare: il tenente Schröder urlava addosso di tutto al primo malcapitato che avesse avuto la sfortuna di farsi notare in difficoltà. Il nervosismo del tenente aumentò notevolmente quando, dopo una serie di piccole cenge molto strette che avevano fatto perdere molto tempo, rallentando il gruppo, si manifestò un tratto molto esposto, con uno strapiombo diretto su un burrone di cui non si vedeva la fine, soltanto un cumulo di nuvoloni pronto ad inghiottire la caduta di qualcuno. Il tratto di sentiero, malamente battuto, aggirava un costone di roccia che in un punto si esponeva notevolmente, costringendo chi di passaggio a piegarsi in una posizione innaturale che pregiudicava la stabilità. Era il tratto probabilmente più difficile dell'itinerario, poiché dopo c'era soltanto discesa, immaginò Schröder, per cui non esitò e non pensò ad alcuna precauzione che potesse inficiare la rapidità di movimento.

Il caso volle però che proprio il soldato più goffo si trovasse a transitare su quel punto con un notevole carico sulle spalle. Come per il gruppo Gössler anche loro avevano optato per bilanciare i carichi, e quindi chi era costretto a caricarsi mitragliatrici e cannoncini da montagna lasciava ai compagni parte del proprio fardello: Schuster annaspava letteralmente da diverso tempo, quella salita gli era indigesta più che ogni altra cosa. Il tenente non gli disse nulla, nemmeno quando, in estrema difficoltà, il soldato lasciò che quello spigolo di roccia sporgente sul sentiero lo sbilanciasse, facendolo scivolare verso l'ignoto di quell'abisso. Si aggrappò non si sa bene come ad un grosso sasso che era incastrato nel ghiaione di quel dirupo, reggendosi a malapena e tentando dei pietosi movimenti per risalire, cosa che apparve impossibile da realizzarsi agli occhi di tutti gli altri soldati che erano nelle vicinanze e si erano accorti del pericolo corso dal collega. Uno di loro, un sergente che aveva già superato il punto critico, posò il fardello velocemente per dirigersi a dare una mano al soldato in difficoltà, ma trovò sulla sua strada il tenente Schröder, che lo arrestò, mettendogli una mano al petto mentre questi si stava precipitando in aiuto del malcapitato Schuster. Il tenente si era soffermato a contemplare l'agonia di quel soldato con aria inquisitoria, come se stesse cercando di capire quale fosse la cosa giusta da fare, e quale scelta gli potesse risultare più vantaggiosa. Il soldato aggrappato sentiva di non farcela più, e che presto avrebbe lasciato la presa, così per la prima volta, pur sapendo quanto questo lo avrebbe messo in cattiva luce davanti ai suoi, si mise a supplicare:

- Tenente, mi aiuti!

Schröder non disse nulla e continuò a guardarlo scalpitare e cercare disperatamente un appoggio per i piedi, mentre il suo pesante zaino lo stava trascinando sempre più giù. Le mani che si sorreggevano a quella pietra scivolosa e gelida stavano per abbandonare la presa:

- Tenente, la prego! Ho una famiglia, mia madre è sola e …

- Zitto, idiota! Non è la prima volta il gruppo è rallentato dalla tua incompetenza. Dimmi un solo motivo per cui non dovrei lasciarti indietro!

- Signore, la prego!

Il soldato iniziò a piangere, sentendo la speranza abbandonarlo sempre più e la vita che se ne andava, paure a cui si stava per aggiungere anche l'onta di finire col non essere nemmeno morto in battaglia.

Schröder si mostrava sempre più impietoso, ed urlò ancora più infuriato verso il soldato:

- Soldato, dimmi quello che ti ho chiesto, avanti! Spiegami perché non devo lasciarti qui, dimmi a cosa saresti utile, forza!

- Signore, io …

- Fallo! O giuro su dio che ti aiuto io stesso a cadere in quel burrone!

Pianse ancora di più, riuscendo soltanto a dire qualche parola per alimentare ancor più il delirio egoistico del suo comandante:

-     Signore, la prego! Sono un bravo portaordini, andrò a pulire le latrine, farò qualsiasi cosa, sarò il suo servo! Mi aiuti! Ah!

Schröder respirò profondamente ed attese ancora qualche istante prima di togliere la mano dallo sterno del sergente che aveva fermato poco prima, e a cui bastò un cenno del comandante per dirigersi velocemente ad aiutare il soldato Schuster, salvandolo dalla caduta imminente. Il tenente Schröder dopo quello sfoggio di autorità che avrebbe quantomeno dovuto gratificarne un minimo la sua arroganza, non sembrò comunque soddisfatto, anzi, agli altri soldati pensò che fosse quasi infastidito ancor più di prima dalla presenza del soldato Schuster, che dal momento in cui era stato tratto in salvo pianse e proseguì la camminata piangendo ancora, stretto nel suo imbarazzato silenzio per diverse decine di minuti. La cima di Magòr li aveva osservati e controllati per tutto questo tempo, senza perderli d'occhio nemmeno per un istante, vedendoli poi infine sparire soltanto quando scendendo furono inghiottiti dalla nebbia della valle; il loro percorso visto dall'alto risultava più corto ma colmo quasi delle stesse insidie del distaccamento di Gössler, che nel frattempo continuava con entusiasmo la discesa verso forcella Liròn, da cui speravano in breve di raggiungere la zona ad est di Erto e ricongiungersi con il resto del battaglione; la marcia era proseguita con qualche affanno ma in realtà senza intoppi di rilievo da poter far accumulare un ritardo consistente, e si poteva quasi dire che la tabella di marcia era pienamente rispettata, contando anche che due terzi dell'itinerario totale erano già stati percorsi. Sulla previsione di percorso si trovavano in una situazione migliore di quella del reparto Schröder, cosa che avrebbe potuto da un certo punto di vista dare ragione più a loro che al tenente riguardo all'escamotage attuato nello scambio di tragitto; ma come ben potevano immaginarsi il capitano e i suoi soldati le difficoltà non erano terminate. La montagna non permetteva distrazioni, e Gössler lo sapeva, l'aveva sempre saputo e grazie a questa consapevolezza era poi sempre riuscito a superare le difficoltà, insieme ai suoi soldati. Per quello aveva accettato quell'incarico.

Improvvisamente si accorsero di essere ad un punto critico: più volte negli ultimi passaggi si erano assicurati con le corde poiché scivolare su quella neve fradicia o su quelle rocce ghiacciate sarebbe stato qualcosa di molto vicino alla fine. Il capitano aveva sempre effettuato in prima persona le manovre, coadiuvato dal sottufficiale Hohl. Dal momento in cui si erano chiariti, e con loro avevano trascinato moralmente anche il resto delle truppe, il viaggio era stato affrontato con lo spirito che tutti si sarebbero aspettati da quel distaccamento. Religioso silenzio, poche parole pronunciate più per intesa che per la fatica o la volontà di risparmiare energie. Malgrado l'entusiasmo però il capitano dopo le ultime scalate si era tradito mostrando più di qualche sintomo di stanchezza, ma sempre portando a termine il proprio compito, pur con una lentezza che aveva insospettito il sottotenente.

Ripensando a quanto più volte si era detto e su cui si era discusso riguardo le battaglie che non devono mai essere credute vinte con troppo anticipo, il sottotenente pensò ad un parallelismo con la situazione che li vedeva alle prese con un ostacolo nuovo, improvviso ed inaspettato a quel punto della discesa. Probabilmente, anzi sicuramente, pensò Hohl, dovevano essere scesi troppo ed ora si trovavano di fronte un gigantesco lastrone di roccia ghiacciata, con pochissime sporgenze e ripido come mai avevano visto prima di allora, e che mai si sarebbero aspettati proprio in quel punto. Il fermarsi repentino della marcia fece automaticamente ricadere il silenzio sulla compagnia, in cui ormai quasi tutti erano stati assaliti dalla stanchezza, compreso il comandante, che convinto di aver avuto ragione in toto dell'ostacolo, si era permesso di considerare delle leggere scorciatoie che era convinto avrebbero portato a fondo valle in minor tempo e con minor fatica: così non fu, e la dimostrazione di aver commesso un errore non così grave ma le cui conseguenze potevano rivelarsi alquanto fastidiose, gli fece rimpiangere l'idea iniziale che prevedeva un cammino più prudente ed una discesa graduale. Il capitano ristette per diversi minuti, e mentre tutti attendevano una sua presa di posizione e un accenno quantomeno ad una parvenza di decisione, Hohl lesse sul suo volto lo sconforto più totale, ma nel contempo vedeva negli occhi del suo capitano lo stesso entusiasmo che aveva visto quando grazie al loro intervento le battaglie erano state risolte, come sul Monte Cosna con Rommel, e pensò che in realtà il capitano fosse soltanto molto stanco, e che la missione non fosse realmente compromessa. Ma quello sguardo, quell'espressione significavano sempre una risposta a quella sfida, una risposta positiva. Il capitano aveva accettato la sfida come avrebbe fatto se fosse stato in quel momento uno dei componenti di una cordata di esploratori. Hohl era preoccupato, per quanto stimasse e conoscesse le risapute capacità atletiche del suo superiore, sapeva che

in quel frangente non si trattava della buona riuscita di una scalata, ma della determinazione che potesse portare tutti a compiere la missione nella maniera più corretta e consona, ed ovviamente sicurezza. Pensò dunque di intervenire e tentare di mediare una soluzione comune:
- Signor capitano, forse ci siamo abbassati troppo. Consiglierei di tornare un po' più su, e di ritentare il percorso originale.

La risposta fu immediata, a testimonianza di quanto il capitano fosse concentrato:
- Hohl, non creda che io non abbia già preso in considerazione quanto mi ha appena esposto, e proprio per questo lo ritengo irrealizzabile. Non ne abbiamo il tempo.

Hohl un po' se l'aspettava:
- Quindi, capitano, cosa conta di fare?
- Proseguiamo qui, attrezzando questa parete.
- Capitano, se mi permette questa parete è molto diversa da quelle che abbiamo attrezzato fino ad ora su questa montagna.
- Ha ragione Hohl, per questo bisogna essere più prudenti.

Il capitano raccolse da una della casse di materiale un paio di moschettoni, che gli caddero subito nella neve. Si strinse le mani vicino al corpo, testimoniando palesemente che la sua sensibilità era compromessa dal gelo.
- Capitano, per quanto io possa non essere d'accordo, mi offro di andare per primo.

Hohl sentiva di doverlo fare, anche se l'impresa pareva impossibile. Anche in lui si stava sviluppando, ed egli sentiva che non riusciva a contrastarlo, quel sentimento di rispetto della sfida, di tensione sportiva e di potenziale realizzazione tecnica che sapeva di non poter sopire. Era solidale con l'entusiasmo del capitano ma nel contempo teneva quasi più alla vita di papà Gössler che alla propria, tanto da sentirsi in dovere di offrirsi volontario per un sacrificio al suo posto.
- Hohl, senza offesa, ma se fino ad ora sono stato io a portare avanti le corde, credo che proprio in questo passaggio non sia indicata la sostituzione del primo di cordata.
- Signore, se permette, io credo che in questo momento le sue competenze siano ridotte. È il punto più evidentemente complesso di tutta la scalata, e lei ha già forzato troppo, credo.
- Che intende dire Hohl, cosa mi impedirebbe di fare come ho sempre fatto?

-   Signore, la sua resistenza è minore rispetto ad un tempo, lei stesso lo ha ribadito i giorni scorsi, ricorda?

Il capitano sorrise. Forse in altri frangenti avrebbe dovuto rimanere offeso da quella illazione, era come dargli spudoratamente del "vecchio" ma in una maniera diversa dall'ironia che lui stesso spesso utilizzava. Era quasi parsa un'analisi dispregiativa, anche se tuttavia comprendeva bene l'apprensione dei giovani, cosa che anch'egli quando arrampicava con gente più esperta aveva avuto modo di provare, per poi ricredersi al cospetto della bellezza e della potenza dell'esperienza.

-   Caro Hohl, io spero di poter fare queste cose anche fra vent'anni!

Il sottotenente dopo quella frase capì che il capitano non avrebbe desistito dal suo intento. La neve continuava a cadere fitta e quella placca diventava sempre meno invitante da superare. Era una di quelle situazioni in cui un alpinista si trova combattuto: un passaggio difficile, interessante, un punto in cui finalmente attingere al più alto livello tecnico, a cui si aggiungono il gusto del confronto, della competizione più pura, la consapevolezza di stare per compiere un'azione la cui riuscita è riservata a pochi. Non si trattava di qualcosa che aveva a che fare con la mera sopravvivenza, non era un gesto quotidiano, cose come mangiare, dormire, respirare, lasciarsi scorrere la vita addosso. Camminare, correre, sparare, non era nemmeno a questo a cui si riferiva. Confrontarsi con una montagna, scalare le sue pareti, aggrapparsi alla sua roccia era qualcosa che ogni alpinista, ogni arrampicatore riteneva personale, una sorta di intima confidenza con l'anima stessa della montagna, la connessione definitiva fra la seduzione dell'ignoto ed il fascino della scoperta, la contrapposizione fra l'avanzamento del progresso e l'incorruttibilità, inoppugnabile, della natura.

Hohl ripensò a quelle sensazioni, a come fosse intenso il sentimento che provava solo chi come lui, come loro, affrontava queste imprese già soltanto per il gusto di farlo, con in più in quel momento la patria come scusa, come movente, come incentivo. La patria, l'impero, le armi, l'esercito, le battaglie da una parte; dall'altra la montagna, soltanto la montagna, e l'uomo, l'uomo labile, l'uomo transitorio, l'uomo effimero, un puntino invisibile, un microbico inserto appuntato sull'immensa ed inarrestabile tela dell'esistenza, un'insignificante e tedioso istante nell'eternità. Era impossibile non lasciarsi trasportare da quelle sensazioni, che aiutavano a contrastare tutto ciò che sembrava impedire l'avanzata, che avrebbe in chiunque altro portato alla resa, all'abbandono dell'impresa, alla cessazione di ogni tentativo, di ogni idea avveniristica. Il freddo per primo era il nemico peggiore: la montagna, in assenza del nemico umano, trovava comunque il sistema per rendere difficile, in alcuni casi impossibile, la propria conquista. Chi voleva la montagna doveva soffrire, doveva essere conscio del sacrificio da compiere, doveva sapere a cosa andava incontro. E gli Alpenkorps tedeschi tutti lo sapevano, soprattutto in quel momento quel distaccamento del WGB. Le Dolomiti non erano poi tanto differenti da tutte le altre montagne affrontate nel corso del conflitto dai Württemberghesi: erano sicuramente più eleganti, e per questo forse più sofisticate, più altezzose, più difficili e restie nel concedersi, e proprio per questo bellissime.

Il capitano Gössler si era assicurato alla vita con la grossa corda di canapa intrecciata che bagnandosi si era notevolmente appesantita: significava avere ulteriore peso da trasportare su quella piastra che pareva sempre più grande e sempre più liscia man mano che si avvicinava il momento di affrontarla. Non c'erano ramponi, non c'erano piccozze, che forse sarebbero comunque serviti a poco. Ci si doveva arrangiare con quello che c'era, sia come attrezzature, sia come competenze tecniche, sia come coraggio e forza di volontà, quest'ultima notevolmente scemata dopo le ultime fatiche; Gössler conosceva bene quella situazione, aveva affrontato spesso difficoltà simili e ne era sempre uscito, in un modo o nell'altro. Si era tolto i guanti ormai da un po', per avere più sensibilità nel preparare la sicura per il tragitto, ma perdendo tempo a studiare i passaggi aveva preso molto freddo ed ora non sentiva più la punta delle dita: doveva muoversi ed evitare di perdere altro tempo, per sé e per le truppe. Hohl gli si avvicinò, gli posò una mano sulla spalla e lo guardò, chiedendogli un'ultima volta se non volesse lasciare andare avanti lui. Sorrise e non rispose, ed il sottotenente tornò sui suoi passi e predispose un rudimentale ancoraggio. Il capitano prima di affrontare la lastra ne studiò ancora per un attimo la conformazione, poi guardò in alto verso la cima del Col Nudo, quel Magòr che imponente ed indifferente attendeva lo sviluppo di quella sfida. Partì deciso, saggiando per quanto possibile gli appoggi e gli appigli, tutti molto piccoli e precari. Trovò un'iniziale stabilità, ed iniziò la progressione, alzandosi leggermente di quota: gli altri soldati silenziosi tutti guardavano in su, concentrati sull'offensiva che il loro capitano portava avanti in solitaria, verso quel nemico diverso, così impassibile e per questo così temibile e letale, un nemico che non si affrontava in battaglia, un nemico che non poteva essere vinto dalla rapidità e dal fuoco dei fucili. Proseguì bene e lentamente, riuscendo a superare alcuni passaggi laterali con pochi appigli e con degli appoggi che quasi sembravano nulli, in diversi soldati si chiedevano come facevano quegli scarponi così grossi a mantenere una tale aderenza su quelle sporgenze pressoché inesistenti; a colpi lo si vedeva usare soltanto due o tre dita, quelle poche a cui ogni singolo appiglio permetteva lo stazionamento, che doveva essere breve per non provocare dolore ai tendini delle seconde falangi.

Una caduta in quel punto sarebbe stata anche gestibile dal punto di vista della sicurezza, ma ciò avrebbe significato perdere ulteriore tempo e sprecare il vantaggio sino a quel punto accumulato; era arrivato all'incirca alla metà del lastrone, soffermandosi su un paio di appigli leggermente più comodi, che permettevano una breve sosta utile a studiare il passaggio successivo. Una piega longitudinale, lunga quasi quanto tutta la parete del gigante Magòr esposta ad est, tagliava di netto la placca, creando uno strano strapiombo, una pancia verticale che dal punto di partenza sembrava molto più piccola, e che il capitano aveva già immaginato come superare, trovandosi invece in quel momento in grossa difficoltà, ma senza lasciarsi prendere dal panico cercava insistentemente una soluzione. Alcune piccole fessure parevano afferrabili e gestibili per qualche secondo, il problema potevano essere i piedi, per cui c'era veramente poco spazio per sostenersi. Ragionò, per un tempo che potrebbe essere considerato fin troppo lungo data la precarietà della posizione che stava tenendo, e decise: ce la poteva fare, ma nulla doveva impacciarlo o dargli fastidio, e ormai l'unico accessorio che lo appesantiva e che avrebbe potuto frenarlo era la corda. Un ancoraggio provvisorio di rinvio avrebbe soltanto complicato le cose, limitando i movimenti, e trovarsi con la corda bagnata e pesante fra le gambe avrebbe significato di certo volare per diversi metri, rischiando comunque molto, poiché per quanto fosse assicurato era già ormai giunto al punto in cui anche avere la corda non lo avrebbe salvato da una caduta. Quando lo videro sciogliere il nodo, Hohl e altri soldati iniziarono ad urlargli addosso, tentando di impedirgli di compiere una tale sciocchezza, cosa che in realtà gli avevano già visto fare non più di una o due altre volte; non era una novità ma data la circostanza metteva in soggezione tutti loro. Smisero comunque di provarci, limitandosi a concentrarsi sulla continuazione di quella scalata, come se il loro silenzioso supporto fosse materialmente corroborante per la fatica del loro "papà". Inaspettatamente il capitano trovò un paio di appoggi per i piedi che sembravano reggerlo in maniera più che sufficiente. Superò la pancia agevolmente, ed una volta al di là dello strapiombo salutò con un sorriso Hohl e i suoi commilitoni, estasiati per quella prova di bravura tecnica che stava donando un incredibile nuovo vigore a tutti. Papà Gössler era così, imprevedibile e a volte sovversivo, in montagna, ma aveva sempre l'atteggiamento di chi sa bene cosa sta facendo, l'atteggiamento del vincitore. Ancora pochi spostamenti laterali, più fastidiosi che difficili, e sarebbe giunto su un'ampia cengia che avrebbe potuto ospitare insieme cinque o sei uomini. Era praticamente fatta, si trattava soltanto di attrezzare il passaggio per fare in modo che poi vi transitassero tutti, e di organizzare un sistema per far passare poi le attrezzature: nulla di nuovo, nulla che non avessero già fatto. Come quel sorriso, quanti sorrisi aveva fatto alle sue due bambine, che lo aspettavano in Germania? Pensò a loro, nel momento in cui sentì le tre dita della mano sinistra sganciarsi dall'appiglio che aveva tenuto in modo così sicuro fino all'attimo precedente, l'ultimo attimo di vera vita in cui quel sorriso aveva rinfrescato la sua memoria e si era proiettato nel mondo, lasciando il ricordo del capitano Gössler sorridente, appena prima di precipitare nel vuoto.

Tentò di afferrare qualcosa al volo, impulsivamente, con un gesto che parve quasi naturale nel suo movimento, ma sapeva che non c'era nulla, solo roccia liscia e ghiaccio. Le mani si scuotevano su quella roccia come ad accarezzarla, a non volerla abbandonare, quasi a doverne necessariamente assaporare il piacere, fino all'ultimo istante.

La costernazione e l'incredulità si espansero diffondendosi come un virus fra i soldati rimasti orfani del loro capitano. Qualcuno tentò di chiamarlo insistentemente, come se ciò potesse riportarne indietro il corpo, con l'unico mezzo che gli era possibile: la disperazione. La discesa li aveva ingannati, lo faceva sempre: era sembrata in apparenza meno dura rispetto alla pesante e faticosa salita, quella salita che come in una previdente strategia li aveva indeboliti, per poi lasciarli preda della discesa, come nella tela intessuta da un famelico ragno, che attende lo sfinimento della preda prima di avvicinarla per potersi godere il suo pasto. La discesa era lì che li aspettava ancora, uno ad uno, senza nessuno che li potesse condurre via da lì. La disgrazia li aveva colti impreparati, indifesi e smarriti, con solo la montagna a fargli da casa in quell'istante. La montagna che poteva difenderli, proteggerli ma anche respingerli, ucciderli. La montagna da lì in poi avrebbe deciso il destino di quegli uomini, avrebbe scelto per loro la vita o la morte.

§§§§

C'era trepidazione nell'indugiare del mattino; era come se da qualche giorno l'alba avesse perso l'irruenza con cui tipicamente lo scacciava, quel buio di cui ora quasi ne temeva l'autorità, sapendo che il cambio di gerarchie era in atto con il cambio di stagione. D'altra parte in quel periodo dell'anno la luce se ne andava in fretta, e sempre più presto, ma stentava invece a farsi presente quand'era il suo momento. Non era proprio il periodo migliore per riorganizzare un intero esercito dopo una ritirata di quelle dimensioni, pensò il maggiore Santini mentre continuava a scrutare dal suo cannocchiale verso Cimolais, riuscendo – almeno così gli sembrò – ad avere sempre più fuoco sulla struttura del paese ma senza riuscire a capire bene dove e come fossero organizzati i nemici. L'occasione di quel momento era di quelle da non perdere, con quella pattuglia che si era avvicinata così tanto da poter permettere di contarne gli elementi. Erano arrivati fino alla chiesetta alla base della strada, a qualche centinaio di metri dai reticolati italiani, ed il maggiore continuava a rimuginare sul fatto che qualcosa non dovesse essere andato completamente nel verso giusto, o che forse si poteva fare di più. Desistette dopo poco, posando l'ausilio ottico poco distante dalla postazione di vedetta appartata che si era lui stesso creato e che manteneva gelosamente, fiero della sua potenzialità tattica. Voleva fare due passi per sgranchire le gambe e riposare la vista, e quello sembrava certamente il momento più adatto: era passato il tempo giusto per non dover più temere un attacco di rincalzo da parte del nemico, le difese potevano anche essere abbassate; oltre a questo, era prassi chiedere un ragguaglio alle postazioni che erano state coinvolte direttamente, in questo caso la parte appostata più a sud, i fucilieri ed i mitraglieri coinvolti.

Ma dopo ch'ebbe mosso i primi passi con ancora le dita che

massaggiavano le palpebre e le sopracciglia, si accorse che si era avvicinato il capitano Bastia, così silenziosamente che il maggiore pensò che si fosse verificata un'anomalia di qualche tipo, ed ancor più anomalo gli parve quel sorriso lievemente convulso che dava al capitano un'espressione surreale. Allargando lo spettro visivo si accorse che diversi soldati mostravano uno strano entusiasmo, dall'aspetto insolitamente nostalgico. Si muovevano con convinzione, scambiandosi fra loro quelli che sembravano essere dei pareri su quanto da poco accaduto, facendo notare un'attenzione ed una concentrazione che da tempo ormai parevano perse. Dopo un attimo di smarrimento il maggiore ricompose i tasselli dei suoi ricordi logistici e gli tornò alla mente quando potesse aver vissuto un clima simile in una trincea: era il fervore che si effondeva negli animi dei soldati subito dopo una piccola vittoria al fronte, spesso e volentieri con la consapevolezza che fosse una vittoria inutile, ma senza che ciò potesse intaccare la fugace piacevolezza di quel momento.

Pensò che, in fondo, ciò avrebbe sicuramente potuto giovare alle truppe, come già era successo, anche se in fondo la soddisfazione era effimera, soprattutto in quel frangente così delicato. Ma c'era comunque qualcosa di inusuale anche in quella manifestazione, così incompleta, così disorientata e disorientante al punto che quello poteva non apparire come il momento né il posto giusto, per il rianimo di una nuova fiamma di fervore nazionale. Anche il sorriso strano del capitano che gli si avvicinava testimoniava che la situazione aveva qualcosa di surreale, fosse anche soltanto a causa dell'adrenalina del momento di gloria appena vissuto; Bastia, finalmente giunto, parlò:

- Signor maggiore, vengo ad informarla su quanto accaduto poc'anzi.

- Ah, bene! Dica, capitano, ha informazioni sul nemico?

Bastia esitò un attimo prima di continuare, il suo sorriso si stava lentamente smorzando. Tornava la pioggia, gelida come quel mattino, che pareva il più freddo degli ultimi anni.

- Signore, i fucilieri ed i mitraglieri hanno ricacciato indietro una squadra di ciclisti e cavalieri nemici, erano armati e avanzavano prudentemente, ho optato per il fuoco di sbarramento.

- Bene, capitano. Quanti erano? Ci sono caduti o feriti? Potenziali prigionieri?

- Signore, saranno stati circa venti, forse venticinque, era buio e non si vedeva bene.

Santini attendeva una risposta più precisa, che però dovette sollecitare, poiché il capitano non sembrava volerlo fare di sua iniziativa:

- Capitano, ci sono feriti o caduti fra questi uomini?
- Nossignore, nessun caduto o ferito. Gli uomini si sono sparpagliati impedendo di colpire con precisione e credo siano rientrati in paese.
- Lei crede, capitano? Non ne è sicuro? Quindi qualcuno potrebbe essere ancora rifugiato da qualche parte!

Il tono del maggiore era aumentato di potenza, e si era condito di una punta di irriverenza, che metteva Bastia in soggezione e lo faceva tardare nel rispondere:

- Signore, alcuni uomini si sono rifugiati nella chiesetta alla base della strada, ma credo siano rientrati anch'essi, tutti.
- Nuovamente: lei crede, capitano? Non ci sono certezze, dunque!
- Nossignore, non abbiamo certezze.
- È inaudito! Se fossero stati solo venti uomini per una squadra, non voglio sapere da quanti uomini sia composto il battaglione! Fra l'altro mi duole farle notare che temo che parte dell'ordine da me diramato è stato in parte disatteso.
- Signore, il nemico è stato respinto, io non credo.
- Adesso lei non crede, capitano? Avevo espressamente chiesto di difendere la postazione lasciando avvicinare il più possibile il nemico, mentre invece i suoi uomini si sono limitati a distruggere una chiesetta!

Appena dopo l'ultimo biasimo da parte del maggiore si ristabilì un istantaneo silenzio che riportò alla normalità quella situazione surreale, che era diventata ancor più atipica dopo questo strano scambio di ruoli: il maggiore aveva assunto il ruolo di un ufficiale pessimista ed anche un poco accusatorio com'era invece fino ad allora stato il capitano Bastia, che al contrario in quella contingenza si voleva mostrare per una volta comprensivo e soddisfatto del lavoro fatto dalle truppe:

- Signore, mi perdoni ma debbo dissentire. Per quanto gli ordini siano stati disattesi in parte, non era possibile fare di più. Al buio il nemico non era quantificabile, è stato fatto fuoco per permettere il minor pericolo possibile per la nostra postazione.

Il maggiore si era rimesso il palmo della mano in faccia e si frizionava l'ansa orbitale con le dita, sospirando. Bastia attese un secondo, poi tentò un approccio più colloquiale:

- Non è lei poi che ha detto che dobbiamo tener alto il morale delle truppe? Questo evento è forse la cosa più utile che ci potesse capitare, in questo senso. Se si può ricostruire il morale delle truppe questo sembra essere un buon inizio, non crede?

La circostanza era davvero delicata e bislacca: per la prima volta il maggiore Santini stava dando segnali di cedimento, proprio nel momento in cui tutti i soldati sembravano riacquistare un'impensata fiducia. Si avvicinava nel frattempo il sergente Fabris, e Santini pensò bene di non far notare il suo sconforto, ricomponendosi e cercando di riprendere il controllo della situazione, pur senza dire niente.

- Capitano, mi ha fatto chiamare?
- Sì, sergente, a quanto ne so lei è l'addetto alle munizioni, volevo soltanto un ragguaglio dopo l'ultimo scontro.

Il sergente impallidì come se gli avessero annunciato una condanna. Cercò di non farsi tradire dall'espressione che stava per assumere ed incalzò il capitano Bastia ed il maggiore Santini che lo guardavano circospetti:

- Signor capitano, signor maggiore, i rifornimenti scarseggiano, ma già si sapeva. Lo scontro a fuoco di prima non ha giovato e ci ritroviamo con poche munizioni. Io pensavo lo immaginaste.

Dopo quell'ultimo tentativo di giustificarsi non disse null'altro e si mise sull'attenti. Bastia guardò per qualche istante Santini, senza dire nulla. Il maggiore sapeva di dover intervenire, era il momento adatto per dimostrare a quello che era diventato il suo secondo uomo, in quell'improvvisata barricata di difesa, quanto ci tenesse comunque a rispettare gli ordini, e a far notare a un ufficiale molto vicino alle truppe quanto fosse umano il loro comandante. Capì di non dover fare per forza l'eroe:

- Capitano, non serve che le dica che se da Longarone non mandano rifornimenti è difficile che il presidio rispetti gli ordini.
- Sissignore, provvedo subito ad organizzare un rifornimento, per quanto possibile.
- Certo, veda che ciò non implichi che il presidio rimanga troppo sguarnito, abbiamo bisogno di uomini qui.

Bastia era perplesso: gli sembrò che lo sconforto che il maggiore aveva manifestato poco prima fosse di colpo scemato, e che però egli stesse tentando di esorcizzare una paura, piuttosto che risolvere un problema:

- Maggiore, non ci è possibile sapere cosa ci aspetta a Longarone, non abbiamo contatti. Qui è lei che decide.

Santini trasalì, come se si fosse riavuto improvvisamente da un momento di smarrimento, ma mantenne la calma:

- Capitano, faccia il possibile per non disattendere gli ordini e per non mettere in pericolo la vita di troppe persone. Non è molto bello da dire, ma facciamo quello che possiamo, io ho smesso di far morire soldati per niente.

Sia Bastia che Fabris lo guardarono, come a chiedersi se intendesse veramente ciò che aveva appena detto, pur sapendo che in realtà il suo pensiero non si discostava da ciò. Per evitare inutili fraintendimenti però Santini tentò di combattere il suo amor proprio e tornò a fare il militare:

- Ciò detto, è sottointeso che tutti qui devono dare il massimo, finanche la vita stessa, per difendere il passo. Sono io che do gli ordini, e fino a quel momento qui si combatte.

- Sissignore!

Lo dissero insieme ma soltanto Bastia si allontanò, arrotandosi la mantella sulla spalla ch'era rimasta scoperta, proseguendo a testa bassa e passo veloce. Fabris rimaneva in attesa, continuando a guardare verso il maggiore, aspettando il momento giusto per parlargli. Santini quasi non si ricordava più della sua esistenza, preoccupato per la notizia che il sergente stesso gli aveva portato. Dal canto suo sentiva la presenza di Fabris accanto, ma non capiva e nemmeno si chiedeva il senso della sua permanenza, fino a quando il sergente non si fece avanti, spinto dal momento di incertezza del suo superiore:

- Maggiore, lei pensa che non ce la faremo a resistere?

Santini ritornò in sé, o cercò quantomeno di farlo, e pur palesando un latente smarrimento che esitava a rientrare, nonostante il momento di lucidità mostrato poco prima, cercò di rispondere in maniera coerente:

- Sergente, che vuole che le dica, non mi prenda per pazzo o idealista: le dico che non è importante quello che penso io, ma cosa in realtà succederà.

Fabris era ancora più smarrito di prima, ma gli venne da pensare che quella tautologia retorica non dovesse essere altro che un tentativo di incoraggiamento, di spronare a forza le truppe, e se ne andò stranamente contento. Il maggiore tornò sui suoi passi con un senso di incompletezza, perché il movimento che aveva fatto verso la parte più esposta verso sud era stato bloccato soddisfacendo comunque le esigenze di quel tentativo di spostamento, così tornò sui suoi passi. Tutto pareva essersi quietato dietro i reticolati, perfino il pallido entusiasmo che sembrava fervere fra i poveri soldati accavallati, quando la stessa trincea ebbe un sussulto ad effetto domino, partito da un soldato che ebbe l'impressione di aver visto o sentito qualcosa. Il rumore dello spianamento dei fucili fece tornare subito in sé il maggiore, che a tutto poteva soprassedere, soprattutto in quel momento confuso, ma non alla perdita inutile di vite umane, almeno non più.

§§§§

In quell'abbraccio non c'era la pretesa di sentire il sapore dell'eternità, che non avrebbe comunque avuto lo stesso gusto del valore effimero di quel gesto temporaneo, ma soltanto la volontà di godere appieno di ciò che di buono si poteva tenere da quella situazione: una cosa che a Pietro era già capitato di provare, in trincea. Avrebbe voluto dimenticare, scordare il più possibile tutto quello che aveva visto e sentito negli ultimi due anni, pensare che alla propria persona mancassero quei due anni di vita, che quel periodo non dovesse per forza fare parte dei suoi ricordi, ma non ci riusciva. Pensava a come era possibile che si potessero dimenticare i primi momenti di vita, la nascita, ed i momenti precedenti, si chiedeva come mai col tempo tutto sfocava progressivamente, anche quel poco che era rimasto scritto o fotografato: pensò soprattutto alla madre ed al nonno, mancati non da molto tempo ma da tempo sufficiente perché si potesse considerarli sempre più, effettivamente, scomparsi. Le voci prima, i gesti poi, le immagini per ultime. O forse no? Forse questo ordine di sparizione dei ricordi dipendeva da persona a persona, da ricordo a ricordo, forse qualcosa sarebbe dovuto rimanere per sempre. Certo, pensò Pietro, ma cosa? Cosa doveva rimanere fermo, cementato nella memoria per impedire l'oblio di qualcosa che sarebbe inevitabilmente soccombuto all'inarrestabile avanzare del tempo? Non sapeva darsi una risposta, anche se avrebbe voluto. Trovare una risposta a quelle domande avrebbe significato anche trovare una soluzione a ciò che continuava a tormentarlo.

Guardò attraverso la finestra, scostandosi lentamente per evitare di svegliare Maria che poggiava la testa sul suo petto in quell'abbraccio naturale, e notò i nuvoloni scuri, carichi di neve, che oscuravano il cielo, rendendo l'atmosfera plumbea e pesante; fuori, nel prato, ancora il noce ed il corvo, quel solitario corvo che quando la pioggia cessava o diminuiva di intensità tornava a posarsi nello stesso identico punto, sul ramo del noce del prato dei Morossi. Una vedetta, una guardia, o qualcosa del genere. Era come se anche per lui stare lì a guardare servisse ad attendere un qualcosa, qualsiasi cosa che potesse far cambiare ciò che si stava vivendo tutto attorno, come se quella confusione avesse portato un mutamento, così radicale da rendere diversa, definitivamente, la vita di tutti, mentre in realtà era proprio questa paura a salvare tutto e tutti, lasciandoli inviolati, scossi ma integri. Quel corvo era l'emblema di quello che era stato e che sarebbe probabilmente stato ancora per chissà quanto tempo il vivere a Cimolais, fare parte di una comunità radicata ed incastrata in quel posto lontano dalla vita mondana, lontano dalle istituzioni e dai valori per cui anche lui, Pietro Morossi, boscaiolo e contadino, era stato mandato a combattere.

Ma forse soltanto lui si poteva permettere quelle elucubrazioni, non potevano certo farlo quelli che stavano continuando a combattere, no di certo, quelli avevano da salvarsi la pellaccia e non avevano il tempo per pensare, per quanto gli potesse piacere anche soltanto un secondo fermarsi a riflettere, magari per staccarsi da quella vita. Il sentire umano in trincea diventava qualcosa di clandestino, di contrabbandato, qualora ve ne fosse la presenza, nella molestia continua e permanente del conflitto fra gli uomini che si tramutava inevitabilmente e totalmente in conflitto degli uomini in loro stessi. Pensare anche solo un istante in più, solo un briciolo di questi ragionamenti avrebbe potuto distrarre i soldati e forse creare qualche problema agli ufficiali: quelli invece sì potevano pensare, quando non stavano addosso ai soldati. Solo i soldati vivi, si intendeva, quelli morti ormai ... beh ... si capiva, quelli ovviamente avevano anche meno problemi, ormai.

Sorrise amaramente nella solitudine di quella paradossale considerazione, e pensò che era un po' impossibile, anche continuando a pensarci, smettere di provare quella sensazione di smarrimento: era la diretta conseguenza del passare del tempo, dell'avanzare inesorabile del destino, dell'avvicinarsi dell'ultimo giorno, dell'allontanamento del passato e dei ricordi. Tutti i ricordi, con gli anni, si diradavano e disperdevano come il noce in quella foschia mattutina che inoculava un freddo gelido dritto nelle ossa, come se non fosse sufficiente provare quella sensazione soltanto fisicamente, e quel freddo e quel silenzio fossero la conseguenza ed il rimasuglio di un lungo periodo di astinenza dalla vita, di un reiterato maltrattamento verso l'esistenza, verso la naturalezza e l'istinto primario alla sopravvivenza, regola tacita che aveva regnato nei secoli in comunità come quella di Cimolais, nonostante le innumerevoli e variegate invasioni della sua storia, religiose e militari.

Sollevò la coperta fino a coprire le spalle di Maria che ancora dormiva, e si fermò: smise di fantasticare ed elaborare congetture pensando che forse non si era ancora svegliato, o probabilmente stava impazzendo o esaurendosi. Perché era davvero strano, insolito trovarsi lì su quel fienile insieme, nudi e abbracciati a lasciarsi andare, lui in congetture filosofiche, mentre lei prolungava il suo sonno innocente. Ma non poteva non pensare a quanto fosse difficile accettare quello che era successo, e quanto sarebbe stato difficile farlo per quello che ancora doveva succedere: ché non era mica finito niente, e chissà per quanto tempo sarebbe andato avanti, quel caos.

Ciò che dava più fastidio era proprio il fatto che non era nemmeno lontanamente immaginabile quello che sarebbe successo anche soltanto il minuto successivo, perché tutto il mondo in realtà assomigliava ad una grande trincea con la differenza che non ci si trovava ovunque faccia a faccia con il nemico, almeno non sempre. Avrebbe quasi sperato in un ritorno di quelle abitudini così scomode che a volte magari anche odiava e ripudiava; aveva sofferto spesso la spietatezza del destino, la durezza della vita che non sembrava mai ripagare quegli sforzi, producendo soltanto disagio e miseria. Ma pensò che piuttosto si sarebbe arrovellato più volentieri in quel disagio ed in quella miseria, quasi rimpiangendo le lunghe discussioni confortanti avute con Maria, l'unica con cui condivideva quel disagio.

La guardò, abbassando lentamente la testa, piegando il mento sul suo collo: gli partì involontario un sordo colpo di tosse che scosse la ragazza e la fece svegliare: il volto le divenne subito paonazzo e cercò istintivamente di coprirsi le guance issandoci sopra la coperta, rannicchiandosi poi ancor più su sé stessa, senza però abbandonare il contatto con il corpo del suo Piere. Era una nuova confidenza, un'intimità mai provata e tutta da scoprire, e per quanto i momenti di passione precedenti fossero stati talmente indimenticabili da restare eterei, surreali, intangibili, quel momento così concreto e posato sembrava contenere una gamma di emozioni ancora più ampia. Lui sorrise e distolse lo sguardo dagli occhi di lei per non imbarazzarla oltre. Riprese a guardare il corvo ed il noce, senza dire nulla. Maria sbadigliò timidamente, poi gli rivolse la parola, cercando un'ulteriore conferma della sicurezza di quel momento:

- A che pensi?
- A tante, troppe cose

Disse lui sospirando. La strinse forte a sé, poi sorrise e la guardò:

- Ho molte domande da farmi.
- Puoi farle a me se vuoi

Lei rispose ricambiando il sorriso. Si sollevò, trattenendo la coperta dall'interno con le mani, ed avvicinò lentamente le labbra a quelle di lui, sfiorandole soltanto, per poi adagiare la testa sulla sua spalla:

- O pensi che non sarei in grado di risponderti?
- No, non è questo, è che sono domande a cui non si può rispondere.

Le sembrava una risposta di comodo, ma oltre a questo notava una sorta di mancanza nell'atteggiamento di lui, come se gli mancasse l'energia, la voglia di vivere che aveva sempre visto, in fondo, quando stavano insieme. Sembrava cambiato. Anzi, lo era evidentemente.

- Andare militare ti ha fatto diventare ancor più riflessivo.
- Trovi? Beh, dovrebbe piacerti, una volta dicevi che ti piacevano gli intellettuali.
- Ah, certo. Lo dicevo soltanto per contraddirti quando avevi da ridire su alcuni scrittori, quando parlavi con tuo fratello Felice.

Le si allargò il sorriso, e stava quasi per iniziare a ridere quando lo guardò e vide che invece il suo volto aveva cambiato espressione, corrucciandosi leggermente. Capì di aver toccato un tasto dolente quando si ricordò dello scontro accaduto quel pomeriggio, e del fatto che comunque il rapporto fra i due fratelli sembrava essersi permanentemente incrinato. Volle comunque sfruttare quel momento di confidenza per approfondire l'argomento, anche con un po' di malizia:

- Ti fa male parlare di Cice, vero?
- Non è quello, è che mi sembra di aver lasciato qualcosa in

sospeso con lui, come se non ci fossimo chiariti per un assurdo malinteso.

- Avete avuto un litigio importante, credo sia normale stare così.

- No, io penso proprio che non ci siamo capiti, alla fine vogliamo la stessa cosa.

Maria corrugò la fronte, cercando di capire il reale senso di quelle parole, forse pronunciate con un po' di leggerezza.

- Che intendi? Stai ripensando al fatto che hai abbandonato il fronte? Non mi dirai che stai riflettendo se tornare a combattere oppure no!

Alzò la testa e lo guardò, aspettando una risposta che non giunse. Nessun accenno senonché lo sguardo che lui le rivolse, che probabilmente fu più esplicativo di molte parole. Ripose la testa sul suo petto, cingendolo nuovamente:

- Secondo me non ha senso. Li hai visti, quei tedeschi, anche loro sembrano stanchi e sembrano fare tutto per forza. I muli sono secchi e depressi, non so dove vanno a finire così.

Pietro finalmente ritrovò il sorriso: era la prima volta che Maria gli parlava di cose che riguardavano gli eserciti in battaglia, non l'aveva mai sentita esporsi così su quell'argomento:

- Non iniziare a parlare di queste cose, sennò rischi che con te ci litigo come ho fatto con Cice!

Risero, ma trattenendo la naturale rumorosità di quel riso, contenendo quello che sarebbe stato un valido sfogo a tutto il disordine che li tormentava dentro. Pietro, ripensando al litigio con Felice, si lasciò sfuggire una considerazione, sotto forma di battuta ironica:

- Pensa te, che fratello esaltato che mi ritrovo!

- Almeno tu ce l'hai ancora, un fratello.

Il gelo sostituì istantaneamente il calore che si era instaurato fra i due, che corpo a corpo avevano condiviso un momento di vita in un tempo pervaso totalmente dalla morte, quella morte che inglobava tutto e tutti, portando via la vita in un istante, con il soffio della fatalità. Maria pensava ancora a Vigi, suo fratello che dalla trincea non era tornato, non ancora, e non ancora e forse mai Pietro avrebbe trovato il coraggio di dire di un fratello morto a quella sorella angosciata nell'attesa di avere una notizia, di cui comunque stava lentamente accettando e realizzando l'improbabilità:

-   Non ci spero più, sai? So che siamo già fortunati che tu sia tornato. Lo so che è molto difficile che Vigi sia ancora vivo, sono morti in molti, e molti moriranno ancora.
-   Non dire così, Maria, in molti sono stati anche presi prigionieri.

Gli bruciava dover dire così: Pietro Morossi non era mai stato un bugiardo, non gli era mai servito, se non si contano le bugie innocenti dette da bambini, come quando proprio con Vigi cercavano di estorcere qualche dolciume in più ai genitori o mentivano su alcune attività svolte o meno. Maria lo rincalzò, con veemenza, guardandolo da sotto il mento:

-   Non darmi false illusioni, Piere! Questi tempi stanno andando così e lo dobbiamo sopportare.

Si calmò quasi subito, come se avesse capito che quello scatto nervoso, quella rabbia che le saliva dentro non erano per niente utili, se non dannosi.

-   Lo dobbiamo sopportare, Piere, per sopravvivere. Anche se non so per quanto ancora potrò sopportarlo.
-   Maria, non devi temere, l'esercito si sta riorganizzando, presto gli invasori verranno cacciati e ...
-   Ma cosa dici! Basta, sono stufa di sentire e magari vedere battaglie e distruzione, e ancora gente che muore! Basta con queste persone che ammazzano altre persone!

Si mise seduta, il suo braccio destro nudo sorreggeva tremando la coperta che le copriva il corpo; guardò Pietro, aspettandosi che la capisse:

-   E allora cosa vuoi? Non dirmi che speri che tutto finisca così, non possiamo lasciare che qui restino i tedeschi!
-   Non mi interessa! Come pretendi che mi interessi chi sia che comanda? Qui siamo sempre stati dimenticati, ci siamo sempre dovuti arrangiare, cosa cambia Germania o Italia? Basta che questo orrore finisca! E poi proprio tu parli di esercito e di altri combattimenti? Guarda come ti ha ridotto quel fucile!

Indicò il novantuno di Pietro, steso a poche decine di centimetri dal loro piccolo nido. Pietro lo guardò, e se dapprima pensò che Maria avesse ragione, e che anch'egli sperava che tutto finisse, dopo aver visto quanta sofferenza potesse causare un invasione, stava progressivamente mutando parere, alimentato più dall'onta dell'usurpamento che da un già smarrito amor patrio.

- Non lo so, Maria. Forse è giusto che io torni a combattere, come ha detto Cice.
- Non dire sciocchezze!
- Sì, è una sciocchezza, lo so! Ma voglio che tutto questo finisca presto, per stare con te!
- Se vuoi stare con me fallo adesso, resta qui ora!
- Non posso restare nascosto per sempre, prima o poi mi troveranno! E allora sarà davvero la fine.
- Sei un pazzo!

Gli si gettò addosso, abbracciandolo e scoppiando in lacrime. Si strinsero, abbracciati fra loro e dal silenzio, l'ennesimo silenzio fugace, provvisorio, ma sempre lo stesso silenzio di sempre, che rendeva reali quei momenti. Sapevano che quei momenti li dovevano godere appieno, perché ogni piacere era temporaneo, perché tutta la vita era diventata labile ed effimera, perché tutto poteva essere portato via o distrutto in un lampo, potevano un giorno ritrovarsi ad aver perso tutto e a non poter recuperare più nulla, nemmeno l'aria che respiravano e quel rassicurante silenzio, che fino ad ora era parsa la cosa più certa e resistente.

Durò poco, molto poco: il corvo che riposava in silenzio sul noce, spaventato svolazzò via disordinatamente, investito dall'eco del suono di centinaia di proiettili, che arrivava da oltre il colle di Lodìna. Pietro ebbe un sussulto, si alzò e si mise in ginocchio, con ancora Maria addosso, che lo guardò spaventata: era la prima volta che lei udiva un rumore del genere, che per quanto lontano da dove si trovavano le faceva provare un terrore disperato mai provato, tanto che avrebbe quasi voluto pregare perché smettesse subito. Pietro si era fermato in quella posizione e tendeva l'udito per capire un po' di più di quello che stava succedendo. Pensò che poteva certamente trattarsi dell'inizio di una battaglia ma non ne era certo, non aveva visto grossi movimenti di truppe ma soltanto il tenente tedesco che era andato via dal cortile con alcuni uomini e cavalli. Stringeva nella mano il suo novantuno, tenendolo per l'impugnatura, ancora però appoggiato in terra. Stettero in quella posizione per tutto il tempo della sparatoria la cui durata apparve lunghissima, quand'anche fosse stata di pochi ma interminabili minuti, così fermi fino ad un certo punto in cui l'intensità e la frequenza dei colpi diminuirono, senza che i due ragazzi potessero però riuscire a sciogliere quell'abbraccio.

Non sentirono Oliva che saliva nel fienile, ma la riconobbero subito quando apparve dalla scala: furono entrambi colti nell'imbarazzo di quell'abbraccio intimo, che non lasciava scampo ad interpretazioni differenti a quelle dell'evidenza. Maria arrossì vistosamente e continuando a reggersi addosso la coperta iniziò a rivestirsi velocemente, mentre Pietro lasciò istintivamente il fucile e si risedette, incuriosito dalla presenza della cugina, che al contrario di ciò che si aspettava, non portava nulla con sé a giustificarne la presenza lì; il suo sguardo era cupo, ma sembrava più determinata che arrabbiata per qualcosa. Non sembrava particolarmente interessata alla situazione in cui sembravano interessati il cugino e l'amica, e svelò subitamente lo scopo della sua visita:

- Pietro, mi serve il tuo fucile.

Pietro volle quasi sorridere, incredulo a quelle parole, ma la situazione si era vestita di una serietà così pesante da impedire ogni equivoco, ogni battuta possibile.

- Oliva, cosa stai dicendo? Il mio fucile?
- Sì, devo andare lassù.

Fece un cenno con la testa: malgrado il gesto potesse indicare anche soltanto una direzione si capì benissimo che intendeva un posto preciso, oltre la finestra del fienile, oltre il noce nel prato, su fino al colle, fino al passo, fino alle postazioni dell'esercito regio, a cui il suo cuore era diretto.

- Oliva, non capisco, sei impazzita? Cosa vorresti andarci a fare? Armata poi?

Pietro era incredulo ma anche abbastanza sconvolto. Sapeva che era difficile, se non impossibile – almeno per lui – portare Oliva lontana dalle sue convinzioni. Lui almeno non ci era mai riuscito, e sapeva che sarebbe stata dura anche in quel caso. Riprese il fucile in mano, tenendolo stretto per evitare che potesse succedere qualcosa di spiacevole e che la cugina prendesse iniziative particolari. Ovviamente non le avrebbe voluto dare il fucile per il semplice motivo che era pericoloso armarsi soprattutto in quel frangente, con il nemico in casa, ma dentro di sé Pietro era ancora combattuto dall'indecisione, dall'importanza che rivestiva quel simbolo che stringeva in mano. Simbolo di morte, certamente, ma che poteva diventare l'icona della sua redenzione, nei confronti della famiglia, di Maria, ma anche e soprattutto nei confronti suoi, della sua esistenza che sembrava aver toccato il punto più lontano dalla dignità che aveva sempre rincorso.

- Oliva, non posso darti il fucile, lo sai.
- Devo andare lassù! Devo andarci.

Urlava, palesando la sua disperazione, con la voce quasi strozzata dal groppo in gola. Non voleva aggiungere altro, non voleva che potessero giudicare erroneamente il movente che la spingeva ad un gesto così azzardato. Sapeva che potevano non capire, non sperava certo che condividessero, però capì che doveva dirglielo:

- C'è Gianni, lassù. Devo salvarlo, devo portarlo via.
- Gianni? Sul passo?
- Sì, è lassù con gli altri soldati, me l'hanno detto i disertori che venivano proprio da lì.
- Allora ci sono i bersaglieri!

Il primo pensiero di Pietro andò alla postazione, all'esercito, alla sua consistenza e alle questioni logistiche, anziché pensare a cosa sarebbe andata incontro la cugina. Si accorse subito dell'errore:

- Non puoi andarci, Oliva, e soprattutto non puoi andarci con un fucile. Se, non ti riconoscono, se ti vedono come una minaccia ti sparano all'istante!
- Non succederà, io arriverò senza farmi vedere!
- E il fucile a cosa ti serve?
- Mi serve per evitare che mi fermino.
- I tedeschi?
- Chiunque!

La determinazione di Oliva era più vigorosa di quanto già non lo fosse stata in altre situazioni, e sia Pietro che Maria, che non aveva detto una sola parola verso l'amica, percepivano quanto fosse importante per lei questo momento: d'altra parte avevano appena vissuto sulla propria pelle quanto potesse essere importante un sentimento, quanto fosse fondamentale che il bisogno di una persona accanto non venisse meno. La capivano, anche se per lei era difficile crederlo, ma allo stesso tempo temevano che il rischio di poter perdere anche lei fosse troppo alto. I colpi nel frattempo avevano ricominciato ad intensificarsi nuovamente: la sparatoria era durata troppo poco per poter essere definita una battaglia degna di questo nome. Pietro strinse l'arma con due mani:

- Oliva, per l'ultima volta, non posso darti il fucile, e non te lo darò.

Come immaginabile Oliva non accettava quella risposta:

- Io devo andarci, con o senza fucile!

- Tu non andrai da nessuna parte!

Felice, zoppicando sul solaio si avvicino ai tre. Nel suo sentenziare quell'ordine aveva assunto il tono del fratello maggiore, L'impostazione di quel fratello che quando la situazione lo necessita prende il suo posto di leader che rimprovera, che decide cos'è giusto. Aveva dalla sua parte l'esperienza e l'autorità di una gerarchia di anzianità che tacitamente si era instaurata nel gruppo di loro giovani.

- Cice, non capisci!

- Oliva, sei tu che non capisci, non è un gioco! Dovrebbe esserti bastata la lezione che ti hanno dato i tedeschi prima, no?

- Io devo andare da Gianni!

Felice l'aveva guardata negli occhi direttamente dall'inizio, senza mai staccarsi. Ora per un attimo guardò Pietro, poi la fissò nuovamente e le si avvicinò ancora.

- Non ti lasceremo andare, è una pazzia!

- Non potete trattenermi. Per me è troppo importante!

Scoppiò a piangere di nuovo, tenendosi il volto tra le mani. Felice vide che Pietro non mollava il suo fucile.

- Oliva, non possiamo fidarci, abbiamo il nemico in casa.

- Non mi interessa! E poi il nemico in casa lo abbiamo sempre avuto!

Sorrise maliziosamente, nonostante sulle sue guance scorressero le ultime lacrime, creando una patina traslucida che le illuminava il viso, e che niente sembrava aver a che fare con quello strano sorriso. Sapeva di potersi giocare un asso, e di poter far distogliere l'attenzione da sé per dirottarla su un'altra questione che sarebbe potuta essere notevolmente più importante. Erano tutti in attesa che continuasse, per capire a cosa si riferisse. Fu diretta, aveva fretta:

- Ho visto Tullio chiedere soldi a vostro padre, e poi l'ho visto dare quei soldi di nascosto ad un soldato austriaco!

Rimasero ammutoliti: i colpi erano terminati ed il silenzio era tornato ad essere padrone della scena, ma non riusciva più ad essere così piacevole.

- Cice, ve l'avrei detto, volevo dirlo a vostro padre ma poi ho saputo di Gianni e per me è la cosa più importante. Ho paura che non potrò più vederlo se non vado lassù adesso!

Felice fece un passo indietro, Oliva fuggì via. Pietro posò il fucile sul solaio in verticale, dal lato del calciolo tenendolo per la canna. Riflettevano entrambi sul significato di quella scena, spiazzati soprattutto dal fatto che non potevano essere certi della veridicità della cosa, dato che era stata detta da Oliva in una condizione disperata, e poteva tranquillamente essere una scusa. Le situazioni precarie, le difficoltà ed i pericoli cambiavano le persone, facendole diventare quello che non sarebbero magari mai dovute essere. Oliva poteva essere cambiata per necessità, la stessa necessità che poteva aver fatto cambiare Tullio, o averlo finalmente mostrato per quello che era.

12.

Il giorno sopraggiunto migliorava decisamente la visibilità, anche se ci si sarebbe aspettati qualcosa di più. Forse la foschia mattutina dovuta all'escursione termica e all'umidità imperante potevano far sperare che il massimo momento di luce non fosse ancora arrivato, ma Rommel in realtà sapeva bene che più di così sarebbe stato difficile. Era nervoso, turbato da quello che era successo durante quell'ultima pattuglia ma sentiva il bisogno di non demordere, di non lasciarsi trascinare dalla frustrazione, e mentre continuava a scrutare con il binocolo insistentemente verso la postazione di difesa italiana pensò che qualcosa di positivo se ne potesse uscire da quella situazione, soprattutto dopo che il sergente maggiore Dobelmann lo aveva invitato sul campanile di Cimolais, mostrandogli quello che aveva visto durante il pattugliamento di poco prima. Il buio ancora presente aveva permesso di vedere chiaramente i bagliori delle mitragliatrici e distinguere con precisione le posizioni da cui i tiratori italiani facevano fuoco verso la pattuglia di Rommel ed i ciclisti.

- Sergente, mi faccia capire, lei ha fatto questo di sua iniziativa?

- Certamente, signor tenente.

Rommel lo guardò per un attimo con approvazione e malcelata soddisfazione: si sentiva doppiamente orgoglioso, anzitutto per il fatto che ciò che non era riuscito a fare lui fosse stato completato da un suo sottoposto, e che questi avesse agito volontariamente, improvvisando e prendendosi una responsabilità, caratteristica che il tenente riteneva fondamentale per il suo modo di agire. Tornò quindi subito a concentrarsi sull'obbiettivo, affidandosi al suo ormai inseparabile binocolo a quaranta ingrandimenti.

- Devo dirglielo, Dobelmann, ottimo lavoro! Non nego di non averci pensato nel momento in cui subivamo il tiro degli italiani, ma era evidentemente ormai troppo tardi. Dunque lei suppone si trovino disposti circolarmente, giusto?

- A semicerchio, in realtà.

Si avvicinò alla posizione in cui sostava il tenente, affacciandosi anch'egli da una delle volte che delimitavano l'antro campanario, sporgendosi per rientrare nel campo visivo del binocolo di Rommel, indicando poi con il dito l'area coperta dalle postazioni nemiche.

- Vi stavano sparando dalle postazioni a sud, credo ci fosse anche una mitragliatrice, o due.

- Le postazioni a sud? Sul monte Cornetto? Suona strano, non sembrava molto agevole. Forse hanno trovato un punto favorevole.

- Tenente, se mi permette io penso che dovrebbe spostarsi ancora un po' più a sinistra. Credo che la postazione dei tiratori sia staccata, indipendente dal trinceramento centrale.

- Forse ha ragione, Dobelmann. Ribadisco, ottimo lavoro. Può andare, se vuole.

- Grazie signore, apprezzo. Resto a disposizione per l'eventuale attacco.

Rommel rimase solo sulla cima del campanile, aspettando di godere quanto più possibile di ogni momento di luce favorevole. La pioggia sarebbe tornata a scendere a breve e la visibilità ne sarebbe stata notevolmente compromessa. Continuava imperterrito a cercare una soluzione a quell'enigma. Scorse rapidamente tutta l'ipotetica linea del fronte, consapevole che solo un colpo di fortuna gli avrebbe permesso di trovarvi un punto debole così, nell'immediato.

Si spostò gradualmente, seguendo la linea arcuata indicatagli dal sottufficiale, dal Cornetto fino al Lodìna, dove per un attimo gli parve di vedere del movimento. Incuriosito, tentò di ingrandire e mettere a fuoco: qualcosa c'era, e come pensava si trattava del gruppo di Payer, ovvero parte del suo stesso distaccamento, che risaliva a fatica i pendii di quella montagna: nemmeno all'inizio della sua ascensione il Lodìna sembrava mostrare un segno di pietà: non un cedimento, non un aiuto, e ancor più in alto si trovavano le nude rocce che in alcuni punti avrebbero costretto le truppe ad arrampicarcisi su. Rommel pensò a molte cose tutte assieme: al rischio che aveva corso e fatto correre ai suoi soldati per una ricognizione che avrebbe rischiato di costare cara, alla fortuna avuta nel non riportare alcun tipo di danno agli uomini, a quanto sarebbe rimasto di loro, rintanati in quella chiesetta, se solo il nemico avesse avuto dell'artiglieria da utilizzare. Sarebbe bastato un singolo proietto perché di lui e della pattuglia non fosse rimasta più nemmeno una traccia.

C'era però qualcosa che lo eccitava, che lo infervorava, che gli faceva provare una strana tensione: una sorta di agitazione passiva che non derivava tanto dalla battaglia direttamente quanto piuttosto dall'idea della stessa, dalla sua organizzazione, dalla corsa contro il tempo per ricercare la strategia giusta, un po' come, di nuovo, uno scacchista che studia l'infinita combinazione di probabilità di conseguenze derivanti dalla propria mossa prima di effettuarla; i paragoni scacchistici lo aiutavano a semplificare, a rendere una tattica immediatamente chiara sul lato pratico, senza però mai fargli perdere la consapevolezza dell'ineluttabilità che rende la realtà differente dal gioco, pur conservandone le stesse sembianze. C'era un altro parallelismo a cui si affidava spesso, che riguardava il rischio che correva un giocatore sotto osservazione, nel pieno dell'agonismo: un momento di tensione che poteva in un attimo far commettere un errore fatale. Doveva infatti cercare di rimanere freddo e concentrato, soprattutto in quel momento di difficoltà: aveva fatto una promessa al maggiore Sprösser e pur conoscendone il rischio mai avrebbe pensato che l'indecidibilità di quella particolare circostanza rendesse tutto molto più oscuro. Si costringeva a continuare a cercare una soluzione, doveva lavorare senza sosta per raggiungere il proprio obbiettivo, ne andava della sua reputazione di ufficiale, della sua carriera, della sua crescita professionale e morale, di quella che sarebbe diventata la sua futura esperienza bellica. Avrebbe dovuto esaminare ed analizzare di più, fino allo sfinimento, in ogni aspetto quelle montagne che ormai in realtà sentiva di conoscere come fossero quelle di casa sua; la sensazione che lo pervadeva sembrava voler comunicare che l'enigma composto dall'incastro di Lodìna e Cornetto rappresentasse la chiave di volta di tutto il significato di quella missione, da quanto egli ne sentiva importante il ruolo.

In un certo qual modo se ne sentiva parte, con l'affettività tipica di chi alla montagna ed in montagna ha consacrato la propria vita, e nel suo caso anche la carriera. Malgrado tutto quello che aveva passato si sentiva comunque inseparabile da quel concetto: era stato deciso tempo addietro, il suo destino, la sua giovinezza era stata immolata a ciò a cui egli si stava dedicando nella sua integrità di militare ma soprattutto di tedesco: un fervido successo nelle forze armate tedesche gli era stato predetto sia dal padre che dagli ufficiali suoi mentori, nonostante contestassero spesso aspramente i suoi metodi, a volte considerati scellerati. Ci pensava spesso, a quella carriera, ma non ci credeva, o forse non voleva perdere tempo in viaggi fantastici a cavallo di ipotesi troppo remote, troppo lontane dall'essere considerate necessarie piuttosto che un'illusione.

Ad un certo punto, nel suo scrutare incalzante condito da quelle riflessioni, gli parve di essersi scontrato con la giusta intuizione, di aver capito con precisione dove fosse collocata la batteria di mitragliatrici italiane. Era ancora abbastanza incredulo, ma analizzando bene la situazione capiva che poteva anche essere credibile che gli italiani si fossero sforzati di portare le loro mitragliatrici leggere su una postazione così difficile da raggiungere che si poteva anche considerare inaccessibile, soprattutto riservandovisi la possibilità di fare fuoco dall'alto verso il basso. Ebbe un sussulto, perché quella considerazione portava evidentemente degli elementi fondamentali allo sviluppo non soltanto della sua strategia di attacco, ma anche in quella di avvicinamento che era a cura del maggiore Sprösser: anche le sue truppe sarebbero dovute avanzare direttamente, sfondando per vie centrali, esponendosi così al fuoco nemico, che dalla posizione sul Cornetto avrebbe avuto ragione di chiunque avesse voluto percorrere quella strada, per giorni, settimane, fino all'esaurimento delle scorte di munizioni, e forse anche oltre, magari provocando delle frane o lanciando qualunque cosa addosso a chiunque tentasse un rudimentale assalto, che non poteva essere oltremodo studiato e curato. Era stato davvero un colpo di genio, o di fortuna, aver preso quella posizione, impervia ed inaccessibile, che rendeva praticamente impossibile espugnare le pur esigue posizioni trincerate nemiche sulla strada per il passo. Andava reso il merito al nemico, per aver creato un tale collo di bottiglia letale: l'unica speranza a quel punto restava l'aggiramento, che andava però atteso, per un tempo indefinibile con precisione. Nessuno sfondamento istantaneo, si sarebbe tornati al tipico atteggiamento da battaglia di montagna, lenta ed inesorabilmente prevedibile: Rommel pensò a Schröder e a Gössler e al fatto che prima di sera non sarebbero stati a portata di tiro, ed il loro arrivo non era certamente garantito, almeno non nei tempi previsti, poiché la montagna la conoscevano tutti, e tutti sapevano quali insidie potesse nascondere. Quella era una squadra, poi c'era il gruppo di cui inizialmente doveva far parte lui ma che era poi passato al comando di Payer: assieme alla guida locale, il cacciatore Tita, stavano aggirando il monte Lodìna. Rommel tornò di nuovo a scrutare in quella direzione, dove li aveva visti poco prima e si accorse che non erano più così ben visibili, poiché avevano iniziato l'aggiramento. Ciò era considerabile come un bene ai fini degli sviluppi dell'attacco, ma non era abbastanza, non avrebbe reso la manovra fulminea, non sarebbe servito a mantenere la velocità media di avanzamento che fino ad allora era stata tenuta dal battaglione; il tempo rimasto era troppo poco ed andava sfruttato tutto, ogni secondo era prezioso, perderne anche uno soltanto poteva significare rendere vano il lavoro di settimane, ed il tenente non osava nemmeno immaginarsi cosa potesse causare dover attendere quasi per un intero giorno l'intervento degli aggiratori. Doveva trovare un'alternativa, e alla svelta: d'altra parte quel monte non poteva essere poi così inespugnabile, non doveva assolutamente esserlo, non nella sua totalità: almeno un punto debole, o anche solo un piccolo spazio utile, potevano starci. Continuò ad osservarne ogni ansa, ogni sporgenza, scrutando con il binocolo al massimo degli ingrandimenti possibili, tanto che si potevano quasi contare i singoli rami di ogni abete: ma niente. Ma ogniqualvolta un percorso potesse sembrare fattibile, trovava un qualche ostacolo che portava inevitabilmente all'impossibilità di avanzare o di essere visti dal nemico. Pensò addirittura per un attimo ad un attacco diretto a quelle postazioni, con tutta la potenza disponibile, sacrificando anche qualche vita in più pur di neutralizzare quell'avamposto così intricato, ma anche questa ipotesi estrema fu entro poco tempo scartata, da un lato con notevole sollievo per il tenente. Al nemico bastava causare anche soltanto una piccola frana verso gli attaccanti per potersi ritenere al sicuro, soprattutto visto il poco tempo in cui sarebbero eventualmente potute intervenire le altre postazioni, che formavano un anfiteatro di bocche di fuoco senz'altro poco riparate, ma con una visuale ottimale, e per una battaglia in pieno giorno non ci sarebbe stato scampo: per di più non v'era una certezza obbiettiva ed effettiva delle postazioni su cui dirigersi e su cui far tirare i cannoni da montagna degli austriaci; era quasi tutto nascosto e mimetizzato nella vegetazione, soprattutto nella zona opposta, sul versante del monte Lodìna. Ebbe poi, quasi distrattamente, una veloce intuizione, talmente rapida che gli parve soltanto un'idea vaga, ma in fondo dall'inizio di quella perlustrazione sentiva anche il dovere di non poter non considerare ogni possibilità, così si spostò repentino all'altra volta della torre sul lato orientato verso quei versanti, e decise di cambiare obbiettivo della sua analisi, poiché il monte Cornetto pareva ormai segnato come perso, responsabile di una preventivabile sconfitta, a meno di un'intuizione che ne sovvertisse il ruolo, e quell'intuizione infatti gli stava davanti. Rivide bene, con una prospettiva cangiante, il profilo della cima del Lodìna nella sua fierezza, con la sua disarmante elevazione, quasi innaturale considerando che la parte più bassa della montagna si protendeva in strani bitorzoli rocciosi e pendii apparentemente docili a tratti, mentre in altri punti coperti da una non definibile coltre di alberi e cespugli che non lasciava intuire bene come e quanto fosse pendente, ma soprattutto pericolosa, quella zona. Rommel vagò con lo sguardo in maniera disinteressata per alcuni istanti su quei frangenti quando ebbe un'illuminazione che lo strappò violentemente da quel momento di distensione che in altri momenti avrebbe identificato come un cedimento, ma di cui stava quasi per godere, assaporandone il gusto intenso ma istantaneo.

§§§§

- Dolà s'alo s'ciupè, chèl can?[4]

Le imprecazioni di Cice sarebbero state ben intese se nelle vicinanze ci fosse stato qualcuno. Aveva erroneamente pensato di cercarlo nel posto dove di certo non si sarebbe nascosto sapendo di correre il rischio di essere scoperto come traditore. C'era qualcosa di strano, di misterioso in quello che aveva appena sentito raccontare dalla cugina riguardo lo scambio di danaro fra Tullio e quel soldato austriaco: ne era rimasto dapprima spiazzato, poi il ragionarci su lo aveva reso furente. Certo, poteva anche essere qualcosa che Oliva si era inventata di sana pianta per avere la scusa di poter scappare, ma proprio per questo era indispensabile scoprire la verità, per lui. Lui che era sempre restio e schivo, lui che con quel carattere chiuso e diffidente si era invece lasciato avvicinare fino a diventare amico di quello straniero. In fondo di uno straniero si trattava, Trieste era sempre stata in Austria, ed ora se possibile lo era ancora di più. Quella differenza che prima di allora sembrava non contare nulla, che lasciava indifferenti tutti nel paese, ora dopo quell'episodio diventava fondamentale, era la prima cosa che veniva usata per mettersi contro a quello che sia lui che sua cugina Oliva avevano ormai etichettato come traditore. E quel traditore allora era evidentemente un infiltrato, stava aiutando il nemico nel saccheggio grazie all'inganno, e lui, Felice Morossi, si sentiva ingannato, ferito nell'orgoglio, si considerava una vittima di quel diavolo che aveva truffato anche tutta la sua famiglia, ottenendo dei soldi dal padre con chissà quale scusa. Lo aveva cercato alla locanda, dove com'era prevedibile non si era

---

[4] "Dove s'è nascosto, quel cane?"

fatto trovare, consapevole della possibilità di essere scoperto, ma Felice sapeva che erano altri i posti a cui aveva accesso ed allora si era subito diretto nella casa vecchia, quella a fianco del fienile nel cortile, casa della "provvidenza", a cui avevano accesso ormai da tempo tutti i bisognosi, a testimonianza di quanto i Morossi fossero buoni, con i buoni. Anche lui, Tullio il traditore, buono lo era sembrato all'inizio, e a parte per quella sua spavalderia da damerino saccente, che a Felice pensarci metteva ancora più rabbia, sembrava in tutto e per tutto il resto una persona perbene, non odorava certo come un nemico in casa, non sembrava nemmeno lontanamente di poter diventare colui che magari li avrebbe portati, tutti loro, a chissà quale fine ingloriosa, per di più con l'inganno.

Com'era prevedibile non trovò Tullio nemmeno lì, ma la cosa lo sconfortò comunque, e gli fece aumentare ancora di più la rabbia e la smania di conoscere il nascondiglio dell'impostore, quella voglia assoluta di vendetta che sfociava inevitabilmente in un rancore più acre addirittura di quello provato verso gli invasori. Perlustrò tutta la casa, salendo e scendendo per le scale ad una velocità che nemmeno lui avrebbe immaginato di poter tenere: non pensò nemmeno al rischio di poter cadere mentre compiva salti di due scalini alla volta, balzando sul legno con un boato che si poteva percepire in tutta la casa, e che avrebbe permesso, a chiunque fosse stato eventualmente in fallo, di scappare. Cercò in tutte le stanze, entrò persino in quelle in cui nessuno accedeva da anni – nemmeno lui-, cercò il traditore anche nella vecchia camera che da bambino condivideva con Pietro, e che si affacciava sul retro, verso sud.

Sapeva che inoltrarsi in quella fucina di ricordi era un po' andare incontro a qualcosa che avrebbe potuto provocargli un sussulto, come in realtà accadde: ma il sussulto immediato forse fu troppo poco intenso rispetto a come se lo aspettava, infervorato da quella smania di vendetta che ora lo pervadeva più che mai, tanto che non riusciva ad arrestare il fiatone datogli dalla corsa e dall'agitazione. Gli faceva male la gamba, sentì dolore anche alla schiena e gli parve di percepire qualcosa anche nel cuore, soprattutto quando, abituatosi alla scarsità di luce nella stanza, riuscì a distinguerne alcuni particolari, ricordandosi che quello era il posto dov'era nato e dove aveva vissuto i primi anni della sua vita, innocente, vivace, leggero. Tutto ciò che dovevano essere bei ricordi, qualcosa di cui beneficiare, gli stavano risultando per il momento soltanto un grosso impiccio, un fastidio che impediva la corretta esecuzione di qualcosa di impetuoso e di ineluttabile che doveva assolutamente trarre compimento, ché altrimenti avrebbe lasciato un grande vuoto, adeguatamente parallelo a quello che si era formato, o che era tornato a farsi sentire quando, subito dopo, un forte odore di lavanda gli ricordò la madre. I fiori di lavanda venivano usati per coprire l'odore di canfora, usata spesso in alcune altre stanze che restavano già comunque chiuse quando quella casa era ancora abitata, ma anche e soprattutto per evitare che l'odore del chiuso, del vuoto, del nulla divorasse ogni angolo, evocando sensazioni negative.

Era un vuoto dal sapore di silenzio, che in quel caso era nient'altro che il residuo di un ricordo che si dissolveva e diluiva sempre di più nel tempo, lavato via dallo scorrere inesorabile della vita: il suono del vuoto che copriva le memorie delle voci e dei rumori, ma ancor di più il silenzio sui cui il ricordo di quei suoni galleggiava, finendo per annegarvi, spinto giù dal peso del tempo.

Dopo la madre la stessa abitudine era stata presa dalle altre donne di casa, che pur non vivendoci cercavano di tenere comunque in ordine tutte le stanze, come se ciò servisse ad esorcizzare l'inevitabile destino che per quella casa sembrava segnato. Era diventato una sorta di rito, periodicamente qualcuno entrava in casa per controllare che tutto fosse a posto, e spesso metteva in ordine qualcosa o restava per qualche istante dentro ad una stanza, per tenere lontana la negatività, per ricordare qualche episodio del passato, o anche soltanto per riposarsi e stare solo, come in realtà, senza volerlo ammettere nei suoi stessi confronti, stava facendo Felice in quel momento.

Si avvicinò lentamente alla finestra e sbloccò non senza difficoltà la chiusura a canovaccio con cui erano chiuse le imposte, ormai ispessita e quasi bloccata dalla ruggine: spostò leggermente verso l'esterno una delle ante, assaporando l'odore del mattino che giungeva dal prato sul retro, in cui ricordava scorrazzare galline e capretti, e l'erba alta che d'estate nascondeva gli orbetti ed i resti di un vecchio muro a secco in cui cercava le lucertole. La vista era ampia, da sinistra a destra, da est a ovest; il panorama iniziava da quello che era il vecchio muro di confine delle proprietà dei Morossi, le cui ultime pietre rimaste, lapidarie sentinelle a ricordo dei fasti passati, si reggevano posandosi alle fondamenta del palazzo di famiglia. Da alcune finestre alte del piano terra in quel momento si poteva vedere all'interno, fino al basamento del *larìn*. La vista sulla distesa di Pinedo si aggiungeva allo scenario, accompagnata a braccetto dalla Val Cimoliana, che si stagliava in prospettiva, dritta a perdita d'occhio verso sud; infine il paesaggio si completava ad ovest, verso le montagne che proteggevano il paese: Cornetto e Lodìna, eterni corazzieri cimoliani, paladini leggendari che vegliavano sulla vita dei loro compaesani.

Tutto era indefinibilmente travolto dall'autunno che dipingeva quel quadro di vita con i colori di una strana e dolce morte, una sorta di attesa finale, consapevole, che faceva da giusto contorno a quella veloce e stanca invasione dei tedeschi che, e a Felice venne da sorridere quasi come fosse per lui una vittoria, prima di quel momento erano stati in realtà gli ultimi ad essere entrati in quelle stanze dove lui si trovava, senza però trovarci nulla da cui attingere che non fossero delle vecchie lenzuola e qualche lembo di straccio utile soltanto a lucidare i fucili. I suppellettili ormai antichi non invogliavano nemmeno il più avido dei ladri, i mobili tarlati e sbiaditi subivano soltanto l'indifferenza di chi li guardava, ed i quadri alle pareti non erano altro che delle stampe con soggetti religiosi; paradossalmente grazie all'inverno e alla miseria anche il problema dei ratti non caratterizzava più quella residenza come faceva prima del conflitto. Questi erano i rimasugli di quella storica "provvidenza" che oramai la famiglia non poteva più permettersi, e quelle stanze vuote e polverose ne diventavano sempre più testimonianza eterna. Felice sentì che non voleva stare troppo fermo lì, per non perdere tempo nella ricerca e perché la sete di vendetta andava soddisfatta in fretta, ma in realtà capiva di non poter reggere a lungo, non in un momento come quello, con la pioggia di ricordi che lo avvolgeva, lenta ed inesorabile. Mentre chiudeva però non riusciva a distogliere lo sguardo da quel prato colmo di ricordi non falciati, e di sfuggita vide un movimento fugace provenire dalle finestre del palazzo, dove c'era il comando tedesco: all'inizio non diede adito allo strano stupore di aver visto qualcosa muoversi, per quanto vi fosse comunque di che puntarvi attenzione, però poi si accorse che si trattava di un soldato tedesco, in atteggiamento sospetto.

Quali potessero essere i criteri di Felice per decretare un atteggiamento sospetto potrebbe essere difficile da spiegare anche per lui stesso, ma gli bastava sapere che in giro c'era ancora Tullio e che quel soldato stava palesemente guardando dentro al palazzo di nascosto, come se stesse preparando un agguato o qualcosa del genere.

Allora per qualche motivo decise di volerci vedere più chiaro, ovviamente senza farsi notare, o il suo intento non ne avrebbe giovato. C'era da considerare il fatto che per Felice il momento non era propizio per non avere sospetti su chiunque: aveva deciso che non si fidava più di nessuno, per quanto in qualche modo lo avesse ammorbidito l'atteggiamento di alcuni soldati nemici che si erano inaspettatamente mostrati gentili. Addirittura lo avevano anche aiutato e quasi difeso, in quel momento in cui si era quasi scontrato con gli ufficiali dentro al palazzo; gli stessi soldati in realtà si erano impadroniti senza diritto della chitarra del nonno, ma Felice capiva di averli tacitamente perdonati perché in realtà aveva capito che non stavano facendo niente di male, anzi. Si sentiva ancor più inorgoglito dall'essere stato così indulgente, con quei soldati che erano sembrati meritevoli, era come se in quel momento fosse stato lui il giudice dei destini di quegli uomini. Coincidenza volle che proprio uno di quei due, quello che parlava italiano, era davanti alle finestre di casa sua e si comportava in modo strano, tutt'altro che gentile. Se Felice avesse avuto un arma gli avrebbe di sicuro intimato di stare fermo e gli avrebbe chiesto quali intenzioni avesse, ma pensò che poteva essere più furbo. Senza farsi notare scese, sempre velocemente e con la gamba che gli faceva ancora più male, al piano terra, uscendo poi per una delle finestre delle stanze poste sul retro. Riuscì ad avvicinarsi senza farsi notare, ed iniziò a pedinare quel soldato guardingo che sembrava in attesa di qualche cambiamento all'interno del palazzo cambiasse per potervisi intrufolare. Felice si avvicinò senza produrre il minimo rumore, rendendo la sua presenza impercettibile come aveva imparato a fare nelle stalle, per evitare di innervosire inutilmente le bestie: una volta accorciata la distanza ebbe la conferma definitiva che si trattava del soldato Krüger, l'interprete. D'altra parte già da lontano l'aveva quasi praticamente riconosciuto, era il più mingherlino di tutti, aveva addirittura le spalle più strette di lui ed era palesemente di qualche centimetro più basso, si sarebbe distinto fra la folla di soldati senza problemi. Pensò che certo doveva essere stato preso nell'esercito per la sua capacità d'interprete, non poteva essere altrimenti, non si poteva spiegare come un soldato fisicamente inferiore agli altri potesse essere stato arruolato. Un fisico talmente inadatto che però era stato preso: con una divagazione che gli fece perdere per un attimo la concentrazione, si lanciò in una specie di parallelismo, pensando che se magari avesse potuto imparare il tedesco come sua cugina, anch'egli avrebbe fatto l'interprete in battaglia! Se solo i comandi avessero visto lungo a suo tempo, come quelli tedeschi, forse non gli sarebbe toccato ora tentare di far giustizia patria in autonomia, come un ardito volontario autogestito.

Lasciò perdere quella strana fantasia, mentre intanto però il sentimento di rabbia era diventato qualcosa che si avvicinava al fervore del combattente, al vibrante impegno valutativo che impegnava gli strateghi prima di una battaglia: sentiva di dover sfruttare il vantaggio di non essere visto, e che ciò l'avrebbe aiutato ad avere la meglio sul malintenzionato. Il giovane e minuto soldato d'un tratto sgusciò via rapidamente, un po' come facevano d'estate le lucertole su quel muro a secco poco lontano: Cice era sempre riuscito a prenderle anche se scappavano, ed alla stessa maniera riuscì ad entrare in casa e nascondersi in un angolo, silenzioso e veloce, stavolta lui come una lucertola, approfittando del buio della grande ala del piano terra della casa. Era riuscito a sgattaiolare dentro e a nascondersi nell'angolo più buio, dove la luce del focolare non poteva arrivare. Il *larìn* era acceso e vi era stata appesa una caldaia di rame sopra, come si usava quando si doveva scaldare qualcosa: il soldato Krüger era rimasto guardingo al centro della sala, lasciandosi il portone aperto dietro il suo cammino. Tornò a chiuderlo dopo qualche istante. Compiva movimenti nervosi, non pareva stare molto bene, sembrò fare molta fatica nel chiudere quel portone che comunque non era mai stato troppo pesante. Si mosse velocemente di nuovo verso il centro della stanza, guardandosi attorno come alla ricerca di qualcosa, o come per accertarsi che nessuno lo stesse vedendo. Felice pensò che probabilmente si sentiva osservato, ma il suo nascondiglio era infallibile, soprattutto con chi non conosceva bene quella casa. Il suo sospetto fu fugato quando vide che Krüger, una volta sicuro di essere libero di agire, aprì una credenza vicino all'ingresso della dispensa, in cui sapeva di poter trovare ciò che vi prelevò, ovvero un paio di panni di cotone ed un asciugamano, tutte cose che venivano solitamente gestite da Rita ed Oliva. Felice sapeva che quel soldato le aveva viste riporre quei panni in quella credenza ed immaginava che dovesse essere stato incaricato di sequestrarli, ma la quantità che aveva prelevato pareva fosse in qualche modo volutamente ridotta a pochi pezzi; capì che ciò che stava succedendo non aveva l'aspetto di un vero e proprio saccheggio e questo aumentava il sospetto, e rafforzava il motivo per cui Felice continuava a seguire la situazione con priorità.

Il complotto era all'ordine del giorno, e per quanto il suo obbiettivo iniziale fosse stato interrotto da questa circostanza apparentemente trascurabile, poteva comunque darsi che esistesse la possibilità di scoprirne qualche collegamento. In realtà erano più la curiosità e l'orgoglio di vedersi per l'ennesima volta usurpato a guidare Felice in quell'inseguimento apparentemente senza utilità.

Il soldato era strano, come se stesse trattenendo forzatamente una sorta di bisogno, di impellenza da troppo tempo insoddisfatta ed allo stesso tempo in qualche modo volutamente secretata. Oltre a questo il suo agire denotava una indistinguibile abitudine, come se quello che stava facendo lo avesse già dovuto fare prima, sempre con le stesse modalità, sempre di nascosto. Ed era evidente che Krüger non tentava soltanto di nascondersi dal nemico, che due stracci e un asciugamano non gli avrebbe certo impedito di prenderli, ma nel suo atteggiamento c'era più l'evidenza della volontà di non farsi scoprire dal proprio comando.

Felice era confuso, non capiva. La dispensa aveva ancora diversi salumi e formaggi anche se non in grande quantità, poi c'era del vino che quel soldato avrebbe potuto rubare tranquillamente, non visto, mentre invece si era limitato a prelevare quei panni ed ora con l'asciugamano a mo' di presina prendeva per il manico la pentola ch'era sul fuoco e si appartava guardingo, in cerca evidentemente di un posto dove appartarsi. Un soldato con manie d'igiene, pensò perplesso Felice, a cui cominciavano a mancare sensibilmente diversi riferimenti, tanto che la situazione gli sembrò progressivamente precipitare e deviare verso una connotazione che deviava nettamente dalle situazione di ufficiali, di saccheggi, di ingiustizie e di fucili, per portare tutto su un piano costellato di misteriose incognite, di atteggiamenti ambigui che per certi aspetti potevano rivelarsi molto più pericolosi a causa della loro indecifrabilità. Ma appunto in quei momenti era necessario portare a compimento l'indagine, e allora sempre più incuriosito tentò un avvicinamento, accertandosi di rimanere al buio, abbastanza da restare coperto e non visto.

Il soldato inizialmente non sembrava trovare il posto adatto, ed il pentolone gli pesava evidentemente in mano: si guardò ancora un po' attorno, poi preso come da una rivelazione imboccò le scale, diretto ai piani superiori. Cice lo seguì a ruota, veloce ma sempre silenzioso, con particolare attenzione agli scalini di legno, che percorreva in punta di piedi e rigorosamente poggiandone le punte sui lati vicini al muro, con anche l'accortezza di cercare di tenere il passo del soldato perché eventuali rumori venissero coperti. Dalla fatica che ciò gli procurava si sarebbe voluto quasi fregiare del titolo di eroe atletico, di vero legionario o, più modernamente, di ardito, perspicace, veemente e solitario. Un ardito sospettoso ma anche indignato dalla sufficienza e dalla mancanza di rispetto che denotavano i movimenti di tedesco in casa sua: lo infastidiva in più anche il fatto che la strana concitazione che portava addosso gli aveva fatto rovesciare qualche zampillo d'acqua sul legno degli scalini, che divennero scivolosi e si sporcarono subito di fango, terra da scarponi che era stata reidratata dall'acqua bollente ed aveva rivestito di quella melma infima i gradini. Per colpa di quei tedeschi quella casa stava diventando sempre più simile alla stalla dove teneva le vacche.

Fino a qui l'atteggiamento dell'ardito Felice Morossi era quello di un pedinatore guardingo ed attento, senonché all'ennesimo affronto nel vedere il soldato addentrarsi nella camera di Oliva fu colto da un nuovo ed ancor più potente impeto d'orgoglio iroso, tanto che pensò a tutte le cose più negative possibili, che quasi avrebbe voluto prendere un manico di scopa, un ciocco di legna direttamente dal fuoco, un coltello o qualcos'altro che potesse anche solo minimamente servirgli da arma contro quell'invasore che si faceva sempre più ambasciatore del disfacimento del prestigio di quella magione, e che adesso entrava nella camera della cugina per farvi chissà cosa, magari per saccheggiare o quant'altro, anche se la pentola d'acqua e gli stracci potevano trarre in inganno e far pensare ovviamente ad altro. Felice alla fine era confuso ed arrabbiato per svariati motivi che tutti insieme lo attanagliavano in una situazione che sentiva quasi di non poter gestire, indebolito e stanco, affaticato da quell'insieme di pensieri e, in fondo, di preoccupazioni. Perché non era altro che questo, tutte quelle novità creavano un sacco di preoccupazioni, anche quel soldato che adesso invadeva uno spazio che comunque non era del tutto suo, ma in ogni caso più suo che dell'altro che ci stava dentro.

Perciò sentì di non dover osare troppo nel tentare di capire, di risolvere il mistero che si portava dietro quel soldato guardingo, e si avvicinò ancora più furtivamente alla porta della camera, che Krüger aveva spinto verso lo stipite ma non era riuscito a chiudere completamente, lasciando una fessura da cui iniziò a filtrare un flebile fascio di luce verso il corridoio, a cui Felice doveva stare molto attento per evitare di essere visto. Giunto a due passi, due passi soltanto dall'anta, che si apriva verso l'interno, constatò che non gli era possibile vedere altro che parte dell'angolo di stanza che quel ridotto campo visivo lasciava vedere; niente di apparentemente utile a capire, anche perché l'unico segnale della presenza dell'interprete all'interno della stanza era una tremolante ombra che faceva capire soltanto che Krüger aveva trovato un posto in cui stare, teoria accomodata dal fatto che anche i passi, pur leggeri, del soldato, non risuonavano più sul solaio.

Non gli bastava, Felice voleva saperne di più, anche se ormai era certo, dai movimenti eterei di quell'ombra, che quel soldato si accingeva a lavarsi, non c'era più alcun dubbio: l'unico dubbio riguardava il perché di quel fare furtivo, ma poi pensò che probabilmente era soltanto un suo cruccio e che forse il resto delle truppe non dava troppa importanza all'igiene personale. Forse essere scoperto gli avrebbe fatto passare qualche guaio per essersi concesso una sorta di pausa non permessa o chissà cos'altro. Erano tutte supposizioni deboli, che non davano abbastanza elementi a Felice per fermarsi a guardare quell'ombra: voleva scoprire, voleva vedere cosa stava facendo Krüger, e per farlo doveva aprire la porta. Mosse allora lentamente la mano destra, posando sul legno dell'anta due sole dita, ma non fu facile riuscire a svincolarla dalla sua stasi, poiché serviva parecchia forza per muoverne tutto il corpo, ed i cardini scarsamente lubrificati non aiutavano di certo; andava fatto tutto molto lentamente, cercando di mantenere un ritmo che non facesse percepire cambiamenti ambientali né che facesse cigolare le parti meccaniche, rischio altissimo. C'era da stare attenti, bisognava spingere forte, lentamente ed in maniera continua, poiché un arresto brusco o un movimento a scatti poteva produrre un rumore che sarebbe stato certamente udito, ed il soldato doveva essere sicuramente armato, mentre invece quando il campo visivo fu allargato a sufficienza Felice poté vedere in terra gli abiti e gli effetti personali dell'interprete, tutti ammucchiati assieme, non perfettamente piegati ma comunque disposti in maniera talmente ordinata che potevano far pensare che tutto ciò che il soldato aveva indosso si trovasse lì.

D'altra parte, se si stava lavando non gli doveva certo servire il fucile o una pistola o un coltello. Sentì il rumore dell'acqua, le gocce che ricadevano nella pentola quando gli stracci venivano strizzati, ed approfittò di quella che pensò essere una situazione di distrazione per aumentare il ritmo con cui spingeva la porta, fino al punto esatto in cui gli fu possibile vedere finalmente per intero la figura di quel soldato, e se in un primo momento fu quasi contento di avere finalmente la situazione sotto controllo, trasalì quando gli fu rivelata la verità: il soldato Krüger faceva scorrere lo straccio bagnato dall'alto in basso, lasciando scendere le gocce lungo il suo ventre glabro, fino a farle ricadere nella tinozza, per poi riprendere dall'alto verso il basso, partendo dal collo per poi scendere ancora. Un movimento preciso, ma soave e delicato: la pelle chiara, ambrata dalla calda luce della candela, mostrava i segni dei lunghi giorni al fronte, macchie scure, vari lividi e screpolature che comunque non toglievano a quella cute l'apparenza delicata e leggiadra che sembrava avere di natura, ben lontana da quella che doveva essere la corteccia dura e villosa di un guerriero germanico. I capelli corti ed il viso sempre teso in espressioni marziali avrebbero ingannato chiunque, ma quel corpo non poteva mentire: le mani, pur rovinate, non nascondevano la loro ancestrale finezza, scendendo lungo il petto fregiato da forme inarcate di tenue grazia e di armoniosa voluttà, giù fino all'addome, glabro e soave, e poi giù ancora per esili gambe e fino a piedi dai tratti aggraziati e fini, non assolutamente assumibili all'aspetto anche del più muliebre dei soldati uomini.

Felice perse il controllo della spinta e l'anta arrestò bruscamente la sua lenta andatura, producendo uno scricchiolio che fortunatamente non fece voltare subito il soldato Krüger, la cui concentrazione si era affievolita in quel momento di rilassamento, ma voltandosi vide comunque Felice scappare, veloce come non poteva essere mai stato, tanto che quando fu fuori dal palazzo si chiese come avesse fatto ad essere stato così rapido.

Nonostante il fiatone e l'apprensione continuò a camminare, trascinando la gamba che gli faceva sempre più male, accentuando sempre più il suo zoppicare. Si fermò soltanto quando fu giunto in piazza, scegliendo di appartarsi velocemente e senza voler dare a vedere il suo disagio, infilandosi sotto ad uno dei portici che si aprivano nella continuità lineare dei vecchi muri che componevano le case attorno allo slargo, al cui centro campeggiava una fontana, mentre sul lato opposto della strada principale si apriva il sagrato della chiesa, a completamento dell'ampia piazza centrale di Cimolais. Proprio Su quello spiazzo Felice notò movimenti strani di soldati che stavano sistemando grossi pezzi di ferro, canne di cannoni e carri pieni di grandi proietti, probabilmente austriaci, vista la divisa differente. In realtà gli importava poco la natura di quegli invasori, sul cui genere per un attimo aveva avuto un forte dubbio; d'improvviso infatti gli si creò in mente uno scenario favolistico, ed immaginò tutti quei nemici tedeschi come delle furiose amazzoni, delle minacciose valchirie a cavallo, delle coraggiose donne guerriere di cui aveva sentito parlare soltanto nei libri.

Si sentiva inebriato, quasi ubriaco, sfinito dalla travolgente intensità degli ultimi momenti vissuti, delle ultime rivelazioni, di tutte quelle novità che nel giro di poco tempo avevano turbato violentemente le sue abitudini, intaccato il suo stile di vita ed indebolito notevolmente la sua integrità morale, nonché la sua presumibile e completa castità, minacciata dal fatto che per lui, uomo di trentaquattro anni, quello che aveva appena visto era il primo vero corpo nudo di donna.

§§§§

Certo non l'unico corpo di donna, non di sempre se non altro: altre donne per casa c'erano sempre state, ma quello era qualcosa di diverso: mai aveva visto qualcosa di quel genere. Non avrebbe saputo di certo spiegare nemmeno a se stesso cosa potesse aver significato quella visione, ma era certo che si sentiva in qualche modo cambiato. Non sapeva se continuare ad essere euforico, se lasciarsi andare a quella sorta di rabbia che lo aveva fatto correre così in fretta, anche perché gli sarebbe servito ancora essere teso e nervoso se non altro per tenersi vigile ed attivo, visto che l'obbiettivo primario stava per sfuggire dalla sua concentrazione, o se provare atterrimento, intristirsi per una situazione che lo confondeva e che non trovava soluzione di continuità. Stava iniziando a pensare che quella sua individualistica lotta partigiana e patriottica poteva avere poco senso, e la stanchezza lo avrebbe portato quasi a rinunciare ed andarsene, se non fosse che una voce d'improvviso lo sorprese:

- Ah, Jugend!

Era il caporale Hofmann che lo aveva visto allontanarsi lesto e di soppiatto dalla casa, e lo aveva avvicinato. Fumava una sigaretta e sembrava un po' depresso. Felice non capì ovviamente cosa gli aveva detto e comunque non reagì minimamente, incapace di smuovere la sua mente da quel momento surreale che aveva appena vissuto. Si limitava soltanto ad osservarlo con aria indifferente, forse con malinconia.

Il tedesco vide che il ragazzo sembrava quasi disinteressato alla sua presenza e sbuffò. Guardò in aria, diede un altro tiro alla sigaretta e poi, come preso da una rivelazione, si rivolse nuovamente al ragazzo.

- Eh, junge, Musik? Ah?

Felice corrugò la fronte. Hofmann capì che senza interprete sarebbe stato oltremodo difficile farsi capire, ma cercò di ingegnarsi. Mimò con una mano il gesto oscillante di suonare una chitarra, poi riprovò:

- Spielen, suonare! Musica!

Ancora felice non capì. O meglio capì, senza voler però realmente interessarsene, che il caporale aveva voglia di suonare qualcosa, come aveva già dimostrato quando si era impadronito della chitarra di suo nonno, cosa di cui non aveva certo chiesto il permesso, per cui Felice era ancora più confuso dal fatto che questa volta stesse lì a domandargli ciò. Era una situazione palesemente contradditoria, in fondo l'ufficiale sapeva benissimo dov'era la chitarra e sapeva che probabilmente Felice non gli avrebbe impedito di suonarla di nuovo, soprattutto in quel momento di confusione. Ma il caporale pareva più confuso di lui. Era come colto da una sorta di crisi di astinenza ed il suo ciondolare svagato ne era la testimonianza. Sembrò capire perché nonostante le sue molteplici espressioni facciali in attesa di una risposta, Felice non rispondesse se non continuando a guardarlo attonito:

- Ah, nein! No chitarrino! Basta, genug! Spielen, suonare altro! Flöte, Klavier, Pianoforte!

S'improvvisò nuovamente come mimo, muovendo le dita come fossero su una tastiera, continuando a trattenervi la sigaretta fumante che durante quel gesto aveva lasciato cadere a terra della cenere. Felice non fece una piega, poiché anche se aveva capito quale fosse la necessità del caporale, era troppo stanco e stordito per proporgli una soluzione.

A cambiare lo strano evolversi di quella situazione fu l'imprecazione a voce alta di un sergente austriaco che dal sagrato della chiesa inveiva verso il prete di Cimolais, il quale lo guardava aulico ed immobile, con l'aria di essere soltanto in attesa che terminasse il suo sfogo nervoso; il problema sembrava relativo al fatto che il pievano avesse apparentemente spostato di sua iniziativa alcune casse di cartucce per le mitragliatrici pesanti che erano impilate davanti al portone della chiesa, riaccatastandole in maniera sommaria, tanto che infine cadendo si erano sparpagliate disordinatamente. Il sergente continuava a sbraitare pur senza ricevere alcuna reazione, e probabilmente ciò che lo tratteneva dal mettere le mani al collo del prelato era proprio il ruolo istituzionale di quella personalità, che nel suo lungo abito scuro ricordava al militare qualche incusso timore infantile. La faccenda non andò per le lunghe, il sergente demorse da quell'inutile rabbuffo che prevedeva senza ulteriori conseguenze e congedò il prete con un gesto di stizza, iniziando a raccogliere da solo le proprie munizioni, mentre l'altro apriva i portoni della chiesa con il suo solito fare lugubre ed insigne, lasciando che penetrassero i primi raggi di luce nella navata di quell'antica pieve.

Felice e Hofmann avevano seguito il battibecco con distaccata partecipazione, colmi ognuno del proprio sconforto e dediti ad un comune male, uno strano smarrimento che non aveva le stesse cause ma li poneva su un ipotetico piano di equità. L'epifania per entrambi fu quasi simultanea: Hofmann vide qualcosa dentro alla chiesa, o forse non vide nulla ma ne ebbe l'intuizione, tanto intensa da fargli gettare in terra la sigaretta non ancora finita, cosa che in tempi come quelli era come scialacquare un patrimonio, e si inoltrò spedito verso le porte appena aperte; nel mentre invece Felice, dopo averlo guardato con circospezione per un po', aveva identificato Hofmann come un possibile vantaggio alla sua strategia, vantaggio che non avrebbe ovviamente saputo come sfruttare, poiché capì che si trovava in un circolo vizioso dal quale era difficile uscire: sapeva il segreto dell'interprete, e sentiva che in qualche modo ciò gli poteva dare un qualche potere, era certo un'arma da poter usare contro il nemico. Poteva infatti passare quell'informazione al caporale con cui ormai sentiva di avere una minima confidenza, consapevole che avrebbe causato quantomeno un po' di subbuglio fra i comandi, ma tale informazione doveva prima essere tradotta dallo stesso interprete, per cui non era facile uscirne. Certo, c'era Oliva, ma chissà dov'era finita allora, e chissà in quale guaio infatti si stava cacciando. Non voleva pensarci, non ora che l'occasione poteva essere risolutiva: l'informazione era davvero troppo importante, ed il fatto di poterla sfruttare faceva sentire Felice nuovamente utile alla causa bellica. Pensò che in qualche modo avrebbe fatto, sarebbe comunque riuscito a far capire di essere in possesso di informazioni importanti, la cosa più importante per il momento era catalizzare l'attenzione del caporale, così lo rincorse, o almeno tentò di farlo, seguendolo senza riuscire a tenere il suo passo, fin dentro alla chiesa.

Successe qualcosa in Felice, provò un sentimento che non sapeva se sarebbe riuscito a gestire, nel momento esatto in cui si accorse di stare per diventare l'unico Morossi a mettere piede in quel luogo sacro, dopo svariati anni ormai passati in quella specie di esilio volontario dalla proprietà della curia. Il prete probabilmente fu dello stesso avviso, ma non erano leggibili dalla sua espressione le impressioni che si era fatto su quella che Felice temette di far apparire come una sorta di provocazione nei confronti del prelato da cui aveva sempre, negli ultimi tempi, mantenuto una rispettosa distanza. In realtà il prete non disse nulla e poteva quasi sembrare che non fosse poi così tanto infastidito dalla sua presenza lì, d'altra parte Felice non ricordava che il sacerdote avesse mai avuto espressioni differenti da quella fissa e spenta che stava tenendo anche in quell'istante, ma forse in quel preciso momento aveva altri problemi a cui pensare.

Se l'era cavata togliendosi dall'impiccio del sergente artigliere con cui si era scontrato fuori sul sagrato, ma adesso si trovava a dover gestire un caporale tedesco molto agitato e che sembrava davvero parecchio interessato a qualcosa ch'era dentro la chiesa; non avrebbe di certo potuto cacciarlo in malomodo, non subito almeno.

Il caporale Hofmann intanto continuava già da un po' a ridere di gusto e godere dell'eco delle sue risa sulla volta interna, e Felice titubante lo guardava allargare le braccia e guardare in alto roteando su sé stesso, fino a quando si fermò definitivamente a contemplare sbalordito le lunghe canne dell'organo, che in qualche modo era stato la causa della folgorazione che aveva investito Hofmann, il caporale in astinenza da musica. Le porte aperte della chiesa lo avevano portato all'ovvia e scontata deduzione su quanto l'unico e più sicuro posto dove trovare qualcosa per far musica potesse essere appunto la vecchia chiesa, col suo vecchio organo che ormai da anni non era più suonato da nessuno. Cice ricordava che con la madre ed il nonno, molto tempo prima, aveva assistito a qualche messa in cui lo strumento era stato suonato da musicisti che saltuariamente venivano da fuori, per occasioni importanti o comunque chiamati quando ritenuto necessario dal prete, la cui presenza sembrava non essere stata notata da Hofmann, che si era fermato e continuava ansimante la sua contemplazione, che si tramutò subitamente in ponderazione, come se stesse valutando il da farsi. Il prete non disse nulla, e quando l'eccentrico caporale scattò verso le scale Felice fu istintivamente tentato di raggiungerlo per bloccarlo, ma nel momento esatto in cui scattò avanti venne trattenuto prima dal prete per un braccio, e poi dal dolore alla gamba, che come d'abitudine si faceva sentire sempre in momenti delicati ma paradossalmente con l'opportuna perizia, utile a far scampare il giovane da situazioni il cui pericolo gli si sarebbe manifestato troppo tardi. Il prelato lo guardò senza dire nulla, fece soltanto cenno di no con la testa, e lo invitò a sedersi su una delle sedie posta vicino ai banchi, girandola spalle all'altare, come a volerlo testimone di quella sorta di presidio, di sorveglianza su quell'invasore che Felice sentiva invece come un prigioniero nella sua mano, data la verità scomoda che poteva attanagliarlo.

Ma aveva dimenticato quanto il paese fosse piccolo e di colpo vide catapultarsi in chiesa Krüger, tornato ad avere in breve tempo il suo aspetto usuale da soldato; l'interprete lo cercava insistentemente con gli occhi, come a volergli comunicare silenziosamente qualcosa, ma lo sguardo non era apparentemente aggressivo, e l'atteggiamento non era certamente minaccioso. Piuttosto sembrava denotare un senso di smarrimento, come se Krüger stesse ricercando una latente pietà negli occhi di Felice, pietà di cui non doveva chiedere conto ma che sembrava necessitare più di ogni altra cosa, come fosse la sua ultima speranza. Non disse infatti nulla, anche perché capiva che l'attenzione di Felice e del prete erano spostate verso altro, sulla parte alta del nartece, verso la facciata dell'organo.

Il caporale, fremente d'eccitazione, nel frattempo aveva salito le scale rapidamente, trovandosi di fronte a tutta la strumentazione impolverata dall'inutilizzo ma integra ed immacolata, e ne fu estasiato, lasciandosi andare a delle difficilmente strozzate esclamazioni di approvazione. Si tolse la giacca, posandola in terra, ed arrotolò le maniche della camicia, poi si diede un'occhiata in giro ed attese qualche istante per abituare gli occhi al buio, che in quella nicchia era perenne. Dedicò allora tutta la sua attenzione alle tastiere: dopo averle spolverate sommariamente si sedette sulla panca ed iniziò a pigiare prima delicatamente, poi sempre con più intensità i tasti, provando via via tutti i piani, per poi lasciarsi andare eseguendo una scala in re minore che non produsse alcun suono reale, ma che nella mente del musicista già si era proiettato dinamicamente lo spartito della composizione che aveva appena accennato, facendogli ricordare una melodia che da troppo tempo non ascoltava, e da ancor più tempo non eseguiva all'organo. Continuò per diversi minuti a controllare i vari controlli dei registri ed il funzionamento della pedaliera, producendo dei rumori secchi e meccanici che la navata della chiesa amplificò nel silenzio attorno agli altri pochi avventori, che di sotto continuavano a stare col naso all'insù in attesa di qualcosa, senza sapere realmente cosa aspettarsi.

Ancor più convinto, il caporale capì che poteva essere fatto molto di più di quello a cui aveva inizialmente pensato quando vide che dopo diverse sollecitazioni il funzionamento della tastiera a pedali non era compromesso. Si sporse dal pulpito a lato della facciata su cui era adagiato l'organo, sporgendo con la testa da un lato delle canne, ed iniziò a guardare in giro con la sua ormai incontrollabile veemenza da forsennato, alla ricerca di qualcosa, di cui dopo poco parve aver intuito l'ubicazione. Scese velocemente le scale e riattraversò in larghezza la navata, passando davanti ai tre che lo seguivano con lo sguardo; si inoltrò nell'angolo buio dietro le acquasantiere, dove trovò ed aprì una porta seminascosta da un drappo. Sparì dietro quel tendone scuro e ne riapparve dopo pochi secondi, lasciando intravvedere che quella porta dava su una specie di gabinetto di servizio buio e probabilmente molto sporco: si guardò ancora velocemente attorno e poi chiamò con ampi gesti delle mani Felice, dicendo qualcosa in tedesco. Felice non capì ma gli era chiaro che il caporale lo voleva attirare a sé. D'istinto guardò verso Krüger, che nonostante il conto in sospeso con lui pensò di agevolare la situazione verso il suo svolgimento naturale, traducendo le parole del caporale:
-       Vuole che lo segua, ha bisogno di un aiuto.

Non disse altro, si limitò a tradurre la frase. Felice ristette per qualche istante, poi guardò istintivamente verso il prete: non sapeva cosa potesse voler fare quel tedesco dentro quella sorta di cantina, ma non era per la pericolosità, non temeva per la sua propria incolumità, pur innata ed inestirpabile in istanti così intesi, anzi quell'attesa era una sorta di cortesia formale. D'altra parte quella era comunque giurisdizione della curia e gli fu istintivo voltarsi, come a chiedergli il permesso. Il pievano, nuovamente, non si scompose: forse voleva mantenere l'aspetto istituzionale che sentiva di aver assunto, o più probabilmente temeva che qualsiasi gesto potesse essere visto come reazione avversa alla volontà degli invasori, e Felice allora si sentì costretto ad eseguire l'ordine del caporale.

Si avvicinò con prudenza, mentre Hofmann insisteva con gli eclatanti gesti del braccio sinistro, legando poi una delle nappe con cui terminava il drappo su un candelabro posto alla parete, permettendo così che quello sgabuzzino rimanesse aperto e ricevesse un poco di luce dall'esterno. Felice ci mise qualche minuto a capire bene dove si trovasse, ad abituare gli occhi al buio e a togliersi di dosso quella paura che in realtà dopo poco tempo si sentì di ritenere quasi assurda. Era come se ormai quel caporale non fosse magari propriamente diventato innocuo, ma in qualche modo poteva pensare di poterlo considerare differente, quantomeno sul piano caratteriale, da quello che aveva visto negli altri nemici. Il caporale non disse nulla e non fece una mossa, lasciando a Felice il tempo di ambientarsi: in breve Felice riuscì a distinguere bene le forme degli oggetti presenti dentro quella stanza, focalizzò la sua attenzione su un paio di grandi forme triangolari, che in breve si delinearono più nel dettaglio, quando la poca luce che penetrava in quell'antro permise di distinguere sempre un po' di più di ogni particolare. Erano due mantici, aggeggi simili a quelli che aveva già visto dal fabbro, che servivano a soffiare l'aria per mantenere vivo il fuoco, solo che questi erano esageratamente grandi, appaiati in sequenza, e sembravano essere messi lì per soffiare l'aria attraverso dei tubi, che salivano fino ad una grande cassa fissata in alto, sopra, vicino all'organo. Il caporale allora si avventò su uno di quei soffietti giganti e fece un cenno a Felice:

- Heben Sie es auf! Alzare questo! E anche questo!
- Come? Alzare?
- Ja! Sì, tu alzare, io suonare!

Felice era perplesso, ma eseguì l'ordine più per curiosità che per soggezione, ed alzò con un po' di fatica il manico prima di uno, poi dell'altro mantice, che ristettero fermi in posizione aperta per qualche istante, per poi iniziare a scendere molto lentamente, quasi impercettibili. Il caporale era estasiato quando vide che i mantici si sgonfiavano lentamente, ed un lieve rumore dell'aria che si spostava dai tubi al somiere in alto si propagò gradualmente in tutta la chiesa, come un continuo vento, una brezza primaverile che donava freschezza ai prati, alle montagne della Svevia a cui il caporale ripensò in un fremito nostalgico, tornando poi subito a concentrarsi sull'attività di Felice:

- Gut! Bene! Bene! Alzare, alzare! Bravo!

Gli fece segno a grandi cenni che quello era il lavoro di cui aveva bisogno, e Felice, pratico di attività che richiedevano pazienza, non aveva disatteso le prerogative del musicista, che ora sembrava completamente perso in un estasi euforica che nulla aveva a che vedere con tutto ciò che stava accadendo lì attorno, anche soltanto appena fuori dalle porte della chiesa: persino il prete e soprattutto Krüger erano influenzati dal fervore del caporale Hofmann, che salì velocemente le scale e si sedette sulla panca, per poter finalmente suonare una cosa che aspettava da tempo di poter fare su un organo come quello.

Diede un colpo di tosse ed iniziò a suonare, scendendo adagio con le mani verso i tasti, come se durante quell'avvicinamento si stessero concentrando in lui le energie necessarie per eseguire correttamente quello che aveva in mente. Il primo tocco fu fulmineo, e non univoco: ne nacque un trillo sul re alto della tastiera centrale, seguito da un mordente, un abbellimento che sembrò quasi voler incorniciare l'immagine, il messaggio di quelle note scese così prepotentemente, ma subito dileguatesi, sublimate nell'etere, inseguite dalla loro stessa eco.

Ne seguì da una breve ma solenne pausa, che diede l'impressione di essere lunghissima: era la toccata e fuga in re minore di Johann Sebastian Bach, un compositore tedesco del seicento, la cui indubbia fama aveva raggiunto ogni angolo del globo in cui fosse presente qualcuno che conoscesse la musica, e probabilmente ogni strumento musicale esistente doveva aver suonato almeno una volta un qualunque brano di quel compositore. Non era così però per l'organo della chiesa di Cimolais, che si era sempre occupato di musica sacra e di suoni di accompagnamento ai canti in latino vecchi di secoli, molto più vecchi di Bach. Il caporale sorrise, pensando che doveva essere sicuramente così, che poteva di certo essere lui il primo a suonare Bach su quell'organo, e la cosa era condita di amor patrio ma soprattutto dell'orgoglio della prima, che non provava da tempo. Ripeté allora subito quanto appena fatto: lo stesso trillo e lo stesso mordente, stavolta però raddoppiato all'ottava grave, in modo che vi si producesse una vibrazione più profonda, una risonanza più potente, che si propagò fino all'altare. Sollevò le mani dalla tastiera rapidamente, ed aspettò lo scemare dell'eco dell'ultima nota mentre Felice, nella stanza dei mantici, rimase colpito dalla potenza di quel suono che pur così acuto era riuscito ad arrivargli comunque nitido anche s'era stipato all'interno di quella saletta. Il prete e Krüger rimasero impietriti, incuriositi, immobilizzati dal nervosismo che scaturiva da quella situazione, non tanto a causa della minaccia bellica quanto più per l'attesa che quella nota sospesa pareva lasciare: sembrava che tenesse tutti in sospeso, in attesa dell'inizio di qualcos'altro, di qualcosa di nuovo, forse della medesima cosa appena sentita. La situazione era notevolmente tesa in generale, ma quella musica sembrava creare in tutti gli attendenti una sorta di stasi inevitabile, non tanto inculcata dal frastuono dello strumento che impediva di parlare senza dover urlare, nemmeno dalla sacralità del luogo, quanto piuttosto dalla stranezza del sentire una musica che nessuno di loro ricordava da tempo di aver udito.

Il raddoppio all'ottava era stato avvertito in maniera più pesante sia dal traduttore e dal prete che stavano appena al di sotto delle canne, sia da Felice, che continuava a guardare i mantici iniziare a scendere lentamente. Il suono si era infine propagato per tutto l'arco della navata ed ancora riecheggiava, facendo sembrare l'eco dell'ultima nota quasi inesauribile, fino a quando il caporale passò alla battuta successiva quasi a sorpresa, Posando i piedi su due pedali che formarono un bicordo quasi dissonante, talmente basso di tonalità da far vibrare persino le vetrate, facendo espellere dal somiere verso le canne una grande quantità di aria, tanto che le fiammelle dei ceri si fletterono in una sorta di inchino, e lo sgonfiarsi dei mantici fu più percettibile per Felice; mentre i bassi si intensificavano, facendo quasi vibrare le finestre, Hofmann suonò un accordo sulla tastiera talmente pieno ed assonante che parve fatto a quattro mani, ed interloquiva con i pedali in un'atmosferica danza armonica.

Al termine di quel fraseggio fra pedali e tastiere, nell'alternarsi fra veloci scale e pause, la toccata si esaurì con l'iniziò del susseguirsi di virtuosismi, scale, arpeggi ed armonie dissonanti che tirarono fuori da quell'organo il meglio che avesse mai potuto vedere nella sua vita da strumento. Le parti del brano dapprima erano separate fra loro, composte da intervalli di arpeggi, trilli e note solitarie, legati fra loro da brevi spazi in cui il silenzio tornava ad essere presente, come se le pause fossero parte integrante della partitura, e che il silenzio fosse anch'esso considerabile compositore ed esecutore di quel concerto ormai secolare. Una naturale simbolicità rivestiva quel momento, che sembrava quasi la narrazione musicale di quanto stava per accadere a Cimolais, con le truppe tedesche trattenute, guardinghe e tentanti in una breve toccata, prudenti e valutanti, nell'attesa del momento propizio per la fuga verso il Piave: fuga che non appena iniziò, in un delirio di incastri, sormonti, pentafonie, fraseggi e sincopi, si palesò come figlia del tema della toccata, come se le due parti del brano racchiudessero lo stesso sapore. Felice fu dapprima quasi infastidito da quelle strane vibrazioni, poi però probabilmente ci fece l'abitudine e si rilassò, lasciandosi andare, adagiandosi all'andatura di quella fuga, seguendone il ritmo ed accompagnandola alzando i somieri al momento giusto. La fuga aumentò d'intensità, la fronte del caporale nonostante il freddo iniziò a sudare, la partitura iniziava ad essere difficile da ricordarsi a memoria ma era estasiato anche dalla perfezione con cui stava eseguendo quel brano, quella inarrestabile e sempre più potente fuga, inarrestabile anche quando iniziò ad essere accompagnata dall'inizio dei bombardamenti di prova da parte delle artiglierie austriache poste sul sagrato della chiesa.

Felice crollò a terra dopo il primo colpo del primo cannone, ma fu lesto e quasi restò incredulo da quanto poco potesse essere stato sconvolto da quel colpo. In un impeto di resilienza pensò soltanto a rialzare i mantici, per poter permettere che quell'esecuzione proseguisse, consapevole che la riuscita della stessa dipendeva soltanto ed esclusivamente dal suo lavoro, senza del quale il caporale non avrebbe potuto compiere ciò che si era prefissato, di cui Felice era definitivamente e completamente preda. Hofmann non arrestò la sua fuga, fermarsi in quel punto, a quell'intensità sarebbe sembrato un grave delitto; proseguì incurante, rapito dall'esecuzione, isolato da tutto ciò che gli stava attorno. Felice rabbrividì per un istante, poi sorrise.

Pensò che non aver mai sentito qualcosa del genere, provò quasi orgoglio nel pensare che quella bellissima melodia, a tratti inquietante, a tratti travolgente provenisse da qualcosa che si era sempre trovato a pochi passi da casa sua; in più tutto ciò era direttamente scaturito dal suo lavoro istantaneo e imprescindibile, che mai aveva ritenuto così utile come in quel momento, influenzato dall'entusiasmo del caporale che si spandeva tutto attorno contagiandolo, penetrandolo dalla pelle e permeando l'ambiente fino quasi a far dimenticare il boato di quei cannoni, che ad un certo punto parevano intervallarsi ritmicamente in un punto della composizione con il passaggio accompagnatorio dei là sulla prima e terza battuta, che lasciavano il via agli spari dei proietti sulla seconda e sulla quarta, completando l'assieme dell'orchestrazione di quello che pareva essere stato scritto come un concerto per organo ed artiglieria.

13.

- Tenga Maggiore, guardi anche lei.

Rommel gli sporse il binocolo con attenzione e quasi con diffidenza, quasi come se non si fidasse a dare in mano quel pezzo pregiato a cui si era oramai affezionato: era diventato una sorta di simbolo, un'icona di quello che era stata tutta la missione italiana, che lo aveva visto anche riscuotere un successo di riguardo fra le truppe ed anche fama di abile stratega fra i nemici. D'altra parte quel binocolo pareva essere l'unico oggetto di tipo e caratteristiche così avanzate fra tutto il bottino predato durante l'avanzata, per cui il suo valore aumentava ancora di più. Era nato qualcosa di particolarmente sensibile nel rapporto del tenente con quell'oggetto, ed ovviamente se ne rendeva conto, si stava lasciando coinvolgere in qualcosa che normalmente non avrebbe dovuto farlo. Forse era una debolezza dovuta ancora a quella particolare necessità di vedersi assolutamente trionfare in un successo, anche minimo, in una vittoria di cui ormai si sentiva la mancanza da diversi giorni, in cui invece il battaglione si era trovato a fronteggiare non tanto una difficoltà quanto la presa di coscienza di essersi lasciati cogliere in qualche modo impreparati. Durante tutto il conflitto su vari fronti si erano raccolti degli insuccessi, senza che ciò minasse l'aspetto tattico e l'integrità organizzativa del WGB e del distaccamento Rommel in particolare, ma gli ultimi fallimenti un po' a sorpresa avevano destabilizzato la proverbiale freddezza germanica. Per com'era considerata generalmente l'attitudine tedesca alla diligenza e alla disciplina, quel momento di cedimento era evidentemente qualcosa di anomalo, nonostante l'avanzata fosse comunque proseguita senza particolari rallentamenti: mancava soltanto proprio il successo in battaglia, per Rommel, mancava quella parte di gloria che aveva assaporato su due fronti ma poi soprattutto sulla catena del Colovrat, mancava il poter dire di aver effettivamente sconfitto il nemico, cosa che pareva a quel punto talmente vicina da diventare fuggevole, effimera. Forse però c'era qualcos'altro, forse non erano più i precedenti fallimenti a turbarlo, forse nemmeno il fatto che, al contrario, bastava ancora pochissimo sforzo per vedere quella missione terminata, una distanza da percorrere esigua, quasi inconsiderabile rispetto a quanto fosse stato percorso fino a quel momento, e la stessa valutazione era applicabile sotto il profilo dell'impegno militare. Per un ufficiale, soprattutto per un ufficiale dell'esercito dell'impero tedesco, ch'era miticamente unito sotto l'egida delle armi, questi assunti erano vitali, fondamenti principi di quel valore cavalleresco e da guerriero teutonico che si tramandava da secoli, intriso nei geni di ogni uomo tedesco. Era questo, probabilmente, ciò a cui si legava quell'oggetto simbolo, icona della missione che trovava finalmente inversa proporzione fra la prossimità del suo termine e la complessità della sua concretizzazione. Era quella consapevolezza di fallibilità che stava continuamente in agguato su quelle montagne, a turbare quell'uomo di ghiaccio, quell'uomo tedesco.

Ed in effetti era egli un uomo, freddo e risoluto come voleva il temperamento tedesco, ma pur sempre un uomo.

- Tenente, non voglio perdere tempo, mi fido. Le lascio una grossa responsabilità. Se lei dice che portando le mitragliatrici della prima compagnia su quel colle sia utile a velocizzare la manovra, ebbene così sia.

Gli restituì il binocolo dopo aver guardato a lungo verso il "Col dei Vedièi": così era indicata sulle carte l'anticima del monte Lodìna, una grande e ripida sporgenza di roccia che appariva come una riproduzione in miniatura della sorella maggiore, di cui portava i tratti somatici spigolosi e ruvidi. Rommel aveva individuato un punto strategicamente interessante per piazzarvi una batteria di artiglieria leggera.

- La ringrazio, signore, e ribadisco che è il modo più sicuro per neutralizzare le mitragliatrici italiane sul Cornetto, evitando perdite inutili.

- L'ho immaginato, tenente, è per questo che non ho dubbi. Ma non ci si compiaccia troppo: è comunque una soluzione di ripiego.

- Grazie ancora, signore.

Rommel si congedò e si diresse a passo spedito verso l'accampamento dove ricordava stipata la compagnia mitraglieri, e mentre andava vide arrivare, con aria sconsolata, il capitano austriaco Von Esch, nuovamente in qualità di portaordini e proprio per questo probabilmente il suo volto aveva assunto un'espressione desolata, come se gli fosse già nota l'inutilità di quel suo ennesimo ambasciato. Sprösser appena lo vide avvicinarsi iniziò già ad accarezzarsi la barba, svelando un mezzo sorriso. Nessuno disse nulla, ci fu soltanto il saluto militare fra i due. Fu il maggiore ad esordire:

- Avanti, capitano, dica pure.

-      Signor maggiore, io ...

Fece una pausa, e sospirò.

-      Maggiore Sprösser, le vengo a portare un comunicato del comando del ventiseiesimo reggimento Schützen: anzitutto si congratulano con lei e con le sue truppe per tutto il lavoro svolto finora, e ...

Fece una nuova pausa poiché iniziò a leggere solo da quel momento quanto riportava di scritto nelle carte che teneva in mano. Sprösser già non sembrava troppo lusingato da quei complimenti che gli parevano oltremodo forzati, ma lasciò continuare il malcapitato portaordini:

-      E ordinano che l'avanguardia per Longarone ora passi al ...

-      Ventiseiesimo Schützen, certo!

-      C ... Come?

Era rimasto spiazzato dall'intervento del maggiore, che gli aveva completato la frase, chiudendola con un'affermazione che avrebbe tratto in inganno chiunque conoscesse la sua perseveranza.

-      Prenda nota della mia risposta, capitano, se ne ha il coraggio, scriva: il maggiore Sprösser risponde che l'avanguardia verso Longarone sarà ceduta al ventiseiesimo Schützen quando i maiali voleranno!

-      Signore, io ...

-      Non vorrà scrivere veramente! Via, si scherza, è per sdrammatizzare! Oramai è venuto così tante volte da me che dovrebbe esserci confidenza fra me e lei, non trova?

Von Esch sorrise, ma non era granché divertito. Alla fine toccava a lui comunque riportare una risposta, e ciò ovviamente lo preoccupava parecchio perché non sapeva come diplomatizzare a sufficienza quella battuta, anche se in fondo ammirava l'atteggiamento del maggiore, che anche con l'ironia era disposto a dimostrare il suo attaccamento alla missione per motivi di pura strategia, senza apparenti desideri di gloria, non immediati, quantomeno.

-      Eccole invece una buona scusa da addurre: dica che non uno ma ben due generali, capi di stato maggiore dell'Alpenkorps hanno testé ribadito che l'avanguardia deve restare al WGB. Il generale von Dellmensingen ha confermato quanto già ordinato ad Udine mentre invece Müller ha disposto munizioni e previsto di giungere a Longarone già per la giornata di oggi. Come vede siamo già in ritardo e, con tutto il rispetto, non credo che il ventiseiesimo possa fare in tempo ad organizzarsi. Ultima cosa ma non meno importante, ben tre dei miei distaccamenti sono già in viaggio per l'aggiramento, partiti durante la notte, ed il quarto è appena partito.

Sprösser al termine si voltò, continuando a guardare verso la cima del Lodìna, come se quanto indicato poco prima da Rommel fosse talmente indubitabile da renderlo quasi già realizzato.

- Signore, se è tutto allora io porterei quanto mi ha detto al comando.
- Certamente, vada pure. Grazie capitano.
- Grazie a lei.

Salutò e si voltò, ma fu richiamato:

- Ah, capitano!
- Sì signor maggiore?
- A sua discrezione, se quanto già detto non dovesse bastare a convincere il comando, si può giocare anche la storia dei maiali, sempre se ne ha il coraggio!

Scoppiò in una risata fragorosa rimanendo sempre voltato verso il Lodìna, mentre il capitano riprese il cammino a passo lesto, sorridendo amaramente.

§§§§

Il giorno era oramai inoltrato, Pietro riconosceva la luce di novembre, sapeva che più di così il sole non si sarebbe alzato, non ci sarebbe certo stata più luce di quanta già non ve ne fosse in quel momento. Aveva congedato Maria con un bacio, si era completamente rivestito della grigioverde, mantella a ruota compresa, mancava soltanto il cappello, e ovviamente il fucile, il suo inseparabile novantuno, ancora posati nei pressi del giaciglio che nelle ultime ore gli era stato utile a conforto e confronto, soprattutto con sé stesso. Tutto, lì attorno, era tornato al suo solito stato, come se quello ch'era successo durante la notte non avesse potuto nemmeno scalfire l'integrità della condizione del paese stesso, del suo stesso silenzio, del silenzio suo padrone che ogni volta veniva scacciato, piegato, distrutto ma poi sempre ritornava presente, invariato, quasi rafforzato e più vivo di prima, a differenza di come poteva accadere agli uomini, logorati più dall'attesa delle battaglie che dalle battaglie stesse: non sarebbero bastate quelle poche pallottole sparate durante la notte, non sarebbero servite a turbare quella quiete a volte insopportabile che per millenni, per l'eternità aveva dominato sul paese, sulla valle, sulle montagne. Non ci sarebbe riuscita nemmeno un'ipotetica invasione in pianta stabile a snaturare e sottomettere chi quelle montagne e quella terra le abitava da anni, malgrado l'assoggettamento e la prevaricazione che ne sarebbero derivati: il vero paesano era il silenzio, quel silenzio che si lasciava domare, umiliare, flettere e colpire fino ad essere annullato del tutto, fino a scomparire, lasciando anche pensare ad un addio definitivo, per poi ritornare, immanente ed eterno, ambasciatore del tempo e della morte indelebili ed immutabili, definitivi.

Il corvo era tornato a posarsi sullo stesso ramo di quel noce, subito dopo la cessazione di quell'intensa sparatoria, di cui al contrario degli uomini quella bestia pareva quasi essersi dimenticato, ritornando imperterrito al suo status, immobile, statuario sul ramo del noce. Pietro pensò che il suo comportamento non era poi differente da quello di tutti gli altri animali, il cui unico scopo era la loro stessa sopravvivenza: né i muli, né le vacche né i conigli erano interessati a capire da dove provenissero quegli spari, se avessero lasciato ucciso qualcuno, se sarebbero potuti anche ricominciare ad esplodere, e per quanto; un'indifferenza naturale, istintiva verso ciò che non riguardava prettamente la sfera identitaria e caratterizzante dell'essere vivente fine a sé stesso. Per i corvi però questa indifferenza pareva quasi denotare, dalla postura e dall'innata espressività macabra, una spiccata predilezione per atmosfere di devastazione, come se potessero quasi intuire l'esatto manifestarsi di una qualche disgrazia e sadicamente approfittarne. Pietro aveva letto da qualche parte, in un romanzo trovato nella biblioteca di casa, una sorta di paragone, un parallelismo che tentava di accostare su uno stesso piano una zona, una particolare area geografica contro altre parti del mondo, includendo l'ipotetica frontiera differenziale di cui la montagna era protagonista, ed in cui i corvi erano stati identificati come presenze quasi diaboliche. Probabilmente si trattava di un romanzo su qualche antico conflitto fra popoli, forse soltanto un diario di battaglia, un poema in cui si rimarcava la presenza di un'atmosfera mesta e funerea, in cui ogni istante ed ogni luogo mostravano i giusti protagonisti; gli venne alla mente quasi l'esatta frase, che recitava più o meno "il tropico ha le sue iene, i suoi sciacalli, mentre il nord ha i suoi corvi, gli alati vermi delle tenebre". Quel "vermi alati delle tenebre" lo ricordava bene perché gli era sembrata una definizione adatta, pressoché perfetta per descrivere l'attitudine al lugubre di quegli angoscianti animali. Ma per quanto ciò li differenziasse dalla passività con cui le altre bestie si lasciavano scorrere addosso gli eventi, era una questione comune che il loro agire fosse ispirato soltanto dalla necessità di inseguire la loro propria sopravvivenza, ed era in questo che si distinguevano dagli uomini, che per lo stesso motivo, per raggiungere lo stesso scopo, erano allora costretti a farsi fuoco contro fuoco, animali più sanguinari e dediti soltanto a distruggere i loro simili, homo homini lupus, uomini che per gli altri uomini diventavano lupi.

Ristette, riflettendo ancora per qualche momento, lasciandosi trasportare da quei pensieri sapendo che in realtà ciò era soltanto una scusa per rimanere a godere ancora per qualche attimo di tutto ciò che gli restava dei suoi ricordi, riflettendo ciclicamente sempre alle stesse cose: suo nonno, sua madre, Maria, Oliva, suo padre e Cice, ma anche e soprattutto Cimolais, il suo paese, e per estensione la sua casa, la culla che lo aveva visto nascere e crescere, la scuola che lo aveva erudito e formato; e la strada, che lo aveva trascinato via, che lo aveva poi fatto tornare e che lo avrebbe portato ancora chissà quanto lontano, ma anche e soprattutto il suo luogo terminale, identificato nel cimitero, le catacombe che avrebbero forse un giorno accolto anche il suo feretro. Quel cimitero che senza frapporsi, senza ostacolarne il tragitto si lasciava costeggiare da quella stessa strada, ponendosi come una paradossale e simbolica stazione di transito, non come un capolinea, a ricordare l'ineluttabilità della morte ma subordinata all'importanza e all'esistenza della vita, senza cui la morte nemmeno esisterebbe.

Si avvicinò alla finestra, l'unico punto da cui aveva potuto vedere il mondo nelle ultime ore, e si affacciò sporgendosi, con i palmi appoggiati al rudimentale davanzale di legno che contornava quello squadrato buco fra i sassi del muro, dove notò qualcosa che sembrava essere una scritta, un'incisione, praticata con un coltellino o qualcosa del genere: Pietro era lì da molto, e sul fienile c'era stato parecchie volte ma quel dettaglio non gli era mai saltato all'occhio, forse perché proprio lì, momenti assurdi come quello non li aveva mai vissuti. In realtà nemmeno prima di tutto quello che gli era accaduto negli ultimi anni aveva mai fatto della nostalgia e di quella strana malinconia un fardello da portarsi dietro, mai aveva avuto la necessità di vestirsi di ricordi per potersi consolare, per sentire un alito di vita in quella ch'era diventata la sua esistenza. Era come se la trincea l'avesse cambiato soltanto dopo che se n'era andato da lì, e che in realtà la scorza dura dell'esperienza di vita lo avesse aiutato a sopravvivere anche mentalmente, mentre molti di quelli che erano tornati a casa sulle proprie gambe non potevano dirsi vivi come prima. Lui era certamente mutato, magari anche in peggio, di certo quel ricordo se lo sarebbe portato dietro per tutto il tempo che gli restava da vivere, e nessuno poteva quantificarlo, ma sicuramente era cresciuto molto, si sentiva diventato qualcosa di diverso, qualcosa di più avanti nel tempo di quanto non fosse stato già prima. Ed il fatto di aver finalmente notato quell'incisione sullo stipite di quella finestra, durante un momento di riflessione lo faceva capire di essere diventato quello che era. Pensava che doveva riconoscenza a quella terra, che qualcosa avrebbe dovuto fare per dimostrare che lui valeva qualcosa, e che qualcosa per lui valeva. C'era Cimolais da difendere, ed era quello il momento giusto per farlo. Passò le dita sulle lettere di quell'incisione e capì che potevano proprio essere delle iniziali di qualcuno, forse due persone. Erano quattro lettere, separate in coppie da uno spazio più ampio al centro: M M R D.

Non avrebbe saputo decifrarle, e quasi sicuramente non gli interessava farlo. Da un lato certo gli bastava sapere che qualcuno aveva voluto imprimere quel ricordo, marcare nella storia un messaggio, un nome, per relegarlo nel tempo e nella memoria di qualcun altro, forse anche solo per sé stesso, anche solo per rafforzare il concetto di cui quelle lettere erano veicolo, e che impresse, scavate sul legno ne rafforzavano la verità. Il silenzio era sicuramente stato testimone di quell'attimo passato fuso in quello presente, quello in cui Pietro, ripassando ancora una volta le dita su quelle lettere, stava vivendo e rivivendo armonizzato in quel ricordo, pur non conoscendone nemmeno un dettaglio, neanche generico, fino a quando una voce glielo dichiarò:
-        Siamo io e tua madre.

§§§§

Il tenente Triebig guidava la compagnia come apripista, mentre Rommel da una certa distanza controllava i punti di riferimento fissi che si era appuntato durante la sua analisi dalla sommità del campanile. Non sembrava potesse essere difficile, apparentemente tutto filava liscio: stavano raggiungendo la parte più alta del Col dei Vedièi con discreta rapidità e riuscendo a restare nascosti dalle pericolose postazioni del Cornetto sul lato opposto del passo. Serviva prudenza e Rommel lo sapeva. Aveva disposto che in coda al gruppo dei mitraglieri avessero seguito alcuni componenti del reparto comunicazioni, occupati infatti a svolgere una pesante bobina di filo che sarebbe servita a gestire le comunicazioni via telefono fra lo stesso tenente e le postazioni che stavano per posizionare. Arrivati appena sotto quella che pareva l'estremità più alta Triebig e Rommel si guardarono, come per accordarsi sul fatto di dover essere ancora più guardinghi, data l'esposizione. La marcia era stata breve ma intensa, la ripidità di quel pendio ed il fondo sconnesso di quella pista di cacciatori rendevano difficoltoso il movimento organizzato delle truppe e soprattutto il trasporto delle mitragliatrici, quantunque fossero dei pezzi di artiglieria fra i più leggeri. Andò avanti per primo Rommel, a controllare con il binocolo quale fosse il punto migliore, il punto definitivo. Si addentrò nei cespugli di mughi fradici quasi strisciando, scrutando da ogni anfratto che dava la possibilità di vederci attraverso la posizione degli italiani sul Cornetto, e la prima cosa che notò è che si trovavano ad una distanza notevole, forse un po' troppo lontani per poter permettere ai suoi di essere precisi con quelle piccole mitragliatrici. Milletrecento, forse millequattrocento metri, dall'altra parte del vallone, dall'altra parte della strada che ancora una volta si ergeva a confine, a linea spartitrice fra due forze, due entità, due nazioni, due eserciti, due compagnie per parte armate di mitragliatrici, due fazioni di uomini, due gruppi uguali, diversificati a forza.

Rommel capì che probabilmente i quaranta ingrandimenti del suo binocolo l'avevano in quel preciso caso tratto leggermente in inganno, per la prima volta in assoluto da quando quell'oggetto l'aveva fatto suo, ma per lui fu soltanto l'eccezione che confermava la regola: i mitragliatori del Cornetto dal campanile erano inizialmente parsi più vicini al col dei Vedièi, di quanto realmente ora se ne avesse l'evidenza. Tutto era sembrato più vicino e anche più facile da realizzare; era l'ennesima volta che si rendeva conto che la situazione differiva in maniera netta da quanto preventivato. Ma ciò poco importava, ormai la manovra era iniziata, e la strategia così messa era l'unica via possibile per ridurre i danni ed aver ragione del nemico in tempi brevi. Fece cenno al resto della compagnia di avvicinarsi, poi con altri gesti impose a Triebig e al sergente maggiore Dobelmann le posizioni per le mitragliatrici, essi obbedirono senza alcuna esitazione. Rommel si era dimostrato, nonostante tutto, risolutivo anche negli ultimi due combattimenti, gli stessi due ufficiali che ora lo seguivano se l'erano più volte detto, rimarcando il meriti tattici del tenente. Anche sulla Clautana, nonostante il primo fallimento, la manovra da lui decisa era subito apparsa quella più strategicamente giusta, e comunque le perdite si erano rivelate infine minori rispetto a quanto inizialmente stimato, visto come si erano messe le cose durante l'attacco.

Tutte le operazioni venivano intanto svolte nel massimo silenzio possibile, gli ufficiali coordinavano i movimenti di soldati intimando loro di mantenere una postura ribassata, cercando di restare riparati quantomeno visivamente dal naturale parapetto di cespugli di mughi che popolavano il Lodìna, ma la velocità era comunque necessaria, per cui qualunque movimento fatto di fretta sarebbe stato a rischio di essere scoperto da eventuali vedette italiane. Rommel restava vigile ed attento ad ogni spostamento e rumore, e nel frattempo continuava ad osservare con l'ausilio del suo binocolo verso le postazioni nemiche. Sporgendosi si era accorto che facendo avanzare di un metro, un metro e mezzo le due mitragliatrici che aveva scelto di posizionare leggermente più verso est, da cui si poteva vedere una parte dei trinceramenti italiani al centro della strada del passo, la posizione migliorava decisamente, in maniera quasi inaspettata: l'angolazione di quella nuova posizione permetteva non solo di far stare più al riparo le armi pesanti ma anche di mirare con più precisione verso l'obbiettivo, visualizzandone le postazioni più centralmente rispetto alla posizione obliqua di prima. Fece presente a Triebig di questa possibilità, ma proprio mentre il tenente gli stava per rispondere si dovettero interrompere perché entrambi furono attratti ed insospettiti da uno strano suono proveniente dal centro del paese di Cimolais: un suono strano, atipico, a tratti innaturale, tremolante ma continuo, perlopiù echeggiato ma a momenti perfettamente distinguibile. Ristettero per qualche istante, cercando di capire di cosa si trattasse pur sapendo che la prima apparenza non denotava segnali di pericolosità. Alla fine capirono che si trattava di una melodia, di una musica, interrotta a tratti dal cambio del giro d'aria, poi riproposta dalla leggera brezza che lambiva la loro postazione scorrendo ininterrottamente su e giù per il col dei Vedièi. All'ennesima tornata del vento, compresero che si trattava del il suono di un organo, era evidente che qualcuno stava suonando l'organo della chiesa. Una volta realizzata questa constatazione, Rommel, anche se non era particolarmente turbato, per quanto si trattasse di una situazione che aveva dell'assurdo, provò comunque a guardare in quella direzione, ma dalla sua posizione si notava con precisione soltanto la sommità del campanile, su cui vedeva alcuni austriaci armeggiare con dei treppiedi che parevano i soliti in dotazione dei mitragliatori pesanti, simili a quelli che stavano mettendo giù i suoi, lì vicino. Istintivamente si sentì di ritenere la cosa come positiva, anzi, che in ciò vi fossero addirittura due buone cose in realtà: la prima era che posizionare mitragliatori sul campanile poteva rivelarsi decisamente utile per aiutare l'assalto, completava la manovra e la rendeva più sicura; la seconda questione positiva era quella della musica, a cui il tenente, in maniera forse un po' forzata, tentava di assegnare una connotazione di utilità. Effettivamente se il nemico fosse stato in grado di avvertire quel suono avrebbe potuto dedurre che la situazione in paese poteva essere relativamente tranquilla, e che non si presagisse nessun attacco.

Nel frattempo, durante queste elucubrazioni che travalicavano la mera strategia materiale, le operazioni di posizionamento erano praticamente terminate e Rommel coordinava col binocolo gli ultimi aggiustamenti di traiettoria, al termine dei quali sarebbe sceso di nuovo in paese ad organizzare il primo attacco, che sperava ma non contava essere anche l'unico, risolutivo. Il suono dell'organo intanto perse quasi improvvisamente la sua palpitante tipica continuità: l'eco delle ultime note raggiunse la compagnia dei mitraglieri sul col dei Vedièi, e per un istante soltanto il silenzio governava di nuovo su quelle cime. Un attimo dal sentore di eternità che fu interrotto subito, bruscamente, da un'altra eco, l'eco di uno scoppio che proruppe investendo il Lodìna rapidamente, fino a raggiungere e divorare il suono che lo aveva preceduto, il delicato suono dell'organo che ancora doveva terminare di elargire il suo idillio. Fu un botto potente che arrivava anch'esso dalla piazza di Cimolais, seguito in breve da altri colpi ripetuti: gli austriaci stavano facendo fuoco da lì verso le postazioni italiane. Il mal di stomaco tornò rapido, forte, imperante e fastidioso a tormentare il tenente Rommel. Era quasi convinto che il dolore non fosse mai stato così potente. Ma la sua attenzione dovette obbligatoriamente spostarsi verso ciò che stava accadendo giù, in paese.

-   Maledizione! Ma cosa stanno facendo, di chi sono gli ordini?

Balzò di colpo in piedi, furente, per controllare col binocolo il punto da cui provenivano quei colpi. Dopo aver ignorato le esortazioni ad abbassarsi da parte degli altri due ufficiali, capì che la vegetazione non gli permetteva di vedere niente di più di così:

-   Maledizione!

Urlò, e non lo videro più. Scese a balzi da quel sentiero, con una velocità che a tratti rischiava di fargli perdere l'orientamento fra l'erba alta e la scarsità di quella traccia su cui correva a precipizio, giù per i pendii insidiosi del Lodìna. Arrivò a Cimolais in un baleno, quasi volando, velocissimo fra le vie del paese, senza nemmeno perdere tempo per assicurarsi di non essere in pericolo; correva a grandi falcate e rasentando i muri delle case, a volte appoggiandovisi con una spalla fino quasi a rimbalzarne via, quando svoltava agli angoli. Era diretto a palazzo Morossi, dove sperava di trovare il maggiore Sprösser. Un altro ufficiale al suo posto avrebbe probabilmente preso la faccenda più di petto, accecato dalla rabbia, e l'avrebbe fatta diventare una questione di principio, di rispetto e forse in qualche modo anche di competenza: non che non ci avesse pensato, di primo acchito aveva pensato di precipitarsi con foga e decisione direttamente verso il punto incriminato, in cui probabilmente sarebbe scaturita una specie di rissa, ma il tenente Rommel rispettava i protocolli, e lo voleva dimostrare ancora di più in quel momento in cui il protocollo sembrava non essere stato rispettato; non ne avrebbe fatta una questione di rabbia né d'orgoglio, bensì avrebbe cercato, come sempre, di affidarsi alla rapidità. Era questa la caratteristica fondamentale del tenente, quella che gli aveva dato più volte ragione, e che difficilmente si era mostrata diversa dall'essere risolutiva. La velocità era tutto ciò che occorreva per evitare un grosso impaccio come quello che rischiava di realizzarsi con quel bombardamento.

Arrivò trafelato nei paraggi del palazzo e vide subito Sprösser che usciva dal palazzo guardando direttamente in direzione della piazza da cui continuavano a susseguirsi i colpi pesanti, con cadenza lenta ma regolare; Il maggiore si mostrava disorienta, ma l'ormai radicata abitudine a situazioni impreviste non gli impedì di reagire, così si avviò verso il punto incriminato con passo veloce ma senza apparire frettoloso, arrestandosi poi quando sentì Rommel che lo chiamava a gran voce:

-   Maggiore! Maggiore!

Il tenente urlava, cercando invano di superare il volume dei tuoni prodotti dagli obici austriaci. Sprösser si voltò, lanciando un'occhiata perplessa verso il suo tenente:

-   Rommel! Glielo ha ordinato lei?

Puntava il dito verso la piazza, da cui continuava a provenire il frastuono cadenzato, con boati distanti fra loro ma dal fragore devastante. Rommel guardò velocemente verso la zona in cui sembravano mirare i cannoni ed intuì subito che la mira andava aggiustata:

-   Nossignore! È assurdo, stanno rovinando tutto, bisogna fermarli!

-   Me ne occupo io, lei vada a prepararsi per l'attacco!

Il maggiore Sprösser non aggiunse altro ed accelerò il passo verso la piazza. Rommel rimase fermo sull'ingresso di palazzo Morossi, recuperando fiato e cercando di recuperare anche le speranze di una riuscita della missione, mentre vedeva il maggiore prodursi in grandi gesti, probabilmente per farsi notare dagli ufficiali dell'artiglieria austriaca. Dopo pochi istanti i colpi finalmente cessarono, Rommel non aspettava altro. I mitraglieri sul campanile smisero di tirare ed iniziarono a guardare verso il basso con aria perplessa, come a cercare di capire il motivo di quell'interruzione; Rommel prese in mano il binocolo e corse in un punto dove sapeva di poter vedere bene le postazioni italiane sul Cornetto: vide nettamente che i mitraglieri si agitavano ed iniziavano a prendere posizione, nonostante i colpi austriaci fossero andati quasi completamente a vuoto, infatti il colpo che si era avvicinato di più all'obbiettivo era caduto a diverse decine di metri dai trinceramenti, neutralizzando del tutto il fattore sorpresa. C'era da sperare, per Rommel, che non venissero scoperte le mitragliatrici leggere sul Col dei Vediei. Non riuscì a trattenere l'ennesimo sfogo:

-   Maledizione!

§§§§

Pietro si voltò istintivamente dopo aver udito quelle parole, ma non lo fece con troppa convinzione ed anche senza pensare a difendere la propria incolumità, come avrebbe dovuto effettivamente fare un soldato minacciato di attacco alle spalle; suo padre gli stava davanti, fermo in piedi sulla soglia del varco del fienile. Salendo aveva incontrato Maria che se ne stava andando e che lo aveva salutato con un sorriso e le guance arrossate. A Massimiliano non servirono altri segnali per capire che la situazione era simile del tutto a ciò che anch'egli aveva già vissuto:

- Venivamo qui anche noi, quand'eravamo fidanzati.

Sorrise, sentendo di non dover dire di più, gli bastò vedere lo sguardo commosso di Pietro che cercava a fatica di trattenere le lacrime.

Non era molto che era tornato dal fronte, ed era sul fienile da poche ore, ma gli parve che fosse passata un'eternità dall'ultima volta in cui aveva udito la voce di suo padre, che si era permesso di condividere una pur breve ma eloquente confidenza privata ed intima, e soprattutto gli aveva parlato della madre per la prima volta dopo anni. Non capitava da tempo, forse da quando la madre era morta, che Massimiliano gli parlasse di lei, anche soltanto che ne ricordasse la presenza, la sua esistenza a volte troppo spesso lasciata obliare da un'omertà di comodo, dalla paura del ricordo. Dopo la sua morte il padre aveva sempre mantenuto un atteggiamento schivo, forse non troppo scontroso ma piuttosto soltanto un po' svagato, distratto, a volte assente, soprattutto quando poi era diventato sindaco e l'impegno lo portava continuamente e totalmente lontano dalle questioni famigliari, pur ridotte al mero lavoro e al sostentamento delle riserve in dispensa. C'era poi stata la chiamata alle armi di Pietro, e anche lì Massimiliano non aveva lasciato trapelare quasi nulla di cosa stesse provando, né orgoglio nel vedere il figlio partire soldato né tantomeno la paura del rischio di non poterlo rivedere più. Alla fine per Pietro era stato un continuo arrangiarsi, aveva dovuto gradualmente sopire fino a debellare il bisogno di attenzione paterna che quella figura poteva dargli, costringendosi infine a poterne fare a meno. Non gli aveva comunque mai mancato di rispetto, il loro rapporto era diventato negli ultimi tempi una sorta di convivenza di collaborazione, si evitavano possibili discussioni dannose, ricetta che aveva portato i due a non scontrarsi ma nemmeno ad incontrarsi per sbaglio. Tutto era poi però cambiato in fretta, la situazione si era completamente ribaltata grazie a quel momento apparentemente superficiale, che pareva non calzare le connotazioni tipiche della rilevanza ma che in fondo ad entrambi stava giovando in particolar modo, donando loro una sensazione di redenzione che sgelava le tensioni, portando una sensazione di comune gratificazione. Per Pietro ciò valeva molto, soprattutto visto che dopo il suo ritorno quello non era stato il primo incontro col padre: allora invece Massimiliano si era limitato a guardarlo senza dire nulla, cinicamente, nonostante non avesse sue notizie da tempo e la situazione potesse far maturare una naturale preoccupazione. Soltanto ora stava ribaltando tutto, avvicinando di sua spontanea volontà il figlio, come non faceva da molto, molto tempo.

- Dove stai andando Pietro? Sembra che tu stia per partire di nuovo.

Era una domanda di cui già immaginava la risposta, ma che voleva sentire da lui: forse voleva capire quanta convinzione c'era nel ragazzo, quanto fosse realmente convinto di ciò che stava per fare, se ne fosse più convinto di prima, se non fosse stato soltanto un latente senso del dovere ad avergli fatto nuovamente indossare gli abiti e le armi militari.

- Lo sai, dove sto andando. A fare il mio dovere di italiano, di Cimoliano. Dovresti essere contento.

L'atteggiamento accusatorio di Pietro non era realmente voluto dal ragazzo, che si pentì quasi subito di aver lanciato quella provocazione involontariamente, anche se malgrado la situazione lo avesse in qualche modo galvanizzato, sicuramente commosso, sentiva comunque la necessità di dovere, e di avere, delle spiegazioni.

Massimiliano, per la prima volta dopo tanto tempo, capiva, e voleva a tutti costi andare fino in fondo alla questione.

Si trattava, in fondo, di suo figlio.

- Ne sarei fiero, lo sai, anche se so come la pensi a riguardo. Per questo ti dico che non è necessario che tu vada, credo che abbiamo già sofferto troppo. Tutti.

Pietro gli si avvicinò:

- Papà, devo andare, lo sai. Non è per non finire fucilato, non è per te, non è neanche per Cice. Lo faccio per me, finalmente posso sentirmi qualcuno, posso far finire tutto questo per tutti, solo io posso farlo.

C'era una punta d'orgoglio nel tono del ragazzo, che Massimiliano non ricordava di aver mai sentito prima di allora.

- Che ne è del tuo odio per le battaglie? Gli uomini non si dovrebbero ammazzare, dicevi.

- Già, il nonno diceva che sono due le cose da non fare:

ripulire la neve e uccidere la gente, perché la neve se ne va da sola e le persone ...

- Le persone muoiono comunque.

L'ultima parte della frase la pronunciarono insieme, scambiandosi un tiepido sorriso d'intesa reciproca. Si avvicinarono senza mai smettere di guardarsi, portando quel momento ad un tenore d'intensità mai raggiunto, come se quella fosse la prima vera volta in cui padre e figlio si incontravano veramente. La durezza della vita, le difficoltà e le sfortune incontrate da entrambi avevano mitigato, assottigliato il rapporto fra i due fino a quasi far sparire del tutto l'affetto, che però in quel momento si stava rimanifestando in maniera definitiva e completa. Si strinsero la mano per qualche secondo, poi Pietro ribadì la sua volontà, mostrando al padre il suo fucile:

- Papà, io odio tutto questo, ma ho una speranza. Spero che tutto questo presto finisca, ed io voglio accelerare questo processo, voglio sacrificarmi per dimostrare a chi verrà dopo che non ha senso, che non si deve più fare. Faccio parte di questa generazione, di quelli che hanno questo compito. Sento che lo posso fare.

Massimiliano ristette per qualche istante a quelle parole: pensò che forse avrebbe dovuto tentare di convincerlo, di impedirgli di compiere un gesto che ormai aveva tutte le connotazioni di un inutile eroismo, tutti in fondo di fronte a quella disfatta stavano progressivamente e rapidamente perdendo fiducia e volontà in tutto quel susseguirsi di miseria e morte, la cui apparente validità aveva ormai perso ogni logica. Ma in fondo sapeva che poteva essere impossibile impedire a Pietro di andare incontro a ciò di cui ormai sembrava fermamente convinto; forse quel momento, quel ritrovarsi nel rapporto con il figlio gli aveva nuovamente e finalmente arrogato il diritto di potersi esprimere, di potergli dare un vero consiglio utile.

Capiva, sapeva che avrebbe fatto qualsiasi cosa per non vederlo in pericolo, pensò anche di poterglielo eventualmente impedire con la forza, ma sapeva anche che non poteva fare della sua autorità un modo per obbligare il ragazzo a fare ciò di cui ormai era consapevole e sicuro. In realtà, dopotutto, non avrebbe più voluto vedersi ripetere le condizioni che già lui aveva sofferto con suo padre, tentando in qualche modo di evitare di porsi con rigore ed autorità verso Pietro, come invece aveva già più volte in passato fatto. Era combattuto fra la tiepida volontà di affrontare i fantasmi del suo passato, di riscattarne i fallimenti e l'indolenza, e la robusta consapevolezza dell'irreparabilità dello scorrere del tempo, del suo impietoso succedersi e la sua definitiva ineludibilità.

Per quanto comunque il ragazzo trapelasse insicurezza, in fondo Massimiliano era pronto ad accettare la sua volontà. Era andato lì, su quel fienile, per affrontare definitivamente le sue paure dissipandole assieme a quelle del figlio; avrebbe voluto curare le sue insicurezze, consolarlo, per fargli capire che l'importante era che stesse bene anche se non aveva compiuto il suo dovere, anche se per l'esercito ed il regno era considerato un criminale. Lo avrebbe lasciato scegliere di fare quello che riteneva giusto, a costo di tenerlo nascosto nel fienile a tempo indeterminato: capiva finalmente che per suo figlio non era soltanto un dovere sacrificarsi, ma era una sua radicata e troppo sopita volontà.

Invece alla fine la situazione si era completamente ribaltata ed ora Pietro si mostrava diverso, ma non era quello ciò che contava. Massimiliano era andato su quel fienile per ritrovarsi con suo figlio, per fargli capire una volta per tutte che lui c'era, che c'era sempre stato, ed era la stessa cosa che quel momento gli faceva sentire di dover prima o poi far capire anche agli altri due figli, Felice e Giovanni.

Pietro probabilmente capì tutto senza il bisogno che il padre glielo dichiarasse esplicitamente; la sua perspicacia si era necessariamente acuita durante la vita del fronte, che pur avendogli ispessito la superficie emotiva lo aveva in qualche modo reso più passionale, più profondo. Si sentiva cambiato, cresciuto e capiva sempre di più che la vita poteva nascondere insidie ma che ogni esperienza era da considerarsi utile, nel bene e nel male.

Si avvicinò a suo padre e l'abbracciò forte. Si strinsero per qualche istante, poi Pietro armeggiò nella giacca, sotto alla mantella a ruota e tirò fuori da una tasca una busta, che porse al padre:

- È una lettera. È la lettera, quella che tutti i soldati in trincea scrivono. L'ultima lettera, quella che il compagno deve restituire alla famiglia del caduto quando va a ritirarne il corpo nella terra di nessuno, o peggio quando gli muore accanto. È diversa dalle lettere dal fronte, da quelle sulla quotidianità e sulla salute e su tutte quelle cose vane, inutili da sapere, inutili di cui parlare quando si è di fronte alla morte. Qui ci sono le ultime parole che il soldato vuole far leggere alla propria famiglia. Abbine cura.

§§§§

- Cane Maledetto, vieni fuori!

Le urla di Felice riecheggiavano terribili in tutta l'area attorno al *larìn*, spingendosi fino al di fuori del palazzo, filtrate e soffocate soltanto leggermente dai grossi muri. Fuori, a Cimolais, nel frattempo, si sviluppava uno scenario che si avvicinava ad un preludio d'apocalisse.

- Ti ho visto, disgraziato, esci! Fatti vedere!

Inveiva come mai aveva fatto, sputando dal corpo tutta la rabbia repressa che non gli era stato permesso di sfogare fino a quel momento. Ma aveva visto il maggiore Sprösser precipitarsi in piazza durante il bombardamento austriaco, ed era convinto che non ci sarebbero stati uomini armati a frenare la sua veemenza. Probabilmente anche se ci fossero stati avrebbero dovuto fare i conti con la sua ira, incontenibile a prescindere dalle armi.

- Smettila di giocare, traditore! Sanno tutti cos'hai fatto, esci o giuro su dio che ti ammazzo!

Non avrebbe saputo bene come, ma già si immaginava di assalire Tullio fisicamente, con una violenza inaudita, come mai avrebbe detto di saper fare. Attendeva trepidante un esordio del traditore ch'egli stesso aveva imputato, giudicato ed anche punito, e mentre aspettava un solo cenno, un piccolo movimento come un predatore all'erta, sentì ronzargli in testa il potente e vibrante suono dell'organo, che continuava a ripetergli in mente una melodia continua e ripetuta, impossibile da estirpare dalla memoria, che gli riproponeva anche le immagini di quei momenti.

Dopo quel momento leggero passato in chiesa, preso nell'idillio ed in un surreale smarrimento, nel ricordo dalle immagini già sfumate dei mantici da alzare e della musica ipnotizzante che invece continuava a ronzargli in testa fino quasi a fargli perdere la concezione del tempo, della realtà, dell'esistenza stessa, era stato fermato sul portone dall'interprete Krüger, mentre tedeschi e austriaci discutevano animatamente sull'iniziativa che l'artiglieria aveva intrapreso poc'anzi. L'enigmatico soldato traduttore lo aveva agganciato ad un polso non appena lo aveva visto scattare via, e per Felice fu davvero strano sentire quella stretta che quasi non lo infastidiva, influenzato probabilmente dall'importante segreto del soldato, che rendeva quel contatto lievemente malizioso, quasi lascivo, sicuramente sospetto ed a tratti equivoco. Una sequela di emozioni che Felice aggiunse al lungo elenco di quelle già provate negli intensi istanti trascorsi anche dentro quel bugigattolo ad alzare i mantici, che mollò soltanto quando aveva sentito la musica smettere definitivamente, e sconvolto e confuso aveva tentato di fuggire. Il caos scaturito da quel momento aveva fatto precipitare tutti gli occupanti della chiesa, prete compreso, sulla soglia, dov'erano subito stati trattenuti dagli stessi austriaci, con Felice che però non sembrava volersi lasciar bloccare così facilmente, tanto che Krüger decise di afferrarlo anche per un braccio, più per la sua incolumità che per evitare una possibile insubordinazione. Ma la sensazione di stranezza che Felice provo in quell'istante, legata ed intensificata all'episodio della scoperta della verità nascosta dal soldato interprete, venne immediatamente scavalcata per importanza da una visione di qualcosa che si muoveva poco lontano, in cui in breve riconobbe Tullio. Era un Tullio dall'aria preoccupata, che dalla piazza si precipitava di corsa verso nord. Felice con uno strattone riuscì a liberarsi e scappare via, nonostante i richiami da parte di Krüger ed il tentativo di arrestarlo anche da parte degli austriaci, che comunque desisterono subito dal loro intento, poiché egli non pareva pericoloso – non era armato – e le priorità erano in maniera evidente focalizzate su altro.

La gamba gli faceva un male cane: aveva corso molto in precedenza e continuava a correre e trascinarsi come un forsennato, stavolta per inseguire Tullio, il traditore, a cui non riusciva a star dietro, rischiando quasi di perderlo. Non lo aveva visto propriamente entrare nel palazzo, ma era certo che fosse andato proprio lì dentro, quando si accorse che il portone si stava chiudendo lentamente. Era allora infine entrato anche lui, e anche se in un primo momento non era certo della sua presenza, dopo le prime due intimazioni urlate ne ebbe la certezza, sentendolo scendere le scale. Non gli si lanciò però subito incontro, aspettò di vederlo palesarsi. La tensione era altissima ma divenne parossistica quando il triestino uscì allo scoperto, mettendosi in luce mentre teneva per mano Giovannino, tremante e con le lacrime agli occhi. Felice divenne furente:

-       Lascialo stare!

Fu tradito da uno scatto istintivo, che gli provocò un dolore lancinante alla gamba, tanto che dovette accasciarsi in terra per quanto gli fosse impossibile a resistere. Nonostante ciò ritentò dopo un istante di avvicinarsi come poteva a Giovannino, con la disperazione di un soldato ferito che cercava riparo strisciando.

- Lascia stare mio fratello, mollalo!

Si sentiva violato in tutto: nella fiducia, nel patrimonio, nella famiglia, e la disperazione di non poter fisicamente reagire come avrebbe voluto completava il quadro di uno smarrimento totale che trovava unica salvezza in quel furore mal gestito.

Nessuna reazione dall'altra parte, soltanto un Tullio la cui espressione era diventata diversa, un volto mai visto prima nemmeno da Felice che era colui con cui aveva condiviso più tempo: il triestino era sempre stato sorridente ed aveva tenuto costantemente un atteggiamento beffardo e leggero, non lo si conosceva diversamente a Cimolais, almeno non Felice. Ma in quell'istante quasi spaventava dalla serietà con cui si poneva di fronte al suo accusatore, prima suo amico. Non ricevendo risposta, Felice urlò contro il fratellino:

- Nanìn! Vieni qui! Subito!

Giovannino istintivamente strinse ancor più la mano di Tullio e gli si avvinghiò alla gamba, spaventato dal tono con cui l'aveva chiamato Felice, che gli ricordava lo stesso modo con cui lo apostrofava quando doveva riprenderlo per qualche marachella combinata.

Poi finalmente il triestino parlò:

- Lascia stare il bambino, lui non gà colpe, xe sol pien de paura.

- Sta' zitto! Ah!

Felice tentando di rialzarsi aveva usato impulsivamente la gamba malata come appoggio, cosa che gli fece scaturire subito un urlo di dolore che non riuscì a trattenere, ma nonostante ciò continuò ad inveire verso Tullio:

- Traditore! Rubi i soldi alla mia famiglia per darli al nemico! Come ti permetti di parlare, ancora? La pagherai cara!

Tullio cambiò espressione, sembrò spiazzato, incredulo e quasi parve voler ridere di fronte alla reazione di Felice, che già gli era parsa oltremodo assurda quando era entrato nel palazzo urlando, ma che ora che aveva palesato diventava più facile da fugare. Il portone alle spalle di Felice si aprì e vi entrò Rita, trafelata e preoccupata. Appena la vide Giovannino si precipitò verso di lei piangendo a dirotto e bofonchiando con la voce rotta dal groppo in gola qualcosa sui botti e sulle bombe. Rita lo abbracciò forte senza dire nulla, accarezzandogli la nuca mentre il piccolo le singhiozzava sulla spalla. Guardò Tullio con preoccupazione ma lasciava trapelare quasi gratitudine, mostrandosi sollevata. Il triestino ricambiò lo sguardo:

- Lo go visto vegnìr verso la piazza, stava andando dritto in bocca a quei cannoni di cui era spaventato. Lo go ciòlto su al volo e portado dentro casa, me pareva la roba meio de far.

Dopo queste parole si diresse verso Felice per aiutarlo ad alzarsi, poiché lui continuava a tentare di fare da sé, annaspando dal dolore. Non appena lo toccò il ragazzo ebbe uno scatto d'ira e guardò in cagnesco Tullio, senza aggiungere nulla. Era colmo di rabbia ma molto di più adesso lo tormentava il dolore alla gamba. Tullio insistette, e lui si lasciò finalmente alzare e portare a sedersi su una delle panche attorno al *larìn*, dove sentì subito un gran sollievo, tanto che fu quasi pronto a ricominciare la sua sequela di accuse urlate e le minacce nei confronti di quello che fino a poco prima era convinto di poter ritenere ancora un amico. Avrebbe voluto delle spiegazioni riguardo quel comportamento ambiguo poiché non capiva ancora bene cosa fare, anche se sentiva di dovere e volere farsi giustizia da solo. Ci pensò proprio lui, Tullio, a spiegare la sua posizione, guardando ancora una volta verso Rita, ora seduta su una sedia dal lato opposto della sala con in braccio ancora il bambino, che stava smettendo di piangere.

- Ho anch'io un bambino, un figlio, più o meno dell'età di Giovannino, giù a Trieste.

Felice era perplesso, sentiva di essere stato tradito ancora di più da quel dettaglio che gli era stato tenuto sempre nascosto, ma capì che in realtà forse era stato proprio lui a non interessarsi al passato di quel forestiero con cui poi, senza quasi accorgersi, era entrato in una sorta di confidenza automatica, senza avvertire la necessità di indagare sul suo passato.

- So che non te l'ho mai detto Felice, ma è così. Questi tempi sono brutti e crudeli, ed io sono dovuto scappare da Trieste per evitare che mi mandassero a morire in Romania o in chissà quale altro fronte. Vengo da una famiglia facoltosa, potevo pagare, e ho pagato. Ho pagato, per poter fuggire, ho pagato perché non facessero del male alla mia famiglia, che ho lasciato sotto la protezione di un ufficiale austriaco di Trieste. Laggiù dopo il '14 gli italiani non sono ben visti.

Felice non disse nulla, non seppe davvero cosa pensare, cos'altro aggiungere. Non ritirava però le sue accuse, si sentiva comunque ingannato.

-      So di non essere stato onesto, ma volevo che la cosa rimanesse nascosta il più possibile. Nessuno doveva sapere, e nessuno ha saputo. Poi sono arrivati qui comunque, mi hanno riconosciuto, forse sono stati mandati proprio da quell'ufficiale. Sapeva che mi trovavo in montagna, nascosto, ma mai avrei creduto di avere tanta sfortuna e che capitassero qui. Ormai ho finito i soldi da mesi, l'attività di famiglia a Trieste ha chiuso e ho un grosso debito con la locanda. Puoi immaginare da solo il perché io abbia chiesto soldi a tuo padre.

La storia era stata udita anche da Rita, che però non sembrava darci troppo peso, come se si trattasse soltanto dell'ennesimo tassello di disperazione in una situazione globalmente più intricata, e totalmente devastata dalla tristezza universale, in cui quell'episodio diventava minimo, quasi nullo, comune come moltissime altre circostanze. Felice pure sentiva che la sorte in fondo li accomunava nella sfortuna, ma la confusione dei sentimenti contrastanti che lo tormentavano non gli permetteva di ragionare con freddezza:

-      Ci hai ingannati dal primo momento! Ed io ero convinto di essere tuo amico!

-      Hai ragione ad essere arrabbiato, Felice, ma sappi che ho agito così solo per proteggere la mia famiglia.

-      Lo capisco, ma non pretendere che comprenda più del dovuto. Sei comunque uno straniero, qui.

Si era nel frattempo rialzato in piedi, incurante del dolore che continuava a punzecchiarlo nella gamba, anche se era davvero miracolosamente scemato, forse soltanto per il sollievo dato dall'adrenalina. Guardò negli occhi Tullio, e nonostante quell'ultima frase potesse sembrare infamante, il triestino sapeva che in realtà era come se lo avesse perdonato. Era difficile ottenere di più da un carattere come quello di Felice.

La scena, illuminata dalla fioca luce delle braci del caminetto, fu improvvisamente rischiarata dal chiarore che entrò dal portone che Massimiliano aprì, entrando poi lentamente, leggermente curvo su sé stesso, dirigendosi subito pesantemente verso Felice.

Nessuno disse nulla, tutti lo guardavano senza svelare emozioni, come lui invece sembrava tentare di fare. Guardò verso Rita ed il suo bambino, mostrando un'espressione contrita, poi si voltò verso Tullio: si scambiarono uno sguardo strano, istantaneo, immediato, come se bastasse a capirsi a vicenda, a dirsi quello che dovevano. Felice era rimasto seduto e teneva appoggiato il palmo di una mano sulla gamba malata, che fino a poco prima stringeva con forza. A volte avvertiva ancora dolore, per cui non si fidava a fare nessun movimento, pur continuando a guardare verso il padre senza particolare intensità. Massimiliano lo avvicinò, gli posò una mano sulla testa e gli consegnò in mano una busta aperta, da cui Felice estrasse un foglio, e lesse:

Caro Papà, caro Felice. Vi scrivo da questa trincea questa lettera, indipendente dalle altre con cui vi aggiorno periodicamente sulla mia situazione. Ho poco spazio e poco tempo, non voglio girarci attorno: se leggerete queste righe sarà perché sono le mie ultime parole, e ho voluto che foste voi a leggerle, per ultimi. Vi ho sempre voluto bene, siamo e saremo una grande e bella famiglia nonostante le difficoltà e le sfortune che abbiamo avuto. A te papà devo tutto ciò che ho imparato sulla famiglia, su cosa significhi il duro lavoro e su come si porta avanti una casa, una proprietà. Non siamo mai stati tanto vicini, ma il tuo modo di agire e di cercare indirettamente di farci stare sempre bene mi ha dato molto, non solo materialmente.

A te Cice, devo quasi tutto quello che riguarda la mia giovinezza: con te ho giocato, ho riso, ho scherzato e ho anche litigato. Quanti pomeriggi sui libri del nonno, quante camminate sulle montagne, quanti giorni passati ad accudire le nostre bestie. Mi hai insegnato quasi tutto quello che so, sei il mio maestro, il mio eroe. Non la pensiamo alla stessa maniera su molte cose, ma forse è proprio questo che ci rende più uniti. Sei un esempio non solo per me, ma per tutti, per quanto tu sia riuscito a vivere nonostante il tuo problema, cerca di fare lo stesso per Giovannino. Sei e sarai il mio eroe, ti ricorderò così.

Vi abbraccio forte ed abbraccio Oliva, che ormai da tempo è diventata parte della nostra famiglia. Statele vicino. Vi voglio bene.

Pietro.

Felice era esterrefatto e se possibile ancora più confuso. Guardò negli occhi il padre per chiedere silenziosamente una spiegazione, non concepiva uno sviluppo di questo genere riguardo la situazione del fratello che considerava ormai un caso perso. Massimiliano prese il foglio e lo girò, lasciando che Felice riprendesse a leggere.

Cice, aggiungo ora queste ultime parole. Sto per andare sul Pezzèi, a combattere il nemico, voglio non essere ricordato come un disertore. Continuo a credere che tutto questo sia sbagliato, che non sia giusto continuare ad uccidere per sopravvivere, ma voglio anche che tutto finisca presto, e voglio contribuire direttamente a ricostruire, cominciando dal mio dovere. Ricordami così.
Piere.

E la confusione, lo smarrimento che atterrivano Felice di colpo svanirono, di colpo tutto fu più chiaro. Strinse forte nel pugno il biglietto e la busta, accartocciandoli, e dopo esserseli infilati in tasca, con rabbia si alzò, con la gamba che ancora gli doleva ma che lui non voleva sentire; spinse via prima Tullio e poi il padre, che tentarono di seguirlo mentre si precipitava all'esterno, e lo videro correre via zoppicando vistosamente, diretto a nord, per poi svoltare e rapidamente sparire verso il cortile. Massimiliano non insistette, immaginando che si sarebbe diretto al fienile e che non trovandovi Pietro non avrebbe fatto altro, così lo lasciò andare. Soltanto Tullio gli andò dietro, tenendosi distante. Il sindaco poi si voltò verso la piazza, da dove vide salire il prete, che dopo aver chiuso la chiesa si dirigeva alla canonica. Prima di varcare il cancello si soffermò in strada, guardando intensamente verso Massimiliano, per poi annuire lentamente, in un cenno di saluto. Il sindaco ricambiò, inizialmente senza pensare troppo a quello che poteva significare quel gesto così normale, così ordinario che da troppo tempo però mancava fra i due.

Ma poteva un semplice saluto, un banale cenno fatto con la testa, essere considerato qualcosa di simbolico? Paradossalmente Massimiliano si accorse quasi subito di essersi lasciato andare con semplicità e disinvoltura a quell'azione, quel movimento così istintivo la cui spontaneità lo traeva assurdamente in inganno, perché non riusciva poi a non pensare al fatto che era stato il primo della sua famiglia a porgere un saluto al prelato, e che la storicità di quel gesto non si correlava a lui in qualità di sindaco, bensì in quanto rappresentante di una famiglia tradizionalmente avversa alla curia.

Pensò però che in mezzo inevitabilmente ci doveva stare anche il suo ruolo istituzionale, che fino a quel momento aveva risentito della mancanza di rapporti con l'altra istituzione importante in paese, anch'essa da par suo penalizzata dalla scarsa integrazione con l'ente comunale: le circostanze che si stavano verificando dall'arrivo dei tedeschi avevano scosso le coscienze di tutti, ed erano evidentemente sfavorevoli e difficilmente sopportabili da tutti, compresi i due più alti rappresentanti del popolo, le due più alte cariche, il cui compito primario non era che quello di proteggere la propria gente, unendo le forze per superare le difficoltà.

Poteva quindi essere stata quella la scintilla per un nuovo inizio, per una nuova era? Il saluto fra prete e sindaco dopo così tanto tempo poteva stabilire il punto di partenza per ricomporre una Cimolais traviata dagli ultimi eventi, portando magari anche un esempio all'Italia tutta, prostrata dal conflitto?

Sarebbe potuto essere e significare qualunque cosa, pensò Massimiliano, ma infine si convinse che quello non era che un saluto fra due uomini.

- Maggiore! Maggiore!

Il capitano Bastia accorreva trafelato:

- Maggiore! Ci siamo?

Il maggiore Omero Santini continuò per qualche istante a scrutare col suo cannocchiale, non trovando però uno spunto da cui trarre delle deduzioni tattiche di rilievo. Era turbato ma non voleva e non doveva assolutamente darlo a vedere, non in quel momento così delicato:

- Capitano, non saprei risponderle. Qualcosa c'è stato ma hanno smesso quasi subito.

- Che pensa di fare?

- Sarò realista, non le nego che sono preoccupato. Questi che hanno tirato erano pezzi da montagna fra i migliori e più potenti che io abbia mai sentito.

Bastia tradì la sua preoccupazione:

- Certo, ma hanno comunque sbagliato! Io penso che la nostra postazione sia adeguatamente nascosta e protetta, lei non crede?

Santini storse la bocca, e continuò a parlare senza guardare il capitano. Gli fece un cenno e si spostarono assieme verso una parte più esposta della trincea, il maggiore prese il suo fucile con sé:

- Capitano, l'ordine è di resistere fino alle dodici, ma gli austriaci hanno iniziato a tirarci addosso coi pezzi grossi già adesso.

Il maggiore manteneva la sua posa distinta ed il suo atteggiamento marziale, pur conditi dalla solita aura di indulgenza, che in quel momento però riteneva alquanto dannosa. Cercava in tutti i modi di riprendere il controllo di sé, di celare la progressiva carenza di autorità, quella recondita inadeguatezza che lo sfibrava sempre più, che lo portava lontano sempre di più dall'idoneità al comando di una zona talmente delicata. Ad ogni modo sentiva che non poteva più fingere:

- Non voglio mentirle, Bastia, non credo ce la faremo.
- Ma signore, non possiamo abbandonare il presidio anche qui.
- No di certo, ha ragione, resisteremo, ma non più del dovuto. Sono convinto che si possa fare ancora qualcosa, che possiamo in qualche modo riuscire a resistere. Ma non creda, appena vedrò che la situazione degenera ordinerò la ritirata rapida verso Longarone. Già quello che siamo riusciti a fare con i mitraglieri è tanto.

Bastia non rispose, e non diede nemmeno modo di intendere dalla sua espressione quanto potesse essere d'accordo con la decisione del maggiore, che dal canto suo si aspettava di continuare la discussione, almeno per potersi un po' distrarre, per evitare che un silenzio appesantisse la circostanza, agendo sui nervi, incrementando la pressione e la tensione. Il silenzio in quel momento era sintomo di pericolo, veicolo d'imminenza di un destino inevitabile, di una sorte che per gli ufficiali, ma anche per tutti i soldati che stesi dietro i parapetti di sassi delle loro postazioni tradivano un'agitazione mai provata.

Vi fu qualche istante di silenzio, poi udirono con sorpresa arrivare da sinistra i colpi delle mitragliatrici leggere tedesche, che facevano fuoco sulle postazioni del Cornetto. I volti dei bersaglieri, degli arditi, degli sbandati recuperati e degli altri soldati, degli altri uomini, si dipingevano della consapevolezza del momento, dell'alacre terrore che pervade l'animo, alla consapevolezza dell'approssimarsi della fine.

Non c'era più tempo.

- Signor maggiore, torno in postazione.
- Vada pure Bastia, si tenga pronto, tenga tutti pronti.
- Certamente.

Se ne stava per andare in velocità, ma dopo alcuni passi si fermò e si voltò:

- Signore.
- Sì?
- Volevo solo dirle che è stato un onore ed un piacere combattere per lei. Con lei.

Santini non disse nulla, soltanto sorrise e guardò Bastia andarsene.
Il capitano si diresse verso i ragazzi in trincea, che sembravano particolarmente irrequieti dopo quel brevissimo bombardamento. Valenti e Fabris continuavano a tenere i fucili puntati fuori dalle rudimentali feritoie create in mezzo alle improvvisate barricate, scrutando attentamente attraverso il bosco del Pezzèi e sperando di trovarsi pronti a ricevere l'assalto. Fabris d'un tratto ebbe la sensazione di aver visto qualcosa muoversi all'interno del bosco, e cercò di focalizzare la sua attenzione verso un albero in particolare, da cui da un lato del tronco sembrava sporgere qualcosa, ma non un ramo o qualcos'altro di inanimato, era evidentemente qualcosa di vivo: pulsava, oscillava lentamente, il suo vivere era visibile, percepibile anche a quella considerevole distanza. Sapeva che la paura che si trattasse di un nemico era certamente infondata, per cui pensò inizialmente che potesse trattarsi di un animale, ma concentrandosi gli sembrava sempre più che quella sporgenza somigliasse al braccio di una persona. Ma non al braccio di un soldato, era nettamente diverso, era come se fosse il braccio di una persona normale, di qualcuno che istintivamente sentiva di non dover e poter collegare a quello scenario.

Era molto stanco e provato, le orecchie ancora rimbombavano e si sentiva disorientato, ma per un momento fu quasi convinto di aver visto sbucare dall'albero Oliva, la sua fidanzata. D'altra parte lei gli mancava da tempo ormai, e le era così vicino che un'allucinazione di quel genere ci poteva anche stare, ma in quel momento era davvero inopportuna, lo avrebbe fatto deconcentrare. Si stropicciò gli occhi e guardò in terra per un attimo prima di riprovare a guardare, convinto che non ci avrebbe più visto niente, quando Valenti richiamò la sua attenzione:

- Oh, mi sa che ho visto qualcosa.
- Ma va', sta attento, che son solo allucinazioni, sei molto agitato. Resta concentrato.
- No no, guarda là.

Valenti scostò leggermente la testa dal mirino per scrutare a occhio nudo dalla feritoia, come se volesse ricollocare alla distanza corretta la visione avuta. Fabris lo guardò incuriosito, notando che non si riferiva al punto in cui lui invece aveva visto quella strana chimera. Provò ad osservare anche lui nella stessa direzione ma non vide niente che potesse far pensare ad un cambiamento, a qualcosa di nuovo, di diverso da quel bosco che ormai iniziava ad innervosire con la sua incerta monotonia, così ripetitiva ma così fragile. Rivolse allora lo sguardo verso il compagno di trincea, che si accigliò ancora più di prima, come a voler focalizzarsi verso quel qualcosa della cui presenza era sempre più convinto. Fabris continuava a guardarlo, e non smise neanche quando spalancò gli occhi come mai lo si era visto fare: nel momento in cui si udì il colpo il soldato Valenti aveva già la testa trafitta da un colpo preciso, netto, dritto in fronte.

Fabris allora si voltò e vide improvvisamente un'enorme colonna umana di soldati tedeschi che sembravano non finire più: gli abeti ad un tratto apparivano quasi meno numerosi di quel muro frastagliato ed inquieto che avanzava imponente e selvaggio, rapido e distruttivo dritto in faccia alla loro esigua linea.

Non capiva bene, forse non voleva capire, non riusciva a sforzarsi di farlo: arrivarono prima dritti da davanti, ma in breve erano da tutte le parti ed iniziarono subito a sparare. Per qualche istante fu perso, smarrito in sé stesso, solo con la sua paura, solo di fronte al suo destino e faccia a faccia con la sua morte; poi istintivamente gli venne da riguardare verso il punto in cui aveva avuto quella specie di allucinazione, come se quella sua chimera fosse l'unica salvezza possibile, l'unico punto di contatto con una realtà che voleva figurarsi diversa da quella che gli stava arrivando dritta addosso. Finalmente capì che l'illusione era concreta, che il sogno che sembrava averlo catturato era nient'altro che la realtà che immaginava, una realtà diversa, unita con il sogno e dal sogno popolata: sogno che aveva le sembianze di Oliva.

Gianni Fabris riuscì alla fine a distinguere quella figura allucinante che l'aveva poco prima confuso: finalmente rivide il volto della sua amata, i suoi capelli, le sue labbra che pronunciavano il suo nome.

§§§§

Rommel posò il telefono, Guardò annuendo verso il maggiore Sprösser e poi salì sul suo morello, mettendosi subito a guardare col binocolo verso il Cornetto. Ancora bolliva dalla rabbia per l'iniziativa presa dagli artiglieri austriaci, per quanto comunque in fondo sapesse quanto fosse importante psicologicamente il fuoco d'artiglieria, quanto fosse deperente per il nemico anche quando non efficace. Attesero tutti per qualche istante nella totale assenza di rumori, che era soltanto un preludio al silenzio. Il silenzio ultimo, il silenzio finale, quella inquietante presenza che attende soltanto di essere interrotta, modificata, mitigata per potersi lasciar andare e dare il via a tutto ciò che è destinato a succedere: il silenzio come interruttore ed introduttore del tempo, il silenzio come innesco del fato più ineluttabile, il silenzio come strada per la morte.

Il silenzio, la morte ed il tempo, come spazio per il futuro.

L'eco delle mitragliatrici leggere che sparavano dal col dei Vedièi arrivò alle orecchie degli ufficiali tedeschi in avanzamento diverso tempo dopo che Rommel vide i proiettili infrangersi, prima contro le rocce del Cornetto e poi colpire tutto attorno alle postazioni dei mitraglieri italiani, che tentarono una breve, brevissima resistenza, ma non riuscendo a capire da dove provenisse quella pioggia di piombo dovettero ritirarsi, confusi, scendendo a capofitto da quelle spelonche ripide e strapiombanti, correndo e pregando.

Rommel posò anche il binocolo, e senza troppi cenni fece capire alle truppe di avanzare veloci verso il passo.

Era l'inizio della battaglia, la fine dell'attesa snervante.

Il tenente, senza indugio, seguiva al galoppo il gruppo dei ciclisti che correvano verso ovest, imboccando velocemente la salita che portava verso il passo. Diede un'ultima occhiata alla chiesetta delle Àneme, al suo tetto fracassato dai proiettili, e con quello sguardo destinò una sorta di saluto riconoscente, un grato addio al simbolo di ciò che era stata quella breve ma intensa invasione.

Poi ripose tutta la sua attenzione e la sua concentrazione verso l'obbiettivo, abbandonando per sempre Cimolais.

§§§§

I tedeschi correvano sulla neve del Pezzèi come dei camosci in fuga; il maggiore Santini si era sdraiato a sparare come tutti i soldati stavano facendo, e se all'inizio sembrò esserci un momento adatto alla resistenza, in cui i suoi erano riusciti a colpire diversi avversari rallentando per un attimo l'avanzata, decise infine per l'inevitabile, quando si accorse che troppi dei suoi erano stati colpiti. Uno degli arditi, probabilmente vistosi al patibolo, uscì dalla trincea con il coltello in bocca e fu colpito da quattro fucilate in breve serie, di cui una al cuore.

C'era soltanto una cosa da fare:

-       Ritirata! Ritirata!

L'urlo del maggiore Santini riecheggiò per tutta la trincea, e tutti insieme bersaglieri ed alpini rimasti si alzarono ed iniziarono a ritirarsi confusamente, ma senza smettere di difendersi sparando. Sul passo in poco tempo era divenuto padrone subitaneo il caos. Santini si alzò e si guardò attorno, vedendo come tutto fosse avvolto da una nuvola di nebbia disorganica ed indistinta, ma anche così disorientato riuscì a ripetere l'ordine, urlando più volte anche altri incitamenti per esortare le truppe a muoversi velocemente. I tedeschi però erano incredibilmente veloci, nonostante stessero correndo in salita e con addosso il tiro dei soldati italiani, e per quanto Santini cercasse di guidare i suoi non poté evitare la disfatta. Molti soldati erano fortunatamente riusciti a scappare valicando il passo e correvano verso la valle del Piave, guidati dal capitano Bastia, ma per molti altri il destino incombeva. Vide che un bersagliere che si era attardato nella ritirata veniva immediatamente preso prigioniero, e a lui seguirono molti altri. Poi guardò Fabris, che sembrava essere ancora l'unico a non aver sparato un colpo. Si era alzato dalla postazione ancora prima dell'ordine di ritirata ed era rimasto così, fermo in piedi, come inebetito, impassibile e con ancora il fucile in mano.

Quando, troppo tardi, si riebbe, capì che il pericolo era imminente dopo aver notato i compagni sparare e cadere al suolo colpiti, ma vedendone anche alcuni interdetti dalle truppe tedesche che li prendevano prigionieri pensò che quello era l'unico modo di potersi salvare, così mollò il fucile in terra ed alzò le mani in segno di resa. Sapeva di aver recato un danno al suo esercito, ma quella presa di coscienza lo aveva portato a cercare immediatamente un'alternativa che contemplasse comunque la sopravvivenza, e pensava di poter rimediare riuscendo in quella maniera a rallentare la corsa di tedeschi e austriaci verso il Piave. Anche un solo uomo in più, o in meno, poteva fare la differenza, così gli era stato insegnato.

Non trovò però un soldato nemico così clemente come si aspettava: lo schützen austriaco che lo puntava, nonostante l'evidente intenzione di resa del sergente italiano impugnò il suo Mauser e mirò direttamente alla testa di Fabris. Il sergente capì allora di non avere scampo e tentò in ogni modo di evitare il colpo che partì l'istante successivo e lo colpì ad una spalla, facendolo stramazzare pesantemente al suolo, con un gemito più di sopraffazione, più d'impotenza che di dolore. Prima di perdere conoscenza riuscì a sentire la voce di Oliva, che spezzando il frastuono prodottosi da quell'ensemble cacofonica di assurdità belliche, era riuscita a farsi strada fino alle orecchie del suo Gianni, che la ragazza chiamava insistentemente mentre avanzava inciampando nella neve fra gli abeti, non lontano da alcuni scontri che erano diventati dei diretti corpo a corpo alla baionetta fra soldati austriaci e alcuni, i pochi rimasti, italiani.

Lo schützen che aveva colpito Fabris si lasciò per un attimo distrarre dalla voce di donna che arrivava dal bosco e, sorpreso, abbassò la guardia. Santini non esitò a sparare, uccidendolo sul colpo, permettendo ad Oliva di attraversare un corridoio in quel momento estraneo agli spari, ed avvicinarsi per soccorrere il suo amato.

L'esecuzione da parte del maggiore era stata notata, com'era stata notata la sua posizione solitaria e di più ancora erano stati notati i suoi gradi: cosa che scatenò l'avanzata immediata ed impetuosa di diversi altri soldati verso di lui, certi di una facile preda di valore. Ne uccise subito tre, con un colpo a testa, poi ne ferì uno, colpì un altro ferendo anch'esso, ma il terzo colpo andò a vuoto. Ricaricò velocemente il suo novantuno e puntò diretto verso altri tre schützen che insieme avanzavano minacciosi e sempre più veloci. Uno dopo l'altro mirarono e fecero fuoco, senza colpire il maggiore, che cercò di mirare con precisione senza però riuscirci, tremando vistosamente.

D'un tratto la confusione che regnava tutto attorno sembrò sparire rapidamente, il tempo parve immediatamente congelarsi. Il maggiore Santini sentì il suo cuore quasi smettere di battere, mentre guardandosi attorno vide che tutto ciò che lo circondava si mostrava nuovamente nella sua naturalezza, come se l'eterna presenza, l'eterna esistenza della vita che permeava quelle montagne, quei boschi, quella terra ghiacciata, stesse di colpo in quegli istanti manifestando tutta la sua potenza, ribadendo l'ineluttabilità di ciò che c'era sempre stato e che ci sarebbe stato sempre, come se tutto quello che le stava accadendo addosso non fosse altro che un breve momento, un piccolo graffio, doloroso ma innocuo, insignificante di fronte all'infinito.

Con un impeto d'orgoglio riprese il controllo dei suoi movimenti, sparando in direzione degli schützen che erano ormai distanti soltanto qualche decina di metri, e li colpì tutti e tre, vedendoli cascare al suolo. Respirò profondamente, senza lasciarsi prendere dall'entusiasmo. Riuscì a calmarsi, a sopire quella tensione che lo stava per prevaricare e guardò in direzione dei più prossimi soldati. Non erano troppo vicini, li avrebbe potuti colpire con precisione e perciò temporeggiò, ma prima di poter mirare di nuovo fu colpito alla milza dalla pistola del tenente Rommel, che era sopraggiunto al galoppo dietro agli austriaci, dopo aver visto i suoi ciclisti sfondare il blocco sul passo e dirigersi a tutta velocità verso Longarone.

Sceso dal suo cavallo avanzò verso il maggiore, e si fermò a guardarlo, supponendo che egli dovesse essere l'uomo più alto in grado di quella postazione di difesa. Calciò via il fucile che il maggiore, annaspando, tentava di riprendere dopo che gli era caduto a fianco, prima di guardarsi attorno per studiare con più precisione come fosse stata strutturata la linea italiana. Si accovacciò poi verso il maggiore, che impotente soffriva, steso in terra, per la prima volta forse realmente timoroso di quella fine che aveva già più volte coraggiosamente fronteggiato. Vide che il tenente tedesco rimaneva in quella posizione senza manifestare la volontà di finirlo, e per un momento ne fu quasi sollevato, come se quel gesto fosse stato il primo pallido riflesso del ritorno di una reale lealtà umana, anche di fronte all'orrore di un conflitto così aspro. Rommel continuò a guardarsi attorno mentre sul Pezzèi ancora infuriava la battaglia: cercava insistentemente di carpire ogni dettaglio che potesse aiutarlo ad analizzare quando e quanto effettivamente il blocco nemico si potesse considerare definitivamente sfondato, e quanto le sue stime strategiche e tattiche si fossero rivelate corrette.

Nel frattempo giunse Pietro, infiltratosi nelle retrovie tedesche, riuscendo ad avanzare rimanendo abbastanza nascosto nel bosco, e mantenendo sempre la giusta distanza per non essere scoperto; aveva assistito alla scena, aveva visto il tenente tedesco colpire il maggiore italiano, e dopo essersi arrestato ad una discreta distanza si riparò dietro ad un albero. Prese il novantuno carico e regolò l'angolo di alzo, mirando esattamente in direzione di quel tenente. Lo guardò mentre si scrutava attorno, alla ricerca di chissà cosa, ed immaginava quali potessero essere i suoi pensieri in quelli che dovevano essere i suoi ultimi attimi di vita.

Restò ad osservarlo tramite il mirino per diversi istanti, istanti immediati, brevi momenti insignificanti rispetto alla vita di un uomo. Istanti che in quel frangente potevano essere decisivi e che gli parvero di certo eterni, ma che sentiva di dovergli, dopo averlo riconosciuto: era infatti lo stesso tedesco che aveva salvato Maria dalla violenza durante la notte precedente. Ma Pietro capì che non era soltanto per questo, non era per un favore di ritorno che gli doveva quegli attimi in più, e che non era soltanto perché indossava una divisa diversa che meritava di morire.

Così, senza sapere bene il perché, desistette, abbassando il fucile. Rommel si abbassò verso il maggiore, gli prese un braccio e gli premette la sua stessa mano sulla ferita, indicandogli con un gesto di mantenere premuto, mentre voltandosi segnalò ai suoi più vicini di prestare soccorso a quell'ufficiale, che gli sarebbe stato molto utile come prigioniero. Si voltò verso la posizione da cui Pietro lo teneva d'occhio e fino a poco prima minacciava la sua vita. Si guardarono intensamente negli occhi, e ciò che Rommel vedeva era un ragazzo smarrito, forse spaventato, con un fucile in mano: così era stato lui e così ne continuava a vedere da tempo ormai, in quelle trincee colmate da una generazione rovinata. Capì di aver forse rischiato di essere colpito, e che la rapidità era ancora una volta la soluzione: Tornò a voltarsi, corse verso il suo cavallo e riprese l'avanzata verso Longarone, allontanandosi dai patemi di una mente fragile, verso la gloria che l'attendeva, sparendo rapidamente all'orizzonte.

La linea tedesca era quasi tutta avanzata, seguivano a ruota gli austriaci, che velocemente si inoltravano sul passo ed oltre. Pietro aveva guardato per l'ultima volta, le spalle del tenente tedesco ed era rimasto fermo, frustrato e stanco, a guardare la figura di Rommel allontanarsi, come se quella sagoma che spariva nella foschia all'orizzonte, ridiscendendo il passo dall'altro versante, si stesse in quel momento dichiarando rappresentante di ciò che veramente era e sarebbe stata per chissà ancora quanto tutta quella situazione. Cercando di riprendersi da quella stanca distrazione diede un'occhiata in direzione della trincea, dove giacevano i corpi dei caduti, diversi nelle uniformi ma identici nelle maschere di morte, nelle contorsioni dei loro giovani corpi falciati dal metallo dei proiettili, simboli della fragilità e dell'estrema caducità della vita di fronte alla potenza del fuoco bellico, emblemi dell'insignificanza di un atrocità come quella che da anni ormai stava distruggendo l'umanità.

Vedeva Oliva piangere ed invocare un dio la cui onnipresenza pareva allora estinta, mentre cercava disperatamente di svegliare il suo amato, mentre gli curava la ferita sanguinante. Volle quasi avvicinarsi, senza curarsi della continua avanzata nemica che pareva non aver fine, con centinaia di soldati che continuavano a proseguire, a camminare velocemente oltre il passo, calpestando nell'avanzata i loro stessi compagni morti, in un tripudio di automatismi inumani, un inno alla distruzione che anziché elevare a gloria perpetua e celestiale quell'impresa, rendevano sempre più infernale lo scenario delle trincee, di quello che lì ne restava.

Dalle spalle di Pietro giunse, chiaro, un urlo:

- Piere!

Era Cice, che avanzava alzandosi incespicante nel bosco, poggiandosi agli abeti ansimante, forzando l'avanzata verso il fratello che gli pareva sempre più irraggiungibile. Pietro voltandosi lo vide, osservandolo con rassegnazione, con una pietà negli occhi di cui più probabilmente voleva mostrare di avere bisogno lui stesso, come a volergli dire che non era infine riuscito a rispettare la promessa fatta.

Fece un passo verso di lui, senza sapere bene cos'avrebbe voluto fare. Forse era un gesto istintivo, compito soltanto per lasciarsi andare alla voglia di tornare ad abbracciare quel fratello, in attesa del suo vero destino, qualunque esso potesse essere stato. Ma non appena si mosse fu colpito da una fucilata di uno dei soldati austriaci, che imperterriti continuavano incolonnati ad avanzare sul passo senza dar modo di pensare che ciò potesse aver fine. Una massa gigantesca di uomini di cui questo, anonimo, identico agli altri, faceva parte.

Cice urlò di nuovo:

- Piere! No! Piere!

Poi rivolse la sua attenzione verso il fuciliere nemico, senza la reale convinzione di volergli additare una colpa, sapendo che sarebbe stato un mero capro espiatorio, ma senza che ciò potesse impedirgli di sfogare il suo smarrimento:

- Maledetto!

Il fuciliere austriaco vide Pietro cadere in terra e lasciare andare il fucile, permettendogli di focalizzarsi su un altro obbiettivo, così puntò verso Cice, che gli aveva urlato addosso. Si guardarono per qualche istante, senza che nessuno dei due potesse tradire i propri sentimenti, ma senza che comunque ci fosse il bisogno di esplicitarli.

Il soldato, con un gesto quasi innaturale per la sua istintività, inaspettatamente abbassò il fucile, e non sparò, forse perché realmente non ne deteneva il coraggio, non più, dopo aver già sparato a quel ragazzo, che aveva visto cadere.

Quel ragazzo che era come lui, combatteva e sparava perché qualcuno glielo aveva ordinato. Erano uguali, erano la stessa persona, solo con abiti diversi, di lingue diverse, ma con gli stessi patemi, le stesse preoccupazioni, le stesse emozioni che condividevano con tutti i giovani degli altri paesi d'Europa. Col fucile abbassato iniziò a dirigersi verso il punto in cui Pietro si era accasciato, probabilmente con l'intenzione di accertarsi del suo stato, e con la commiserazione, che non sapeva se fosse pietà o lealtà bellica, di farlo curare per poi tenerlo prigioniero. Ma il suo muoversi con veemenza fu probabilmente inteso da Tullio come il proposito di mettere fine a quanto aveva già iniziato, e così il triestino gli sparò dopo aver raccolto un fucile di uno dei soldati austriaci morti, colpendolo alla testa, per poi gettare a terra l'arma, inorridito.

Cice lo guardò con aria sconvolta senza dire nulla, poi si diresse il più velocemente possibile verso Pietro.

I soldati tedeschi e austriaci erano quasi tutti defluiti verso ovest e varcavano l'orizzonte di quel nuovo giorno oltre il passo, mentre gli ultimi di loro recuperavano le salme dei morti e le riportavano verso il paese di Cimolais, che si ritrovò occupato per molto tempo ancora dai soldati stranieri, ma senza che ciò potesse impedire di farlo tornare immerso nuovamente nel suo tipico silenzio.

Felice intanto aveva raggiunto Pietro, e subito dopo di lui era arrivato anche Tullio. Dietro, poco distante, sopraggiunse Massimiliano, stremato e sconvolto, forse rassegnato.

Si chinò sul corpo ferito del figlio e gli strinse la mano senza dire nulla, mentre il ragazzo, tenendosi il ventre colpito, iniziò a sputare sangue, con gli occhi intrisi dalle lacrime.

Dopo poco non poté più parlare, e si abbandonò ad un sorriso naturale, stringendo più forte la mano del padre e guardando il fratello negli occhi, prima di esalare il suo ultimo respiro. Era un ragazzo di ventiquattro anni morto in battaglia, morto troppo giovane per poter lasciare qualcosa: non un ricordo concreto, non una speranza, nemmeno l'impressione di andarsene, nemmeno il silenzio.

BIOGRAFIA

Andrea Nicoli (Cimolais, 1983) Scrive dall'età di 16 anni, poco prima di lasciare la scuola senza mai diplomarsi. Fra il 2003 e il 2008 partecipa a vari concorsi letterari, ed in diversi casi riceve segnalazioni o il suo scritto viene pubblicato nell'antologia dei migliori del concorso. Nel 2011 la sua prima pubblicazione, la raccolta di racconti dell'orrore "Il portiere di Bisanzio" (ed. Demian, prefazione di Alessandro Perissinotto).

Dal 2013 si trasferisce a Trieste, alla ricerca degli stimoli culturali tipici delle città di frontiera, e l'anno successivo pubblica il romanzo "La luna e l'acqua", un noir gotico-romantico ambientato a Venezia, primo titolo della collana di narrativa dell'editore Vividolomiti.

Il suo stile di scrittura rimanda principalmente ad autori del passato, prevalentemente del periodo gotico o di inizio novecento, con tratti tendenti al romanticismo tedesco ed alla scapigliatura italiana.

È anche musicista ed autore di poesie e canzoni in lingua italiana, inglese ed in vari dialetti.